Inocencia Fácil

INOCENCIA FÁCIL

Libby Fischer Hellmann

Traducido al español por Gely Rivas
Editado por Stella Ashland

The Red Herrings Press
Chicago

Para Robin,
cuya canción trae
alegría y luz a mi vida

Otras Novelas por Libby Fischer Hellmann en Inglés

CAPÍTULO UNO

TIEMPO DESPUÉS de que hubiera pasado, ella recordaría los olores. Sus ojos, los mantenía cerrados... nunca había sido una observadora, y la mayoría del tiempo no había nada digno de mirar. Sin embargo, los olores siempre estaban allí. A veces, ella hacía un juego sobre eso. Por lo general los identificaba por su loción de afeitar. *Brut. Old Spice.* El hombre que apestaba a *Opium.* Esos eran fáciles. Cuando no se molestaban en limpiarse, cuando su pelo estaba grasiento, tenían olor corporal o su mal aliento le daba asco, era que se ponía difícil. Entonces ella dejaba de jugar ese juego y respiraba entrecortadamente a través de su boca.

También estaba el olor a polvo de las cobijas. El olor del almidonado de las sábanas. El olor lijero a cigarrillo en la alfombra y las cortinas. En los mejores hoteles, ella podía sentir un toque persistente de desinfectante.

Pero el olor a sexo... era siempre el mismo. No importaba si el hombre era blanco, negro o asiático. No importaba el estado de su higiene personal. El sexo desprendía un tenue olor químico, algo salado. A veces, a levadura. A veces con sabor a sudor. No era ofensivo. Simplemente diferente.

Mientras ella rodaba de su cuerpo, su colonia inundó el olor a sexo. Picante pero dulce. Ella no la reconocía, pero sabía que era cara. Ella se sentó. La habitación era grande y estaba amueblada elegantemente. El sol de la tarde se filtraba por las aberturas en la madera de la ventana. Él siempre la llevaba a buenos hoteles. Y pagaba bien. Nunca discutían sobre el precio.

Ella tomó la toalla que había dejado en el extremo de la cama y frotó suavemente su pene. Él gimió y extendió los brazos. Él le había dicho que le gustaba limpiarse de inmediato, pero ella sabía que lo único que quería era un poco más de atención.

Ella siguió frotando. —¿Te gusta?

Él mantuvo los ojos cerrados, pero una sonrisa se dibujó en sus labios, y movió su pelvis hacia arriba, hacia la toalla. —Mmm.

Los hombres eran tan predecibles. Pero esto era lo que hacía que valiera la pena. Además del dinero. Le encantaba el momento en que ellos llegaban al borde de la pasión y no podían aguantarse más. Cuando se liberaban dentro de ella, abandonando todo. El sentimiento de poder en ese momento era increíble. Y adictivo.

Ella lo masajeó por otro minuto, luego se detuvo. "Siempre déjalos con ganas", había aprendido. A veces significaba otra ronda. Y más dinero. Esta vez, sin embargo, él no se movió. Se había quedado tan quieto, que le hizo preguntarse si se había quedado dormido. Esperaba que no. Tenía otra cita.

Ella amontonó la toalla y la lanzó al otro lado de la habitación. cayó en su mini-falda negra de cuero. Demonios. Ella había pagado cerca de doscientos dólares por la misma, y otros doscientos por la chaqueta. De ninguna manera dejaría que se arruinaran por una toalla manchada de sexo. Se levantó de la cama, recogió la ropa y su bolso Coach que yacían cerca. Se acordó de cuando compró ese bolso. De cómo había entregado los tres billetes de cien dólares con una expresión indiferente, tratando de no mostrar lo orgullosa que estaba de tener esa cantidad de dinero en efectivo. De cómo había visto al empleado de ventas en el centro comercial de Old Orchard entrecerrar los ojos, tratando de ocultar su envidia. Sí, valió la pena.

Se dirigió al baño, asegurándose de dejar la puerta abierta. A él le gustaba verla vestirse. Trató de recordar si él siempre había sido así. Ella pensaba que no. Por supuesto, las cosas eran diferentes en ese entonces. Sonrió a sí misma . Si tan sólo él supiera. Ella se limpió, se puso la falda, y luego su blusa transparente. Se miró en el espejo, haciendo piruetas a la izquierda luego a la derecha. Había perdido unos cuántos kilos durante el verano, y le gustaba su nuevo aspecto delgado. Pronto tendría que comprar ropa de invierno. Eso sería divertido.

Se estaba retocando el maquillaje, pensando en las botas de Prada y el suéter de Versace, cuando el celular de él sonó. Lo oyó maldecir, luego buscar a tientas su chaqueta. Ella oyó el clic metálico mientras abría el teléfono.

—¿Sí?

Ella estudió su pelo en el espejo. Se había soltado, y su cabello ondulado rubio enmarcaba su rostro. Pero tenía otro trabajo, por lo que lo enrolló hacia arriba en un rodete. Con su cabello, el maquillaje y la ropa, nadie la reconocía. Incluyendo "Charlie". Estuvo a punto de reír. Charlie. ¿Qué clase de nombre era ese para un cliente? Tendría que haber sido más creativo. A veces, ella decía que su nombre era Stella. El objeto del deseo. Mejor que ese estúpido tranvía.

—Estoy en una reunión—, dijo por el celular.

Ella no pudo escuchar con quién estaba hablando, pero el largo suspiro que siguió, le dijo que no colgaría.

—Esa es la razón por la que nos estamos reuniendo—. Hizo una pausa. —El funeral es en la Iglesia de Cristo aquí cerca. Ella se niega a volver a su antiguo vecindario—. Otra pausa. —Memorial Park.

Ella dejó de juguetear con su pelo.

—Te lo dije. No quiero hablar de ello. Esto no fue idea mía. Te dije que yo me encargaría de Fred. Pero no podías esperar. Ahora los dos estamos con la mierda hasta el cuello.

¿Fred? Ella dejó caer los brazos y poco a poco se dio la vuelta. Él estaba sentado en el borde de la cama, de perfil hacia ella. El celular estaba pegado en su oreja, y estaba tratando de subirse los pantalones con la mano libre. Ella se apoyó contra la puerta del baño.

—Por supuesto que está molesta—. Se abrochó el botón del pantalón. —Él es el único en la familia a quien ella le hablaba. El que él muriera… solo… en un incendio… ella está devastada. Todo el mundo lo está. Te dije que no te adelantaras a los acontecimientos. Estábamos casi allí.

Ella se mordió el labio, tratando de juntar las piezas. Cuando pensó que lo entendía, contuvo el aliento.

Se volvió y la miró. La ira que corría por su cara desapareció, y su expresión de desconcierto creció. Entonces sus ojos se entrecerraron. —Te volveré a llamar—. Quitó el celular de su oreja y lo cerró.

Ella miró hacia abajo. Pero no lo suficientemente rápido.

CAPÍTULO DOS

UNA PRINCESA. Así es como ella se veía para él. Como una princesa de cuento de hadas.

Shh. Silencio. No hagas ruido. Tengo que observar a la chica con cabello dorado sedoso. Verla girar y saltar en el claro.

Se puso detrás de un árbol. Tan silencioso como un ratón. *Un ratón peludo. Mouseketeers. Karen y Cubby.* Pero las chicas con ella en el claro, no estaban en silencio. Gritaban y se reían. Y hacían girar a la princesa en un círculo. Tropezaba de una a otra, mientras aplaudían y vitoreaban. "Deben detenerse", pensó él. Una princesa de cuento de hadas no se puede caer. Las princesas de cuentos están destinadas a sonreír, a volar y a deslizarse por el aire. Sus varitas parpadeaban al tocar al ungido y el ungido se levantó fuerte y poderoso.

No. No debo tocarme a mí mismo. Es malo. Todo el mundo lo dice.

La rama que él había estado sosteniendo rebotó, pero las muchachas, absortas en sus cantos, no se dieron cuenta. Esperó un momento, y luego levantó la rama de nuevo.

Las chicas se habían ido. La princesa estaba sola. Pero no revoloteaba de un lado a otro, depositando magia con su varita. Ella pisoteó dando vueltas en el claro, con los brazos extendidos al frente. Sus largos brazos desropado, aún se notaba su bronceado de verano. Él imaginó sus piernasbronceadas y bien formadas de sus jeans. Él sintió que se le endurecía.

Ella no podía ver. Un balde blanco de metal le cubría la cabeza. Un mal olor provenía de la cubeta. Pescado. Pescado muerto. ¿Cómo ocurrió eso? Ella tiraba a la cubeta, tirando, jalando, tratando de quitársela. Pero no salía. Su anillo hizo un pequeño sonido contra el metal. Un suave: "dong". *Toc, toc. ¿Quién está ahí? ¿Quién viene?*

—¿Hay alguien ahí?— Él apenas podía oír sus gritos ahogados. —Por favor. Ayuda. ¡Se me está haciendo difícil respirar!

Dejó que la rama cayera de nuevo. Sus damas de compañía la habían abandonado. Él, el príncipe galante, la rescataría. Pero primero tenía que atender su impulso. Su impulso era fuerte. A veces lo consumía. Es lo que hacía cuando veía belleza. Era lo único que lo calmaba. Y la princesa del cuento de hadas era muy hermosa. Se escondió detrás de un árbol y se bajó los pantalones. *Silencio. Mucho silencio. No puedes dejar que alguien te vea.*

—Oigan. ¡Vamos! ¡Necesito ayuda!

Su corazón empezó a latir fuertemente. Ella lo estaba llamando. "Estoy aquí su alteza", quería decir. Yo estaré allí. Pero primero, tengo que hacer esto. Sólo será un minuto. *Minuto corto. Minuto rápido. Minuto. Minuto. Minuto.*

Un momento después, él cayó y se aferró al árbol. Había terminado. Miró a su alrededor. La princesa estaba extrañamente inmóvil. ¿Lo habría escuchado? No. ¿Cómo iba a hacerlo? Él siempre era silencioso. Y ella tenía ese balde en la cabeza.

Se escucha un susurro del matorral al otro lado del claro. ¿Quién salía del matorral hacia la princesa? ¿Era ese un bate de béisbol en sus manos? ¿O era su imaginación? Los médicos seguían diciéndole que veía cosas que no estaban allí. Hacía cosas que él no debía hacer.

Su padre le había comprado un Louisville Slugger cuando él era niño. Le contó sobre Ted Williams y Harmon Killebrew. Le enseñó a batear con sus caderas. Recordaba aquel día. Fue un buen día.

Espera. ¿Qué estaba pasando? La cubeta no era una pelota. *Dejen de golpear la cubeta. ¡La princesa saldrá lastimada!* Ella ya se mecía de un lado a otro. Sin embargo, el bate seguía golpeando el metal. *Bateó y falló. Primer strike.* La princesa cayó de rodillas, sin soltar la cubeta. *Alto pie, alto pie, sentadita me quedé.* La princesa estaba tirada en la lona. *Diez, nueve, ocho.* Un golpe más se conectó con el balde con un fuerte taaaan. La princesa cayó al suelo.

Home Run. ¡El equipo local ganó! ¿Dónde están las campanas? ¿Los silbatos? ¿El marcador iluminado como el 4 de Julio? Un hilo de color rojo corrió bajo el borde de la cubeta hacia el suelo.

De repente todo quedó en silencio. Incluso los grillos silenciaron su canto. Se quedó mirando a la princesa. Ella no se movía. *Oh Dios, era bueno.* Él era bueno. Sus pantalones estaban manchados. Estaba mojado. Pegajoso. Y también lo estaba la princesa. *Tengo que limpiar. Limpiarnos a ambos. La señorita del arete se sentó en su taburete. Comiendo requesón.*

Su dulce y blanco cuello. Su cabello suave y dorado. Ahora, manchado de rojo. ¿Él hizo esto? Él iba a ser su salvación. Las hojas de los árboles se estremecieron. Él también lo hizo.

El Louisville Slugger. Se encontraba cerca de la princesa. Él hubiera querido jugar a la Pequeña Liga. "El parador en corte", pensó. *En corto paró.* Pero él no entró al equipo. Su padre estaba enojado. Recordaba ese día, también. Le dolía. Se puso de pie y levantó el bate hacia sus hombros. *"Bateó y falló". Strike dos.*

Gritos atravesaron el silencio de los bosques. Las damas de compañía estaban de regreso. Sus manos volaron hacia sus bocas. Sus ojos se agrandaron con horror. *Llegan muy tarde,* él quería gritar. *No pudieron salvar a su princesa.*

Dejó caer el bate y se arrodilló al lado de su cuerpo. Tocó el borde sangriento de la cubeta. Se limpió las manos en la camisa. El silencio de los bosques oprimía. Él hubiera llorado, si sólo supiera hacerlo.

CAPÍTULO TRES

—ESA PUTA tramposa—, él espetó. —Ella pagará. A lo grande.

Georgia Davis trató de ignorar el veneno del hombre, pero cuanto más hablaba, más cruel se volvía él. Un posible cliente, él se había encontrado con ella en Starbucks y de inmediato había empezado a vociferar sobre su esposa. Georgia escuchaba, esperando que pudiera seguir siendo imparcial. —¿Cuándo empezaste a sospechar que ella estaba viendo a alguien?

—Hace unos seis meses.

—Has esperado mucho tiempo para hacer algo al respecto.

—Pensé que tal vez ella estaba diciéndome la verdad acerca de la maldita clase. Pero entonces llamé a la escuela, y dijeron que no tenían ninguna constancia de mierda de su inscripción—. Su rostro se puso tan rojo y su cuerpo tan rígido, que tenía miedo de que pudiera explotar. —Es una puta. Una maldita puta infiel. Después de todo lo que he hecho por ella. No era nada antes de que se casara conmigo—. Él cerró sus manos en puños. —¡Una fulana de mierda!

Georgia tomó un sorbo de café. El tipo había sido enviado por un investigador privado que ella apenas conocía. El idiota trabajaba en los suburbios del oeste, pero el cliente vivía en la costa norte, y pensó que Georgia sería la más adecuada para tomar el caso. Ella agradecida se lo había arrebatado, pero ahora no estaba tan segura. ¿Sabía el investigador privado lo imbécil que era este tipo? Tal vez ella debería haberlo interrogado más, antes de aceptarlo.

Salvo que el tipo estaba pagando buen dinero. Ni había parpadeado cuando ella le dijo el precio, a ser pagado por adelantado, y había accedido a pagarle una bonificación si se presentaba con la mercancía.

—Déjeme investigarlo, Señor Colley—, ella apoyó su café. —Si es verdad, usted tendrá sus pruebas.

—Qué, ¿fotos? ¿Videos? ¿Mierdas como esas?

—Algo como eso.

—Tendrá que funcionar en la corte.

—Lo hará.

Él la miró con escepticismo. —Lamont dice que usted es nueva en este juego.

Georgia lo miró a los ojos. —Yo fui policía por diez años.

—¿Dónde?

—Aquí. En la costa norte.

—¿Pasó sus días rastreando bicicletas y gatos perdidos?

Y cubrí muchos maltratos domésticos, pensó. —Entre otras cosas.

—Este trabajo... bueno... no es como dar multas por excesos de velocidad en Happ Road. ¿Cómo sé que puede manejarlo?

Ella levantó la vista hacia él. —No puede—. Hizo una pausa. —Pero si tiene alguna duda, es libre de buscar a otra persona—. Ella levantó su bolso del respaldo de la silla, y lo llevó hacia su hombro. —Gracias por el café—. Se levantó y se dio la vuelta.

—Espere—. Colley levantó su mano. —Le haré un cheque.

* * *

Algo estaba mal, Georgia se dio cuenta la noche siguiente.

La mujer echó sus brazos alrededor de su novio, su rostro

estaba tan lleno de alegría y despreocupación que iluminó el estacionamiento del motel. Mientras se apretaba contra él, éste levantó su barbilla y le besó los ojos, la nariz, la garganta. Luego,
tiernamente rozó el costado de su mejilla. Ella hizo una mueca.
Envolvió sus brazos alrededor de ella, y ambos se abrazaron, como
si fueran a fundirse uno con el otro por pura voluntad. El hombre
sacó una llave del bolsillo y abrió la puerta de la habitación. La
mujer lo siguió adentro.

Georgia frunció el rostro y detuvo su cámara digital. No
parecía una pareja en la agonía de una aventura escabrosa y
furtiva. Se veían como una pareja enamorada, el tipo de amor
que hace que la gente mayor sonría de placer y provoque que los
envidiosos miren hacia otro lado. El tipo de amor que se niega a
ocultarse, incluso cuando debería. Había estado a menos de cincuenta metros de distancia del motel, filmando cada movimiento,
y nunca se molestaron en comprobar si alguien estaba mirando.

Ella curvó los dedos alrededor de la cámara y reprodujo la
cinta a través del visor. Cuando llegó a la parte donde el hombre
pasaba sus dedos por la mejilla de su amante, Georgia lo enfocó en
primer plano. Vio una mancha descolorida en la piel de la mujer.
Un moretón.

Georgia sopesó sus opciones. *Podría* borrar la cinta. Le echaría
la culpa a una cámara arruinada. Estar casada con ese idiota era
suficiente castigo. Por otra parte, de esto vivía. No podía permitirse el lujo de tener escrúpulos. Los problemas domésticos,
seguirle la pista a alguien, el ocasional fraude de seguros... todos
ellos sumaban. Se retiró del motel hacia la parte trasera del
vehículo Mercedes blanco de la mujer, y enfocó en primer plano
su matrícula para tomar una foto. Luego se fijó hacia el parabrisas
trasero. Uno de esos perros con pliegues colgantes en su cuello se
balanceaba en la ventana. Con marcas de color marrón y blanco y
orejas caídas. Un Beagle.

Cuando terminó, se dirigió hacia su coche y puso la cámara
en su estuche. Estaba a punto de arrancar el motor para el viaje
de regreso a Evanston, cuando ella cambió de opinión. Salió del

coche, se dirigió a la habitación del motel y dio unos pequeños golpes en la puerta.

Por lo menos tendrían un día de ventaja.

* * *

A la mañana siguiente, Georgia vio el vapor girar alrededor de su baño, mientras se secaba con la toalla. Con toda esa humedad, debería comprarse un helecho para la repisa de la ventana. Pero sabía que nunca lo haría. Ella tenía un don para matar cosas.

El teléfono sonó en la sala de estar. Se apresuró a contestar.

—Davis.

—¿Georgia Davis?— Era una voz de mujer. Suave. Indecisa.

—Así es.

La mujer se aclaró la voz. —Hola, mi nombre es Ruth Jordan y yo soy... eh... estoy llamando por una sugerencia del sargento Dan O'Malley.

—O'Malley. ¿Cómo está el vie... eh, el anciano?

La mujer no respondió.

—Lo siento, él es un... bueno, a veces, yo, bien...— Georgia se detuvo, sintiendo vergüenza. —¿Cómo puedo ayudarle?

—Yo... yo no sé muy bien cómo explicarlo. Creo que todavía estoy en shock. Pero el sargento pensó que usted podría ser capaz de ayudar.

¿O'Malley estaba refiriéndole a alguien? Esa era la primera vez.

—Sólo empieza por el principio y ve lentamente.

La mujer dejó escapar un suspiro. —Sí. Por supuesto. Como he dicho, mi nombre es Ruth Jordan. Vivo en Northbrook. Te llamo por mi hermano, Cameron. Lo llamamos Cam.

Envuelta en la toalla, Georgia se fue a su escritorio y tomó un bloc de papel y una pluma. —Adelante.

—Cam ha sido siempre... bueno, cómo lo digo... no está bien de la cabeza. No lo ha estado desde... desde que era un niño pequeño—. Ella vaciló. —No es que él sea violento ni nada por el estilo. Es que simplemente... bueno, nunca sabían cómo diagnosticarlo. Autista, estamos bastante seguros. Pero otras cosas también. Lo intentamos todo, por supuesto. A veces parece estar mejor por un tiempo. Es difícil de decir. Y ahora que nuestros padres se han ido, bueno, sólo somos nosotros dos. Y yo... es difícil, ¿sabes?

Georgia daba golpecitos con su pluma contra el bloc de papel. —¿Cuál es el problema, Srita. Jordan?

—Cam... bueno, Cam está en un montón de problemas—. Se aclaró la voz otra vez. —Fue detenido hace unas semanas, y está en la cárcel. Dicen que mató a una adolescente.

CAPÍTULO CUATRO

BRILLANTES PISOS de linóleo, butacas de cuero artificial y un montón de espejos identificaban el restaurante Villager, un comedor recientemente renovado, pero aun así, un comedor. Apartado en una calle lateral cerca de la estación de policía, había estado sirviendo buena comida a precios razonables durante veinte años. Hace unos años el lugar había sido comprado por dos hermanos griegos y su hermana, y mientras que el menú ahora reflejaba un toque étnico, seguía siendo un lugar popular para los policías. O'Malley estaba tomando un plato de sopa. Era media tarde, y el lugar estaba prácticamente vacío. O'Malley nunca se hubiera encontrado con ella allí en la hora pico, Georgia lo sabía. No era prudente que un policía y un detective se vieran juntos, incluso si el investigador privado hubiese estado alguna vez en la policía. Así que ¿por qué había sugerido el Villager? Tal vez no le importaba. Ella se deslizó en el reservado frente a él.

—Hola, Danny. Te lo agradezco.

—Tengo que hacerlo rápido—. O'Malley tomó su cuchara. Su cabello pelirrojo, con ligeros tintes de gris, lo hacía parecer más joven que sus cuarenta y cinco años, pero no había ni rastro del entusiasta policía que solía ser, cuando Georgia lo conoció por primera vez. Su rostro ahora reflejaba un notable aburrimiento de la vida, y su expresión era de sospecha, incluso en reposo. Habían llegado al cuerpo de policía al mismo tiempo, pero O'Malley fue ascendido después de un par de años. De hecho, él había sido su jefe cuando ella se fue. Él era un buen jefe, también. Nunca se envolvía en temas políticos o regulaciones estúpidas, algunas de las cuales estaban diseñadas para mantenerla unos rangos más abajo que los hombres. O'Malley le hacía saber cuando ella hacía un buen trabajo y cuando metía la pata.

Ella fingió no darse cuenta de su creciente estómago y de su pálida tez. ¿Estaba él bien? ¿Debería preguntar? Siempre habían sido directos uno con el otro. Sin embargo, ella ya no estaba en el cuerpo de policía. Miró hacia su sopa, una humeante y espesa masa aceitosa con unas pocas piezas de tocino arrojadas en la misma.

Hizo un gesto hacia el plato de sopa. —¿Esa es tu idea de una alimento saludable?

—Cuidado—, él dijo, llevando la cuchara con sopa en su boca. Se tomó su tiempo para tragar. —Ya tengo un vigilante de comida en mi vida.

Si algo estaba mal con él, su esposa Joyce, una fuerte y directa mujer con mucha energía que bien podría alimentar las luces en el Wrigley Field por sí misma, estaría sobre él con una lista de remedios que había descubierto en el internet.

Georgia acomodó su taza de café que había estado boca abajo. Mientras una mesera se acercaba a servirle, ella se alcanzó a ver a sí misma en un panel de espejo en la pared. Algunos decían que tenía rasgos duros, sobre todo cuando no llevaba maquillaje. Hoy, con su pelo rubio recogido con una hebilla de mariposa, ella se veía toda nariz, ojos azules y piel pálida. Empezó a tirar de su suéter de pescador, y luego se detuvo. Ella era lo que era. Se pasó las manos por sus muslos. La tela de sus jeans era reconfortante.

—Entonces, ¿a qué debo el honor a que me refirieras a esa persona?

—No lo llames así, ¿de acuerdo? Le dije que no estaba seguro de que hubiera algo que tú... o cualquiera... pudiera hacer. Pero ella fue... bueno... persistente—. Bajó la cuchara y la observó. —Oye. ¿Estás bien?

Georgia tomó un sorbo de café. —Estoy muy bien. Hay vida después de la policía.

—Bien—. Él sacudió la cabeza. —La manera en que todo sucedió, no... no estuvo bien. Olson no debería de haber... bueno... mierda.

—Está bien, Dan. Continué con mi vida. También deberías hacerlo. Tengo que vivir el presente, ¿sabes lo que quiero decir?

—Por supuesto—. Él comenzó a asentir con la cabeza luego se contuvo. —Suenas... diferente—. Entrecerró los ojos. —¿Estás haciendo algún tipo de práctica religiosa? ¿O yoga?

Georgia se echó a reír. —La iglesia de la vida, Dan. La iglesia de la vida.

Él resopló y tomó una cucharada más de sopa. Dejó una mancha blanca en su bigote.

—Así que—. Georgia se pasó un dedo sobre sus labios. —Háblame de Sara Long y lo que estaba haciendo en la reserva natural el 17 de septiembre.

Levantó la vista. —Has hecho tu tarea.

—No es difícil cuando está en todos los periódicos. Diecisiete años de edad. Una alumna de tercer año de la Escuela Secundaria Newfield en Winnetka. Golpeada a muerte con un bate de béisbol en la reserva natural. Sus amigos encontraron al delincuente de rodillas sobre su cuerpo, sosteniendo el bate. Las chicas corrieron y llamaron a la policía con sus celulares. La policía lo encontró vagando cerca de la escena del crimen unos minutos después. Resultó ser un tal Cameron Jordan, un delincuente sexual registrado, y loco como una cabra.

—Eso lo resume.

—¿Y?

—¿Y qué?

—Y bueno, suena bastante claro y directo. ¿Por qué le dijiste a su hermana que me llamara?

O'Malley empujó su plato de sopa lejos de él, cruzó las manos sobre la mesa, y miró fijamente a Georgia. —No me gusta—. Hizo una pausa. —Y no hay nada que yo pueda hacer al respecto.

Georgia se inclinó hacia delante, apoyando los codos sobre la mesa. Ella mantuvo la boca cerrada. Era un truco que había aprendido de... ella obligó la imagen de él fuera de su mente. No importaba. La técnica funcionaba.

—Esto voló hasta el fiscal del estado tan rápidamente, que te harían falta alas para seguirlo—, dijo O'Malley. —Nunca vi nada igual. No había pasado ni media hora después de que recogieron al muchacho cuando recibimos la llamada. La gente de Revisión de Crímenes estaba aquí como un tiro. Aparecieron y aprobaron los cargos de asesinato de inmediato.

—¿Sin una investigación?

—Ellos dijeron que no hacía falta una investigación. Dijeron que tenían todo lo que necesitaban. Dos días después, enviaron el paquete a la 26 y Cal, y el gran jurado lo acusó de asesinato en primer grado. Él fue procesado en Skokie dos semanas después de eso.

Dios... —Eso es rápido. ¿A quién conoce su familia?

O'Malley se encogió de hombros. —Buena pregunta. El rumor es que la oficina del fiscal del estado lo quería resuelto para ayer.

—¿Quién está a cargo del caso?

—Jeff Ramsey.

—No lo conozco.

—Es el abogado del fiscal del estado. Viene de Nueva York y fue a la Facultad de Abogacía de la Universidad de Northwestern. Se unió a la oficina del fiscal hace cuatro años. Dicen que está interesado en un puesto más alto.

—¿No lo están todos ellos?

O'Malley se encogió de hombros. —Lo interesante es que vive en la Costa Norte.

—¿En serio?

—Winnetka—, O'Malley asintió con la cabeza. —Tiene una hija en Newfield.

—Oh.

Newfield era considerada como una de las escuelas públicas más prestigiosas del país, pero era un lugar que reflejaba lo mejor y lo peor de la vida adolescente. La gente hablaba de actores famosos, secretarios del gabinete y directores generales que se graduaron en dicha escuela, pero con más de cuatro mil alumnos, cómo uno de ellos tendría la suficiente atención personal para poder llegar a la cima, era un misterio para Georgia. Ella había ido a la escuela parroquial de San Miguel en el lado oeste de Chicago, donde había cuarenta niños en el grado entero.

—Cuéntame sobre el sospechoso.

—Cam Jordan tiene treinta y cinco años. Ha entrado y salido de instituciones toda su vida. Sí, es un delincuente sexual. Sin embargo, nunca atacó a nadie y nunca ha mostrado ningún signo de comportamiento violento. Es básicamente un mirón, que se masturba en parques y otros lugares públicos.

—Y hace cagar de miedo a las chicas de secundaria.

—Eso es cierto—, admitió O'Malley. —Pero tú conoces la ley. No tienes que hacer más que simplemente enseñarla para que levanten cargos en estos días. Pero ese es sólo uno de sus problemas—. Él siguió. —Tenemos sus huellas en el bate, y la sangre de la víctima en su camisa.

—Suena como un caso resuelto—, dijo Georgia. —¿Por qué crees que está jodido?

O'Malley no respondió.

Se inclinó hacia delante. —¿Quién es el abogado de Jordan?

—En un primer momento fue un defensor público. Pero escuché que la hermana acaba de conseguir un abogado defensor privado.

—¿No sabes quién es?

Él negó con la cabeza. —Ella me dijo, pero no reconocí el nombre. Kelly, creo.

—¿Quién está como detective a cargo de tu parte?

O'Malley vaciló. —Robby Parker.

Robby Parker había sido el compañero de Georgia por dos años. Ella apenas lo había aguantado. —¿Ahora Parker es un detective?

O'Malley hizo una mueca. —Acaba de empezar.

Georgia giró los ojos. —Por Dios, hombre, ¿qué me estás haciendo?

—Esa no es la mejor parte.

Su mesera apareció con una cafetera. A pesar de que sólo había tomado un sorbo, Georgia la dejó que le volviera a llenar la taza. Cuando la mesera se fue, Georgia se echó hacia atrás. —Entonces, ¿cuál es... la mejor parte?

—Lo que estas chicas estaban haciendo en la reserva natural.

Georgia pensó en ello. Hace dos años, cuando todavía estaba en la policía, un grupo de chicas del secundario había atacado a algunas estudiantes más chicas en la reserva natural, durante lo que se supone que era un partido de fútbol americano femenino. Varias de los jóvenes resultaron con suficientes heridas de gravedad como para ir a la sala de emergencias. Por desgracia, alguien había llevado una cámara de video, y cuando los videos de la pelea aparecieron en la televisión, estalló un escándalo en todo el país.

Ella era la encargada de los casos juveniles en ese entonces, y se acordó que había interrogado a algunos de los chicos. Resultó que el incidente era parte de una tradición de novatadas que había estado ocurriendo desde hace años. También resultó que algunos de los estudiantes, incluyendo muchachos que habían sido testigos de la novatada, habían estado bebiendo cerveza. Y la cerveza, así como los bates de béisbol, baldes y otros materiales utilizados en las novatadas, habían sido facilitados por los padres de los alumnos. Algunas de las víctimas presentaron demandas contra la escuela y contra los demás, y cerca de treinta estudiantes fueron suspendidos. Estrictas normas anti-novatadas fueron promulgadas, pero nadie creía que la práctica hubiese desaparecido. Sólo se habían vuelto clandestinas.

—Novatadas—, dijo Georgia en voz baja.

—No hay video esta vez, pero esa es la teoría operativa.

—¿Hubo alcohol?

—Eso parece.

Georgia asintió con la cabeza. —Los informes dicen que las chicas encontraron su cuerpo en una parte aislada del bosque.

—Es parte del ritual. Le vendaron los ojos, le tiraron una cubeta con tripas de pescado en la cabeza, y luego la abandonaron. Se suponía que debía encontrar su camino de regreso a la zona de picnic.

—¿Qué hay sobre golpearla con un bate de béisbol? ¿Era también parte del ritual?

O'Malley le lanzó una mirada. —Sólo las tripas de pescado. Dicen que nunca usaron el bate.

—Seguro—. Ella entrelazó los dedos. —Así que, dime Dan. ¿Por qué crees que el caso se está moviendo tan rápido?

O'Malley se encogió de hombros.

Georgia no dijo nada. Entonces, —no ha sido reportado por la prensa todavía. La parte de la novatada.

—Lo harán. Ellos han estado husmeando.

—Pero ya han pasado un par de semanas desde su asesinato.

O'Malley se limitó a mirarla.

—Tal vez necesitaban tiempo para que todas las chicas tuviesen defensa legal—, dijo ella.

O'Malley extendió las manos. —Oye, esta es la Costa Norte.

CAPÍTULO CINCO

GEORGIA SE dirigió a su casa en Ridge, girando al oeste y luego hacia el sur en Asbury. Comenzó a buscar un lugar para estacionar en una calle lateral, pero por un gran camión naranja de U-Haul en medio del camino, no pudo hacerlo. Maldijo, y pasando muy cerca del camión, se fue más lejos en la cuadra. Cinco minutos más tarde, se encontró con un lugar, estacionó el auto, y corrió de regreso hacia su edificio. Cuando se acercó, dos hombres estaban cargando una gran cómoda hacia la puerta de entrada.

Cortó camino por el césped al lado de los hombres y subió tres escalones. La puerta se abría hacia un vestíbulo lo suficientemente grande para seis buzones de correo de bronce y una pequeña mesa. Normalmente había correo basura, cupones y folletos, los cuales estaban desparramados sobre la mesa; pero hoy estaban esparcidos en el suelo. Recogió un par de cupones de entrega de pizzas. Esperaba que quien sea que se estuviera mudando casi hubiera terminado. Estaba casi anocheciendo, y a pesar de lo que la Cámara de Comercio había proclamado, Evanston no era el tipo de lugar para mantener la puerta abierta cuando cae la noche.

Ella comenzó a subir las escaleras hacia el segundo piso. Un fuerte golpe la hizo detenerse.

—Eh, hombre. ¿No puedes tener más cuidado? Eso perteneció a mi abuela.

—Si querías una compañía de mudanzas profesional, hubieras contratado a una—, se quejó el otro hombre.

Georgia miró de reojo por encima del hombro. Los hombres se veían como de su edad. Uno de ellos era ronco y tan grande como un defensa de fútbol americano. El otro era alto y delgado, con pelo rubio, largo en la parte superior, pero afeitado a los costados. Un par de gafas se deslizaban por la nariz. Llevaba jeans y una camiseta con mangas cortadas. El peso de la carga hizo que sus bíceps se destacaran visiblemente.

Ella los observó sostener la cómoda contra la barandilla, mientras empujaban hacia arriba por los escalones. Sería un giro cerrado de noventa grados para hacerla entrar. Mientras el hombre con gafas sujetaba la mesa y maniobraba de costado por la puerta, la luz se reflejó sobre un delgado anillo de oro en su mano izquierda. Georgia se dio la vuelta y siguió por las escaleras.

Llegó a su apartamento, se quitó las botas, y tomó una gaseosa del refrigerador. Se dirigió nuevamente a la sala de estar, que hacía también de su oficina. El apartamento estaba casi vacío, incluso sin decoración. Un simple sofá de color marrón, cortinas de color beige, dos sillones y un escritorio con varios estantes arriba. Hace mucho tiempo, ella había coleccionado cosas: velas, un reloj, un gallo de bronce, un antiguo tazón. Ahora estaban guardados. Mejor no tener demasiadas posesiones. ¿Quién dijo eso? Un escritor francés, pensó.

Ella tenía dos trabajos al mismo tiempo: una búsqueda de antecedentes, que si los dioses del internet eran favorables, sólo tomaría un par de horas, y un posible fraude de seguros. No había ninguna razón por la que no pudiera manejar otro trabajo. Como policía, se había encargado de múltiples trabajos durante varios años.

El problema... como siempre... era el dinero. Probablemente no habría mucho si tomaba el caso de Cam Jordan. Por otra parte, este era el tipo de trabajo que había estado anhelando. Algo que requiriera más que un video en una relación adúltera. Ella aún no lo había confirmado con Ruth Jordan o el defensor público, pero asumía que su tarea sería establecer duda razonable de que Cam Jordan había matado a Sara Long. Por lo menos lo suficiente como para convencer a un jurado.

Tendría que entrometerse en la vida de otras personas. Lo cual presentaba un problema. La gente en la Costa Norte no veía con buenos ojos la intrusión de extraños. Y aquí la gente consideraba a cualquiera que no conocieran ya, un extraño. También estaba la presión de un caso que recibiría amplia cobertura de los medios, uno que el fiscal del estado al parecer, quería terminar rápido. Y ella iba a enfrentar a su excompañero desde el otro lado. Eso no le molestaba, ella podría superar fácilmente a Robby Parker. Y tenía algo de conocimiento sobre los adolescentes en la Costa Norte por su período de trabajo como oficial juvenil. Incluso conocía a uno o dos que podrían hablar con ella.

Después de haberse sacado sus jeans, entró en el baño en ropa interior. Mientras se echaba agua fría en su rostro, escuchó golpes y unas palabrotas que provenían del pasillo. Gemidos y riñas, mientras los muebles eran arrastrados hasta el tercer piso. Los nuevos inquilinos se deben estar mudando al apartamento del piso de arriba y enfrente. Por lo menos no golpearían sobre su techo.

Rodó la lata de gaseosa por su frente y se sentó tamborileando un dedo en contra de la lata. Luego se levantó y tomó el teléfono inalámbrico de su escritorio. Marcó un número.

* * *

La mano de Lauren Walcher temblaba tanto que temía que iba a clavarse en el ojo. Bajó el cepillito del rímel y se miró en el espejo. Pelo negro enmarcaba un rostro ovalado, con ojos azules, pestañas espesas y piel pálida. Con o sin el rímel de pestañas, ella sabía que era atractiva. Incluso su madre, en esos raros momentos de intimidad, la llamaba Blancanieves. Ella recordó que cuando era una niña, trataba de encontrar el espejo mágico en la pared. Estaba segura de que estaba escondido debajo del empapelado de su habitación. Todo lo que necesitaba eran las palabras adecuadas, y el espejo mágico saldría a la superficie y le diría que era la más bella de todas.

Ahora, su rostro se iluminaba por las luces del teatro, Lauren lo sabía. El espejo nunca aparecería. La gente llevaba sus espejos en el interior. Deberían hacerlo. La mayoría de la gente era fea. Levantó el rímel y se inclinó hacia el espejo. Ella lo había comprado en Sephora la semana pasada por veinticinco dólares. Era bueno. Todo el mundo lo usaba. Trató de aplicárselo de nuevo, teniendo cuidado de que no quedaran grumos o gotas, pero el temblor en la mano no se detenía.

Tomó aire para estabilizarse. No podía desmoronarse. Todo dependía de ella. ¿Dónde estaba él? Ella lo había llamado hace una hora. Siempre devolvía la llamada. Un sonido desde la computadora sonó, alertándola que acababa de recibir un correo electrónico. Él tenía un Treo. A lo mejor le estaba enviando un correo electrónico.

Entró en su dormitorio, un reino de lavanda y blanco, con una enorme cama con dosel. La cubierta de estampado delicado coincidía con las sábanas, que hacían juego con las cortinas y la alfombra. Una colección de osos y otros animales de peluche estaban apilados en una esquina. Su madre siempre le decía que se deshiciera de ellos, que se los diera a los niños necesitados. Pero Lauren no podía soportar separarse de ellos. Les había dado nombres a todos.

Junto a la colección de animales salvajes había un arreglo de estantes, cajones y un escritorio, donde estaban su unidad de CD, DVD, televisión, y computadora. Hizo clic en el correo electrónico. No era él. Ella leyó el mensaje, tomó algunas notas, y contestó el mensaje. Luego rebuscó en su bolso para encontrar su celular e hizo una llamada.

Cuando terminó, ella puso un CD y se acostó en su cama. La voz suave de John Mayer salía de los altavoces Bose. Ella cerró los ojos. ¿Qué era lo último que Sara habría escuchado antes de morir?

* * *

Era el comienzo del tercer año del secundario. "El año más difícil para todo el mundo", decían. Escribir ensayos trimestrales, pasar exámenes de admisión para la universidad, las calificaciones que realmente valían. El partido de fútbol americano femenino en la reserva natural era la última actividad frívola antes de ponerse serios. Aun así, Sara no había querido ir. Tampoco Lauren, pero ella pensó que era importante hacer acto de presencia. Sara no había estado convencida hasta la noche anterior, cuando llamó a Lauren para decirle que iría después de todo.

—¿Cómo es que has cambiado de idea?—, preguntó Lauren.

—Necesito hablar contigo acerca de algo—, dijo Sara.

—¿Te pasa algo?

—No. Yo... yo sólo quiero hablar.

Lauren y Sara se habían distanciado hacía poco. Después de haber sido mejores amigas desde hace años, no estaba segura del por qué. Tal vez era simplemente la forma en que tenía que ser. Ahora Sara parecía estar abriendo la puerta de nuevo. Al menos una hendija.

—Está bien—, respondió Lauren. —No tenemos que quedarnos por mucho tiempo. Ni siquiera tenemos que jugar.

La mañana del partido era uno de esos días al final del verano que te rompe el corazón con su perfección. Un sol cálido, un cielo suave y azul sin nubes, los árboles y matorrales todavía frondosos y de color verde. Lauren esperó a Sara en el campo. Estarían dentro y fuera en un instante, luego se dirigirían a Starbucks.

Ella no había contado con los del último año. No sabía que estaban planeando la novatada para ese día. Cuando Heather y Claire corrieron hasta ella, y sin aliento le susurraron lo que habían oído, Lauren frunció el rostro. ¿Cómo podrían emocionarse tanto sus amigas? Parecían casi hambrientas por la oportunidad de ser humilladas. Lauren quería irse en ese momento. Ella debería haberlo hecho.

Dos chicas de cuarto año se pasearon hacia ellas, ambas llevando latas de cerveza. Lauren las conocía; aburridas chicas cuyos intereses se limitaban a chicos, ropa y automóviles. Una de ellas hizo girar un mechón de pelo. Ellas querían a Sara, dijeron.

—¿A Sara?—, respondió Lauren. —¿Para qué?

Las chicas se miraron. —Ella necesita un reajuste de actitud—, dijo una.

Lauren se cruzó de brazos.

—Cree que es la mejor—, la otra respondió. —Es hora de darle una lección.

—¿Sara? ¿Estás bromeando? ¿De qué mierda estás hablando?

—Ya lo sabes—. La primera chica lanzó una mirada elocuente.

Un escalofrío se deslizó por su espalda. —No. No lo sé—. Sara era hermosa. Todos los chicos en la escuela probablemente tenían sueños húmedos con ella. Pero Sara no coqueteaba. O les engañaba. Lauren la había visto echándose hacia atrás cuando algún chico reunía el valor suficiente como para acercarse a ella. Sin embargo, eso no impedía que la gente se pusiera celosa.

—¿Alguna vez has oído hablar de la invasión a la privacidad?— La segunda chica tomó un trago de cerveza.

Así que eso era todo. Lauren rompió el contacto visual con ella.

—Ella tiene que dejar de meterse en los asuntos de todo el mundo. Tratando de saberlo todo—, dijo la primera chica. —No es Diane Sawyer. Es tiempo de que se dé cuenta.

Lauren se encogió de hombros, como si no pudiera significar menos para ella. Salvo que sí le importaba. Sara había recibido cierta reputación por hacer preguntas personales. Tratando de averiguar quién estaba haciendo qué y con quién. Leía las notas de otras personas, y alguien incluso, la había acusado de robar su diario, aunque, por qué alguien era lo suficientemente estúpido como para llevar un diario a la escuela, era otra cosa. Lauren pensó que ella sabía por qué Sara lo estaba haciendo y le advirtió que se controlara. Sara respondió que ella no era la única. Heather, por ejemplo, era peor. Pero Heather no era hermosa como Sara.

Entonces Lauren se armó de valor. —¿Qué van a hacer?

—En realidad, tú lo harás. Tú y tus otras pequeñas amigas.

Cuando le dijeron lo que querían que hiciera, a Lauren no le gustó. Sin embargo, si ella no lo hacía, las chicas de último año le harían la vida imposible. A Sara también. Lo cual era algo que ellas no necesitaban. Así que cuando Sara llegó, Lauren le dijo que estuviera tranquila y que simplemente siguiera con el programa. Que deje que se la llevaran al claro y que le pusieran la cubeta en la cabeza. Sara dudó, pero finalmente aceptó una vez que Lauren prometió que acabaría en unos pocos minutos y todo el mundo le diría lo buen perdedora que había sido. Sara siempre quería caerle bien a todo el mundo.

Lauren estaba segura de que Sara encontraría su camino de regreso a la cancha. Pero entonces oyó el estruendo de unos batazos contra el balde. Y lo que sonaba como gritos silenciados. No sólo eran gritos de sorpresa o molestia. Lauren sabía que eran gritos de dolor. Un agonizante e insoportable dolor.

* * *

Lauren subió el volumen de la música. Olvídalo, se ordenó ella misma. Fue hasta su armario, abrió la puerta, y sacó unos jeans y la chaqueta de Prada. Miró el radio reloj en la mesita de noche. Casi eran las siete. Sus padres tenían reglas estrictas acerca de estar en casa en las noches de escuela, incluso si ella no tenía ninguna tarea. Lo cual usualmente era el caso. A menos que tuviera que escribir un ensayo, Lauren podía terminar la mayor parte de su tarea durante las clases o en la sala de estudio. Quienquiera que haya dicho que la escuela secundaria era difícil, debe haber sido un estúpido. Se puso su ropa, luego, apagó la computadora.

Mientras bajaba por las escaleras a hurtadillas, se quedó cerca de la barandilla. Las escaleras no crujían en ese lado. La malvada bruja estaba hablando por teléfono en la cocina. Lauren se imaginó a su madre sentada en un taburete cerca de la pared donde la mesada de granito se reunía con los azulejos mexicanos de la pared. Ella ya habría bebido dos copas de vino a estas horas, pero el maquillaje y el pelo todavía estarían perfectos. Así también, el cuerpo que pasaba horas esculpiendo en el gimnasio, sólo para poder replicar lo que Lauren daba por hecho. Lauren no pudo resistirse a sonreír.

La parte más difícil era salir por la puerta. Por lo general, salía por el garaje, pero eso significaba caminar por la cocina. Si ella lo hacía en silencio, probablemente podría escabullirse por el frente. La señal roja de alarma parpadearía, pero con su madre en el teléfono, lo más probable era que ella no se daría cuenta.

Se escabulló más allá de la pintura de Chagall en el pasillo. Sus padres no se cansaban de decirle a todos que era un original, y si alguien tenía el descaro de preguntarles cuánto costaba... que era exactamente lo que querían... ponían una mirada seria y decían: "Oh, eso es algo que nunca discutimos".

Ella llegó hasta la puerta y se detuvo. No había calor u olores que le hicieran agua la boca, provenientes de la cocina. Sólo el olor antiséptico de productos de limpieza y lustramuebles. Olores hogareños se sentían cuando había compañía solamente. Su madre se había acostumbrado a traer comida de FoodStuffs a casa. No había ninguna razón para cocinar, decía su madre. El padre de Lauren rara vez llegaba a tiempo para la cena, y no le gustaba comer cosas que no fuesen frescas. La primera parte, era cierto. Su padre nunca regresaba a casa antes de las diez. Sin embargo, la parte de "no estar frescas", era una mentira. Las comidas que su madre había traído de FoodStuffs habían estado en el mostrador de la tienda por horas, a veces días.

Lauren escuchó la conversación de su madre. Se trataba del tío Fred, de cómo murió en el incendio un par de semanas atrás. Justo cuando estaba luchando por seguir adelante después del infarto. Lauren había querido mucho al tío Fred, y había llorado cuando se enteró de la noticia. Cuando era pequeña y sus padres estaban fuera de la ciudad, él la llevaba a cenar. A veces a ver una película.

Pero luego tuvo el infarto, y ya no fue el mismo. Su madre pensaba que así fue como se inició el incendio. Es probable que él hubiese prendido la cocina para cocinar algo y se olvidó al respecto.

Luego Sara fue asesinada por ese loco unos días más tarde, y Lauren lloró de nuevo. ¿Por qué la muerte se llevaba a la gente que amaba? Si esto era lo que la vida le tenía reservado, no quería saber nada.

Entonces, ella abrió la puerta, salió, y en silencio la cerró. Saltó por las tres plataformas de hormigón sobre el estanque con peces dorados. Su madre siempre la corregía. Eran koi, no peces dorados. ¿Cuántas otras personas tenían estanques en el patio de adelante? Por otra parte, ¿cuántas personas vivían en una casa como ésta?

Abrió la puerta de su Land Rover y se metió. Si encendía el motor la delataría de inmediato. Incluso su madre, medio borracha, no podría dejar de notarlo. Ella puso el coche en marcha de todas formas.

CAPÍTULO SEIS

EL CORAZÓN de Georgia latía con fuerza, sus palmas estaban sudorosas y sólo con un enorme esfuerzo fue que pudo poner un pie delante del otro. Ya había estado en la cárcel del condado de Cook antes, pero cada vez que ella entraba, el pecho le dolía y se hiperventilaba. El aire parecía mucho más liviano en el interior. Estaba ansiosa de salir. Gracias a Dios pudo hacerlo. Pensó en la tenue línea que separaba a los policías de los criminales y se estremeció.

Esta vez, sin embargo, ella había *pedido* venir. Quería entrevistar a Cam Jordan. Ella arregló para encontrarse allí con su hermana Ruth en la entrada de visitantes después de haber investigado la escena del crimen.

No había visto mucho. El claro de la reserva natural donde Sara fue asesinada estaba a cincuenta metros del campo donde el partido de fútbol se había llevado a cabo. La única pista de que la escena del crimen había sido alterada eran los pedazos de cinta amarilla retorcidas entre las hojas caídas. La habían bajado rápido, dijo O'Malley. Por otra parte, no había ninguna razón para no hacerlo. Ellos tenían a su hombre y a la evidencia.

Ella pisó con cuidado, esquivando los rayos del sol que penetraban en el aún denso, techo de hojas. En los casos candentes, la policía local por lo general traía técnicos de NORTAF o del Laboratorio de Crimen en lugar de procesar la escena por sí solos. Era más seguro.

El suelo estaba alfombrado de hojas, pero debajo estaba seco. No había posibilidad de huellas. Incluso si las hubiera, probablemente pertenecían a las chicas que habían llevado a Sara allí. Los técnicos hubieran buscado cabello, fibras, e incluso fragmentos de cráneo, cualquier cosa que no perteneciera. Deseaba saber lo que habían embolsado, además del bate de béisbol y la camisa de Cam Jordan. Ella suspiró, echando de menos el acceso y la información que venían con ser un policía.

Una hora más tarde, se encontró con Ruth Jordan en la calle 26 y California. Se presentaron, mientras que los guardias tomaban su documento de identidad y les hacían llenar tres formularios a cada una.

La hermana de Cam era una mujer pequeña y delgada, alguien a quien Georgia llamaría "con cabello de preocupada": rizado, la mayoría de mechones con canas que parecía que habían sido rasgados, tirados y masticados por la frustración. Una expresión igualmente preocupada delineaba su rostro.

—Cam es quince años menor que yo—, dijo Ruth mientras estaban sentadas en un banco. Su voz sonaba tranquila y triste, y Georgia tuvo que inclinarse hacia adelante para poder escuchar. —Mis padres esperaron mucho tiempo entre ambos. Debe haber sido como tener un nieto, tantos años habían pasado—. Miró a Georgia. —¿Usted tiene hijos?

—No— dijo rápidamente. Georgia evitó mirar a la mujer.

—Yo tampoco. Supongo que con Cam... bueno...— Ella pasó sus dedos por la frente, secándose un sudor inexistente.

Un guardia corpulento llamó a Ruth por su nombre, y ambas se pusieron de pie. Después de buscar en sus bolsos, les dio una etiqueta adhesiva para sus chaquetas y les indicó que lo siguieran. Mientras las llevaba fuera y caminaban hacia otro edificio, Ruth añadió: —No estoy segura de que obtengas mucho. Él no habla. Casi no puedo hacer que me hable.

El guardia las llevó dentro de un edificio lúgubre, un tramo de escaleras, y por un largo pasillo. Bajo sus pies, Georgia sentía el piso pegajoso. El olor era parte basurero y parte vestuario de gimnasio, cubierto con hedor de orina y humo de cigarrillo. Ella respiraba por la boca.

Oyó unos cuantos piropos y silbidos a su paso. La mayor parte de la cárcel del condado de Cook estaba dividida en salas que consistían en habitaciones amplias, bien iluminadas de día, rodeadas por celdas. Mesas y bancos estaban atornillados al suelo, y un televisor estaba montado en lo alto de una pared. Los presos pasaban la mayor parte de su tiempo descansando en las mesas. Una jaula de alambre del tamaño de una cabina de estacionamiento, ocupaba la parte delantera de la sala. Era allí donde los guardias vigilaban a los prisioneros. Georgia alcanzó a ver los cuartos de baño a su paso. Sólo una fila de inodoros. No había divisiones, ni asientos, ni privacidad.

El guardia se detuvo ante una puerta cerrada fuera del pasillo central. Georgia miró a través de una pequeña ventana en la puerta. Habían movido a Cam Jordan de su celda, y estaba sentado encorvado sobre una mesa, con las piernas encadenadas. Ella se sorprendió de que lo hubiesen llevado a una sala de entrevistas; se había preparado para los sucios cubículos de vidrio en la zona de los visitantes. El techo de la habitación estaba lleno de tuberías a la vista, cubiertos con pintura descascarada de color beige. Todo en el condado de Cook era de color beige, pensó. Las paredes, el piso, los uniformes, a veces incluso las personas.

El guardia abrió la puerta. Cam empezó a mecerse hacia adelante y hacia atrás. Su cabello castaño se veía lacio y grasiento, y su uniforme de preso color beige, colgaba en su cuerpo. Podría haber sido guapo, si se le diera un buen acicalamiento y ropa, si no fuera por sus ojos. Eran sombríos y brillantes, fijos en alguna visión interior.

Ruth se acercó y apretó suavemente su hombro. Cam miraba fijamente hacia adelante. Ruth se sentó frente a él. Georgia se sentó junto a ella. Ruth puso las manos y los pies juntos. Con esfuerzo, sobrellevaba ese momento.

—¿Cómo estás, Cammy?—, dijo.

Dejó de mecerse y emitió una tos ronca con flema.

—¡Está enfermo!—, dijo Ruth bruscamente. Se volvió hacia el guardia. —Por favor, ¿puede hacer algo por él?

—Nuestro personal de enfermería trabaja las 24 horas del día. Son conscientes de su... su condición—, contestó el guardia.

Ruth le dio a Georgia una mirada de impotencia. El guardia se refería al personal médico en la División VIII, el pabellón donde se alojaban los enfermos mentales. Sin embargo, los doctores allí buscaban cosas como esquizofrenia, tendencias homicidas, y otras compulsiones psicóticas. Probablemente sólo se reían de la tos.

—¿Estás comiendo toda la comida, Cammy?— Ruth intentó de nuevo.

No hubo respuesta.

Se mordió el labio. —¿No hay alguna manera de sacarlo de aquí?

—¿Cuánto es su fianza?— Preguntó Georgia.

Ruth se miró las manos, como si recién acabara de darse cuenta de que ella las había entrelazado. —El juez lo fijó en tres millones de dólares.

Tres millones era algo serio, muy serio. —Su abogado puede pedir una reducción.

—Él dijo que lo intentaría, pero que no esperara mucho.

Georgia asintió con la cabeza. Nadie quería que el hombre que podría haber asesinado a un adolescente de la Costa Norte estuviera suelto por ahí.

Ruth se volvió hacia su hermano. —Cammy, esta señora va a tratar de ayudarte. Su nombre es Georgia. Igual que el estado. Te acuerdas de los estados, ¿no?

—Florida, Georgia, Carolina del Sur, Carolina del Norte, Virginia, Maryland...

—Eso está bien, corazón. Muy bien.

La expresión de Cam no cambió, pero su meneo disminuyó.

Ruth miró a Georgia. —A veces, cuando está relajado... y en su propio entorno, responde a las preguntas. Y de vez en cuando, lo sorprendo sonriendo. Pero aquí...— Su voz se cortó.

—¿Él vive contigo?

Ella asintió con la cabeza. —En el sótano. Está terminado, por supuesto. Bonita alfombra, paneles en las paredes. Luces suaves. Tranquilo. Le gusta vivir allí. Es una habitación grande, y tiene su propio baño. Con una ducha—. Enfatizó el último hecho, como si estuviera orgullosa de ello.

—¿Qué hace todo el día?

—Cuando está en casa, juega juegos. Juegos de mesa para niños. Ya sabes, como *Candyland, Serpientes y Escaleras. Conecta Cuatro*. Le encanta.

—¿Juega solo?

—A veces yo juego. Mira la televisión, también. Y estaba tratando de aprender a andar en bicicleta. Pero la mayor parte del tiempo, hacía caminatas.

—¿Solo?

—A veces. Él tiene una ruta que sigue generalmente.

—¿Por la reserva natural?

Ella dudó. —Sí.

—¿Qué pasó con tus padres?

—Los dos han muerto. Mi padre murió hace unos ocho años. Mi madre un año más tarde.

—Corre, escóndete—. Cam elevó la voz. —Papá tiene el cinturón.

Georgia y Ruth se miraron. —Mi padre se negó a... bueno, en realidad nunca aceptó a Cam. Pensó que podía quitárselo... hacerlo mejor.

—Él lo golpeaba.

—Y el golpe continúa—, gritaba Cam en voz baja de manera desafinada. Su voz era suave, cantarina, aguda como la de una niña.

—Él usa canciones para comunicarse a veces—, explicó Ruth.

Georgia se preguntó si había alguna manera de usarlas.

—Nuestro padre era... un partidario de disciplina estricta. Era un cristiano renacido—. Ruth miró sus manos, pero Georgia escuchó el desdén. —Yo soy católica.

No era de extrañarse que el muchacho estuviera loco. Tenía un padre que era fanático religioso tratando de golpear la enfermedad mental de Cam para sacársela de él. Lástima que no era el tipo de cosa que podría convencer a un jurado. En voz alta dijo: —Sé que Cam es un delincuente sexual registrado. ¿Cómo sucedió eso?

El mecer de Cam se aceleró de nuevo.

Ruth se encogió en su silla. —Fue hace unos seis años. Él era... ya te lo dije. Le gustaba dar paseos en la reserva natural. Fui con él a veces, ¿sabes? Y él estaba bien. Nosotros sólo caminábamos por la vereda, recogiendo rocas, cosas así. Pero un día... que no estaba con él... recibí una llamada de la policía. Lo habían capturado. Él había estado, bueno, masturbándose detrás de un árbol, y una pareja lo vio. Un hombre y una mujer. Ellos estaban haciendo jogging. Cuando le dijeron que se fuera a la mierda, él no hizo nada. Ni se fue a ninguna parte. Sólo terminó lo que estaba haciendo. La mujer pensó que era "agresivo".

—Porque él no se detuvo ni huyó.

—Es mi culpa—. Una mirada atormentada apareció en Ruth. —Mira, lo que pasa es que yo sabía acerca de su... hábito. Lo he sabido por años. Pero nunca hice nada al respecto. Incluso si yo quería, ¿qué podía hacer? A pesar de todo, Cam es un hombre, con las hormonas de un hombre... e inclinaciones sexuales. Si no estaba haciendo daño a nadie, ¿cuál era el problema? Dudo que él entienda lo que está haciendo. O el por qué. Y estoy segura de que no sabe que está mal.

No más que un mono en el zoológico, pensó Georgia.

—Pero yo sé... lo único que sé... es que él nunca le haría daño a nadie. No es capaz de hacerlo. Este asunto con el bate de béisbol...— Los ojos de Ruth reflejaban ira.   —Míralo. Él no ha pegado con un bate desde que tenía seis años. Estoy segura de que no sabe cómo.

Georgia miró hacia el hombre frágil, meciéndose hacia adelante y hacia atrás, perdido en su propio mundo. Parecía incapaz de resistir el más mínimo golpe. Pero, ¿cómo sabía que su hermano no tenía otro lado? ¿Un lado oscuro, asesino? ¿Y si hubiera estado en una especie de estado de fuga, impulsado por un deseo desconocido o rabia? ¿Podría haber juntado la fuerza suficiente como para asestar con un bate? Cosas como esas habían sucedido antes, especialmente con los enfermos mentales. Ruth le había dicho que Cam era autista, pero había algo más, también. *Qué era*, se preguntó.

—¿Tiene un médico, un trabajador social, alguien que pudiese ver sobre su... su condición?

Ruth asintió con la cabeza. —Él ve a una trabajadora social en el Centro de Salud Mental de la Costa Norte. La pondré en contacto con ella. Y con nuestro nuevo abogado. El párroco de mi iglesia lo convenció de llevar el caso.

—Esa es una buena señal—, dijo Georgia. —Ruth... ¿puedo hablar con Cam?

—Puede intentarlo—, indicó ella. —Pero no espere mucho.

Georgia se levantó y se sentó justo enfrente de Cam. Su meceo se aceleró.

—Hola. Soy una amiga de tu hermana. Estoy aquí para ayudarte. ¿Crees que puedes decirme tu nombre?

Cam miró hacia abajo. Se mantuvo oscilante pero sus movimientos se calmaron.

—Mi nombre es Georgia. Como el estado. Escuché que nombraste a los estados antes. Eso fue muy bueno.

No había respuesta. Cam parecía alternativamente aterrorizado y apaciguado por el caos dentro de su mente.

—Me gustaría llegar a conocerte mejor.

Nada.

Georgia lanzó un suspiro. —Está bien. Tal vez en otro momento. Me gustaría volver a visitarte. ¿Eso estaría bien?

Cam parpadeó.

Georgia, miró a Ruth.

—Por cierto—, dijo Ruth, —en caso de que se lo esté preguntando, tengo algo de dinero en un fondo fiduciario que mis abuelos ahorraron para Cam. Voy a usarlo para pagar el abogado. Y a usted. No quedará mucho después, pero yo... bueno...

—Eres una buena hermana.

—No es eso—, insistió Ruth. —Simplemente que no puedo soportar la idea de que podría estar encerrado por el resto de su vida por algo que... bien... yo sé que él no lo hizo. ¿Dónde habría encontrado el bate, de todos modos? Él no tiene ninguno. No lo ha tenido desde hace años.

Cam se meneó hacia adelante y hacia atrás, cantando fuera de tono. —Na, na, na, na, na, na, na, na. Batman.

* * *

—Cermak le hizo una evaluación, pero no lo trasladó a la División VIII—, dijo Paul Kelly ese día más tarde. Un hombre pequeño con una chaqueta azul marino en mal estado, pantalones de color caqui y una camisa azul, se reclinó en su silla y cruzó las manos detrás de su cuello. La luz fluorescente rebotaba en su calva y brillante cabeza.

El letrero sobre la puerta de Kelly decía: "Paul Kelly, Abogado y Agente de Seguros" ¿Era eso un signo de la situación de los abogados o la capacidad de Paul Kelly? Su oficina consistía en dos habitaciones de buen tamaño, pero escasamente amuebladas en Rogers Park, un barrio en el extremo norte de Chicago.

—¿Por qué no lo admitieron?— Georgia se sentó al otro lado del escritorio destartalado. —Está claro que está desconectado de la realidad.

—El hacinamiento—, dijo Kelly. —Sólo hay espacio para los verdaderos psicópatas. Así que les hacen algunas pruebas de mierda y luego los regresan de nuevo a la población general.

Georgia cruzó las piernas. —¿Ya es oficialmente su abogado ahora?

—Desde hace dos días—. Él hizo una mueca. —Debería haber

visto al defensor público. El chico estaba tan agradecido, que casi me dio un beso en la boca.

—¿No puede insistir en que sea admitido?

—Puedo insistir hasta que esté azul de la cara, pero no hará ninguna diferencia—. Su voz era fina y aflautada, pero hablaba con una cuidadosa inflexión, casi melódica, como si estuviera compensando por su timbre. —Srita. ... eh, Davis. Ha escuchado la palabra "tsunami", ¿verdad?

Ella asintió con la cabeza.

—Bueno, eso es como se perfila que será este caso. Nunca he visto nada igual. El hombre fue acusado en tres días y dos semanas más tarde, sentenciado. Sin embargo... escuche esto... la oficina del fiscal del estado ya ha presentado todas las evidencias.

Georgia levantó la cabeza. —¡Eso es inaudito!

—Como si no lo supiera—. Hizo una seña hacia una pila de documentos a un lado de su escritorio. —De eso se trata todo esto. Alguien quiere que este caso termine rápido.

—¿Por qué?

—¿Quién sabe?— Él se encogió de hombros. —El fiscal del estado realizó una campaña extenuante el año pasado. Es probable que esté tratando de cumplir con ello.

—¿Pero por qué este caso?

—Porque es un juego de niños.

—¿Nada más?

—¿Por qué? ¿Qué quiere decir?

—Me dijeron que Ramsey, el abogado del fiscal del estado y el fiscal encargado del caso, vive en Winnetka. Su hija va a la misma escuela que la víctima.

—Interesante.

—¿Crees que podría estar bajo algún tipo de presión?

—Alguien está siempre bajo presión en Chicago. ¿Por qué crees que dicen que se puede "acusar a un sándwich de jamón" en el condado de Cook?— Hizo una pausa. —Pero si estamos hablando de una presión *indebida*...— Su voz se elevó en la palabra "indebida". —El asesinato ocurrió en una de las áreas más opulentas, y de gente blanca, de Chicago. Y es cierto, si la chica iba a la escuela con la hija de Ramsey, podría haber presión. De la escuela, los vecinos, los mandamases del pueblo. Nadie quiere que esto nuble a la comunidad. Al mismo tiempo, Ramsey tiene que estar muy seguro de que va a ganar. Quiero decir, ellos tienen las huellas del individuo en el bate y la sangre de la víctima en su camisa.

—Supongo que eso no me da mucho tiempo—, dijo Georgia.

—Está en lo correcto—. Kelly la miró. —Mire. Yo sé por qué Ruth Jordan la contrató. Sé que está convencida de que él no lo hizo. Pero no puedo, de buena fe, informar a ninguna de ustedes dos que esto hará una diferencia. Creo que nuestra mejor oportunidad es conformarse con una pena reducida. Dejar que el chico entre en el sistema. Lo llevarán a un psiquiatra. ¿Quién sabe? Podría ser algo bueno.

Georgia descruzó las piernas. Si Kelly no quería organizar una defensa, el trabajar con él sería una pesadilla. Ella consideró sus opciones. Podría contarle lo que dijo O'Malley, pero ella no quería meter a O'Malley en problemas. Sin embargo, tenía que darle algo, aunque sólo fuera para evitar que lo declararan culpable de inmediato. —En realidad, la idea de que me contrataran, vino de un policía en la Costa Norte.

Kelly arqueó las cejas.

—¿Ruth no le mencionó eso?

—No—. Se inclinó hacia delante. Por primera vez parecía interesado en la conversación. —Si los policías atrapan a su hombre, por lo general no van en busca de pruebas para exonerarlos. ¿Cuál es el problema?

—Un asunto de novatadas que se estaba llevando a cabo en el momento del crimen.

—¿Novatadas?— Él frunció el rostro.

—¿No les informó el defensor público?

Kelly negó con la cabeza. —Tuve la suerte de que el defensor público supiera el nombre de su cliente.

—Me imaginé que estaría en los informes de la policía. Lo de la novatada, quiero decir.

—No los he leído todavía.

Georgia se pellizcó el puente de la nariz. —Está bien. Déjeme ponerlo al día.

Mientras le explicaba el incidente de las novatadas hace dos años, Kelly comenzó a asentir con la cabeza. —Me acuerdo de eso—. Él cambió de posición. —Espere. ¿Está diciendo que otro chico la golpeó hasta la muerte?

—Es una posibilidad.

Kelly negó con la cabeza. —Pero, ¿cómo...

—¿Qué pasa si las cosas... simplemente se salieron fuera de control? Estaban bebiendo, no se olvide. ¿Y si alguien tenía unos cuantos tragos de más y golpeó a la chica por accidente?

—¿Por accidente?

—Se suponía que iba a ser un juego de fútbol americano femenino.

—Oh.

—Y, por ejemplo, unos minutos más tarde, otra chica viene y la golpea de vuelta. Luego otra persona toma un bate de béisbol, y se intensifica. Y si una de ellas tenía un resentimiento contra la otra...— Se inclinó hacia delante, imitando sus movimientos. —Ya sabe cómo son las chicas de la escuela secundaria.

—No. ¿Cómo son?

De alguna manera, Georgia no se sorprendió. —Al igual que el mercurio. Operan más que todo por las hormonas. Lo que significa que pueden volverse contra sus amigos en un santiamén. Sobre todo si el "grupo", quienquiera que el grupo sea en ese momento, así lo dice. La necesidad de ser aceptado hace que los chicos hagan cosas locas.

—Una chica debería haber sido muy fuerte para hacer el tipo de daño que se le hizo a la víctima.

—Una niña de seis años de edad podría hacer mucho daño con un bate de béisbol. Ella se encogió de hombros. —¿Y qué pasa si no era una chica? ¿Y si era uno de los muchachos? También había muchachos en la reserva natural.

Por un momento, Kelly se veía curioso, incluso interesado, y

Georgia se atrevió a tener esperanza. Luego su expresión se volvió sombría. —Así que habían unos cuantos chicos en el bosque. Y estaban corriendo por los alrededores medio borrachos haciendo desórdenes. Esto no mitiga la evidencia en contra de mi cliente. Él es un delincuente sexual registrado. No se puede obviar eso.

—Señor Kelly, no sabemos lo que su... nuestro cliente, estaba haciendo realmente en el bosque. Las chicas lo vieron de rodillas sobre el cuerpo, pero la policía lo encontró a casi medio kilómetro de la escena del crimen. Además de sus huellas en el bate, hasta donde yo sé, en realidad nadie lo vio matar a la chica. Y él no nos lo puede decir, de una u otra manera—. Georgia se miró las manos. —Hay un montón de preguntas que no han sido contestadas. De dónde vino el bate, por ejemplo. Su hermana insiste en que no era suyo.

—No sé—, dijo dudoso Kelly. —Sigo pensando que conformarse a una pena reducida, es nuestra mejor oportunidad.

Georgia se mordió el labio. Ella estaba cerca, podía sentirlo. No podía dejar que se le escapara de entre las manos. Se trataba de su última carta. —Mire. Yo estuve en el cuerpo de policía de allí, y, como he dicho, alguien a quien respeto... que todavía está en la policía... piensa que deberíamos echar un vistazo.

—¿Usted era un policía?

Ella asintió con la cabeza. —Pero, al parecer, nadie está... fijándose en eso, quiero decir, por lo menos no en serio. Lo cual plantea la pregunta, ¿por qué no? ¿Es posible que esta hija de Ramsey estuviera involucrada en la novatada? ¿U otro chico rico? ¿O es algo totalmente diferente que no sabemos todavía? Tenemos que averiguarlo, pero necesito tiempo. Usted es su abogado. ¿Puede conseguirme un poco de tiempo?

Kelly hizo tamborilear los dedos sobre el escritorio. El olor de los gases del caño de escape de un autobús que pasaba penetró por la ventana. Georgia miró hacia afuera. El autobús descargó un montón de niños de la escuela, que se empujaban unos a otros y se echaban a reír. Se volvió de nuevo hacia Kelly. Se preguntó qué le había dicho el sacerdote de la parroquia a la que asiste Ruth Jordan, como para convencerlo a Kelly de que tomara el caso.

Como si hubiera leído su mente, suspiró. —El Padre Carroll y yo crecimos juntos en el lado oeste. Él me rogó que tomara el caso. Me dijo que Ruth Jordan era un alma decente que llevaba una carga horrible. Me correspondía como cristiano hacerlo, me dijo—. Kelly se echó a reír. —Si yo tuviera un dólar por todas las cosas cristianas que he hecho, me podría comprar mi boleto al cielo—. Cruzó las manos sobre el escritorio. —Voy a ser honesto. No soy optimista. Como he dicho, nunca he visto un caso volar a través de los tribunales así de rápido. Ni siquiera el caso de Gacy. Esta gente habla en serio. Tiene que estar preparada para eso.

—Pero ¿y si no lo hizo?

—No sería la primera vez.

Georgia se limitó a mirarlo.

Se rascó la cabeza. —Pero dado a que está decidida a desempeñar el papel de Juana de Arco... tengo que examinar las pruebas forenses. Eso llevará tiempo—. Dejó caer su mano. Le quedaron dos marcas blanquecinas por rascarse en la brillante cabeza.

—¿Cuánto?

—Tal vez una semana o algo así.

—Eso no es suficiente.

—Y luego está el ECC—. Sonó agraviado porque ella lo había interrumpido.

—¿ECC? Eso es una especie de informe psiquiátrico, ¿no?

—Examen Clínico de Comportamiento. Un examen psicológico que se supone que debe determinar si el acusado comprende los cargos en su contra, si es capaz de cooperar en su defensa, y si estaba cuerdo en el momento del crimen.

—Usted ya sabe que no lo estaba. ¿Por qué necesita una prueba?

—Nos ayudará a ganar más tiempo.

"Nos", pensó Georgia. Él dijo "nos". —¿Cuánto?

Una vez más echó la cabeza hacia un lado. —Si alguien decide acelerarlo, lo cual no se puede descartar teniendo en cuenta lo que ya ha pasado, tal vez un par de semanas. Por otra parte, usted está tratando con burócratas y psiquiatras que no pueden cambiar en un instante aun si su vida dependiera de ello. Podría tomar un mes. Tal vez más tiempo.

Eso es mejor, Georgia pensó.

—Y...— La insinuación de una sonrisa apareció en su rostro. —Dependiendo de lo que diga el informe, tal vez necesite pedir una segunda opinión de un psiquiatra privado, lo cual podría darnos un mes más.

Esta vez, ella le devolvió la sonrisa. —Así que, ¿cuándo puede solicitar ese ECC?

Un brillo apareció en sus ojos. —Ya lo hice. En la lectura de cargos.

La boca de Georgia se abrió.

Kelly le dio una sonrisa torcida, pero genuina.

—Bien hecho, abogado—. Había subestimado al hombre. Ella hizo algunos cálculos. Hoy era ocho de octubre. —¿Así que es posible que no tenga que volver a la corte hasta diciembre?

—Está en manos del juez. Recuerde, la fiscalía se encuentra en la posición ventajosa. Incluso podrían tener al juez en su bolsillo.

—Pero usted lo está intentando.

—Aparentemente.

Georgia se puso de pie. —Entonces, ¿por qué se comportó tan... pedante... cuando nos conocimos, en primer lugar?

Él se encogió de hombros.

—Me estaba echando el ojo.

Se puso de pie también. —Tal vez—. Hizo una pausa... —O tal vez fue lo que le dije.

—¿El qué?

Él sonrió. —Que compraría mi entrada al cielo.

Ella casi le creyó.

Después de fotocopiar los documentos de la investigación en un Kinko cercano, Georgia se los devolvió a Kelly. Ella se sorprendió cuando él le entregó un cheque de Ruth Jordan.

—El pago inicial—, dijo.

Ella lo deslizó en su bolsillo y se dirigió a Evanston, agradecida de haber pasado la inspección.

CAPÍTULO SIETE

EL VOLVO blanco dobló la esquina tan rápido, que el conductor tuvo que frenar en seco. Georgia conocía a la mujer detrás del volante. Ellie Foreman estuvo implicada en un caso en el que Georgia trabajó cuando todavía estaba en la policía. De hecho, era el caso que había incitado su suspensión. A pesar de ello, a Georgia le terminó agradando Foreman. A excepción de momentos como éste, cuando la mujer mostraba un sentido de poder que hacía que Georgia la detestara. ¿Por qué algunas personas asumían que podían romper las reglas? Para ser justos, sin embargo, Foreman no estaba sola. Especialmente en la Costa Norte.

—Viene con el territorio—, solía decir O'Malley. —Son todos abogados, médicos y personas importantes que te dicen qué tan conectadas están. Algunos lo están. Otros no. Sin embargo, siempre tienes que tratarlos a ellos como señorita o señor y con guantes de seda, más aún cuando los sorprendes infraganti.

Mientras el Volvo se detuvo en la entrada al garaje, Georgia decidió mantener la boca cerrada. Ella ya no era un policía. ¿Qué le importaba si alguien rompía las reglas? Un momento después, el conductor abrió la puerta y salió, quitándose la gorra de béisbol que llevaba y liberando una mata de rizos rubios.

No era Ellie. Era Rachel, su hija.

Georgia vio como la chica, sin darse cuenta de la presencia de Georgia, alcanzaba su mochila y una bolsa de plástico blanca. Metió la bolsa en su mochila y se la colgó en su hombro. ¿Cuándo habría cumplido dieciséis años? Georgia solía resentir cuando su abuela se equivocaba con su edad, lo cual pasaba todo el tiempo. Ella había jurado nunca hacerle eso a una persona joven; era un insulto. Se ajustó su chaqueta.

—¡Rachel!

La muchacha se dio la vuelta. —¡Georgia!— Una serie de emociones pasaron por su rostro: sorpresa, alegría, al final culpa. —Oh, Dios. No te vi.

—No me digas—, dijo con sequedad Georgia. —¿Siempre doblas la esquina tan rápido? ¿Cuánto tiempo has tenido tu licencia?

Las mejillas de la muchacha se ruborizaron. —Por favor no le digas a mi madre. No lo volveré hacer. Fue sólo...— Ella dejó de hablar. —Oye, no estás en uniforme. ¿Tienes el día libre?

—Buen intento. Pero no te ayudará el cambiar de tema. ¿Qué pasaría si uno de los niños pequeños a quienes solías cuidar como niñera estaba corriendo por la calle?

Rachel nerviosa desenrolló el puño de su suéter, a pesar de que ya llegaba hasta su muñeca. —No lo volveré hacer otra vez. En serio.

Georgia asintió con la cabeza. Ella no quería ser demasiado dura con la chica. Rachel era la razón por la que había venido.

Rachel pareció darse cuenta de que todo estaba bien, y se relajó. —Oye, ¿por qué estás aquí? ¿Hay algún problema?

—No.

Rachel empezó a sacarse la mochila de su hombro.

—Pero te quiero hacer algunas preguntas.

Ella entrecerró los ojos y frunció el rostro. —¿Sobre qué?

—¿Qué tal si vamos adentro?

Mientras caminaban hacia la casa, Georgia supuso que Rachel había crecido por lo menos cinco centímetros, era casi tan alta como Georgia. Sus rizos rubios, tan distintivos como los oscuros de su madre, estaban cortos y se mantenían en su lugar con una cinta ancha. Sus ojos azules eran claros y brillantes, y la insinuación de una sonrisa apareció en sus labios, como si estuviera esperando el chiste adecuado para estallar en carcajadas. Rachel estaba convirtiéndose en una gran señorita.

—¿Qué pasa?— Rachel se fue en torno a la puerta de atrás y giró el picaporte. Estaba abierta.

Georgia entró en la cocina. Se veía de la misma forma que desde la última vez que estuvo allí: mesada de madera, electrodomésticos blancos, armarios de madera oscura.   —Quiero preguntarte sobre Sara Long.

—Me lo imaginaba—. Rachel giró los ojos. —Es todo de lo que la gente habla.

—Fue un...— Georgia escogió sus palabras con cuidado. —...evento significativo.

—No me jod... no me digas.

—Oye, Rach—. Una voz llamó desde arriba. —¿Trajiste lo que necesitabas?

—Sí, mamá—. Rachel bajó la mochila de su hombro y sacó la bolsa de plástico. —Champú. Es nuevo. Limpia, acondiciona, y da brillo, todo en un solo paso—. Ella miró el pelo de Georgia. —Deberías probarlo.

Georgia estaba a punto de responder cuando la voz volvió a interrumpir. —¿Quién está contigo, Rachel? Pensé que habíamos acordado. Tarea en primer lugar.

Rachel sonrió con complicidad. —¿Por qué no vienes abajo y lo ves tú misma?

Georgia escuchó los pasos descendiendo por las escaleras. Un momento después una atractiva mujer de pelo oscuro en pantalones de ejercicio y una camiseta, llegó a la cocina.

—¡Georgia!—, se iluminó el rostro de Ellie Foreman, y echó sus brazos alrededor de ella en un abrazo. —¡Qué sorpresa!

Georgia trató de no dejar que su incomodidad se mostrara. —Estaba por el barrio...

Ellie dio un paso atrás, una mirada sagaz en sus ojos. —Claro que lo estabas.

Georgia fingió no darse cuenta. —En realidad, quería hablar con Rachel sobre Sara Long.

Ellie miró a Rachel, y luego a Georgia.

Georgia continuó. —Ella estaba empezando a decirme cómo ha estado en la escuela.

—Oh. Bueno. No dejes que te moleste—. Ellie se dio la vuelta, abrió el refrigerador y hurgó en el interior. Georgia corrió una silla y se sentó.

—Como iba diciendo—, dijo Rachel arrogantemente, —hemos tenido advertencias y reuniones hasta la coronilla. Trabajadores sociales y consejeros están por todo el lugar, y cada día hay algún recurso nuevo que se supone, debemos conocer. Como si no tuviéramos suficiente ayuda ya.

Georgia reprimió una sonrisa. Sonaba igual que su madre.

—Incluso la policía habló con nosotros—. Hizo una pausa. —Pero eso ya lo sabes.

Ellie se dio la vuelta, dejando la puerta del refrigerador abierta. Ella y Georgia intercambiaron una mirada. Al parecer, Ellie no le había dicho a su hija acerca de la suspensión de Georgia. No es que hubiera alguna razón para hacerlo. O no hacerlo. Georgia respondió, manteniendo sus ojos hacia Ellie. —No, no lo sabía.

—¿No estás trabajando en el caso?

Georgia había ensayado su respuesta, pero no había esperado decirla con Ellie en la habitación. —Lo estoy. Estoy haciendo algunas... investigaciones.

—¿Por qué?—, dijo Rachel. —Pensé que ya tenían a un hombre.

—Todavía hay unos... cabos sueltos que atar—. Ella y Ellie intercambiaron otra mirada. Si Ellie iba desenmascarar a Georgia, ese era el momento. Ellie se mostró como si quisiera decir algo, luego se volvió hacia el refrigerador. —¿Quién quiere una gaseosa?

—Yo—, respondió Rachel.

—¿Y tú, Georgia?

—No, gracias.

Ellie sacó dos latas de gaseosa y le dio uno a Rachel. —Bueno, creo que me iré de vuelta arriba. Llámame en algún momento—, dijo a Georgia.

Georgia asintió con la cabeza.

Ellie volvió a mirarla, antes de salir de la habitación. Ella estaba bien, pensó Georgia. Para un civil. —¿Así que ha habido mucha atención sobre el incidente en la escuela?— Preguntó Georgia a Rachel.

Rachel asintió con la cabeza. —Se quieren asegurar de que todo aquel que lo necesite, cuente con ayuda.

—¿Sus amigos?

—Algunos. Pero hay un montón de aspirantes. Ya sabes. Los chicos que no eran realmente sus amigos, pero quieren la atención—. Abrió la lata.

—¿La conocías?

—¿A Sara? No muy bien.

—¿No eran amigas?

—No. No estoy con esa gente.

—¿Qué gente es esa?

—En realidad no tienen un nombre, por lo menos un nombre que alguien pudiera utilizar en público.

—¿Qué quieres decir?

—Bueno, las chicas son una especie de muñecas Barbie, ¿sabes? Bonitas pero tontas, ropa de onda y esas cosas. Se pasan todo el tiempo comprando maquillaje y enviándose mensajes de texto entre sí.

—¿Sara era parte de ese grupo?

Rachel asintió con la cabeza. —Sí. Ella era hermosa. Era un año mayor que yo—. Ella tomó un trago de su gaseosa. —¿Cómo es que estás haciendo todas estas preguntas?

—Te lo dije. Sólo estoy tratando de atar algunos cabos sueltos.

—¿Qué cabos sueltos?

Georgia no respondió.

Rachel inclinó la cabeza. —¿No crees que él lo hizo?

—No es mi trabajo pensar de una manera u otra. Eso depende de un juez y un jurado.

Rachel miró fijamente a Georgia. —Mi madre hace eso.

—¿Qué?

—Me da esas respuestas que no responden cuando no me quiere decir lo que realmente está pasando.

Georgia pasó por alto el comentario. —¿Quiénes son los amigos de Sara? ¿Me puedes dar algunos nombres?

Rachel tomó otro sorbo de su gaseosa. —No me vas a decir por qué, ¿verdad?— Cuando Georgia se mantuvo en silencio, suspiró. —Está bien. Sé que ella era amiga de Heather Blakely. Ella es la presentadora de las noticias de la escuela por la mañana.

—¿Las noticias de la escuela?

—Todas las mañanas durante las reuniones con asesores, nos hacen ver las noticias de la escuela en esos monitores.

—¿Tienen un televisor en el salón de clases?

Ella asintió con la cabeza. —La Asociación de Padres y Profesores los compraron hace unos años. No sé por qué. Nosotros no los necesitamos. Creo que el hacernos ver las noticias es sólo una excusa para darles algo de uso. De todos modos, Heather es la presentadora principal. Se piensa que es Katie Couric.

Georgia sacó un bloc de notas y una pluma. —¿Alguien más?

—Bueno, está Claire Tennenbaum. Ella es probablemente una de las chicas más tontas que jamás conocerás. Pero de manera graciosa, como un lindo cachorro. Sabes que son estúpidos, pero no puedes evitar que te agraden. Oh. ¿Cómo podría olvidarlo? También está Lauren Walcher. Ella vive en esa increíble casa en Glencoe con una piscina y una casa de huéspedes separada, y estanque con peces dorados que se supone debe ser hermoso.

—¿Has estado allí?

Rachel tomó un trago de su gaseosa y sacudió la cabeza. —No. Sólo los chicos más populares son invitados a la casa de Lauren. No estoy con esa gente.

—Por lo que todos deberíamos decir una oración de agradecimiento—, murmuró Georgia. Ella levantó la vista de sus notas para encontrarse con la mirada desafiante de Rachel. Georgia sonrió. —No necesitas pasar el rato con los chicos populares. Ya eres una de las mejores chicas que conozco.

Rachel no pudo reprimir una sonrisa.

Georgia esperaba que ella se lo creyera. —¿Y un novio?

Un rubor se asomó por el cuello de Rachel. —¿Craig? Yo... yo no soy realmente...

—No tú—, interrumpió Georgia.

—Oh—. Sonrió tímidamente. —No lo sé. Los chicos están... estaban babeando siempre por Sara. Y sus amigas. Por lo menos en el pasillo y cosas así. Pero no sé si ella estaba saliendo con alguien.

—¿Qué chicos?

Ella se encogió de hombros. —No sé.

—Está bien. ¿Alguna de las chicas que mencionaste tiene coche?

—Creo que Claire lo tiene. Ah, y Lauren también. Ella tiene un Land Rover negro. Lo usa para llevar a la gente—. Rachel frunció el rostro. —Ahora que lo pienso, no la he visto mucho últimamente.

—Lo tengo—. Georgia terminó de escribir, cerró su bloc de notas, y lo puso en el bolsillo de su chaqueta. —Dime una cosa. ¿Hay alguien que se llame Ramsey en tu escuela?

Rachel asintió con la cabeza. —Mónica Ramsey. Ella es de último año.

—¿Era una amiga de Sara?

Rachel se encogió de hombros. —No lo sé. ¿Por qué?

Georgia se encogió de hombros en respuesta. —Sólo por curiosidad.

—Su padre es un pez gordo, ¿no?

—Muy gordo—. Acordó Georgia. —Oye. ¿Tienes algún anuario que me puedas prestar?

Rachel asintió con la cabeza.

—¿Tal vez podrías señalar algunas de las personas que acabas de mencionar?

—Por supuesto. Voy a traerlo.

Georgia sonrió agradecida. —Incluyendo a Craig.

* * *

De vuelta en su apartamento esa noche, Georgia hojeó los informes policiales, transcripciones del gran jurado, y declaraciones de testigos. Ella encontró resúmenes de entrevistas de todas las chicas que Rachel había mencionado. Las tres se encontraban en la reserva natural para el partido de fútbol americano femenino.

Georgia apretó los labios. El incidente de novatadas hace dos años había empezado de la misma manera. ¿Por qué no hubo alguien que lo detuviera esta vez? Seguramente algunos adultos, maestros o funcionarios de la escuela debían haber sospechado que podría ocurrir de nuevo. Los recuerdos no duraban tan poco. Se levantó del sofá y se fue a la cocina. Los adultos hacen un decreto, los chicos lo ignoran, a continuación, los adultos no hacen nada para hacerla cumplir. Y se preguntan por qué los chicos tienen problemas con las figuras de autoridad.

Se sirvió un vaso de agua y se lo bebió todo. Estaba tratando de mantenerse hidratada. Dijeron que ayudaba. Sin embargo, ¿ocho vasos al día? Eso era una exageración. Por no hablar de todas las idas y venidas al baño. De todos modos bebió toda el agua.

Las transcripciones confirmaron lo que ya sabía. Las chicas volvieron al claro donde vieron a Cam Jordan de rodillas sobre el cuerpo de Sara Long, el bate en el suelo junto a él. Corrieron a llamar a la policía, y él aparentemente escapó. La policía lo encontró fácilmente, estaba vagando en las cercanías a unos cuatrocientos metros de la escena del crimen.

Luego revisó los informes de la policía. Ellos, también, coincidían con lo que ya sabía; sin embargo, los revisó con cuidado. La palabra "novatadas" no fue mencionada, y nadie había confesado llevar el balde, la venda, o el bate. *Entonces, cómo llegaron allí*, Georgia se preguntó. ¿Acaso se materializaron de la nada?

Georgia terminó de leer, entonces apiló de manera ordenada todos los archivos en el suelo. Ella sabía del fútbol femenino, y sabía que a veces las chicas cambiaban las reglas a su antojo. Pero no podía imaginarse ninguna regla que estipulara que Sara Long estuviera sola con un balde encima de su cabeza. Más importante aun, a ninguno de los agentes de la policía, al parecer, se le había ocurrido preguntar al respecto. O si lo hicieron, la respuesta no fue incluida.

Entró en la cocina y miró por la ventana. El sol se había puesto hacía horas, y la oscuridad exterior se mostraba en marcado contraste con sus cortinas blancas. La simplicidad de los polos opuestos era atractiva. El blanco y el negro nunca podrían ser confundidos, mal interpretados o manipulados. Apoyó la frente contra el vidrio. De alguna manera, dudaba que el caso de Sara Long tuviera la misma claridad.

CAPÍTULO OCHO

SONÓ EL timbre, señalando el final del período. Lauren se sobresaltó... había estado absorta en una hoja de análisis de los personajes de Willy Stark y Jack Burden. Recogió sus libros, alzó su bolso de Prada por encima del hombro, y salió del salón de clases. Una multitud de estudiantes se empujaban y bloqueaban su camino por el pasillo. Lauren caminó por los bordes, permaneciendo cerca de las hileras de los casilleros. Al llegar al final del pasillo, vio a Claire y a Heather esperándola a la vuelta de la esquina.

—¿Qué ocurre?— Se molestó por la presencia de ellas. Tenía cosas que hacer. Pero todas ellas tenían un periodo libre al mismo tiempo... lo habían planeado de ese modo la primavera pasada. Con Sara.

—¿Quieres ir afuera?— Dijo Heather Blakely, pequeña y esquelética, quien se enorgullecía de llevar una talla dos. Lauren pensaba que estaba en el límite de la anorexia... nunca comía nada, al menos en frente de ellas. Ese día ella llevaba una falda Citizen de jean con un vuelo en la parte inferior y una camiseta color verde pálido, que parecía ser marca Express. Femenina. Pulcra. Muy Heather.

Lauren buscó su celular para comprobar la hora. —Sólo tengo

un par de minutos. Tengo que hacer algunas cosas. Y tengo hambre. Vamos a la cafetería.

Claire Tennenbaum, que era alta y delgada, y sobrepasaba en altura a Heather, sacudió la cabeza. Su largo cabello castaño tenía mechones de rubio y brillaba, incluso en la luz fluorescente de la escuela. —Tengo que hablar con ustedes.

Lauren frunció el rostro. —¿Sobre qué?

La chaqueta vaquera de Claire cubría su torso, apenas, y sus jeans Sevens eran de cintura baja. Miró a su alrededor e hizo un gesto hacia el hueco de la escalera.

—¿Por qué tenemos que subir?— Sonó la voz de Heather sospechosa. Mierda. La chica no podía aceptar un sí por respuesta. Ella tenía que saberlo todo, de inmediato. Por lo menos Sara había sido más sutil.

—Sólo tienes que venir arriba—. Claire, por lo general, tenía una mirada aburrida, vacía, como si las neuronas de su cerebro fueran lentas para disparar. Pero hoy, se veía ansiosa. Casi miedosa.

Lauren se dirigió hacia la escalera que conducía a un rincón poco utilizado en el tercer piso. A veces, acampaban allí durante el tiempo libre. Pocos profesores llegaban hasta allí, si podían evitarlo... demasiados escalones para subir.

Al llegar a la escalera, una ola de chicos corrieron alrededor de ellas. Tenían sólo cinco minutos entre clases, y los profesores lo imponían aplicando detención cada vez que un estudiante llegaba tarde. Ya en el tercer piso, empujaron a través de unas puertas dobles de vidrio. Heather golpeaba el pasillo con sus zuecos Michael Kors, notó Lauren.

Claire se dejó caer en el suelo al final del pasillo. Heather se sentó con más cuidado.

Lauren se apoyó contra la pared, planeando irse después de escuchar lo que fuera que Claire tenía que decir. —Entonces, ¿qué pasa, Claire?

Las mandíbulas de Claire se movían hacia arriba y hacia abajo. Estaba mascando chicle. Se inclinó hacia delante. —Venía para la escuela esta mañana. Era temprano, porque tenía que encontrarme con mi profesor de matemáticas para repasar algunas cosas para una prueba. De todos modos, me estacioné del otro lado de la calle, en el estacionamiento, y...

Heather giró los ojos. —Ve al grano, Claire.

Claire fulminó con la mirada a Heather. —Lo estoy haciendo—. Cambió de posición para alejarse de Heather y volverse hacia Lauren. —Bueno, una mujer me detuvo cerca de mi coche. Dijo que quería hablar sobre Sara.

Lauren se enderezó. Heather, notó Lauren, siguió el ejemplo y mostró interés también.

—¿Qué mujer?—, dijo Lauren.

—Georgia Davis.

Lauren frunció el rostro. —¿Era policía?

Claire hacía ruido con la goma de mascar. —Yo... Yo creo que sí.

—¿No le preguntaste?

—Tenía un montón de papeles, y ella seguía mirándolos. Yo... me imaginé que lo era.

—¿Llevaba un uniforme?—, preguntó Heather.

Claire negó con la cabeza.

Heather dio otro vistazo a Lauren, a continuación, expresó, —policía o no, sabes que no debemos hablar de nada sin nuestros padres allí.

—Eso es lo que le dije—. Claire asintió con la cabeza enérgicamente.

—¿Y?—, dijo Lauren.

—Ella me dijo que la podíamos llamar, si es que me hacía sentir más cómoda, o podíamos ir a casa y hablar.

Heather dio una mirada exasperada de "qué vas a hacer" a Lauren.

Lauren la ignoró. —¿Qué pasó después?

Claire lentamente cruzó las piernas al estilo indio y reventó un globo en su boca. *Ella estaba encantada de ser el centro de atención,* pensó Lauren. —Bueno, en primer lugar, miró en el interior del Jeep...

—¿Para qué?— Interrumpió Heather.

—No lo sé. ¿Drogas, tal vez?

—No tienes ninguna droga—. Se burló Heather.

—Por supuesto que no.

—Claire...— Lauren interrumpió, —¿qué es lo que quería saber?

—Bueno, ella me preguntó sobre el partido de fútbol femenino.

—¿Qué pasa con eso?

—Quería saber cuántas chicas estuvieron allí... cuál había sido el marcador... cosas así.

—No lo entiendo—, saltó Heather. —¿Por qué lo preguntaría? La policía ya sabe. No tiene...

—Cállate, Heather—. Lauren hizo un gesto con la mano a Claire. —Sigue.

Heather se apoyó contra la pared.

—Le pregunté por qué tenía que decirlo todo de nuevo—, dijo Claire. —Como, ¿dije algo malo la primera vez?

—¿Y?

—Ella dijo que preguntan la misma cosa una y otra vez. Que a veces la gente recordaba cosas que olvidó la primera vez. Tú sabes, detalles y cosas así.

Dos chicos con aspecto nerd aparecieron en el otro extremo del pasillo, hablando animadamente. Ambos tenían el aspecto de "quiero ser pandillero": pantalones grandes que colgaban debajo de sus cinturas, largas camisetas y gorras de béisbol hacia atrás. Caminaron hacia las chicas, agitando sus teléfonos celulares, comparando las funciones y juegos. Tener un teléfono celular prendido durante el día escolar era una violación de las reglas, pero podían salirse con la suya en el tercer piso.

Claire les sonrió.

Lauren le propinó una mirada severa a Claire, y luego miró a los chicos. De repente se callaron, pasaron apresuradamente, y desaparecieron por la puerta. Lauren sintió un fuerte olor a loción para después de afeitarse. Uno de ellos probablemente se había arrojado una botella entera en su rostro. Se volvió de nuevo a Claire, que seguía mascando. —¿Cuántas veces tengo que decirte que no pierdas tu tiempo con esos chicos, Claire? Son... inmaduros.

Las mandíbulas de Claire dejaron de moverse. Parecía como si la hubieran abofeteado.

—Entonces, ¿qué más preguntó esta tal... mujer Davis?—, dijo Lauren.

Claire se limpió su chaqueta, aunque no había pelusa a la vista. —Quería saber quién llevó lejos a Sara.

—¿Qué le dijiste?

—La verdad—. Cuando Lauren hizo una mueca, agregó, —tuve que hacerlo. La policía ya lo sabe de todos modos.

—Por supuesto. Tienes razón. ¿Qué más?

Claire se encogió de hombros.

Heather dio un suspiro teatral. —Claire, estoy segura que puedes ser más específica. Piensa.

—Bueno...— Claire miró a Heather y a Lauren, prolongando el momento. —Le conté que Sara metía la nariz en los asuntos de todos.

Heather hizo un gesto de dolor.

—Tú sabes, todas las cosas que hemos hablado. Por ejemplo, cómo Sara tenía que saber lo que cada una estaba haciendo.

Lauren no respondió.

—¿Qué pasa?—, preguntó Claire, con tono defensivo. —La policía sabe eso también.

—¿Le dijiste acerca de la venda en los ojos?—, preguntó Heather.

Claire asintió con la cabeza. —Y la cubeta. Qué asquerosa era, y lo mal que olía.

—¿Qué más?—, preguntó Lauren.

—Le dije que los de último año, podían haber querido darle una lección, pero nadie quería hacerle daño. Le dije que el tipo loco definitivamente lo hizo—. Miró de nuevo a Lauren, como si esperara su aprobación.

—¿Preguntó quiénes eran los de último año?—, preguntó Lauren.

Claire asintió con la cabeza.

—¿Qué nombres le diste?

—Annie Chernow, Judy Bobalik, Mónica Ramsey...— Recitó Claire.

—¿Le dijiste que Mónica Ramsey estaba allí?

Claire asintió con la cabeza.

—¿Algo más?—, preguntó Heather.

—Eso fue todo. El primer timbre sonó, y tuve que irme.

—¿Nada más?

—No. ¿Por qué estás haciendo *tantas* preguntas, Heather?— Claire le dio a Heather una mirada furiosa. —No puedes transmitir esto en las noticias de la escuela.

Lauren ahogó una sonrisa.

—Me siento junto a Mónica Ramsey en la clase de inglés—, dijo Heather en su voz de auto-importancia. Una información totalmente irrelevante, Lauren pensó. Pero no podía culparlas. Las dos eran despistadas.

—Y, yo sé que Sara era nuestra amiga—, agregó Heather. —Y que los chicos se deshacían por ella. Pero ella no era perfecta. Quiero decir, hubo cosas que ella hizo... bueno, ya saben a qué me refiero.

—No— Lauren frunció el ceño. —No lo sé. ¿Qué cosas?

—Lo de Cash, por ejemplo.

Lauren agitó una mano. —Historia antigua.

—Bueno, yo no me he olvidado.

—Es mejor no decirles a los policías. O al investigador—, dijo Lauren. —Podrían pensar que tuviste algo que ver con su asesinato.

—Puaj...— Heather se quejó, extendiendo el sonido. —Eso es asqueroso.

—Y para colmo, la mujer me hizo llegar tarde con mi profesor de matemáticas—. Claire siguió haciendo ruido con su goma de mascar. —Seguro reprobaré este período.

Lauren señaló con el dedo pulgar hacia Heather. —Ella es inteligente. Será tu tutora, ¿no es así, Heather?

Heather frunció los labios.

CAPÍTULO
NUEVE

HASTA AHORA, el trabajo había sido de rutina. Tan mundano, de hecho, que se preguntaba por qué su empleador necesitaba protección. Tal vez era del tipo que pensaba que sus pisadas hacían una huella indeleble, que estaba seguro de que nada podía hacerse sin su intervención. Sentado a la diestra de Dios.

Una cosa estaba clara pensó, mientras limpiaba el Jaguar. El hombre *era* un detallista. Desde sus instrucciones sobre cómo lavar el coche. Qué ropa usar. Qué cantidad de cera. Cuánto tiempo para pulirlo. Sin embargo, estaba agradecido de trabajar. Había pasado mucho tiempo sin hacerlo. Había presentado referencias. Los había impresionado con su currículum vitae. Y ellos lo habían aceptado. Era bueno también. Un poco más de tiempo y sus habilidades podrían haberse deteriorado. Él practicaba. Trató de asegurarse de que siguiera siendo fuerte. Pero hasta que no estuviera en realidad en la calle, nunca lo sabría.

Él era el hombre de la puerta trasera, el de afuera. Ni siquiera tenía la condición de chofer. Permanecería así hasta que se ganara su confianza. Pero sabía que eso ocurriría, y él estaba dispuesto a tomar las cosas con calma. Era importante poder ser un colaborador.

Él terminó de pulir el coche y se fue a la parte trasera. Una enorme piscina de color turquesa rodeada de estatuas de mármol estaba detrás de una amplia terraza. Más allá del mismo, había un extenso césped en bajada, de espesa hierba verde. Su empleador salió del agua, las gotas brillaban por el sol sobre el vello canoso de su pecho. Una Mezuzah de plata alrededor de su cuello brillaba con la luz de la mañana. Envolviéndose en una toalla blanca y suave, miró alrededor de su propiedad con una expresión de satisfacción.

Un teléfono celular timbró. El hombre lo tomó, escuchó y ladró una respuesta. Luego tiró el teléfono sobre la mesa. Él lo vio al lado de la cabaña. Sus espesas cejas se levantaron.

—¡Abogados!— Le gritó su jefe. —Ellos no hacen lo que tú quieres, y te joden mientras no lo están haciendo.

CAPÍTULO DIEZ

EL OLOR acre a pizza del apartamento de alguien, entraba por las rejillas de ventilación, por lo que Georgia se dio cuenta que no había comido desde el desayuno. Terminó sus notas, fue a la cocina y abrió el refrigerador. Nada más que mayonesa, lechuga marchita, huevos, y un trozo de queso Muenster. Sacó su buen cuchillo Cutco, cortó una rodaja del queso, y se lo devoró.

Su primer día entero en el caso, pero no fue muy productivo. En primer lugar, habían jugado al gato y al ratón por teléfono con la trabajadora social de Cam Jordan. Fue sólo un acto de cortesía... pensaba que la trabajadora social haría eco de lo que Ruth Jordan le había dicho. Aun así, tenía que hacer la llamada. Paul Kelly podría ser capaz de utilizar la información en su defensa, sobre todo si resultaba que Cam nunca había sido conocido por ser violento. Pero la mujer estaba, o bien en una reunión o fuera de la oficina, y cuando ella le devolvió la llamada, Georgia estaba en el gimnasio. Ella obedientemente dejó su número en el contestador automático, otra vez.

Se las arregló para hacer preguntas a Claire Tennenbaum, una de las amigas de Sara Long, antes de la escuela. No había encontrado mucho que no estuviera en los informes de la policía... sólo que Sara había sido apartada del partido "para darle una lección", dijo la chica. Cuando Georgia le preguntó por qué, ella admitió que Sara era una entrometida. —Sara tenía que saber lo que todos estaban haciendo. Había leído notas privadas de la gente. Diarios, también.

—¿Por qué?

—No lo sé. No siempre fue así.

—¿Así que este... comportamiento sólo se había iniciado recientemente?

Claire se veía incómoda, como si hubiera dicho demasiado. —Supongo. Tal vez.

La información más importante que había recogido, era el nombre de una de los de último año que había estado en la reserva natural. Mónica Ramsey.

Ahora, ella volvió a entrar en la sala y puso las noticias. Se sorprendió al ver una foto de Sara Long detrás del hombro de la mujer presentadora. Ella subió el volumen.

—...una novatada de la escuela secundaria se estaba llevando a cabo durante el partido de fútbol americano femenino en el que Sara Long fue asesinada el mes pasado—, dijo la locutora. —Según las fuentes, la víctima fue llevada a otra parte del bosque donde fue sometida a burla y una serie de bromas pesadas. Como recordarán, las novatadas no son una actividad nueva en la Costa Norte...

Imágenes de archivo de la videocámara de una persona hace dos años aparecieron en la pantalla; incluyendo fotos de chicas en el suelo, cubiertas de lo que Georgia sabía que eran heces, orina, pintura, intestinos de cerdo y vísceras de pescado. Otros videos mostraban a chicas siendo golpeadas, pateadas y apaleadas con cubetas.

La historia cortó para mostrar al jefe de la policía Eric Olson, exjefe de Georgia, quien dijo que aun quela novatada era lamentable, no iba a cambiar el curso de la justicia. En una declaración que sonaba programada, Olson sostuvo que habían detenido al delincuente y tenían evidencia sólida para respaldar su caso. Ellos, sin embargo, continuarían llevando a cabo una investigación exhaustiva sobre todos los aspectos de dicho crimen atroz. Robby Parker, alto, rubio y con aire satisfecho, estaba de pie al lado de Olson, con las manos detrás de la espalda.

Tanto por mantener la novatada en secreto. Ahora que estaba fuera, la pregunta de por qué se había mantenido en secreto en primer lugar sin duda saldría a la superficie. ¿Quién asumiría la culpa?, se preguntaba Georgia. ¿Acaso los funcionarios de la escuela dirían algo acerca de una investigación interna para poder estar seguros antes de hacerlo público? ¿Los padres admitirían haber presionado a las autoridades para mantenerlo en secreto? ¿O la policía y la oficina del fiscal del estado ofrecerían alguna explicación a medias?

Apagó el televisor. La buena noticia era el hecho de que un encubrimiento, ya sea a corto plazo o favorable, podría ayudar a fomentar duda razonable sobre Cam Jordan. Ella y Kelly deberían proponer ideas sobre algunas de las estrategias. Tal vez hablar con un periodista amigable. Habría que llamar mañana a Kelly.

Miró alrededor de su apartamento, consciente de que había estado a solas la mayor parte del día. El exceso de aislamiento no era bueno. Tomó su chaqueta, cerró la puerta con llave y bajó las escaleras.

El aire de la noche se sentía frío, y una brisa traía el aroma de las hojas quemadas. Se subió el cierre de su chaqueta. Otro mes más y ella tendría que ponerse su chaqueta de invierno. Corrió las seis cuadras hasta Mickey en el lado este de Ridge y empujó la puerta.

—Eh, Davis—. Sonrió Owen Dougherty, el dueño de Mickey. Un hombre corpulento, quien llevaba una camisa blanca y un delantal de barman arriba de los pantalones. Él se parecía mucho a Jackie Gleason en las repeticiones de la serie televisiva *The Honeymooners* que había visto por cable. Incluso tenía el mismo bigote.

—¿Cómo te va Owen?— Ella preguntó sonriendo.

—No me puedo quejar—. Durante los últimos años Evanston se había puesto de moda, sus nuevos condominios, restaurantes y tiendas de lujo, eran un paraíso para los padres cuyos hijos ya habían abandonado el nido y solteros que no querían vivir en la ciudad. Con su luz tenue, la madera marcada, y buenas hamburguesas a precios decentes, Mickey era uno de los últimos lugares de los barrios antiguos. —¿Y tú, Davis?— Él limpió la barra con un paño húmedo.

Todos se llamaban por los apellidos en Mickey, excepto Owen, y, presumiblemente, el Mickey que había sido el dueño antes que él. No le importaba. La hacía sentir como que pertenecía al lugar.

—Sobreviviendo.

Dougherty había comprado el lugar hace ocho años. "No tuve que cambiar nada", había dicho con orgullo. Mirando los viejos letreros de neón, mesas en mal estado y el piso rayado, Georgia no estaba segura de que fuera una buena cosa. Mientras que su suciedad era cómoda, casi atractiva, Mickey se estaba convirtiendo en un dinosaurio. Lo cual lo hacía maduro para una compra. Por supuesto, tal cosa podría haber sido el plan de Dougherty desde el principio, lo que lo haría más reservado de lo que pensaba. Ella se deslizó en un taburete al final de la barra.

—Entonces, ¿qué será esta noche? ¿Lo de siempre?

Ella asintió con la cabeza. Dougherty llenó un vaso alto con hielo, metió la mano bajo la barra alcanzando una boquilla y vertió *coca-cola* en el vaso. Metió la mano bajo la barra de nuevo y sacó una rodaja de limón, que ancló en el borde. —Una Coca-Cola, mucho hielo y limón.

—Gracias—. Ella tomó un sorbo, preguntándose por qué la *coca-cola* siempre sabía mejor aquí que en casa. Dándose vuelta miró la multitud. El bar estaba a medio llenar, la mayoría de las caras eran familiares. De los cinco reservados, tres estaban tomados, dos de ellos por parejas, y el otro por una familia con dos niños. Una jukebox estaba en un rincón, pero no estaba reproduciendo música. En cambio, un televisor sintonizado a ESPN por encima de la barra, estaba reproduciendo secuencias de video de los partidos del domingo. Por lo menos no eran noticias. Georgia se llevó su bebida a uno de los apartados vacíos. —¿Aquí está bien?— Dijo en voz alta.

Él asintió con la cabeza. —Gemma no está aquí esta noche. Si quieres comida, puedo tomarte la orden.

—Que sea una hamburguesa y papas fritas. Que sea vuelta y vuelta, esta vez.

Él la evaluó. —Carne cruda, ¿eh? ¿Estás pasando por algo que yo debería saber?

—No. Estoy reservándome para ti.

Él se fue a la cocina. Georgia se acomodó en el asiento del reservado, todavía pensando en las noticias de la novatada. Dos días después de que ella hablara con O'Malley, la novatada salió al aire. ¿Acaso él lo habría divulgado? Era posible; era obvio que no estaba contento con la forma en que el caso se estaba desarrollando. Sin embargo, O'Malley era un buen colaborador. Sin importar lo descontento que estaba, no causaría problemas. No arriesgaría su cuello. Se necesitaban agallas para divulgar lo de la novatada.

Ella se quedó mirando la televisión. Un chico guapo con un corte de pelo que necesitaba secador, proclamaba a todo pulmón que el juego ofensivo de la semana pasada por el número 49 era una obra maestra. Apenas escuchaba, preocupada por otra cuestión... ésta de su propia creación. Cuando entrevistó a Claire Tennenbaum esa mañana, había tenido la pila de documentos de investigación con ella, y los estudió minuciosamente en puntos estratégicos durante la conversación. Ella había dejado que la chica pensara que era un policía, por lo menos, no había dicho nada para contradecirla.

El problema era que ya no era un policía. Y estaba en contra de la ley hacerse pasar por uno. Irónicamente, cuando era policía, había aprendido que estaba bien mentir en ciertas situaciones. Ella había visto a O'Malley sacar información de sospechosos al ponerlos unos contra otros, insistiendo... falsamente... que uno estaba inculpando al otro. La táctica normalmente funcionaba. Pero Claire Tennenbaum era una chica. Mentir a una chica... incluso engañarla... no se sentía bien.

Había otro problema también. Georgia ya no tenía la protección que ser un policía le proveía. ¿Qué pasaría si Claire Tennen-baum les decía a sus padres que había sido interrogada por un policía, y sus padres llamaban para verificar? Cuando se enteraran que había estado haciéndose pasar por uno, podría estar en prob-lemas. Ella se quedó mirando la televisión, deseando que dejara de tener esa sensación desagradable en su estómago.

Diez minutos después, Owen llegó con la comida. —Hambur-guesa y papas fritas. Vuelta y vuelta—. Puso el plato en su mesa. —Puedes nadar estilo pecho en la sangre.

Ella le dio un mordisco. —Perfecta.

Se fue detrás de la barra, pero ella sabía que él estaba contento. Recordó la primera vez que había venido a Mickey. Matt la había llevado hasta allí una noche lluviosa de primavera, tres años atrás. Le había dicho que era un lugar cómodo, el tipo de lugar donde la gente te conocía superficialmente y no necesitaban meterse en tu vida. Había estado en lo cierto. Hasta el día de hoy no estaba segura de que Owen supiera que ella... o Matt... habían sido alguna vez policías.

Vio a Owen lanzar una toalla blanca por encima del hombro. Había venido aquí tan a menudo que ella conocía los ritmos del lugar. Cuántas veces en una hora Owen limpiaba la barra... unas doce veces. Cuántas estaciones de televisión Owen permitía ver a los clientes... sólo dos. Cuántas marcas de bourbon tenía... siete. Recordó una noche, riendo, con algunos tragos de más, cuando ella trató de robarse la toalla de Owen, sólo para ver qué haría. Pensó que se volvería loco y registraría a todos en el lugar, hasta que la encontrara. Se deslizó por detrás de Owen, lista para quitársela de su hombro cuando él se dio vuelta para mirarla, y la oportunidad se perdió. Matt se rio tan fuerte, que tumbó su cerveza. Utilizaron el paño de Owen para limpiarlo.

Ahora, metió una papa en el ketchup y se la llevó a la boca. ¿Cuándo dejaría de usar a Matt para marcar del tiempo? Se habían separado hace dos años, pero aún la atormentaba en sus sueños, su rostro aparecía espontáneamente cuando estaba esposando a un delincuente, escribiendo multas o cuando lavaba la ropa. Ella veía su sonrisa torcida y la forma en que apartaba el pelo de su cara. Una vez lo había dejado crecer tan largo, que Olson amenazó con enviar a Matt de regreso a patrullar, si no se lo cortaba. Esa tarde Matt volvió de almorzar con la cabeza rapada. Recordó cómo él iba y venía por el pasillo pasando por la oficina de Olson... tuvieron que ser unas veinte veces... antes de que el jefe finalmente se diera cuenta. Y no dijo una palabra.

Se limpió la boca con la servilleta. Esos eran los días emocionantes. Cuando el toque de su dedo enviaba escalofríos por su espalda. Cuando simplemente por estar solos los hacía arrancarse la ropa, embriagados con el olor, el sabor y el tacto del uno con el otro. Ella pensó que nunca terminaría. Le dio otro mordisco a su hamburguesa. Estaba empezando a tener gusto a cartón.

CAPÍTULO ONCE

LA TRABAJADORA social sumergida en torno a un montón de carpetas color verde olivo, extrajo una, y miró detenidamente la primera página. —Oh, aquí vamos.

Georgia estaba sentada frente a Carol Moore, una mujer joven con el pelo rubio ceniza y gafas enormes. Llevaba unos jeans y un suéter acanalado, y se veía como si hubiera acabado de graduarse de la secundaria. Ella y Georgia se sentaban a ambos extremos de un escritorio de metal en la Clínica de Salud Mental de la Costa Norte. La clínica funcionaba en un edificio de Evanston cercano a Oakton y Ridge, que una vez había sido una escuela parroquial. Una rápida mirada a su alrededor, reveló las mismas grietas en la pintura, las paredes verdes y baldosas quebradas, que Georgia recordaba de St. Michael. Un olor a sucio, institucional, se filtraba fuera de los muros. Georgia también lo recordaba.

—Cam Jordan ha sido mi cliente durante más de un año—, dijo Moore.

—Eso no suena como un largo tiempo—, dijo Georgia entre dientes.

—Vamos a ver. Tomé el cargo de...— Moore hojeó el archivo. —...Margie Hanson. Ella se casó y tuvo un bebé. Y antes de eso, Susana Alexander fue su asistente social.

Georgia estaba inquieta. Pasado de mano en mano, Cam no era más que otro archivo para estas personas. Un número de un caso para justificar su presupuesto.

—¿Ustedes se han *reunido* con él?

—Por supuesto—. Moore parecía ofendida. —Y ahora que está en las noticias, hemos recibido más llamadas. No podemos hacer comentarios, por supuesto.

—Como le dije, soy una investigadora privada que trabaja en su caso. Cualquier cosa que usted pueda decirme acerca de su estado mental, sería de gran ayuda.

Moore asintió con la cabeza. —Hablé con el director antes de que usted viniera, y...— Ella levantó la vista. —Eh, ¿seré llamada a declarar?

—No sé si habrá un juicio.

—Pero es una posibilidad.

—Sí.

—Me lo preguntaba, sabe—. Moore se quitó un mechón de pelo. Luego volvió su vista de nuevo al archivo. —La última vez que vino, fue hace casi cinco meses. En junio.

—¿Cuán a menudo lo veías?

—Cada seis meses. A menos que hubiese una crisis.

—¿Sólo dos veces al año?

—¿Sabe cuántos clientes tengo, Sra. Davis? Algunos son víctimas de abuso. Maltrato infantil. Abuso sexual. Uno de mis clientes fue puesto en una jaula por su padre durante dos años. Otro ha estado ya en treinta hogares adoptivos. Entre las visitas a domicilio, prácticas en la clínica y redacción de informes, es un milagro que lo vea tanto.

No es algo que nos gustaría sacar a relucir en un juicio, pensó Georgia. Ella sólo podía imaginarse a Ramsey diciendo: —Con cuarenta y dos clientes y sólo dos visitas al año, en realidad, no tiene idea si era violento o no, ¿verdad Srita. Moore?—

En voz alta dijo: —¿Qué me puede decir acerca de esas visitas?

—Su hermana lo trae, y hablo mayormente con ella. Parece

que cuida muy bien de él. Siempre ha estado tranquilo. No agitado. Por lo menos las veces que lo he visto.

—¿Está tomando algún medicamento?

Ella frunció el rostro, bajó sus gafas hasta la nariz, y buscó en el archivo. —Hay una nota de Margie que estuvo recibiendo *Seroquel* por un año. Y *Remeron*. Pero no dice si le ayudaban. No sé si todavía está con los medicamentos.

—¿Qué hacen esas drogas?

—Uno es un antidepresivo. El otro es específico para el trastorno bipolar y la esquizofrenia—. Miró a Georgia. —Los agentes psicofarmacológicos pueden mejorar la calidad de vida de los enfermos mentales. Pero el mejor catalizador para el cambio sigue siendo una relación positiva y de confianza con un terapeuta.

—Pero usted no era su terapeuta.

—Ya se lo dije. Sólo veo a los pacientes durante las crisis de salud física o mental. Y los chequeos. No hay nada aquí sobre ningún otro terapeuta—. Ella cerró el expediente. —Supongo que no había dinero suficiente para ello.

Georgia hizo un gesto hacia el archivo. —¿Puedo revisar eso? ¿Hacer algunas copias?

—El director dijo que es necesario poner cualquier solicitud por escrito. Luego se tiene que enviar ante nuestro comité interno para su aprobación. Y luego al estado.

—Bueno entonces, ¿puedo simplemente mirarlos?, así sabré cuáles informes solicitaré.

—Lo siento—. Moore se inclinó hacia atrás con una expresión que le decía que le estaba haciendo en realidad un favor a Georgia. —Pero le puedo decir lo que dicen.

Georgia reprimió una respuesta. Se enfurecía cuando la gente entregaba poca información a la vez. Por lo general eran sádicos. Imbéciles a quienes les gustaba ver a la gente rogando. Ellos tendrían que pedir una orden de la corte para mostrar los registros si los necesitaba. —Adelante—, dijo de manera cortante.

Moore se tomó su tiempo para volver a abrir el archivo y buscó a través del mismo. —No parece que hubiera una instancia de comunicación real... por lo menos mientras estuvo aquí. Cuando finalmente habló, fue sobre todo la repetición de ciertas palabras o frases de canciones de cuna.

—¿Hay alguna nota acerca de su delito sexual?

—Vamos a ver...— Ella empujó sus gafas sobre el puente de la nariz. —Todos concuerdan con que se masturbaba en público. Pero, al parecer, había algunas dudas sobre el contacto físico. Su hermana afirma que nunca tocó a la mujer en la reserva natural. La pareja dijo lo contrario, por supuesto—. Ella siguió leyendo. —Al parecer, tenía un historial de abuso. Su padre le pegaba.

—Sí, lo sé.

Ella inclinó la cabeza. —Eso podría ser un factor contribuyente.

—¿Qué quiere decir?

Ella levantó la vista. —Usted sabe. Si un individuo es abusado, es más probable que... Oh—se detuvo. Frunció la frente.

—¿Qué?—, dijo Georgia.

—Bueno, aquí dice que la pareja desistió de la demanda unos meses más tarde.

—¿Desistieron? ¿Por qué?

—Al parecer, se separaron y se divorciaron—. Ella soltó un bufido. —Supongo que encontraron a otros abogados a quienes dar su dinero.

Si la pareja abandonó el caso, sin condena, ¿cómo había Cam sido identificado como un delincuente sexual? Georgia lo apuntó para averiguarlo después. —¿Hay *algo* en su archivo que lo identifique como violento, amenazante, o que le haría daño a alguien?

Moore miró a través del archivo una vez más. Ella sacudió la cabeza.

—¿Crees que es posible que alguien como él, dados sus antecedentes, de repente reaccione y asesine a un completo extraño?

Moore la miró. —Cualquier cosa es posible con las personas

con deficiencia mental. Pero, en base a su expediente y mi experiencia con él, me sorprendería.

Georgia sintió una inesperada sensación de alivio. —Probablemente tendremos que solicitar una orden de la corte para ver en su totalidad el expediente.

Moore hizo un gesto con la mano de manera evasiva. —Lo que sea.

Antes de regresar a casa, Georgia se detuvo a comprar copias de los periódicos. Comentarios acerca de la novatada aparecieron por encima del pliegue del *Tribune* y en la primera página del *Sun Times*. Si bien los expertos lamentaban la creciente violencia entre los adolescentes, el jefe de la policía Eric Olson, negó que esto pudiera influir en el resultado del caso. No había comentarios de la oficina del fiscal del estado.

CAPÍTULO DOCE

—Sara odiaba levantarse en la mañana—, una triste sonrisa destellaba a través del rostro de Melinda Long. —Aún me despierto pensando que es hora de sacarla de la cama.

—Lo siento mucho—, dijo Georgia, consciente de cuán inútiles eran las palabras, incluso mientras salían de su boca.

Una alta y delgada rubia, la madre de Sara Long, tomó algunos ganchos y prendas del vestidor en *New Ideas*, una tienda informal pero exclusiva, de vestidos de mujer en Northfield. Después de leer donde trabajaba ella en los informes de la policía, Georgia decidió tomarse la libertad. No estaba segura si la madre de Sara estaría de vuelta en el trabajo, pero pensó que sería menos doloroso hablar fuera de su casa. Si es que acaso hablaba.

Cuando Georgia entró en la tienda, se sorprendió por su ambiente acogedor y cómodo. Una mezcla alegre de suéteres, pantalones de estampados vivos y joyas, *New Ideas* tenía una mezcla de modas, vestimentas rústicas vaqueras que vestían las matriarcas de la Costa Norte, así como estilos para hacer ejercicios más a la moda preferidos por las jóvenes. Atraída hacia un estante de sudaderas y pantalones de ejercicio, dejó que sus dedos se deslizaran por las prendas suaves y lanudas. Ella incluso se imaginaba en una de ellas... la azul... hasta que vio la etiqueta del precio de $240 dólares.

—La gente se sorprende que esté de vuelta en el trabajo—, dijo Melinda unos minutos más tarde. Ella asintió con la cabeza hacia una mujer detrás de la caja registradora que estaba charlando con un cliente. —Sé que Janelle lo estaba. Pero, ¿qué se supone que deba hacer? Me tomé una semana sin trabajar, pero simplemente no podía soportar mirar las cuatro paredes—. Ella se estremeció. —El hermano de Sara, Jamie, regresó a la escuela. Y Jerry está en el trabajo—. Ella frunció el rostro. —Lo siento. ¿Cómo me dijo que se llamaba?

—Georgia Davis—. No había sido difícil hablar con la madre de Sara. Ella la había reconocido de inmediato. Melinda tenía el mismo pelo rubio y complexión delgada como su hija. Cuando ella le preguntó si Georgia necesitaba ayuda, Georgia asintió con la cabeza. La conversación se había vuelto hacia Sara casi de inmediato. De hecho, su deseo de hablar... en especial con un extraño... desconcertó a Georgia, hasta que recordó que las personas trataban con el dolor de todo tipo de formas.

—¿Usted es una investigadora?

—Correcto.

Una mirada extraña apareció en el rostro de la mujer. —Perdóneme, ¿dijo usted que estaba con la policía?

Georgia se puso tensa. Ella no quería engañar a la mujer como había hecho con Claire Tennenbaum, pero decirle la verdad podría significar el final de su conversación. Sin embargo... —En realidad, estoy trabajando para algunas personas que quieren asegurarse de que la persona adecuada sea declarada responsable por el asesinato de su hija.

Melinda apretó las perchas y la ropa contra su estómago. —Está trabajando para esa... esa criatura, ¿no?

—Sí—, dijo en voz baja. —Pero sólo estoy tratando de averiguar la verdad. No tengo prejuicios.

Georgia calculó que tenía unos cinco segundos antes de que la mujer le diera una patada fuera de la tienda. Pero la expresión de Melinda era ilegible, y después de un momento se dirigió a un perchero cercano y comenzó a colgar las prendas de vestir.

—¿Sabe? si hubiera venido aquí hace una semana, hubiera echado su trasero fuera de aquí.

Georgia asintió con la cabeza. La mujer podía ver el interior de su alma.

—Yo quería matar a Cam Jordan. Quería arrancarle miembro por miembro. Asegurarme que ese infeliz nunca viera la luz del día. Todo era tan... absurdo—. Melinda suspiró. —Pero entonces, no lo sé. Las cosas comenzaron a moverse tan rápido que me daba vueltas la cabeza. Estuvo todo resuelto en tres o cuatro días. Con un gran listón brillante encima. El cierre, decían.

—¿Usted tiene un problema con eso?

—Mientras estaba en casa, empecé a pensar en ello. Y ahora... bueno... supongo que en realidad no importa.

—Oh, pero sí importa—, Georgia dejó escapar. —Si usted tiene alguna razón para pensar que Cam Jordan no es el responsable de la muerte de Sara, tiene que hablar.

—Yo no *tengo* que hacer nada—. Melinda dio la vuelta, sus ojos le brillaban.

Georgia sintió el estómago revolverse. Bien hecho, se reprendió. Su primera oportunidad de avance en el caso, y había tratado con condescendencia a la afligida madre de la víctima. Ella comenzó a disculparse, pero fue interrumpida por una mujer cargada de joyas que llamó a Melinda en una voz aguda. —¿Tiene esto en talla seis?— Ella escogió un traje a rayas blanco y negro que parecía un traje de cebra.

Melinda se puso rígida por un instante. —Déjeme ver—. Su voz estaba tensa.

—Lo siento—, dijo Georgia. —Estuve fuera de lugar.

Melinda asintió con la cabeza bruscamente.

—Por favor. Permítame comprarle un café.

Melinda miró su reloj. —Me voy en veinte minutos, pero tengo que ir a casa y preparar la cena.

—Puedo reunirme con usted en su casa.

—No... no lo sé. Yo no creo que sea tan buena...

—Quince minutos. Eso es todo.

Melinda se volvió hacia la mujer Cebra. Entonces, —quince minutos. No más.

* * *

Georgia se detuvo en una pequeña casa en el oeste de Wilmette, un área que algunos consideraban el "aspirante" de la Costa Norte. Ubicada dentro de los límites de la Escuela Secundaria Newfield, el barrio consistía en su mayoría en casas dúplex en lotes pequeños, a pesar que los corredores de bienes raíces inexplicablemente las llamaban coloniales.

Los ladrillos de la casa necesitaban juntas llagueadas, y las contraventanas blancas necesitaban una mano de pintura. Había un Camaro azul modelo viejo en la entrada de autos. Sin embargo, todavía se veía como el tipo de casa que los padres de Georgia habían aspirado a tener alguna vez. Georgia recordó a su madre charlando acerca de cómo se mudarían a un barrio residencial, vivirían en una casa con un garaje. Georgia tomaría el autobús para ir a la escuela cada mañana, y su madre la esperaría todas las tardes cuando volviera a casa. Hornearían galletas juntas en el invierno, jugarían en el patio trasero en el verano. Ella era pequeña, tal vez de cinco o seis años. Incluso en ese entonces, ¿ella había creído que algo de eso sucedería?

Melinda la condujo a una sala tan atestada de muebles, que Georgia tiró del cuello de su suéter.

—Prepararé algo de café—, dijo Melinda. —Póngase cómoda.

Georgia pasó de costado al lado de un sofá de gran tamaño estampado en rojo y azul, y se sentó con cuidado en un gran sillón rojo de brocado aplicado. La tapicería en los brazos estaba deshilachada. Las fotografías enmarcadas de la familia yacían sobre una mesa auxiliar. Un grupo de cuatro personas, luego una de dos niños solos. Las fotos de Sara se veían recientes.

—Gracias por permitirme venir—, dijo Georgia.

—En realidad, me preguntaba cuánto tiempo le tomaría a alguien investigarlo—, respondió Melinda desde la cocina. —Ahora que las novatadas están a la luz.

—¿Qué quiere decir?— Georgia notó algunas manchas de color marrón en la alfombra blanca. No había visto a ningún perro.

—Cuando se vive en un área como ésta, se aprende a evaluar las decisiones bastante rápido—. Melinda entró en la sala de estar con tan sólo una taza de café. Se sentó en el sofá y tomó un sorbo. —Sabíamos que mudarnos aquí era un riesgo.

—¿De qué manera?

—Sabíamos que los niños estarían expuestos a... a valores diferentes. El hecho de que estarían rodeados de gente con mucho dinero. Pero Newfield es una buena escuela. Queríamos que tuvieran la oportunidad de una vida mejor.

—¿Dónde vivían antes?

—En la zona de Austin. Jerry y yo crecimos allí. No, eso no es cierto. Yo crecí en el lado oeste cerca de Cal Park, pero me mudé a Austin cuando nos casamos. Las escuelas de ahí... bueno, sabíamos que podíamos aspirar a algo mejor. Así que reunimos lo que pudimos, y nos trasladamos aquí...— Miró a su alrededor como si estuviera viendo la habitación por primera vez. —Estamos aguantando, pero a duras penas.

Georgia asintió con la cabeza, sin saber hacia donde iba la conversación de Melinda. —Usted dijo que se preguntaba cuánto tiempo tomaría...

Melinda tomó otro sorbo de café. —Atiendo a mujeres que vienen a *New Ideas*, y gastan mil dólares en ropa con tanta naturalidad como usted y yo... bueno yo por lo menos, gasto un par de dólares para un café con leche. Luego vuelven una semana más tarde y lo hacen otra vez—. Ella dudó. —Cuando la gente tira el dinero por ahí de esa manera, me pregunto ¿qué otra cosa estarán tirando por ahí?

—¿Qué quiere decir?

Melinda la miró. —Quiero decir que hay gente de aquí que,

debido a su riqueza o su posición, espera que alguien se ocupe de ciertas cosas... con rapidez.

—¿Se refiere a encubrir la novatada, o a aparecerse con algún sospechoso en el asesinato de tu hija?

—¿Cuál es la diferencia?— Melinda apoyó la taza sobre una mesa de café de madera oscura, con un golpe. Cuando el café se derramó sobre el borde, Georgia se dio cuenta de dónde venían las manchas de la alfombra. —Sara era una niña cuando nos mudamos aquí. Su hermano era aún más pequeño. No sabía por qué ciertos chicos nunca los invitaban a las fiestas de cumpleaños. O a fiestas de pijamas. A Jamie no le importaba mucho, pero recuerdo que Sara lloró cuando descubrió que había una fiesta a la que no había sido invitada. Eso ocurrió menos a medida que crecía. Pero siempre había algunas chicas que la excluyeron. Y luego, cuando se puso tan bonita, esas mismas chicas... bueno... se resintieron. Estaban celosas.

Georgia echó un vistazo a las fotografías de la familia. Con su largo cabello rubio, ojos azules y cutis terso, color rosa, Sara *era* hermosa. —¿Qué chicas?

Melinda negó con la cabeza.

—Señora Long, no puedo hacer nada a menos que pueda ser más específica—. Cuando aun así no contestó, Georgia se inclinó hacia delante. —¿Tiene usted alguna razón para creer que Cam Jordan no mató a su hija?

Melinda miró fijamente a Georgia, con una mirada sombría. —Mire. Yo sabía lo que estaban planeando hacer en la reserva natural. Y yo no era la única.

Georgia arqueó las cejas.

—Los rumores habían estado escuchándose por semanas. Desde que empezaron las clases.

—¿Acaso Sara le dijo?

—No. En realidad, lo oí en la tienda. Los clientes... algunas de las madres... estaban hablando. Habían pasado dos años desde el último incidente de las novatadas. Las chicas habían aprendido la lección. Ellas iban a resucitar el juego. Después de todo, se trataba de una tradición de la escuela. Sin embargo, sería inofensivo esta vez. Bueno, tal vez un poco de burla. Pero nada importante. No habría nada violento.

—¿Sabía usted que Sara sería uno de los objetivos?

—Por supuesto que no—. La ira endureció su rostro. —Si bien Sara podía no haber sido parte de los populares, ella tenía amigos. Suficientes, o así pensaba yo, para impedir que se burlaran de ella—. Melinda continuó. —Ella no era como ellos, de todos modos. Tenía su trabajo. Trabajaba después de la escuela y los fines de semana.

—¿Dónde?

Melinda tomó su taza. —En el café en Old Orchard. Dentro de la tienda de libros. Pagaba todas sus ropas. Y su teléfono celular. Tenía descuentos en los libros, también. Ella sabía el valor de un dólar.

—Así que usted no estaba al tanto de ningún problema.

—¿Qué quiere decir?

—Una de los amigas de Sara dijo que Sara estaba muy involucrada en los asuntos de los demás. Leyendo diarios. Robando notas. Hablaron sobre darle una lección.

—¿Sara? Eso es... simplemente ridículo. Sara pasaba su tiempo, excepto cuando estaba trabajando, tratando de parecerse a ellos y sonar como ellos... tienen que ser sólo rumores. Las chicas de la escuela secundaria portándose como perras—. Pero Georgia vio el dolor derramándose de entre sus ojos.

—¿Quiénes eran sus amigas?— Preguntó Georgia con cuidado.

Melinda intentó recuperar la compostura. —Heather y Claire, por supuesto. Las conocía desde la escuela primaria. Y Lauren Walcher.

—¿Le caen bien?

Melinda se encogió de hombros. —Yo... yo las aceptaba. Tal vez no debería haberlo hecho—. Una mirada distante en sus ojos apareció. —¿Sabe?, ahora que estoy pensando en ello, esa es la razón por la que fue allí, en primer lugar.

—¿Ir a dónde?

—A la reserva natural. Ella dijo que quería hablar con Lauren.

—¿Ella dijo eso?

Melinda asintió con la cabeza. —Me sorprendió. Me había dicho la noche anterior de que no tenía intención de ir.

—¿Dijo por qué quería hablar con Lauren?

—No.

—¿Se lo preguntó?

—No quería entrometerme.

—¿Conoce usted a los Walchers?

—Andrea, la madre de Lauren, viene a la tienda de vez en cuando—. Ella miró hacia abajo. —Finge que no sabe quién soy.

—Así que no ha hablado con ninguna de las amigas de Sara desde que...

—Aunque quisiera, no podría. Sus padres las tienen encerradas. Ese es mi punto.

Georgia inclinó la cabeza.

—La novatada. Fue una acto tan brutal... y salvaje. ¿Tirarle una cubeta de tripas de pescado en la cabeza? ¿Amenazarla con un bate de béisbol? ¿Puede usted imaginarse el odio que deben haber tenido hacia mi hija? Y luego, cuando se da cuenta de que lo mismo sucedió hace dos años, y varias chicas fueron a la sala de emergencia, bueno, yo no lo entiendo. ¿Por qué nadie anticipó que podría ocurrir de nuevo? ¿Por qué la escuela no lo impidió?

—Ellos sí lo prohibieron.

Melinda sacudió violentamente la cabeza. —No. Se publicó un edicto. A continuación, enterraron sus cabezas en la arena, y oraron como locos para que no volviera a suceder. ¿Se imagina tal estupidez? ¿Dónde estaban los consejeros? ¿Los trabajadores sociales? Nadie, ni la escuela, ni los padres, alguna vez trataron de llegar al fondo de eso. Nadie asumió la responsabilidad de asegurarse de que otro inocente salga lastimado de esta... esta...— Su voz se quebró, y no terminó la frase. —Mi hija pagó el precio por... la incompetencia de ellos.

—¿Está usted diciendo que piensa que una de las chicas mató a Sara?

—Yo no sé quién mató a Sara. Tal vez fue esa... excusa de hombre que encontraron en el bosque. Tal vez no lo fue. El problema es que no creo que alguna vez vayamos a averiguarlo. Todo está "resuelto". Terminado. Eso es lo que me está volviendo loca. Necesito saber la verdad. Y no creo que vaya a conseguirla—. Sus ojos se llenaron de lágrimas.

Georgia esperó hasta que se calmara. —Señora Long, ¿le importaría si veo la habitación de Sara?

Ella miró su reloj. —No lo sé. Son casi las cinco...

—Seré rápida.

—La policía estuvo aquí, ya sabe. Se llevaron su computadora portátil y su teléfono celular. Era uno de esos teléfonos con cámara. Ella lo acababa de comprar—. Después de todo lo que había soportado, la voz de Melinda todavía mantenía un toque de orgullo.

—No se llevará nada...

—Por supuesto que no.

Melinda vaciló, luego se levantó y llevó a Georgia por un pasillo. El cuarto de Sara era el segundo a la derecha. Se sentía tan opresivo como el resto de la casa. Un empapelado lleno de pequeñas flores. Una cama matrimonial. Un escritorio con varios cajones abiertos, un armario con una puerta de doble pliegue.

—No he sido capaz de arreglar sus cosas—, dijo Melinda, su voz ronca.

Cuando Georgia abrió la puerta del armario, fue recibida por una pila de ropa en el suelo. Ella hurgó entre pantalones cortos, camisetas sin mangas, tops sin espalda y sandalias de tacón alto. Miró los zapatos. Manolo. Luego se trasladó hacia el escritorio. Dos pares de jeans Guess. Más tops, algunos de ellos brillantes y reveladores. Una etiqueta de precio estaba aún sujeta en uno de ellos: Cincuenta y nueve noventa y cinco. Abriendo el cajón de abajo, se encontró una bolsa verde menta. La etiqueta decía Marc

Jacobs. Junto a él había una cámara digital y un *Ipod*. Ella cerró los cajones. Sara debió haber servido un montón de cafés con leche.

—¿Recuerda si Sara llevó su teléfono celular a la reserva natural?

—No. Estaba aquí en su escritorio cuando llegó la policía.

Georgia se preguntó si la policía había comprobado el registro de llamadas en el celular. Si era así, habría estado en el descubrimiento de pruebas, pero ella no había visto nada. Lo que significaba que, o bien no lo habían revisado o no habían recibido el registro de vuelta todavía. Conociendo a Robby Parker, apostaría por la primera.

Georgia se dio la vuelta. —Está bien, señora Long, creo que con esto concluimos. Gracias. Sé que esto no fue fácil.

Melinda caminó con pesar por el pasillo. Georgia la siguió hasta la sala de estar.

—¿Cómo le iba Sara en la escuela?

—Ella tenía un promedio de B. La mayoría de las clases eran de nivel tres. Lo cual era bueno teniendo en cuenta lo mucho que se dedicó. La verdad era que entre su horario de trabajo y el nuestro, no la veíamos mucho.

—¿Ella siempre hacía su tarea?

—Tenía un par de horas libres en la escuela. Ella hacía su tarea allí.

—¿Quién era su consejera?— Georgia recordó que las chicas de Newfield compartían el mismo consejero durante los cuatro años de la escuela secundaria. Los consejeros eran profesores que se reunían con grupos pequeños de estudiantes antes de la clase todas las mañanas. Con más de tres mil estudiantes en Newfield, las reuniones con asesores eran como su propio salón de clase diseñadas para dar a los estudiantes un sentido de pertenencia a *algo*.

—La señorita Beaumont. Jill. Enseña estudios sociales. Una buena mujer. Ha llamado un par de veces—. Melinda se volvió hacia Georgia. —Dígame. ¿Qué está buscando? Usted obviamente piensa que el muchacho que detuvieron no lo hizo.

Georgia pensó su respuesta. —Yo sé que Cam Jordan no se

considera un hombre violento. Y aunque está como delincuente sexual registrado, sus delitos nunca involucraron un contacto físico directo con nadie. También sé que su hermana está convencida de que no lo hizo. Y que Jeff Ramsey parece estar acelerando esto a través de los tribunales.

—Ramsey—, dijo Melinda. —Él es el fiscal, ¿no es así?

Georgia asintió con la cabeza.

Melinda tiró de un mechón de su cabello. —Si resulta que este hombre no mató a Sara, si resulta que las chicas... que esta idiota *novatada* fue la responsable... escuchará al respecto. Sé que algunos padres demandaron a la escuela hace dos años cuando sucedió por primera vez, pero créame, eso no es nada comparado con lo que voy a hacer si eso... eso causó la muerte de mi niña. Esto tiene que terminarse. De una vez por todas. Ningún padre debería tener que pasar... que sufrir como nosotros. Es...

Se oyó el sonido de unas llaves en la puerta principal. La puerta se abrió y una voz masculina gritó: —Mel, ¿el coche de quién es ese que está en la entrada?

Melinda se fue hacia su marido, un hombre fornido de aspecto cansado, como de unos cuarenta años. Mientras ella le explicaba quién era Georgia, las líneas de su frente se fruncieron. Se apartó de su esposa y se plantó delante de Georgia. —No sé si esto sea una buena idea. No creo que deberíamos estar hablando con usted.

—Jerry—, le rogó Melinda. —Hemos hablado de esta posibilidad. No es tan descabellada. Por favor, escucha.

Jerry negó con la cabeza. —Si usted está trabajando para Cam Jordan, no tenemos nada que decirle. Nuestra hija ha muerto. Alguien tiene que pagar.

—¿Pero qué pasa si tienen a la persona equivocada?— Preguntó Georgia.

—No. No iremos allí—. Puso su mano sobre su brazo y la guio hacia la puerta. —Es hora de que se vaya.

CAPÍTULO TRECE

LAUREN SIEMPRE podía decir cuando sus padres discutían. No había gritos ni exclamaciones; sus padres no gritaban. En su lugar, una hostilidad gélida impregnaba el aire, cual toxina invisible pero mortal. Su madre, la reina de hielo, había perfeccionado la técnica. Ella podría rasgar tus entrañas con unas cuantas palabras frías, luego darse la vuelta y hablar con un extraño en el teléfono, hecha todo un encanto, cálida y dulce.

Su padre era demasiado cobarde o indiferente para enfrentarse a ella. Lauren sólo lo había oído levantar la voz una vez en dieciséis años, y había sido con ella, cuando montó su bicicleta hacia el costado de su nuevo Porsche y rayó la pintura. Incluso entonces, ella sospechaba que la única razón por la que se puso tan furioso, era porque su madre también lo estaba.

Cerró la puerta de su habitación, un poco sorprendida de que sus padres estuvieran juntos en casa al mismo tiempo. Eso no sucedía muy a menudo. Ella buscó su *iPod* y lo encendió. Sarah McLachlan vertía su corazón desde los altavoces. Su padre le decía que la cantante le recordaba a Linda Ronstadt y Bonnie Raitt. Lauren trató de no pensar en el primer nombre de McLachlan.

* * *

Un domingo por la noche en febrero. Lauren tenía doce años, y sus padres estaban en Acapulco... ellos iban a México cada invierno por diez días. El ama de llaves que residía con los Walcher se hacía cargo de Lauren durante su ausencia: cocinaba, limpiaba y se aseguraba de que ella fuera a la escuela. Por lo general era una semana tranquila, incluso aburrida, excepto cuando el tío Fred la llevaba a cenar.

Esa noche sonó el timbre a las seis. Lauren saltó por las escaleras y abrió la puerta. El tío Fred, un hombre corpulento casi como un oso, con el pelo gris rizado en las sienes, le dio un abrazo alegre. Esa noche se irían a un restaurante chino en Wilmette, y Sara iría con ellos. Lauren lo guió a la casa de Sara, sintiéndose muy adulta cuando el tío Fred la felicitó por saber el camino.

Sara estaba esperando en frente de su casa. Ella se subió al asiento trasero del Pontiac y apoyó los brazos en el respaldo del asiento delantero. Conversaron sobre el episodio de la semana anterior de *"Friends"*, la nueva película con Brad Pitt, el juego de baloncesto que su equipo de la escuela ganó contra su archienemigo. Entonces Sara le entregó a Lauren un suéter que le había prestado.

—Oh, sólo quédatelo—, dijo Lauren. —Tengo un montón más.

Sara negó con la cabeza. —Mi mamá dice que tengo que regresártelo.

Lauren se encogió de hombros y tomó el suéter.

En el restaurante, se sentaron en una mesa con un mantel blanco. El tío Fred dejó que ordenaran lo que quisieran, y ellas pidieron rollos de huevo, cerdo agridulce, pollo *chow mein* y helado de postre. Ellas trataron de mostrar sus mejores modales y actuaban con madurez, pero cuando llegó el plato principal, Sara comenzó a reírse de algo que Lauren le había dicho y no podía detenerse. Eso hizo reír a Lauren también, y durante el resto de la comida ambas niñas estallaban en momentos de risa.

El tío Fred, que era soltero y no tenía hijos propios, sonreía, pero parecía un poco desconcertado, como si él no estuviera seguro de qué tipo de especie las niñas de doce años de edad eran. Sin embargo, él les ofreció a ambas un brazo a la salida, y les dijo que nunca antes había cenado con una compañía tan agradable. Eso provocó aun más carcajadas.

Sara le dijo a Lauren después que tenía suerte. Ella desearía poder tener un tío Fred.

* * *

Lauren se levantó con un sobresalto. Ella debió haberse quedado dormida. Apartó los tenues recuerdos y miró la hora. Mierda. Tenía que ponerse al día con Derek. Tenían que hablar.

Se levantó y llegó hasta el cuarto de baño. Mirando su reflejo en el espejo, buscó algún brillo de labios oscuro en su cajón de cosméticos y lo aplicó con cuidado, resistiendo el impulso de lamer sus labios. Luego se puso la sudadera negra de Armani que ella había usado la noche anterior. Todavía olía a Black Cashmere. Le encantaba el aroma con toques de canela. Entonces se retorció para ponerse sus nuevos jeans Joe's, los que tenían el bordado arriba y abajo de las piernas. Su cabello largo y oscuro estaba suelto hoy. Sus granos estaban bajo control, también. En general, no estaba mal.

Miró la hora otra vez. Jueves por la noche en el centro comercial era difícil. No se podía estar seguro en cuanto a la multitud. La gente se preparaba para el fin de semana, comprando un par de zapatos de último minuto o jeans o simplemente pasando un rato en el patio de comidas. Derek estaría allí; era uno de sus lugares habituales. Además, tenía hambre. A ella no le podía importar menos la sopa de langosta y la ensalada de pollo que su madre trajo a casa. Ella necesitaba comida de verdad. Corner Bakery, tal vez. O Johnny Rocket.

Antes de salir, ella revisó su correo electrónico. Lo había mirado hace una hora atrás, pero tenía que mantenerse al tanto de todas las cosas. Había sido fácil de activarlo. Todo el mundo, especialmente las chicas, pensaban que tenías que ser un nerd para

hacerlo. No era cierto. Hizo clic en su programa de correo electrónico. No había correo nuevo.

Ella estaba cerrándolo cuando oyó el crujido de los neumáticos
sobre la grava. Fue a la ventana y miró hacia el camino de la
entrada. Un coche estaba llegando hacia la casa. En la tenue luz,
ella no lo reconoció. Por una fracción de segundo, le entró el
pánico. Derek no vendría aquí. Ella se lo había prohibido.
Entonces se acordó de que no conducía un Toyota, y ahora que el
coche se había detenido, pudo ver que se trataba de ese coche.

Pareció pasar una eternidad, pero finalmente el conductor
salió. Una mujer. El pelo rubio recogido. Usaba jeans y un blazer.
La mujer se acercó a la parte delantera de su coche y miró indecisa
en ambas direcciones. La puerta de la cocina estaba a sólo unos
metros de distancia, pero ella caminó hasta la puerta principal.

CAPÍTULO CATORCE

LA CASA Walcher... ¿o era una mansión?... estaba situada en una cima elevada que tenía vista al lago Michigan. En ese momento el agua estaba en calma, Georgia la observó casi cristalina, pero el lago era tan voluble como un adolescente y podía cambiar rápidamente.

La casa tenía tres pisos, pero el frente, que era un tono rojizo de granito, era una fachada monolítica como una de esas en los museos modernos. Una densa arboleda, que recién ahora estaba empezando a crecer, proporcionaba una barrera natural entre el hogar y la calle. Entró hacia un camino en forma de una "h" minúscula y se estacionó en la parte superior de la "h". La puerta de entrada ocupaba la parte redondeada de la "h". Caminó por alrededor.

Tres bloques circulares de hormigón, cada uno a una altura más alta que el otro, hacían puente sobre un pequeño estanque en la entrada principal. Destellos color naranja y plata brillaban en el agua. Se ubicó al costado de una enorme puerta de madera y tocó el timbre.

Una serie de notas musicales hicieron eco cual escalera de sonidos cada vez más silenciosos. Georgia cambió de posición sus pies. En el pasado, su placa, su arma y su uniforme, le hubiesen dado credibilidad al instante. Ahora no tenía nada, excepto su ingenio.

La mujer que abrió la puerta era alta y delgada. Iba vestida con pantalones de crepé negro y una camisa beige. Su pelo negro era corto, y lucía unas argollas de oro en sus orejas. Su cara angular y pómulos pronunciados, se veían suavizados por la edad y por un impecable trabajo de maquillaje. Ella no era bella, pero con su aspecto oscuro de gitana se veía exótica, y se comportaba como si lo supiera.

Georgia aflojó uno de los botones de su blazer. —Buenas noches, señora Walcher. Mi nombre es Georgia Davis—. Ella se encontró con un par de ojos oscuros y desconfiados.

—Pensé que habían dicho a las siete y media.

—¿Disculpe?

—Siete y media. Usted es de la escuela, ¿no?— Las cejas se elevaron por encima de sus ojos oscuros en arcos perfectamente formados.

¿Alguien de la escuela iba a venir? Georgia recordó de nuevo su conversación con Rachel. Asesores y trabajadores sociales estaban haciendo visitas a domicilio para ayudar a los estudiantes a sobrellevar la muerte de Sara. Vio la prepotencia de la Sra. Walcher, su fría expresión. Esta podría ser su única oportunidad de entrevistar a la chica sobre Sara Long. Contuvo el aliento y tomó una decisión en ese mismo instante.

—Eh, ¿es este un mal momento? Estaba a sólo unas cuadras de distancia...

Las cejas arqueadas de la mujer fueron reemplazadas por una mirada de impaciencia. —Supongo que bien podríamos acabar de una vez—. Se dio la vuelta y llamó hacia un largo pasillo con un piso de mármol de aspecto frío. —Tom, la trabajadora social de Lauren ya está aquí. Sé que es temprano, pero los dos estamos aquí, y también Lauren.

Georgia sintió que se le hacía un nudo en el estómago. ¿Qué estaba haciendo? Nunca se saldría con la suya.

—Por supuesto—, una voz resonó. —Andrea, deja que la pobre mujer entre.

Mientras Andrea Walcher abría la puerta, un hombre con una cara ancha pero curiosamente plana que parecía demasiado grande para su cuerpo, se unió a ella. Su cabello rubio estaba peinado con una raya al costado. Mejillas enrojecidas enmarcaban unos ojos pequeños y una débil barbilla. Pero él era alto y fornido, vestía jeans y una camisa verde de un suave aspecto, que le hacían parecer más joven y menos formal que su esposa. —Soy Tom Walcher—. Sonrió. —¿Usted es de Newfield?

Georgia recordó la trabajadora social de Cam Jordan. Su engreimiento cansado. Sus modales obligados. Ella se irguió. —Georgia Davis—. Suspiró y fingió otra sonrisa.

Walcher le devolvió la sonrisa, pero no llegó hasta sus ojos. —Adelante.

Andrea Walcher miró fríamente a su marido.

Georgia entró. Walcher la llevó a la sala de estar, un espacio enorme, con un suelo a un nivel más bajo, una gruesa alfombra blanca sobre la cual descansaban alfombras orientales, y un ventanal gigante. A través de la ventana, Georgia vio bosques que terminaban precipitadamente en un acantilado rocoso. Rachel le había dicho que había una piscina y una casa de huéspedes, pero deben haber estado en el otro lado de la propiedad, porque la única cosa en frente de la ventana, era un patio con muro de ladrillo y un asador de parrilla incorporada. Un par de pinzas y guantes de cocina estaban al lado de la parrilla.

Un recuerdo repentino de costillas asándose al carbón en una fosa abierta, un caluroso día de verano, se apoderó de Georgia. Las mesas de picnic cargadas con tazones de ensalada de repollo y pan de maíz. También duraznos. Montones de duraznos frescos. —Te nombramos por ellos, cariño—, decía una melódica voz. —Pero tú eres más dulce, más rosada y más suave.

—¿Puedo traerle algo de beber?— Tom Walcher caminó

alrededor de la habitación, encendiendo las lámparas. A medida que el brillo de las luces se reflejaba en la ventana, la vista exterior se iba atenuando. Georgia se obligó a regresar al presente. El contraste entre la casa de Sara Long y los Walcher era increíble. No había adornos, objetos sentimentales, ni fotos enmarcadas como las que había visto en casa de los Long. La casa de los Walcher se sentía vacía.

Se aclaró la voz. —Por favor, no se moleste. Yo... yo sólo quería ver cómo está Lauren.

Andrea Walcher se quedó en la entrada del piso más bajo de la sala, con los brazos cruzados. Sin embargo, su marido parecía estar intentando ser amable. ¿Estaban actuando con ella? ¿O eran simple y asombrosamente disfuncionales?

—¿Andrea?— Walcher tendió la mano a su esposa. Ella dio dos pasos hacia abajo, pero se mantuvo al margen de la alfombra oriental, con el pie equilibrando sobre el borde.

—Por favor, siéntese—, indicó Walcher. —Debe estar tan cansada como nosotros. ¿Está segura de que no quiere algo?

—No, gracias—. Georgia se sentó rígidamente en un sofá de tapizado rústico beige con gruesos cojines. —¿Cómo ha estado Lauren? ¿Desde eh... que Sara murió?

La cara de Walcher se volvió solemne, y juntó las manos, casi como orando. —Bueno, ha estado...

—En realidad, ella ha estado bien—, interrumpió Andrea en seco.

Walcher dio un pequeño suspiro y continuó. —A todos nos gusta poner buena cara a las cosas, sobre todo Andrea—. Él se quedó mirándola. —Pero eso no es del todo cierto. Sara y Lauren eran buenas amigas. Este ha sido un momento muy difícil para ella. Especialmente a parte de la muerte de su tío.

—Lo siento—, dijo Georgia. —No sabía...

Walcher asintió con la cabeza. —Estamos todos... bueno, todos estamos bajo una buena dosis de estrés—. Su mirada se fijó en Andrea. ¿Se estaba disculpando por el comportamiento de su esposa? Ella lo fulminó con la mirada. —Pero Lauren es fuerte. Ella estará bien. Estamos planeando llevarla a un terapeuta.

Georgia escuchó un suspiro de parte de Andrea.

—Y, afortunadamente, la batalla legal parece estar yendo bien—. Walcher continuó. —Yo mismo soy abogado, y sé lo que es la lucha legal en medio del dolor.

—¿Está usted participando en el caso?

—No—. Él separó las manos y apoyó los codos en el respaldo de uno de los sillones de orejas. —Estoy... bueno, digamos que conozco a los jugadores involucrados—. Un toque de altanería curvó sus labios.

¿Significaba eso que Jeff Ramsey...? ¿Eran ellos "amigos"? Georgia quería proseguir, pero se suponía que era una trabajadora social de la escuela. Los trabajadores sociales no preguntaban acerca de las investigaciones de asesinato. Ella se recostó en el sofá. Tom Walcher continuaba jugando al cordial anfitrión, pero había algo falso en él. Y su esposa era un viento ártico. ¿Qué harían si se dieran cuenta de que ella no era la persona que pensaban? Ella nunca debería haber venido. Ahora era demasiado tarde. Hundió la uña del pulgar en su dedo índice y apretó. —¿Puedo hablar con Lauren?

Walcher hizo un gesto. —Por supuesto—. Se volvió a Andrea. —¿Podrías llamarla, querida?

Andrea no se movió. Walcher le lanzó una mirada inquisitiva. Cuando vio que Andrea aun no se movía, él pasó a su lado hacia las escaleras y gritó. —Lauren, cariño. ¿Podrías venir un momento?

No hubo respuesta.

Walcher le dio a Georgia una sonrisa avergonzada. —Su puerta debe estar cerrada. Iré a buscarla—. Empezó a subir las escaleras.

El momento corto a solas con Andrea Walcher pareció interminable. La mujer la medía con una mirada sospechosa y no hizo ningún intento de charlar. El mensaje era claro: "Tú no perteneces aquí, no me agradas, y no voy a hacer nada para hacértelo más fácil". El pulso de Georgia palpitaba contra su sien.

A distancia, un ruido de pasos en la planta superior la distrajo, y la voz de una chica gritó desafiante: —No. No tengo tiempo.

Una discusión entre murmullos lo siguió, y mientras que Georgia no podía entender las palabras, la rebeldía de la chica se convirtió en un queja, y, finalmente, en un exasperado: —¡Oh, está bien!— Se escucharon pasos bajando las escaleras, y Lauren Walcher entró en la habitación.

La chica era una versión más joven de su madre, pero con rasgos más acentuados. Alta para su edad, y delgada, tenía el cabello del mismo tono oscuro como el de Andrea, pero más largo y grueso. Al igual que su madre, vestía con ropa que resaltaba su cuerpo. Y parecía costosa. La expresión de Lauren era de tanta sospecha como su madre, y cuando vio a Georgia, entrecerró los ojos.

—¿Quién eres tú? ¿Dónde está Beaumont?

—¿De qué estás hablando, Lauren?—, dijo Andrea. —Ella es tu consejera de la escuela.

—Nunca la he visto antes. Ella no trabaja en Newfield.

Antes de que Andrea pudiera reaccionar, Georgia intervino: —Eso es verdad. He sido contratada como consejera privada. Yo trabajo en Evanston—. No era del todo una mentira.

—¿Por qué harían eso?—, dijo Lauren con un agresivo tono de voz. —No conocían a Sara.

—Estás en lo correcto nuevamente—, dijo Georgia. —Pero a veces eso puede ser una ventaja. No tengo ninguna carga. Pero sé cómo trabajar con personas en crisis—. Le ofreció una insinuante sonrisa a Lauren. —Es mi trabajo—. Eso tampoco estaba muy lejos de la verdad.

Lauren miró su reloj. —Sólo dispongo de unos minutos. Voy a salir.

—¿A dónde?— Preguntó su madre.

—Por ahí—. Respondió a su madre con voz fría. —Dijiste que estuviera en casa a las siete y media. Ni siquiera son las cinco.

Andrea se encogió de hombros en dirección a Georgia. —Eso era antes de que *ella* apareciera.

Si tan sólo pudiera conseguir hablar con la chica a solas. Georgia se volvió a Walcher, quien había seguido a su hija al bajar. —¿Estaría bien si Lauren y yo hablamos en privado?

Una mirada se cruzó entre los adultos, a continuación, Walcher respondió. —Normalmente, yo no dudaría. Pero en este caso...— puso su mano sobre el hombro de su hija, —...ha estado bajo tanta presión. No quiero que Lauren tenga una carga más de la que ya tiene. Estoy seguro de que usted entiende.

Georgia luchó por mantener una apariencia de calma. —Lo entiendo—. Ella oró para que las siguientes palabras que salieran de su boca, sonaran convincentes. —Pero es difícil para mí hacer mi trabajo, si Lauren no se siente cómoda y segura. Ella necesita saber que no será evaluada o juzgada. Lo cual es mi meta. Siendo usted abogado, señor, estoy segura de que comprende.

Walcher se levantó y encendió otra lámpara, lanzando otro destello de luz amarilla en la habitación. Afuera no estaba totalmente a oscuras, pero el reflejo de las cuatro luces en la ventana obscurecía la vista. —Entiendo—. Sonrió. —Pero mi decisión no cambia.

Terminó la discusión. Walcher gana.

Georgia dio otra falsa sonrisa. Andrea se dio la vuelta y salió de la habitación. Lauren se sentó encorvada en uno de los sillones de orejas. Lanzando una pierna en jeans sobre el brazo del sillón, la balanceó hacia adelante y hacia atrás, como si no pudiera estar menos interesada en la conversación.

Georgia se saltó las preliminares. —Sé que hubieron... dificultades... con Sara y algunas de sus amigas. Lo cual podría haber desempeñado un papel importante en lo que sucedió en la reserva natural—. Se aclaró la voz.

Lauren miró a su padre. —No creo que debería hablar sobre eso. Con usted.

—En realidad, no tengo ningún interés en esa parte de la historia. Mi preocupación en este momento son sólo ustedes, chicas. Tú, Heather y Claire.

Lauren no dijo nada. Su pierna continuó balanceándose hacia adelante y hacia atrás.

—A menudo puede haber mucha culpa, después de una experiencia como ésta. Quiero asegurarme que sepas que no hiciste nada para provocarla.

Lauren la miró.

—La culpa puede ser la parte más destructiva de la pena. Si la estás sintiendo, quiero que te sientas en libertad de hablarlo conmigo, tu terapeuta o alguien de tu elección.

—No me siento culpable—. Lauren levantó la barbilla. —Y mis padres me van a llevar con un terapeuta.

—Me alegro—. Georgia hizo una pausa. —¿Así que la información que tengo no es cierta?

—¿Qué información?

Tom Walcher se sentó en el extremo del sofá. Le hizo pensar a Georgia en un tigre preparándose para atacar, fingiendo desinterés en su presa.

—Que Sara llegó a la reserva natural específicamente para hablar contigo.

La pierna de Lauren dejó de moverse. Una expresión de asombro se apoderó de ella.

En ese momento, Georgia escuchó una voz desde la cocina. —Gracias. No, nosotros nos encargaremos de ello—. Colgó el teléfono. Se escucharon pasos, y Andrea Walcher entró en la sala de estar. Esta vez, del todo. Parándose delante del ventanal, se quedó mirando fijamente a Georgia. —Acabo de llamar a Newfield. Ellos no han contratado a ningún trabajador social privado y nunca han oído hablar de alguien llamada Georgia Davis. Lo que significa que está haciéndose pasar por alguien que no es.

Georgia tomó una bocanada de aire.

—Así que, ¿quién demonios es usted y qué quiere?

CAPÍTULO
QUINCE

CAMINO A casa, Georgia sintió la necesidad de contarse los dedos de las manos y de los pies para asegurarse de que todavía los tenía. Cuando Andrea Walcher se enfrentó a ella, tuvo que confesar que era una investigadora privada que trabajaba para Cam Jordan. La cara de Tom Walcher se volvió carmesí, y la echó de su casa. Él también juró hacerse cargo de que ella nunca volviera a trabajar en ningún lado del estado, si alguna vez la encontraba a cien metros de su hija. Obtendría una orden de restricción si fuese necesario. O la demandaría.

Ella se fue rápidamente.

Camino hacia el sur por la Sheridan, golpeó con el puño el volante. Ella sabía que era arriesgado. ¿Por qué demonios lo hizo? Ahora tenía dos enemigos, y si Walcher cumplía con sus amenazas, ella estaría con problemas hasta el cuello. En especial, porque Walcher dio a entender que él y Ramsey eran amigos. ¿Qué pasaría si se corría la voz hasta el abogado del fiscal del estado sobre su "visita"? ¿Qué le haría eso a Kelly? ¿O a Cam? Había metido la pata. A lo grande.

Tomó un atajo hasta Green Bay Road y se estacionó en el supermercado Jewel. Ya adentro, empujó su carrito de compras por los pasillos. Aunque la comida era la última cosa en su mente, ella tomó leche, lechuga, pan y huevos. Entonces pasó por los alimentos precocinados y lanzó una pizza en su carrito. No quería salir, y ciertamente no tenía la energía para ir a Mickey. Pagó sus compras, y se dirigió a su coche, arrojando las bolsas en el asiento trasero.

La tienda de licores estaba a sólo una cuadra de distancia. Este había sido un mal día. Tal vez debería pasar por ahí.

Estaba llevando el carrito de compras al estacionamiento de carritos, cuando sintió una presencia detrás de su espalda. Sus sentidos se pusieron en alerta. Era casi de noche, y las sombras que había alrededor del estacionamiento eran lo suficientemente oscuras como para resguardar a alguien. *Grandioso. Ser asaltada sería un final apropiado para ese día.* Entonces se activó el instinto. Pretendiendo no darse cuenta de nada, apretó con fuerza el mango del carrito. Con un poco de suerte, el atacante esperaría el tiempo suficiente como para poder sacar el carrito fuera del estacionamiento y lanzárselo directo hacia su ingle. Entonces correría como loca. Poco a poco, ella comenzó a sacar el carrito fuera del estacionamiento.

—¡Eh!—, dijo una voz.

Georgia giró el carrito rápidamente, con los puños apretándolo, dispuesta a hacerlo volar.

—¡Espera! No. ¡No lo hagas!— Dijo la voz de una chica.

Georgia se quedó helada.

Lauren Walcher emergió de las sombras, moviendo los brazos.

Georgia respiró hondo. Su estómago comenzó a descender lentamente al lugar apropiado. —Pero qué... ¿qué diablos estás haciendo aquí?

—Te seguí.

—¿Todo el camino desde Glencoe? ¿Por qué?

—Quiero hablar.

Ella volvió a poner el carrito en el estacionamiento. —¿Tus padres saben que estás aquí?

—Por supuesto que no.

Georgia soltó un poco el agarre del carrito. La adrenalina que fluía a través de ella comenzó a disminuir la velocidad. —¿Te das cuenta de que probablemente te encerrarán para siempre si se enteran?

—No, no lo harán—. Ella se encogió de hombros. —Sólo les diría que me esperaste fuera de la casa y me obligaste a irme contigo.

Georgia miró a Lauren. Esta chica tenía huevos.

Lauren le dio a Georgia una sonrisa condescendiente, caminó hacia su Land Rover y se apoyó en el capó. —La cosa es así. Sara era mi amiga. Si ese psicópata no lo hizo, yo quiero saber quién lo hizo.

Georgia no había podido conseguir nada de Lauren en su casa. Su presencia ahí era un regalo. Matt solía decir que "a caballo regalado no se le miran los dientes... sólo ten cuidado de que no sea un troyano". Ella siguió a Lauren hacia su Land Rover. —¿Qué te hace pensar que él no lo hizo?

—Tú dímelo—. Lauren cruzó una pierna sobre la otra.

Una lámpara de vapor de sodio por encima de ellas zumbaba. —¿Por qué no me cuentas tú sobre los problemas que Sara tenía con sus amigas?

—¿Qué problemas?

—No más juegos—, dijo Georgia. —¿Qué quería Sara hablar contigo en la reserva natural?

—¿De qué estás hablando?—, preguntó con inquietud Lauren.

—Vamos, Lauren. Su madre me dijo que ella había ido a la reserva natural para encontrarse contigo. ¿Por qué?

La chica se encogió de hombros, pero no dijo nada.

Georgia se obligó a ser paciente. —¿Ella no dejó un mensaje en tu celular? ¿O algún mensaje de texto?

Lauren sacudía el pie. —No.

Georgia no podía descifrar si estaba mintiendo. —¿Así que no tienes idea de lo que quería?

—No—. Lauren continuó agitando lo pies.

—¿Estás segura que no tenía nada que ver con sus... actividades?

Ella levantó la vista. Su pie dejó de balancearse. —¿Qué actividades?

—Claire Tennenbaum me dijo que Sara tenía una tendencia a... bueno, digamos que ella era muy curiosa acerca de los asuntos de otras personas.

—Oh, eso—. Los hombros de Lauren se relajaron. —Claire no podría mantenerse a los hechos, aun si su vida dependiera de ello.

—¿Cómo dices?

—Claire es dulce, pero ella es más tonta que una piedra.

—¿Así que lo que ella dijo no es verdad?

—Nunca vi a Sara hacer algo como eso—. Pero sin mirar los ojos de Georgia.

—Lauren, cuando yo tenía tu edad, recuerdo haber pensado que una verdadera amiga era alguien que guardaba mis secretos. Alguien que no diría a nadie lo que dije o hice. Pero ahora me doy cuenta que no siempre es verdad. A veces, un amigo es más responsable si le cuenta a alguien esos secretos. Sobre todo si nos ayudan a descubrir por qué la mataron—. Hizo una pausa. —¿Estás segura que no hay nada que quieras decirme?

Lauren vaciló apenas una fracción de segundo. Fue suficiente.

—¿Lauren?

La chica tocó una cinta de cuero alrededor de su cuello. Un dije de plata que llevaba se reflejó con el brillo anaranjado de la lámpara de vapor de sodio.

Georgia presionó con suavidad. —¿Tenía Sara secretos que no quería que la gente supiera?

Lauren pasó su lengua por los labios.

—¿Algo que involucrara a otras personas?

La chica la miró fijamente. Luego bajó la mano de su collar y se bajó del capó de su coche. Se aclaró la voz. —Sara estaba saliendo con el novio de otra chica. El verano pasado. Había malos sentimientos al respecto.

—¿Qué chico? ¿El novio de quién?

—No duró, pero eso no fue culpa de Sara—. Lauren comenzó a hablar más rápido. —Quiero decir, ella era hermosa. Les gustaba a los chicos. No puedes hacer mucho al respecto.

—¿Quién era el chico?— Georgia se cruzó de brazos. Lauren bajó la mirada al suelo.

—Está bien. ¿Quién era la chica?— Preguntó Georgia.

—Mira, tengo que irme. Puede que tengas razón. No debí haberte seguido hasta aquí—. Ella buscó las llaves en su bolsillo y abrió el Land Rover.

—Lauren...

Abrió la puerta y se subió al asiento delantero. —Mónica Ramsey— dijo en voz baja.

—¿La hija del fiscal del estado?— Georgia bajó los brazos a sus costados.

Ella asintió con la cabeza.

—¿Y Mónica Ramsey estaba en la reserva natural el día en que Sara fue asesinada?

—Sí—, dijo ella, como si el pensamiento acabara de aparecer. —Ella estaba allí.

* * *

Georgia estaba llevando las provisiones hasta su apartamento, mientras pensaba acerca de las familias, las amistades y los secretos, cuando escuchó una pelea.

—No me importa lo que dijiste. No significa una mierda—. Decía la voz de mujer. Georgia se detuvo y miró hacia arriba, como si esperara ver las palabras airadas cortando el aire.

—¿Qué quieres de mí, Sheila?— Una voz de hombre. Controlado. Pero tensa.

—Quiero que vuelvas a casa.

—No después de lo sucedido. No va a funcionar. Se acabó.

—¿Por qué no puedes perdonarme?— Se oyó su voz otra vez.

—Cometí un error, ¿de acuerdo? Un grave error.

—¿Durante dos años?— Su voz se elevó. Georgia se encogió. Podía oír la crudeza y el dolor.

—Eres un cabrón moralista, ¿lo sabías?

—¡Fuera, Sheila! Ya mismo.

Pasos golpeaban en el suelo. Georgia puso a tientas la llave en la cerradura. Entró justo cuando la puerta de arriba se abría.

—Te arrepentirás de esto.

—Adiós, Sheila.

La puerta se cerró con fuerza, y pasos fuertes siguieron por las escaleras. Georgia cerró la puerta en silencio.

* * *

Lauren miró por el espejo retrovisor mientras se dirigía hacia el centro comercial. Desde que Sara fue asesinada, Lauren había comenzado a mirar por encima del hombro, preocupándose de que alguien la estuviera observando. Incluso la captura del maniático en el bosque no había detenido esa sensación. Siguió recordando *The Ring*, la película que salió hace unos años. Una vez que veían el video, morían siete días después. Bueno, era sólo una película de mala calidad. Pero la idea de que alguien pudiera... sólo pudiera... estarle tendiendo una trampa de la forma en que lo hicieron en *The Ring*, era espeluznante.

No. Ella sólo estaba un poco nerviosa. Estresada. Nadie la estaba siguiendo. Sara fue asesinada por un psicópata. Eso es lo que había dicho la policía. Lo mismo dijeron todos los demás. El tipo era un delincuente sexual registrado, por amor de Dios. Así que, ¿por qué estaba ésta investigadora privada haciendo tantas preguntas? Lauren le había dado el nombre de Mónica Ramsey. La había enviado hacia una inútil búsqueda. Tal vez la dejaría *a ella* en paz. Cuanto menos supieran, mejor.

Lauren apretó el volante. Ella estaba cansada. Exhausta. ¿Por qué estaba haciendo todo ella sola? ¿Acaso no se suponía que este era el momento de su vida? ¿La flor de la juventud y toda la otra mierda que su padre le decía?

—Eres joven, blanca, rica y hermosa. Despliega tus alas.

Seguro, papá. Como si tú supieras cómo hacerlo. Aunque en comparación con la reina de hielo, podría tener un par de trucos bajo la manga. Sin embargo, nada detenía el dolor en su pecho cada vez que pensaba en su familia. Se sentía como si hubiera perdido algo importante. Lo cual era extraño. ¿Cómo podría perder algo que nunca había tenido?

Estacionó el Land Rover y se apresuró hacia el centro comercial. Vio a Derek tan pronto como llegó al paseo principal. Estaba recostado en un banco afuera de Bath and Body Works, hojeando las páginas de una de esas novelas gráficas. Nada más que un estúpido libro de historietas, salvo que costaba tanto como un CD. Sin embargo, ella sabía por qué lo llevaba, y no era un mal accesorio. Ella se deslizó detrás de él. Parecía estar concentrado en el libro, pero sabía que él sentía su presencia. Eso formaba parte de la insinuación. No mostrarse demasiado interesado.

—Hola amigo—. Ella caminó hacia el frente del banco.

Derek Janowitz levantó la vista. Tenía la nariz puntiaguda y sus labios eran delgados, dándole una expresión arrogante. No era tan musculoso, pero practicaba lucha, y su cuerpo era firme y fuerte. Sus mejores rasgos eran sus ojos, de un azul profundo como el mar que parecían penetrar directamente en tu alma. Era sólo a flor de piel, por supuesto. ¿Qué sabía él acerca de la compasión o la sabiduría? Sin embargo, la mayoría de las veces funcionaba... tenía un montón de segundas miradas.

—¿Qué pasa?— Bajó el libro y jugueteó con la cinta de cuero alrededor de su cuello. Era similar a la que Lauren llevaba de collar.

—Tenemos que hablar.

—Estoy ocupado, en caso de que no te dieras cuenta. ¿No puedes esperar?

Una chispa de irritación corrió por Lauren. —No. No puedo.

Él se agachó en el banco. —Entonces, habla.

Ella dio un vistazo a su alrededor. Una mujer gorda y un adolescente estaban sentados en un banco frente a ellos. El muchacho se veía como si preferiría estar en cualquier otro lugar en el mundo que con su madre. Pero la mujer tenía los ojos fijos en Derek. *¡Mierda!* Tendría por lo menos unos cuarenta años y se lo estaba comiendo con los ojos.

—Aquí no—. Lauren frunció el rostro. —Sígueme.

Se acercó de nuevo a la escalera mecánica y se dirigió hasta el patio de comidas, mirando sobre su hombro para asegurarse de que la estuviera siguiendo. Cuando llegó a Auntie Anne, ella tomó un par de muestras sobre el mostrador y se las metió en la boca. Queso Asiago. Se detuvo en una mesa con una luz tenue en la parte trasera de los puestos de comida y se sentó. Una combinación de olores con grasa de comida china, pizza y galletas recién horneadas llegó hasta ella.

Derek se unió a ella unos segundos más tarde. —Entonces, ¿qué pasa?

Lauren juntó las manos. —Tenemos un problema.

—¿Y ahora qué?— Él suspiró, pero ella captó la irritación en su voz.

—No. Esto es serio.

—Eso es lo que dijiste la semana pasada, cuando...

—Eso fue diferente. Ya me hice cargo de eso. No es que fueras de mucha ayuda.

—Seguro—, se burló de ella. —Ni siquiera lo hubieras sabido si no fuera por mí.

Tenía razón, pero ella lo miró con enojo de todos modos. Estaba empezando a molestarla. Alegando que ella no podía vivir sin él. Que ella lo necesitaba más de lo que él la necesitaba a ella. ¿Todos los hombres eran así, o era sólo Derek? Su padre tenía sus defectos, pero no rebajaba a la gente todo el tiempo. Por lo menos no frente a ella.

Derek levantó la palma de la mano en un gesto de "lo que sea".

—Un detective privado está trabajando en el caso de Sara.

Una mirada de asombro se apoderó de él. —¿Cómo lo sabes?

—Ella vino a la casa hoy. Trató de hacerse pasar por un psiquiatra.

Las cejas de Derek se levantaron. —¿Ella?

—Su nombre es Georgia Davis. Dijo que era una trabajadora social. Resultó que no.

—No me jodas.

—¿La conoces?

—No. Pero una chica. Eso es raro.

Lauren se encogió de hombros. —Sí requería de valor. Pero no es bueno. Tuve una pequeña charla con ella después.

Derek se fijó en algo detrás de Lauren, como si estuviese concentrado en algún pensamiento íntimo. Ella había pensado en un sinfín de posibilidades en el camino hacia allí, pero no tenía ninguna respuesta. Ciertamente no esperaba que Derek la tuviera. Había abandonado la escuela secundaria el año pasado. No estaba con él por su inteligencia.

Ella giró para ver lo que estaba mirando. Una rubia alta y delgada, que pasaba detrás de ella. Era hermosa, pero llevaba demasiado maquillaje. La chica le dio a Derek una sonrisa. Derek se la devolvió.

—Por el amor de Dios—. Reaccionó Lauren. —¡Ahora no, idiota!

Derek volvió la vista hacia ella. Podría decirse que estaba enojado. Bien. Por lo menos la petulancia se había ido.

Derek se inclinó hacia delante. —¿Cuánto sabe esta Davis?

—Ella sabe que Sara fue a la reserva natural para hablar conmigo.

—¿Lo sabía?— Derek se veía interesado. —¿Y qué quería?

—No lo sé. Nunca tuve la oportunidad de descubrirlo.

Los ojos de Derek se entrecerraron. —Pensé que lo sabías todo.

—Bueno, en comparación con otras personas...

Sus ojos se volvieron desagradables. Ella debería aflojar. Continuó. —Escucha. No estaría aquí si no necesitara tu ayuda. Traté de apartarla de su propósito, y creo que lo logré. Pero tenemos que estar seguros. Piensa, ¿de acuerdo? ¿Ha habido algo... bueno, extraño... para ti?

—¿Cómo qué?

—No lo sé. ¿Gente haciendo muchas preguntas? ¿Diciendo cosas raras?

Su mirada se tornó pensativa. —¿Quieres decir, además de Sara?

Lauren hizo caso omiso de la broma. —Sabes lo que quiero decir.

Se acomodó en su silla, con el ceño fruncido. Después de un largo rato, él negó con la cabeza. —No me gusta.

—A mi tampoco—. Dijo Lauren. Una multitud de adolescentes ruidosos aparecieron de repente y se apropiaron de la mesa junto a ellos. Tuvo que levantar la voz para hacerse oír. —¿Qué deberíamos hacer?

—Déjame pensarlo—. Se enderezó, lanzando una mirada fulminante hacia los chicos en la mesa. Uno de los chicos le devolvió una mirada igual de fulminante. Manteniendo sus ojos en el chico, Derek agregó, —pero te diré una cosa que no tienes que hacer.

Ella miró al chico al cual Derek había enfrentado. Parecía menor que él, tal vez tenía unos catorce años, pero miró a Derek como si estuviera buscando pelea. ¿Por qué los hombres siempre tenían que demarcar su territorio? Todo esa testosterona, y ningún lado hacia dónde ir. —¿Qué?

—Deja de verte tan asustada.

—¿Crees que tengo miedo?— Cuando él no respondió, ella negó con la cabeza. —Realmente tienes delirios de grandeza.

Los ojos de Derek se entrecerraron. —¿Delirios de qué?

Ella hizo un gesto hacia la historieta. —Lo sabrías si alguna vez eligieras un libro de verdad.

—No necesito libros para el tipo de trabajo que hago.

—Vete a la mierda, Derek. Trabajas en una estación de gasolina.

—Sé lo que la gente quiere y hasta dónde están dispuestos a llegar para conseguirlo.

Lauren casi mordió el anzuelo, pero en su interior algo le decía que no era el momento adecuado. Ella respiró hondo. —Ten cuidado, ¿está bien?

—Siempre lo tengo—. Él deslizó la silla hacia atrás. —Hora de regresar.

Ella asintió con la cabeza. Tendría que estar satisfecha con eso. —¿Algo nuevo?

—Tal vez. Si no hubieras metido la pata.

Ella miró su reloj. —Tengo tiempo. Podría quedarme.

—De ninguna manera. Estoy bien. Vete a casa y métete en esa tina de lujo tuya. Deja que el agua te tranquilice.

CAPÍTULO DIECISÉIS

LOS RAYOS del sol de la fría mañana entraban en ángulo a través de la ventanilla del coche, reflejando el vapor del café de Georgia. Ella lo vio disiparse en remolinos de niebla. Estaba estacionada a unas pocas casas de la de Jeff Ramsey en Winnetka. Una casa victoriana remodelada en la tranquila calle de Willow, era grande pero no vistosa, y combinaba bien con las otras casas de la cuadra. Se sorprendió... esperaba que él viviría en una de las calles privadas de Winnetka que tenían un solo camino de acceso. Estaba agradecida que no fuera así. Hubiera sido difícil de vigilar.

Miró su reloj. Apenas eran las siete. No tenía que estar allí, pero se sentía más en control de un caso cuando ella podía identificar a las personas involucradas. No es que ella atribuyera intenciones según su apariencia física... las personas eran actores consumados... sino que le gustaba ver cómo se manejaban, si miraban a los ojos y la forma en que interactuaban con los demás. Y puesto que no tenía ninguna razón para ponerse en contacto con los Ramseys directamente y probablemente no llegaría a ellos si lo intentaba, esto era lo mejor que podía hacer.

Hojeó las páginas que había impreso ayer por la noche. Gracias a Google y Kroll, una empresa de seguridad con una enorme base de datos electrónica cuyo acceso era posible por una tarifa, ahora tenía sólidos antecedentes de Jeff Ramsey. Criado en los barrios residenciales de New Jersey, se graduó en cuarto lugar en la secundaria. Tenía una beca para estudiar en Penn... la Facultad de Wharton..., pero se especializó en ciencias políticas. Fue a la Universidad de Abogacía de Columbia, donde conoció a su esposa, Janet. Pagó la escuela de leyes... al menos en parte... tocando el piano en fiestas privadas y eventos corporativos. Trabajó para un juez federal en Nueva York, y luego fue contratado por la oficina del fiscal de distrito en el que se destacó como un abogado litigante estrella, con un impresionante historial de casos ganados y perdidos. Llegó a Chicago hace cuatro años en una de las reformas de gran alcance de Daley para encontrar nuevos talentos.

Su esposa Janet, era abogada también, a pesar de que no ejercía. Ella era la directora ejecutiva de la organización Costa Norte para ciudadanos de la tercera edad. También participaba activamente en la política local, y había rumores de que planeaba postularse en la asamblea partidista de Winnetka Village. Mónica era su única hija.

Dos ambiciosos triunfadores en una casa. Esto podría poner presión en el matrimonio. Por no hablar de una hija adolescente.

La puerta de entrada de la casa se abrió y un hombre con el pelo castaño ondulado cayéndole sobre la frente salió. Georgia echó un vistazo a la foto que había impreso. Ramsey. Lo seguía por detrás una joven en jeans y una sudadera de color rosa.

Mónica medía aproximadamente un metro sesenta. Su pelo oscuro iba recogido en una cola de caballo. Ella alzó una mochila sobre el hombro y comenzó a caminar lentamente hacia la calle. Se detuvo cuando Ramsey la llamó. Georgia bajó la ventanilla con la esperanza de captar sus palabras. Todavía estaba demasiado lejos, pero vio cómo Mónica asentía con la cabeza, le tiraba un beso, y caminaba hacia un Honda Civic rojo en frente de la casa. Con grandes ojos, una nariz chata y labios como arco de Cupido, era bonita de una manera natural, saludable. Se veía dulce, también. No como alguien que pudiera golpear a otra chica en la cabeza con un bate de béisbol. Por otra parte, Ted Bundy había sido un atractivo seductor que caminaba con un bastón.

Mónica se sentó en el Honda, y Ramsey cortó camino a través del césped hacia el garaje. Era de estatura media y vestía un traje azul a rayas y una corbata roja, y caminaba con una relajada gracia natural. La garganta de Georgia de pronto se secó. Él caminaba de la misma forma en que Matt lo hacía. Le había hecho sonreír, la forma de caminar de Matt... hasta el día en que lo había visto irse para siempre.

Ramsey observó a su hija irse en el coche, y luego levantó la puerta del garaje y se subió a un BMW plateado. Él salió de la entrada de autos y desapareció al doblar la esquina. Georgia consideró quedarse un rato para ver a Janet Ramsey, pero decidió que podía esperar. Terminó su café, lanzó el vaso en el suelo, y arrancó el motor. Mientras regresaba a Hibbard, marcó el número de Kelly en su celular. Todavía era temprano, y la llamada entró a su buzón de voz. En lugar de dejar un mensaje, ella cortó la llamada y se dirigió hacia el gimnasio.

Lo contactó después de hacer ejercicio.

—Kelly—. Su voz era fina y carrasposa por la mañana.

—Hola, Paul. Habla Georgia Davis.

—No sabía que te escucharía otra vez.

—Hola. ¿Significa eso que me echaste de menos?

Él gimió.

—Lo tomaré como un "sí". He estado investigando las cosas.

Él hizo una pausa. —¿Y?

Le habló de sus entrevistas con Claire Tennenbaum y Melinda Long.

—¿Cómo hiciste para que la mujer Long hablara contigo?— Parecía impresionado.

Le contó cómo había ido a *New Ideas* y terminó en la casa de la mujer.

—¿Sí?

—Sí—. Le habló acerca de cómo se sentía Melinda por la rapidez de la imputación de Cam y las novatadas.

Kelly murmuró algo entre dientes.

—¿Perdón?—, preguntó.

—Nada—. Se aclaró la voz otra vez.

Georgia lo dejó pasar. —Su marido no pareció ser igual de... accesible—. Ella describió cómo había llegado a casa del trabajo y rápidamente le pidió que se fuera.

—Eso me suena más probable—, dijo Kelly. —Aun así, podemos tener cierta influencia. ¿Crees que la madre testificaría para nosotros?

—Yo diría que es una posibilidad muy remota. Ella está recibiendo mucha presión de su esposo para mantenerse alejada de nosotros. Pero supongo que depende de qué más podamos encontrar—. Ella le habló de la ropa cara en el armario de Sara. —Voy a hablar con su jefe en la tienda de libros sólo para confirmar algunas cosas, pero eso no es la mejor parte.

—¿Tienes más?

—Que si lo tengo...—, le habló de su visita a la casa Walcher. —Ellos no cooperaron.

—¿Walcher? ¿Quién diablos son ellos?

Le explicó la relación entre Lauren y Sara. —Por supuesto, podría haber sido mi culpa.

—¿Por qué?

No tenía sentido escondérselo... se enteraría al final. Ella le contó cómo se había hecho pasar por una trabajadora social y había sido desenmascarada.

—¿Por qué diablos hiciste eso?

—Fue una especie de... bueno, simplemente pasó. No lo planeé.

—Claro que no lo hiciste.

—Es verdad—. Ella se preguntó por qué se estaba defendiendo. No tenía nada que probarle a Paul Kelly. —Quería tratar de obtener algo de información, antes de que fuera muy tarde.

—Sí, ¿pero apareciendo en su casa bajos pretextos falsos? Él podría crearnos problemas.

—No fue... una acción intencional. Fue más bien para aprovechar una oportunidad, pero tienes razón. No volverá a suceder.

Silencio.

—Creo que podemos evitarlo—, ella agregó.

—¿*Nosotros?*

Georgia mantuvo la boca cerrada.

—¿Qué quieres de mí?— Él parecía adolorido.

—Tom Walcher, el padre de la chica, es un abogado. Afirma que no está involucrado en el caso. Pero me sentiría mejor sabiéndolo a ciencia cierta. ¿Podrías echarle un vistazo?

Más silencio. Entonces dijo, —quizás.

—Gracias.

—¿Algo más?—, se quejó él.

—De hecho, sí—. Ella le dijo lo que había descubierto acerca de Mónica Ramsey. Que Sara le había robado al parecer, el novio a alguien, posiblemente a Mónica Ramsey. Que la chica Ramsey podría haber estado en la reserva natural en la novatada. Que ella había estado vigilando la casa.

—Un momento—, Kelly la interrumpió. —¿Estás diciendo que la chica Ramsey podría estar involucrada en el asesinato de la chica Long?

—Estoy diciendo que deberíamos saber más acerca de esa relación.

—Eh. Detente. Ahora mismo. ¿Qué pruebas tienes de que siquiera estaba en la reserva natural?

—Dos de las chicas lo dijeron.

—No hubo ninguna mención de Mónica Ramsey en el descubrimiento de pruebas.

—Eso es verdad, pero...

—¿Así que vas a tomar la palabra de un par de adolescentes?

—Puedo obtener corroboración.

—Dios mío. No puedes hacer esto. Yo sabía que esto era una

mala idea. Nunca debí haber dejado que el padre Carroll me metiera en...

—Ustedes estaban dispuestos a conformarse a una pena reducida—. Ella le recordó. —Sin ningún tipo de investigación.

—Soy un abogado. Eso es lo que hago.

—¿Enviar a personas inocentes a la cárcel?

—Corta el drama, ¿de acuerdo? Los dos sabíamos que esto era una posibilidad muy remota desde el primer momento. Davis, no puedes ir detrás de la hija de Ramsey. ¿Qué vas a decirme después? ¿Que él encubrió la noticia de la novatada? ¿Que declaró culpable a Jordan apresuradamente para proteger a su hija?

Georgia se obligó a mantener la calma. —No estoy *yendo detrás* de nadie. Sólo estoy siguiendo la evidencia.

—¿Qué evidencias? ¿Dónde?—, dijo la voz de Kelly tan cortante como una cuchilla de afeitar. —Por lo que yo veo, no tienes nada más que rumores. Incluso no puedes siquiera llamarlo testimonio de oídas. Es... eres...— Él dijo entre dientes. —¿Sabes lo que el fiscal del estado podría... podría hacerme a mí? ¿Y a ti?

—Entiendo. Pero...

—No. No creo que lo entiendas. Podría perder mi licencia. Tú nunca volverías a trabajar otra vez.

—Si eso sucede, tienes el negocio de seguros como respaldo.

—¿Es una broma?

—Bueno, no pareces estar ejerciendo todos los ángulos legales.

Un frío silencio siguió. Entonces, —aléjate de la chica Ramsey, Davis. Incluso si ella hubiese estado en la reserva natural, había al menos, otras veinte chicas allí también.

—Paul, si existe la posibilidad de que alguna de esas veinte esté implicada en la muerte de Sara Long, tengo que seguirla.

Ella oyó un suspiro de frustración.

* * *

Todavía era temprano, y el aroma del café tostado flotaba en el aire dentro de la librería. Georgia olfateó su camino a la cafetería para comprar un café con leche, con la esperanza de que la leche pudiese neutralizar el ácido que corroía su estómago. Tomó un sorbo de la bebida y miró a su alrededor, tratando de no sentirse intimidada. Nunca había pasado mucho tiempo en las librerías. Su profesora de inglés en la escuela secundaria, una monja anciana y arrugada que solía citar a *Shakespeare* al comienzo de cada clase, hizo todo lo posible para introducir a Georgia en el mundo de la literatura. La hermana Marion hablaba elocuentemente acerca de los mundos que se le abrirían a través de la lectura... excepto que nunca sucedió. Georgia había luchado sólo para dar sentido a las palabras. Se enteró más tarde que era disléxica: su cerebro no quería leer las letras en el orden correcto.

Ahora, ella se acercó al mostrador, donde un chico de veintitantos años con una gran cantidad de pendientes en ambas cejas perforadas estaba trabajando en la caja registradora. Sólo había un cliente en fila, una mujer que empujaba un cochecito de bebé. Georgia esperó hasta que la mujer se fuera. —Hola.

El muchacho levantó la vista de la caja.

—¿Está el supervisor?

Señaló hacia la parte posterior de la tienda. —Allá atrás.

Georgia se dio la vuelta. La tienda era tan grande como un campo de fútbol. —¿Dónde?

—Esa puerta que dice "Empleados".

Ella asintió con la cabeza, le dio las gracias y se dirigió a la parte de atrás, caminando a través de pilas de libros, en su mayoría libros en rústica. El seco y neutral olor del papel sustituyó el aroma del café. ¿Se habría perdido de algo por no leer? Los chicos trabajaban en tiendas como ésta. ¿Sabían algo que ella no sabía? ¿Habrían entrado en el mundo secreto de la literatura? ¿O simplemente estaban allí porque era un trabajo más fácil que en McDonalds?

Ella llegó a la puerta que decía "Empleados" y llamó. Nada. Llamó de nuevo. Esta vez se oyó un crujido, y la puerta se abrió. Otro muchacho con una camisa vaquera y jeans asomó la cabeza.

—¿Es usted el encargado?

—Así es—. Se veía agobiado.

—Mi nombre es Georgia Davis. Me gustaría preguntarle acerca de uno de sus empleados. Bueno, exempleado.

Él frunció el rostro. —¿Sí?

—Sara Long. Ella trabajaba en el café.

Él frunció el rostro por un momento. A continuación, el reconocimiento iluminó su rostro. —La chica que fue asesinada en la reserva natural.

—Así es—. ¿Por qué le tomó tanto tiempo recordarlo? ¿No todos en la tienda sabían sobre el asesinato de Sara?

El inspeccionó a Georgia con más cuidado. —¿Quién es usted?

—Georgia Davis. Soy una investigadora que trabaja en el caso. ¿Cuál es su nombre?

—Brian Pucinski.

Ella lo escribió. —Brian, su madre me dijo que ella trabajaba aquí casi todos los días después de la escuela y los fines de semana.

Frunció el rostro. —¿A sí?

—Sí—. Georgia levantó la vista.

—Eso es extraño.

—¿Por qué?

—No creo que... bueno, déjeme revisar su archivo.

—Buena idea.

Él abrió la puerta, y Georgia entró en una pequeña habitación llena de estanterías metálicas desde el piso hasta el techo. Cada estante estaba lleno de libros o cajas de cartón que también contenían libros. Algunos estaban acostados, otros estaban apilados verticalmente. Más libros estaban apilados en el suelo, y aun más desparramados sobre los mostradores y armarios. Si los libros estaban ordenados en cierto orden, Georgia no lo entendía... excepto de una manera que le daría a una persona que no le gustaban los libros, claustrofobia. Ella inspiró.

Pucinski se inclinó sobre un archivador de metal y sacó una carpeta de manila. Él la hojeó lentamente, luego se detuvo. Después de revisar una hoja de papel, la sacó de la carpeta y asintió con la cabeza. —Eso es lo que yo pensaba.

—¿Qué?

—Sara no ha trabajado aquí desde hace tiempo.

—¿Cuánto es "hace tiempo"?

—Ella renunció hace mucho tiempo—. Levantó una hoja de papel. —Está aquí, en su hoja.

—¿Cuándo?

—A mediados de abril—. Él le pasó la hoja. —En la primavera pasada.

CAPÍTULO DIECISIETE

ALGO ESTABA pasando. Algo de lo que no estaba al tanto. Podría haber ocurrido antes de que él firmara. O tal vez acababa de suceder, y lo estaban manteniendo en secreto. Él había sido testigo de una oleada de conversaciones privadas entre Lenny, el jefe de seguridad, el tipo que lo había contratado, y su empleador. Había oído un fragmento de uno... a su jefe exigiendo saber cuándo se moverían. Lo que fuera que estaba pasando, tenía que ser grave, su superior estaba más irritable e impaciente que de costumbre.

Pensó que no lo iban a dejar entrar en esto, así que se sorprendió cuando Lenny se acercó a él mientras estaba limpiando el Jaguar.

—Tengo un trabajo para ti.

—Claro.

—Vigilancia.

Levantó la vista, cerró el flujo de agua.

—Con tu experiencia, debería ser como pan comido.

Suponiendo que todas esas referencias que nos diste no eran mentiras.

—Usted las revisó.

—Mm—. Lenny vaciló, con las manos en los bolsillos, como si estuviera todavía decidiendo si le iba a dar el trabajo o no. —No tengo que decirte lo importante que es. Acabas de llegar, esta es tu oportunidad. Tú no, bueno...— La silenciosa amenaza flotaba en el aire.

Se aclaró la voz. —Yo no lo defraudaré.

Lenny le lanzó una mirada. —El objetivo es una mujer. Una investigadora privada. Solía ser un policía. Ella ha estado husmeando en cosas con las que no nos sentimos... a gusto. Queremos que averigües con quién ha estado hablando. Por dónde ha estado. Tenemos que saber cuánto sabe.

—¿Sobre qué?

Una vez más Lenny vaciló. Entonces dijo, —¿has estado viendo las noticias?

—Hay un montón de historias en las noticias.

—La chica que fue asesinada en la reserva natural.

—Me enteré de ello.

—El objetivo es la investigadora privada que trabaja en el caso.

Él comenzó a enrollar la manguera, haciendo aros grandes con las manos. —¿Por qué ella?

Lenny negó con la cabeza. —Lo siento. No necesitas conocer dicha información.

Se encogió de hombros. —¿Ella tiene un nombre?

Lenny le dio una mirada nerviosa, casi como si él no quisiera decir el nombre en voz alta. —Toma—. Lenny garabateó algo en un trozo de papel y se lo entregó.

Matt colocó la manguera en el suelo y miró el nombre. Luego se metió el papel en el bolsillo. Levantó la manguera y su mirada se encontró con la mirada fría de Lenny. —¿Cuándo empiezo?

CAPÍTULO DIECIOCHO

En EL exterior, el veranillo estaba en su apogeo, el brillante sol de octubre se encendía en llamas rojas, amarillas y naranjas. Miles de personas abandonarían Chicago para irse a Michigan y a Wisconsin ese fin de semana, todos ellos reuniéndose en los sitios "más vistosos de otoño" para ver el cambio de color de hojas según el *Chicago Tribune*. Caminarían a través de bosques en descomposición, sacando fotos con sus cámaras digitales, y regañando a sus hijos, que estarían quejándose por perderse de la televisión o del centro comercial. Entonces conducirían de regreso en la tarde del domingo en el tráfico más lento que una tortuga, convencidos de que habían "presenciado el otoño".

Aliviada de no tener que hacer cosas por el estilo, ni siquiera fingir que le gustaban, Georgia volvió a su coche. Se suponía que Sara debía estar trabajando en el café de la tienda de libros. Sólo que ella no lo estaba. ¿Por qué había mentido? ¿Tenía otro trabajo? Si no, ¿cómo conseguía el dinero para pagar por su teléfono celular, su *iPod* y toda esa ropa en su armario?

Algo había cambiado. Georgia no sabía qué, pero el suelo bajo sus pies se sentía menos firme. Y lo más preocupante era que ella tal vez era la única que lo sabía. Antes de salir de la librería, casualmente había comentado con el supervisor, —supongo que la policía está investigando todo esto, ¿no?

La frente de Pucinski se arrugó. —Ellos no han venido.

Ahora trató de recordar si había leído algo sobre el trabajo de Sara en los informes de la policía. No lo creía. Podía ver a Robby Parker dejándolo escapar. Especialmente cuando podría obtener la fama que acompaña al cerrar el caso rápidamente. Pero se trataba de un homicidio. ¿Por qué nadie le dio seguimiento? Ella lo habría hecho. O'Malley lo hubiera hecho también. A menos que sus manos estuvieran atadas.

Mientras volvía a casa, ella decidió que era hora de cuestionar a Jill Beaumont, asesora de Sara en Newfield. Los asesores conocían a los niños en una perspectiva más bien a largo plazo. Algunos llegaban a ser un padre sustituto, otros eran amigos, y otros... los buenos... se hacían los adultos aliados que los chicos necesitaban mientras se aventuraban en el mundo. Pero ella no podía encontrarse con Beaumont en Newfield. Los Walchers habían informado de su maniobra a la escuela; nadie desplegaría la alfombra roja de bienvenida para ella. Puede que incluso, le prohibieran entrar.

De regreso en su apartamento, ella miró la hora. Mediodía. No había nada más que pudiera hacer ahora. Ella suspiró, encendió su computadora, y comenzó la búsqueda de antecedentes que le había prometido a otro cliente.

Jeraldo Gutiérrez, un mecánico de la zona oeste, se había robado veinte mil dólares que su patrón había ganado a duras penas. Su empleador, Héctor Montoya, estaba muy interesado en recuperar el dinero, pero sabía que la policía no sería de mucha ayuda. Había llamado a su abogado, un chico con el que Georgia había crecido en su antiguo vecindario. El abogado le remitió el asunto a ella.

La suerte estaba con ella. Después de buscar por internet los registros del perito valuador del condado de Cook, descubrió una cabaña, propiedad de la esposa de Gutiérrez. Dos horas después de eso, después de buscar a través de dos sitios web de suscripción más, llamó a un número en Tucson, Arizona, que pertenecía a María Rodríguez, prima de la esposa de Gutiérrez. Georgia le dijo a la mujer que contestó el teléfono que estaba llamando del banco del Sr. Gutiérrez en Chicago, y que una importante suma de dinero acababa de ser girada a su cuenta. Le preguntó si por alguna casualidad él estaba ahí. La mujer en el teléfono dijo que aún no se encontraba, pero que lo esperaba para esa misma tarde. Georgia dijo que volvería a llamar, y luego llamó a su cliente con la información.

Mientras cerraba la sesión, sintió la oleada de satisfacción que viene con resolver un caso. Le encantaba esa sensación... que es lo que le había atraído a ser un policía en primer lugar. La idea de que ella... una mera Georgia Davis del lado oeste... pudiera realmente corregir un mal, y hacer justicia. Ella y Matt solían hablar sobre lo que los había llevado a ser agentes de la policía. Para ella, era la necesidad de esa afirmación. El reconocimiento. Para él, era la necesidad de redención. O al menos eso había afirmado. Pero cuando ella le preguntó qué pecados había cometido, él se quedaba callado y presionaba sus labios.

De repente sintió una punzada de qué... ¿lamento? ¿Soledad? ¿Dolor? El tiempo había hecho de estos dolores casi una segunda naturaleza, pero ella todavía no podía identificarlos. Eso probablemente debía ser parte del proceso, supuso. Continúas un día a la vez, y durante un tiempo la neblina de la miseria se hace menos espesa, incluso se levanta por un momento. Entonces, sin previo aviso, vuelven a aparecer los cuchillos pequeños y cortan su camino a través de tu psique.

Ella y Matt habían hablado de salir de la policía algún día. Abrirían una tienda como "Nick y Nora Charles de la Costa Norte", dijo Matt. Georgia no estaba muy segura de quiénes eran Nick y Nora Charles y tuvo que conectarse en el internet para averiguarlo. Eran diferentes de esa manera. Matt tenía una buena educación. Georgia, apenas había terminado Oakton. Matt era judío, ella era una católica no practicante. Eso no parecía molestarle. Ella no tenía problemas tampoco. En ese entonces.

* * *

No fue difícil averiguar dónde vivía Jill Beaumont, de modo que Georgia condujo esa noche hacia Andersonville, un barrio en el lado norte de Chicago. Andersonville solía ser sobre todo un barrio sueco, de clase trabajadora y tranquila. Ahora, tiendas y restaurantes étnicos habían desplazado a los lugares insulsos y favoritos de rubios. Mientras ella se desplazaba por la calle Clark, alcanzó a ver un gimnasio en el segundo piso de un edificio restaurado, con luces de azul fluorescente. Dos hombres estaban levantando pesas, el sudor hacía brillar sus torsos.

Buscó un lugar legal de estacionamiento y encontró uno a dos cuadras de distancia. Antes de que ella fuera un policía, se estacionaba en cualquier lugar, no le importaban las multas. Si una citación se presentaba en su buzón de correo, ella le daba una visita a Max, el amigo de su padre en la oficina del abogado de la corporación. Llevaba una copia del *Sun-Times*, asegurándose de que dos billetes de cien dólares se encontraran entre la página cuatro y cinco. Sus multas desaparecían.

Luego se convirtió en un policía y se dio cuenta de que no podía estar en deuda con nadie. Tampoco quería llenar los bolsillos de nadie. Así que dejó de hacerlo. Max finalmente terminó sirviendo de dos a cinco años en East Moline, y el nuevo sistema de multas generado por computadoras de la ciudad era incorruptible. Sin embargo, en noches como éstas, cuando todo el mundo parecía haber conseguido un buen lugar para estacionar, excepto ella, echaba de menos los viejos tiempos.

Ella caminó a Farragut, una tranquila cuadra al norte y al este de Foster y se detuvo delante de un edificio de piedra caliza de tres pisos que parecía haber sido renovado. Revisando los buzones de correo dentro de un pequeño vestíbulo, vio los nombres Beaumont y Podromos en el # 3A. Presionó el timbre.

Una suave voz femenina respondió a través del altavoz. —Sí.

—Hola. Mi nombre es Georgia Davis, y me gustaría hablar con Jill Beaumont.

—¿Quién es usted?

Georgia enderezó los hombros. —Soy una investigadora privada.

No pasó nada durante un buen rato. Georgia imaginó a Beaumont sopesando las posibilidades, tratando de decidir si hablar con ella o no. Había una posibilidad de que le habrían pedido no hacerlo. El director de Newfield podría haber insistido. Estaban bajo una enorme presión, por no hablar de responsabilidad civil, en el caso en que los padres de Sara o de cualquiera de los otros, decidieran demandar. Ella había conocido al superintendente escolar durante la primera investigación de novatadas. Él era un tipo sin agallas, un nerd que trataba de hacerse ver fuerte, pero se rendía ante la primera señal de conflicto. Cuando el timbre sonó finalmente, dejó escapar un suspiro.

La mujer que abrió la puerta era pequeña y redonda y tenía una expresión curiosa.

—¿Srta. Beaumont? Gracias por recibirme. Estaba esperando...

—Yo no soy Jill. Soy su compañera de cuarto.

—Oh—. Georgia le dio una sonrisa nerviosa. —¿Está Jill aquí?

La compañera de habitación negó con la cabeza. Ella mantuvo su mano en la perilla de la puerta, dejando que la puerta se mantuviera abierta sólo un poco. Aun así, el tentador olor de carne a la cacerola se filtraba desde la sala. Se le hacía agua en la boca a Georgia.

—¿Ella la conoce?—, preguntó.

Georgia se puso tensa. —Nosotros... no nos hemos conocido.

—¿Tiene esto algo que ver con Sara Long?

Esta mujer era sería el acceso a ella, pensó Georgia. Tenía que decir la verdad. —Sí.

—Me lo imaginaba—. La mujer siguió manteniendo la puerta entreabierta, como si lo usara como un escudo. —Jill ha estado bajo mucha presión. Ella tenía la esperanza de escapar de eso por un tiempo.

—No habría venido si no fuera importante.

—No sé si irá a hablar con usted.

Georgia asintió con la cabeza. La tensión en el cuello y los hombros empezó a sentirse.

La mirada de su compañera de habitación la invadió. —Pero supongo que puede intentarlo—. Ella suspiró. —Ella está en *A Woman's Place* para una lectura de poesía.

CAPÍTULO
DIECINUEVE

D OS LIBRERÍAS en un día. *¿Era algún tipo de señal?*, Georgia se preguntaba mientras caminaba de vuelta a la calle Clark. La hermana Marion hubiera dicho "por supuesto", y citaría algo apropiado de *Hamlet* o *Macbeth* para probarlo.

A Woman's Place se encontraba entre Ann Sathers y un restaurante griego, pero se había abierto en el Lincoln Park, a pocos kilómetros al sur. En dos años, sin embargo, había crecido tanto que su espacio era estrecho y se había trasladado hasta Andersonville. En su interior se encontraba el mismo caos y amontonamiento que recordaba cuando estaban en Lincoln Park. Estantes y mostradores llenos de libros; volantes de color pegados en las paredes anunciando de todo, animales perdidos y cosas que se necesitaban, anuncios de guía espiritual y yoga para parejas del mismo sexo. La única concesión a la tecnología moderna, parecía ser la caja registradora electrónica cerca de la entrada, que era operada por una mujer que le resultaba familiar... un poco más canosa tal vez, pero sin duda la misma propietaria que en Lincoln Park.

A diferencia de la librería de esa mañana, *A Woman's Place* era cálido y acogedor, y Georgia sintió la tensión drenarse fuera de ella mientras buscaba. Caminó entre las estanterías identificadas por tema: libros de cocina, temas de la mujer, best-sellers, misterios, y una sección gay/lesbiana. En el fondo había una plataforma elevada con sillas en el frente. Un letrero de cartón con letras de imprenta decía que Red Sladdick recitaría poesía a las siete y media. Una mesa con una jarra de vino blanco, Coca-Cola Light y un plato con queso en cubitos, estaba cerca.

Georgia miró su reloj. Las siete y veinte. Seis personas se habían reunido, cinco de ellas, mujeres. ¿Cuál sería Jill Beaumont? Dos mujeres estaban sentadas cerca del frente, tomadas de la mano. Su pelo canoso y corto, le hizo recordar a Georgia de las Hermanas de St. Michael. Dos filas detrás, había un hombre sentado entre dos mujeres. La quinta mujer se sentó en la parte de atrás, sola, leyendo un libro en rústica. Delgada con el pelo rubio rizado, llevaba un jumper de jean sobre una camiseta de manga larga. Cuando ella levantó la vista, Georgia vio sus ojos hundidos, pómulos salientes, y cejas pobladas. Semicírculos oscuros bordeaban sus ojos. Se veía agotada. ¿Sería ella, Beaumont?

Unos minutos más tarde, otra mujer se apresuró a entrar, dejando tras de ella un aroma exótico. Alta y esbelta, iba vestida con un suéter negro ajustado, falda corta negra y botas de cuero negro hasta la rodilla. Su cabello castaño estaba recogido hacia atrás, y su boca era un brillante matiz de color rojo. Ella se dirigió hacia el escenario, con un libro en una mano y un vaso de plástico de Starbucks en la otra. De pronto la sala parecía llena. Georgia se sirvió un poco de gaseosa y se sentó en la fila de atrás.

La mujer en la caja registradora llegó hacia la plataforma y presentó a Red Sladdick. Al mostrar un libro delgado, invitó al público a comprar la primera colección del autor de poemas, *Secretos*, después de la lectura. Bajó la intensidad de las luces y se sentó.

A horcajadas se sentó sobre un taburete en la tarima, abrió el libro y empezó a leer. Su voz era baja y perezosa. Georgia estudió la habitación. La pareja en la primera fila estaba devorándose la una a la otra con los ojos, ajenas a todo el mundo. El hombre detrás de ellas parecía estar dándole a Red toda su atención, pero las dos mujeres que lo acompañaban estaban hablando a sus espaldas. La mujer que Georgia pensaba que era Beaumont miraba a Red fijamente, como si se obligara a permanecer despierta.

Después de escuchar a Red durante unos minutos, Georgia se sintió adormecida también. Ya sea por el ritmo monótono de la voz de Red, la poesía o sólo fatiga, los párpados se le cerraban y una serie de imágenes lánguidas flotaban en su mente: los ojos de Matt cuando hacía el amor con ella, un árbol iluminado de Navidad con un ángel de plata en la punta. Se acomodó en su asiento, su dedo índice lentamente hacía círculos sobre el borde del vaso. Ellos deberían tener velas en el escenario, pensó perezosamente, para ahuyentar a las sombras.

—Somos uno con la naturaleza... ondulando en el vientre de la vida... tan húmedo, tan suave. Yo pongo tu mano en mi pecho... me besas. Estoy en casa.

Georgia levantó rápidamente la cabeza. ¿Había alguien que se tomaba esto en serio? Cuando sus ojos se enfocaron, vio que Red estaba mirándola directamente con una graciosa sonrisa en su rostro. Georgia tenía los nervios de punta. Por una fracción de segundo, ella estaba confundida. ¿Red había hablado con ella? ¿Se suponía que tenía que responderle?

Cuando oyó los débiles aplausos, se relajó. Red acababa de terminar un poema; eso era todo. Georgia también aplaudió. Pero los ojos de Red seguían fijándose en Georgia, como si ellas compartieran un secreto. Las mejillas de Georgia se ruborizaron. Radiante como si hubiera dado en el blanco, Red desvió la mirada y hojeó su libro.

Georgia se puso de pie, relajó los hombros, y se fue al fondo de la sala. Ella estaba allí para hacer un trabajo. No para que otra mujer se le tire un lance. Para cuando Red terminó, Georgia había recuperado el control. La propietaria de la tienda se puso de pie, dio las gracias a todos por venir, y abrazó a Red. La mujer rubia con el jumper de jean, subió el cierre de su chaqueta y recogió su bolso. Georgia se apresuró.

—¿Jill Beaumont?

La mujer se dio la vuelta. —¿Sí?

—Hola. Me gustaría hablar con usted. Mi nombre es Georgia Davis.

Beaumont se veía perpleja. Ella dio un paso atrás. —Tú eres la que se presentó en lo de los Walchers—. Puso una mirada dura.

—Cometí un error.

—Eso es una descripción corta—. Su cara se veía tensa.

—Espero que no asuma una reacción hostil por ello. Lo último que quiero es hacerle difícil la vida.

Beaumont apretó los labios. —Bueno, lo hizo. A pesar de que no estuve involucrada en su pequeño truco, algunas personas se preguntan sobre mi lealtad. Una o dos en realidad piensan que yo le pedí que lo hiciera.

—Por el amor de Dios, ¿por qué?

—Porque Lauren Walcher está en mi grupo de reuniones.

—Oh, mierda. Yo no sabía—. Georgia parpadeó. —Así que ellas pensaron que usted me había hablado de ella, luego yo aparecí en lo de los Walchers.

Ella asintió de nuevo.

—Lo siento mucho.

Beaumont tiró de los costados de su chaqueta. —Dadas las circunstancias, no tengo nada que decirle—. Ella empezó a alejarse.

—Por favor—, Georgia levantó su brazo para bloquearle el paso. —Si hay algo que pueda hacer... escribir una carta, hacer una declaración, llamar a alguien, lo haré.

La mujer apartó el brazo de Georgia. —Ha hecho suficiente. Sólo déjeme en paz, ¿está bien?

Georgia se le paró enfrente. —Pero tengo unas pocas preguntas. Acerca de Sara Long.

Beaumont miró a su alrededor con temor, como si pensara que podría estar bajo vigilancia. —Mire. El hecho de que tuviéramos otra novatada ya fue bastante malo. Probablemente podríamos haberlo manejado, incluso con todos los medios de comunicación. Pero entonces, cuando se agrega el asesinato de un estudiante, bueno, estamos en modo de crisis. Tengo demasiado para enfrentar.

—Lo entiendo, y no puedo obligarla a que hable conmigo. Pero me gustaría que lo reconsiderara. Sólo estoy tratando de asegurarme de que la persona responsable sea declarada culpable por la muerte de Sara.

Beaumont miró a Georgia. —Dijeron que solía ser un policía. ¿Es eso cierto?

Vacilante, Georgia asintió con la cabeza. ¿A dónde iba con eso?

—¿Pero usted no cree que el loco lo hizo?

—No es mi trabajo pensar de una manera u otra.

Beaumont se quedó callada por un momento. —¿Si él no lo hizo, quién lo hizo?

—No lo sé.

—¿Cree... que fue otro alumno?—, preguntó en voz baja.

—¿Y usted?

Beaumont miró hacia otro lado.

Georgia replicó. —Usted no está segura, ¿verdad?

Beaumont no reaccionó. Luego sacudió la cabeza. —No puedo creer que lo haya hecho algún estudiante... no, no en Newfield.

—Pero no la deja dormir por la noche, de todos modos.

Lanzó una mirada hacia Georgia.

—¿Sabe de algún problema entre Sara y otros estudiantes?

Tomó aire y su cuerpo se relajó. —No. Ella y Lauren Walcher eran bastante cercanas—. La boca de Beaumont hizo una mueca. —Pero por otro lado, tengo entendido que ya sabía eso.

Georgia casi le devolvió la sonrisa. —Alguien con quien hablé dijo que Sara robó el novio de alguien. ¿Sabe algo acerca de eso?

—No. Pero usted tiene que recordar algo.

—¿Qué?

—Sara se estaba convirtiendo en una mujer joven y bella. Eso puede causar todo tipo de problemas. Celos. Adulaciones. Decir cosas a espaldas de los demás. Las chicas pueden ser maliciosas. Esta es la escuela secundaria.

—¿Había visto algún comportamiento como ese... en lo que a Sara respecta?

—Yo soy su consejera. No me revelan ese lado de sí mismos—. Ella vaciló. —Pero Sara era bastante sensata. Ella y Lauren, ambas. Tengo la sensación de que no le prestaban mucha atención a los chismes.

—¿Por casualidad sabes qué chicos?

Beaumont se veía perpleja.

—¿Qué chicos se sentían atraídos por ella?

—No tengo idea. Pero estoy segura que se hubiera formado una fila, si ella lo hubiera permitido.

—¿Qué clase de alumna era ella?

—Ella era... bueno, para ser honesta, estaba manteniéndose a flote.

—¿Cómo?

—Sara solía estar mucho más... involucrada. En su segundo año, por ejemplo, se unió a tres clubes diferentes y estaba en el coro. Sus notas eran bastante consistentes también. B más. Pero este año—, ella sacudió la cabeza. —Ella abandonó sus clubes, y sus calificaciones... y... era demasiado pronto para decirlo... pero ella no parecía... mostrar dedicación.

—¿Le preguntó por qué?

Ella asintió con la cabeza. —Dijo que tenía un trabajo y que necesitaba trabajar para ahorrar para la universidad. Al mismo tiempo, ella sabía que su tercer año iba a ser difícil académicamente, y se comprometió a realizar un mayor esfuerzo—. Beaumont se encogió de hombros.

—¿Usted no le creyó?

—No es eso. Yo... tengo la sensación de que estaba diciéndome lo que quería oír.

—¿Hacía eso a menudo?

—Era una chica dulce. Creo que ella quería ser complaciente—. La dueña de la librería empezó a caminar hacia ellas, mirando su reloj. —Creo que está pidiendo que nos vayamos.

—Una última cosa. ¿Sara le había dicho dónde estaba trabajando?

—Déjeme pensar—. Ella frunció el rostro. —Oh, sí. En el café. En la librería en Old Orchard. Recuerdo haber pensado que con su salario, tendría que hacer muchas horas para pagar la universidad.

—¿Cuándo le dijo eso?

—Poco después de empezar las clases. ¿Por qué?

—Por nada—. Ella cambió de tema. —Una de las chicas con las que hablé me dijo que Sara siempre estaba metida en todos los asuntos de los demás. ¿Usted sabía algo de eso?

Ella sacudió la cabeza otra vez. —Supongo que no soy de mucha ayuda.

—Oh, pero lo es—, dijo Georgia. —Escuche. Sé que usted todavía tiene... preguntas... sobre la muerte de Sara—. Cuando Beaumont comenzó a protestar, Georgia levantó la mano. —Usted no tiene que decir nada más. Permaneceré fuera de su camino—. Se dirigieron a la entrada de la librería. —Pero si se recuerda de algo más, cualquier cosa, ¿me lo hará saber?

Beaumont no respondió por un momento. Entonces, —¿Cómo es que usted no está más en la policía?

Georgia se quedó desconcertada. —Fui suspendida—, dijo tras una pausa.

—¿Por qué?

—Por no seguir el procedimiento debido durante un incidente en un club de striptease.

Beaumont le lanzó una mirada de complicidad. —Era de imaginarse.

* * *

Después de entregar su tarjeta de presentación a Beaumont, Georgia salió de la tienda. Su estado de ánimo había mejorado. Ella había sido franca con Beaumont, y a cambio, Beaumont también había sido sincera. Incluso podría haber ganado un aliado. Por lo menos se había deshecho de un enemigo.

Estaba bajando la calle Clark cuando de pronto una mano la tomó de su brazo. La adrenalina la inundó. Sin pensarlo, golpeó el brazo del atacante con un golpe de karate, y se dio la vuelta, lista para sacarle los ojos con los dedos.

—¡Eh! ¡Cálmate, cariño!— Una voz femenina gritó. —¡Soy yo!

Georgia se quedó inmóvil con la mano en el aire. Red Slad-dick, la poeta de *A Woman's Place*. Ella dejó caer la mano y se tambaleó hacia atrás. —¡Jesucristo!— Ella suspiró. —¿Acaso nunca te enseñaron a no agarrar a la gente en la calle? ¿Especialmente en la noche?

Red alzó las manos. —¡Lo siento! Yo no estaba... no creí que te importara.

—Piensa otra vez—. Georgia trató de controlar su respiración.

—Como he dicho, lo siento—. Red bajó la cabeza. —Yo sólo quería... yo quería saber lo que pensabas.

—¿Sobre qué?

—Mi poesía.

Ambos sentimientos, alivio y rabia, se vertían a través de Georgia. —¿Tu qué?

—Mi... mi poesía—. Red puso una cara de ansiedad a Georgia. —¿Te gustó?

Georgia sintió que los músculos de su rostro se tensaban. De ninguna manera iba a hablar de poesía en la calle Clark, en la noche y con un desconocido. En la penumbra, los ojos de la mujer brillaban. De repente, la entendió. —Mira. No te ofendas, pero no estoy en tu ambiente, ¿de acuerdo? Yo no soy gay.

Red no respondió por un momento. —Sólo andabas mirando, ¿eh?

—Soy una investigadora privada.

—Bien—. Sonrió Red. —Soy una enfermera. En Illinois Masonic.

—No. Tú no entiendes. Yo estaba trabajando esta noche.

Red la miró de arriba hacia abajo con una expresión que hizo que Georgia creyera que Red tenía su propia experiencia con los mentirosos. Aun así, ya era hora de poner fin a esta conversación. Georgia empezó a alejarse.

—Espera—, la llamó Red. —¿Me das una?

Georgia, se detuvo y se dio la vuelta. —¿Una qué?

Red señaló el bolsillo de Georgia. —Una tarjeta de presentación. Le diste una a la otra mujer con quien hablaste.

Red había estado observando su conversación con Beaumont. Por alguna razón, eso le crispaba los nervios. —Te dije que estaba trabajando.

—Bueno, uno nunca sabe cuándo puede necesitar un investigador privado.

—Encontrarás muchos en las Páginas Amarillas.

—¿Quién sabe? Tú podrías necesitar una enfermera.

Georgia no respondió.

Red se encogió de hombros. —Como quieras. Pero si alguna vez necesitas algo, dulzura... cualquier cosa... sólo ve a Silver Slipper en Diversey. Estoy allí todas las noches a las diez.

Red dio la vuelta y se dirigió al norte. Georgia caminó en dirección opuesta, tratando de no correr.

CAPÍTULO VEINTE

HABÍA MÁS *tela de jean en Newfield, que en una fábrica de Levi's,* pensó Georgia el día siguiente. Mientras esperaba en el estacionamiento frente a la escuela, un torrente constante de adolescentes salía, todos ellos uniformados de color azul: jeans, faldas, chalecos, chaquetas. Algunos de los chicos ostentaban una sonrisa, pero la mayoría tenía una expresión antipática y rebelde que decía que estaban destinados a cosas más grandes que la escuela secundaria.

Un par de alumnos encendieron un cigarrillo mientras salían. Trataban de parecer indiferentes, incluso aburridos, pero ella lo sabía muy bien. Estaban haciendo alarde del poco poder que tenían. *¿Ves? No puedes hacer nada al respecto, a pesar de que eres un adulto.* Georgia recordaba cómo se sentía eso. Todavía albergaba una persistente irritación cuando tenía que navegar a través del laberinto de la burocracia.

Rachel le había dicho a Heather Blakely que pensaba que ella era Katie Couric. Curiosamente, cuando Georgia revisó su foto en el anuario más temprano esa tarde, ella sí se parecía a la presentadora: el mismo corte de cabello castaño hasta la barbilla, boca grande y se veía delgada y pequeña, segura de sí misma. Al juzgar por la foto en la que la chica estaba poniéndole un micrófono en la cara a Barack Obama durante una visita a la escuela, ella estaba siguiendo los mismos pasos, también.

La mañana de octubre había estado templada, pero ahora una fría ráfaga de viento, barría las hojas caídas en pequeños remolinos antes de que cayeran al suelo. Georgia se quedó atrás al borde del estacionamiento, viendo los estudiantes que salían del edificio.

El encontrar a un individuo entre cientos o incluso miles de personas era difícil. Se acordó de que había tomado parte en una investigación del Comando de Investigación de Crímenes de la Región Norte (NORTAF), como novata. Ella y Robby estaban estacionadas en el interior del Rosemont Horizon, esperando a que el concierto de U2 terminara. El comando estaba tratando de desarticular una banda de narcóticos en Niles, y habían sido informados que el capo de la operación estaría en el concierto. Después de analizar un esquema de asientos, NORTAF había ubicado policías en todos los pasillos y había distribuido fotografías borrosas del objetivo. Pero cuando el concierto terminó, un mar de gente se agolpó entre ellos, y no pudo identificar a nadie. Fue sólo cuando vio una pelea a unos cuantos pasillos de distancia, que se dio cuenta de que otra persona lo había encontrado. Odiaba admitir su alivio.

Por fin, una chica que se parecía a Heather se paseaba por la calle. Ella estaba con otra chica, y un chico que no parecía lo suficientemente mayor para la escuela secundaria. Cuando llegaron al estacionamiento, la segunda chica se fue. Heather y el muchacho se fueron hacia un RAV4 plateado.

Georgia se apresuró. —¿Heather?

La chica se dio vuelta. Bajo su chaqueta, que estaba abierta, llevaba una blusa blanca estilo campesino y jeans con adornos de cuentas. Algunos de los adornos parecían perlas. Todo parecía costoso.

—Soy Georgia Davis. Estoy investigando la muerte de Sara Long, y me gustaría hablar contigo.

Heather vaciló. Entonces, —sé quién es usted. No debo hablar con usted.

Georgia dio un paso hacia adelante como si no hubiera oído. —Sé que eras una buena amiga de Sara, y sé que quieres asegurarte de que la justicia prevalezca.

—Mire, ya se lo dije. No tengo ningún comentario.

Georgia había sido capacitada para relacionarse con los medios cuando estuvo en la policía, y el instructor les dijo que nunca usaran las palabras "sin comentarios". Los hacía parecer como si estuviesen escondiendo algo. Que era mejor decirles que no dirían nada. Eso sí, que no utilizaran esas dos palabras.

—No es la respuesta correcta, Heather—, dijo Georgia.

Mientras tanto, el chico que iba con Heather habló. —¿Usted es una investigadora privada de verdad?

—Jason, cállate—. Heather le lanzó una mirada sombría.

Georgia le siguió la corriente. —Sí Jason, lo soy.

—¿Al igual que Magnum? Están dando las repeticiones en el cable, y...

—Es correcto.

—Qué bueno. ¿Qué tipo de capacitación se necesita para ser un investigador privado?

—Yo solía ser policía.

—Magnum trabajaba en inteligencia naval.

Georgia asintió con la cabeza, con ganas de que el chico continuara hablando, pero Heather interrumpió —Jason, basta. Entra en el coche—. Ella comenzó a ahuyentarlo.

—Un momento. Sólo tengo un par de preguntas. Ya he hablado con Claire Tennenbaum y Lauren Walcher.

—Lo sé—, dijo Heather.

—Entonces sabes que hay una posibilidad de que el tipo que está en la cárcel no sea el que mató a Sara.

Heather le dirigió una mirada despectiva.

Georgia se encogió de hombros. —Me parece que tú entre todas las personas, querrías saber la historia correcta.

—Vamos. Todo el mundo sabe que él lo hizo.

—¿Estás segura? ¿Recuerdas cuando el marido y la madre de aquella jueza fueron asesinados, y todo el mundo estaba seguro de que el asesino era un supremacista blanco?—Ella hizo una pausa. —¿Y luego resultó ser un tipo que estaba demandando a todos los médicos? Eres una periodista. Tú sabes que es mejor no hacer suposiciones.

—Una periodista de televisión—, corrigió Heather.

Georgia asintió solemnemente. —Más aún.

Heather no parecía tan segura de sí misma. —Mira, estaré en serios problemas si hablo contigo.

—¿Qué te parece si te hago un par de preguntas y simplemente asientes o niegas con la cabeza? Para confirmar la información que ya tengo. ¿Sabes... la regla de dos fuentes?

Una expresión de auto-importancia se apoderó de Heather.

—Sé que Sara robó el novio de alguien—, dijo Georgia. —Y que siempre estaba metiendo su nariz en los asuntos de otras personas. También sé que algunas de las chicas querían darle una lección. Lo que necesito es confirmar es el novio de quién robó.

Heather le miró a Georgia, luego a Jason. Georgia miró a Jason también. Jason metió las manos en los bolsillos y comenzó a escabullirse. —Bueno, bueno, ya me voy.

Georgia asintió con la cabeza. —Gracias, amigo.

Jason arrastró los pies hacia los árboles a la orilla del estacionamiento. Georgia giró hacia Heather. —Necesito tu ayuda, Heather. Eres una de las pocas personas en las que puedo confiar. Estamos detrás de lo mismo, tú y yo—. Dios, estaba exagerándolo. Esperó. —¿Fue el novio de Mónica el que Sara robó?

Heather se mordió el labio. Luego asintió con la cabeza. —Siento mucho que esté muerta, pero el hecho es que Sara podría haber tenido a cualquiera que ella quisiera. Ella era así de hermosa. Sin embargo, eligió a Cash.

—¿Cash?

—El novio de Mónica. Sara se enganchó con él el verano pasado, mientras Mónica no estaba. Eso no fue... bueno, fue una perra traidora.

—¿No crees que Cash pudo haber tenido algo que ver con eso?

Heather se encogió de hombros.

Georgia esperó.

—Bueno, tal vez—, dijo a regañadientes. —Por supuesto, yo no quiero decir nada malo de Sara. Ella era una de mis mejores amigas.

—Por supuesto—. Georgia dejó que pensara un poco. —¿Así que, estaba Mónica contigo cuando le arrojaron las tripas de pescado a Sara?

Heather le lanzó una mirada sorprendida. —¿Cómo sabes que fui yo?

Georgia negó con la cabeza. —No importa.

—Claire te lo dijo, ¿no?— Una mirada irritada se apoderó de ella.

—No puedo revelar mis fuentes. Tú entiendes.

—Claire no puede hacer las cosas bien, aun si lo intenta—. El tono de Heather se volvió más audaz. —Mónica estaba allí. Pero...

—Pero, ¿qué?

—Ella no le hizo nada a Sara.

—¿Ella no lo hizo?— Finalmente, Heather estaba hablando sin que se lo pidiera. Eso era bueno. —Entonces, ¿quién lo hizo?

Heather no la miraba a los ojos.

—¿Heather?

La voz de la chica fue un susurro. —Tuvimos que hacerlo.

—¿Por qué?

—Los del último año nos obligaron.

—Pero tú, Lauren y Claire eran las mejores amigas de Sara.

—No teníamos otra opción. Nos llevaron a un lado antes de que empezara el partido y nos dijeron que lo teníamos que hacer si queríamos terminar bien el año. Ellos sabían que la única manera de que Sara dejaría el claro, era si nosotras la llevábamos.

—Así que ustedes lo hicieron—. Georgia recordó a Matt

hablando de los campos de concentración. Sus abuelos eran judíos alemanes que por poco lograron escapar de los nazis en el año 1936. Muchos de sus amigos no lo hicieron. Después, los sobrevivientes contaron historias acerca de cómo los judíos... los mismos prisioneros... perseguían a otros judíos en los campos: burlándose, robando y entregando a otros presos. Hicieron lo que tenían que hacer para poder sobrevivir.

—¿Quién trajo la cubeta y las vísceras de pescado?

—No lo sé. Eso ya estaba allí cuando llegué.

—¿Pero Mónica Ramsey no fue una de las de cuarto año que te intimidaron a ti... o a Sara?

—Ella no tenía ninguna razón para hacerlo. Ella y Cash habían vuelto a estar juntos. Cuando empezó la escuela.

—¿Cómo lo sabes?

—Mónica y yo nos sentamos una al lado de la otra en inglés. Estoy en Inglés IV.

—Bien—. Georgia hizo una pausa. —¿Así que Mónica te dijo que ella y Cash estaban juntos de nuevo?

—Ella me cuenta todo.

—Háblame de Cash.

—Él va a cuarto año. Toca la guitarra en una banda de blues—. Lo dijo casi reverenciándolo.

—¿Estaba Mónica todavía allí, una vez que dejaron a Sara en el claro y regresaron al partido?

—Yo... no lo recuerdo.

—Pero acabas de decir...

—Dije que estaba allí cuando nos fuimos. No recuerdo cuando regresamos. Fue un poco confuso. Demasiados chicos. En todo el lugar.

—¿Es posible que Mónica pudiera haber estado escondida detrás de un árbol en el claro?

—Yo... no lo sé—. Heather se mordió el labio otra vez, su expresión era cautelosa. —Mira. Eso es suficiente. Tengo que irme ahora.

Georgia asintió con la cabeza. —Una pregunta más. ¿Sabes

dónde estaba trabajando Sara después de la escuela y los fines de semana?

Ella se encogió de hombros y frunció un poco el rostro. —En el café de la librería.

—¿Estás segura?

—Por supuesto.

—¿Qué pensarías si descubres que ella no había trabajado allí desde la primavera pasada? ¿Tienes alguna idea de dónde pudo haber estado en vez de en ese lugar?

—¿Ella no estaba en la librería?— Sus ojos se fijaron a lo lejos, y Georgia podía decir que ella estaba tratando de resolver algo.

—¿Qué pasa Heather? ¿Qué estás pensando?

Heather no respondió.

—¿Heather?

La chica miró a Georgia. —Eso es todo. Ya he terminado—. Se dio la vuelta. —Jason, vámonos. ¡Ahora!

* * *

Bill's tenía que ser el bar de Blues más a la moda en Chicago. Ubicado en una tranquila calle en Evanston, el lugar tenía un piso limpio, mesas brillantes, y la maravilla de las maravillas, un baño impecable. A diferencia de los bares de blues en el centro de la ciudad, los cuales estaban llenos de humo, alcohol y problemas una vez adentrada la noche, Bill's exhibía estampados con vivos colores de bailarines negros en las paredes, y una tarjeta en las mesas explicaba que el primer show de la noche era para los no fumadores. Había incluso un show "familiar" los domingos.

Sólo en la Costa Norte.

Haciendo caso omiso de las miradas interesadas de varios hombres en el bar, Georgia pidió una gaseosa. La segunda mitad de la lista de reproducción de Joe Moss sonaba a través de los altavoces y el lugar estaba lleno. Mientras Joe se quejaba de que su amor lo abandonó, Georgia tamborileaba los dedos en su pierna, sintiendo las guitarras aullantes y el pulsante ritmo. Otra canción así y se transportaría a un lugar donde el dolor del amor no correspondido, o de estar en quiebra o borracho, serían atenuados por un bajo, un rítmico teclado y un tenor de voz áspera.

Cuando llegó su bebida, soltó un par de dólares y dio media vuelta. Una pareja ya estaba bailando en la pista. Su amiga Samantha solía decir que podía saber cómo sería un hombre en la cama por la forma en que bailaba. Georgia no estaba tan segura. Matt no podía bailar en absoluto. Él se tiraba por todos lados con más energía que habilidad, su cuerpo era todo flojo y ondulante. Pero él sabía todos los movimientos correctos entre las sábanas. Sintió un escalofrío pasar por la espalda. Lo forzó para que se fuera.

En la parte posterior del bar, vio cómo cuatro jóvenes se sentaban alrededor de una mesa pequeña, sus ojos estaban fijos en el escenario. Ella había llamado a casa de Tommy Cashian antes esa noche. No, Tommy no estaba en casa, una mujer con voz hostil, le había dicho. No, ella no estaba segura de dónde estaba, pero probablemente terminaría en Bill´s. Por lo general lo hacía los viernes. Cuando la mujer le preguntó quién llamaba, Georgia le dio las gracias y colgó.

Entonces, ella tomó su bebida y se dirigió a la parte de atrás. Su cabello largo y rubio estaba suelto, llevaba unos jeans ajustados y una camiseta de cuello alto. Una bufanda multicolor, su única concesión a la moda, estaba envuelta en su cuello. Cuando se acercó a su mesa, uno de los chicos levantó la mirada, la miró de pies a cabeza y sonrió. Normalmente lo habría ignorado, pero esa noche, ella le devolvió la sonrisa. —¿Eres Tommy Cashian?

La decepción invadió su rostro. A continuación, una expresión cautelosa tomó su lugar. —¿Quién quiere saberlo?

Miles de posibilidades pasaron por su mente, pero al final, dijo la verdad. —Me llamo Georgia Davis y soy una investigadora privada—. Tenía que gritar para que la escuche. —¿Cuál de ustedes es Cash?

Dando un suspiro, el chico señaló a un joven sentado al otro lado de la mesa con el pelo largo y oscuro, un cuerpo delgado y ojos penetrantes. Llevaba una camisa hawaiana por encima de sus jeans. Una camiseta térmica de mangas largas, se asomaba por debajo. Unas gafas de sol se apoyaban sobre el puente de la nariz. Con el sonido de su nombre, apartó sus ojos del escenario. Él, también, fijó su vista en Georgia. Ella vio un destello de apreciación.

Llegó hasta donde estaba él. —Cash. ¿Te importa si hablamos? ¿A solas?

Él frunció el rostro. —¿Quién eres tú?

Ella se presentó.

Se volvió hacia la banda. Por un momento, Georgia pensó que la estaba ignorando. Luego deslizó hacia atrás su silla y se levantó. El baterista estaba haciendo un solo, con Joe Moss, el tecladista y el bajista asintiendo con aprobación. Georgia hizo un gesto a Cash para que la siguiera afuera.

Después del ruido fuerte en Bill's, la quietud en el exterior fue un alivio. —Dime, ¿qué tocas?—, ella preguntó, aunque ya lo sabía.

—El bajo.

—¿Blues?

—Y rock—. Secó su boca con su mano. —Oye, ¿de qué se trata esto? No me trajiste hasta aquí para hablar de música—. Pero él no parecía hostil, y se recostó contra la pared del edificio, viéndose cómodo y en control. Georgia no podía dejar de comparar a este chico dueño de sí mismo, con el puñado de nervios e inseguridades que ella había sido a esa edad.

—Se trata de ti, de Mónica y de Sara Long—, respondió ella.

Una mirada seria se apoderó de él. ¿Estaba repasando su guion? ¿Habría ensayado sus líneas en caso de que alguien le preguntara? Se apartó de la pared. —¿Qué quieres saber?

—Creo que lo sabes.

—Tengo una idea—, admitió.

—Así que dímela.

—Quieres saber acerca de mí y Sara. Por qué rompí con Mónica. Y por qué volvimos juntos otra vez. Y si hay alguna conexión con el asesinato de Sara.

No sólo era dueño de sí mismo, sino también inteligente. Ella podía ver por qué Mónica Ramsey... y Sara... se sentían atraídas por él.

—En realidad—, él continuó, —me estaba preguntando cuándo alguien aparecería.

—¿Estás diciendo que no hubo nadie que te preguntara acerca de esto?— Cuando él negó con la cabeza, añadió: —¿Ni siquiera la policía?

—No.

El sonido de la banda adentro estaba en silencio, pero unas pocas vibraciones de las guitarras y golpes del bajo retumbaban por las paredes.

—No eres de la policía—, dijo.

—Estoy trabajando para Cam Jordan—. Cuando su rostro se frunció, le explicó. —Fue arrestado por el asesinato de Sara.

—De acuerdo. El loco.

—¿Lo conoces?

Sacudió la cabeza otra vez. Vio que no había engaño en su rostro. Sí curiosidad, pero eso era todo.

—Así que cuéntame de Sara.

Se enderezó y sacó las manos de sus bolsillos. —Me encontré con Sara durante el verano. Ella estaba... bien... Mónica estaba en el este con su familia. Sara y yo congeniamos al instante. Ella era... divertida.

—Mientras el gato no está...—, dijo Georgia.

Se encogió de hombros.

—¿Y qué pasó?

—Nos encontramos un par de veces. Festivales de Blues. Printers Row. La llevé a Buddy Guy. Incluso la traje aquí una vez. Me gustaba—. Se detuvo.

Al no seguir adelante, le preguntó: —¿Cuánto... te gustaba?

Incluso en la penumbra, ella vio su rostro sonrojarse. —Yo quería... demonios, estaba dispuesto a tener una relación.

—¿Pero?

—Sara me alejó. No me lo permitió. No fue por falta de ganas.

Traté de no ser un idiota, pero ella era tan dulce. Y tan sexy. Y sólo... bien...

—Así que tú y Sara estaban viéndose el uno al otro, mientras que Mónica estaba fuera de la ciudad. ¿Qué pasó cuando ella volvió?

—El día en que Mónica regresó... en agosto... le dije a Sara que rompería con ella. Me refiero con Mónica. La llamé y estaba en camino a su casa cuando Sara me llamó a mí. Ella me dijo que teníamos que encontrarnos—. Una mirada triste apareció en su rostro.

—¿Qué pasó?

—Nos encontramos en la librería donde ella... procedió a dejarme.

—¿Sara te dejó?

—Ella me dijo que no rompiera con Mónica. Que mi lugar era con Mónica. No con ella—. Miró hacia los ojos de Georgia. —Ella me dijo... fue raro, vino de la nada... me dijo que era demasiado bueno para ella.

—¿Qué quiso decir con eso?

—No lo sé—, dijo, sacudiendo la cabeza. —Se lo pregunté, pero ella no quiso decirme nada más. Sólo dijo que no éramos el uno para el otro—. Miró a Georgia con una expresión suplicante. —Ella no me lo quiso explicar. Sólo me dijo que no le preguntara. Al final...— Miró hacia abajo de nuevo. —Al final, lo dejé pasar. Y me fui.

Georgia sabía cómo se sentía. Dejó que el silencio los envolviera durante un minuto. Luego preguntó con voz suave: —¿Mónica lo sabe?

—Nunca le dije nada, pero ella se enteró.

—¿Por medio de Sara?

—No lo sé. No importa. Pero... hay que entender algo. Mónica es una chica muy dulce.

—Dijiste lo mismo acerca de Sara.

—Ambas lo eran. Esa es la razón, ya sabes, leí en alguna parte que consigues a una persona en tu vida que es tu pasión, y otra persona que es tu pareja—. Se interrumpió.   —Así es como me siento. Las dos son increíbles. Eran. Una de ellas era mi pasión, y la otra era...— Sus palabras se perdieron, y por primera vez, se veía vacilante.

Georgia esperó hasta que se recuperara, preguntándose cómo un chico podía ser tan joven y tan sabio al mismo tiempo. —¿Te preguntó alguna vez Mónica acerca de Sara?

—Sólo una vez. Fue después de que Sara me dejó, pero antes de que comenzara la escuela. Sabía que ella había oído hablar de ello en aquel entonces. Me preguntó si tenía que decirle algo.

—¿Y?

—Le dije que la extrañaba. Y que me alegraba de que estuviera de vuelta.

—¿Ella no te preguntó nada más? ¿Simplemente lo dejó pasar?

—Parecía... satisfecha. Sólo retomamos donde habíamos dejado. *Ahí queda..*

¿Estaba Mónica acumulando su ira, o planeando vengarse de Sara?

Como si estuviera leyendo su mente, Cash agregó: —Mónica no tiene un hueso de maldad en su cuerpo. Ella nunca le haría daño a nadie. Incluyendo a Sara.

—¿Cómo lo sabes?

—Porque yo estuve en la reserva natural ese día—. Él se apoyó contra la pared. —Y llevé a Mónica a su casa.

—¿Cuándo?

—Después de que los demás se llevaron a Sara lejos. A Mónica no le gustaba lo que estaba pasando. Ella dijo que eso no estaba bien. Quería irse. Así que terminé mi cerveza, y nosotros nos fuimos.

—¿Quiénes llevaron la cerveza, por cierto?

—No lo sé.

—¿Uno de los padres?

Se encogió de hombros. —No lo sé.

Si algún padre había llevado esas cosas, ¿sabría de antemano lo que se estaba planeando? Si era así, podría ser identificado como cómplice. Lo que explicaría por qué trataron de mantener la novatada en secreto.

—¿Quiénes se llevaron a Sara Long?

—Sus amigas. Heather, Lauren y la otra.

Eso correspondía con lo que tenía. —Cash, ¿llevó Mónica un bate de béisbol al partido?

—Por supuesto que no.

—¿Sabes quién lo hizo?

—No. Estaba allí cuando llegamos.

Georgia asintió con la cabeza. —Una cosa más. Cuando estabas saliendo con Sara, ¿ella seguía trabajando en la librería?

Su rostro se iluminó, como si recordara tiempos más felices. —Yo solía dejarla en el frente. La recogía a veces también.

—¿Alguna vez entraste para encontrarla?

—Eh... déjame pensarlo. Estaba por hacerlo una vez, pero ya sabes lo difícil que es encontrar estacionamiento en Old Orchard. Era más fácil esperarla fuera.

—Así que no tienes forma de saber si Sara estaba trabajando allí o no.

Cash parecía confundido. —Yo... supongo que no. ¿Por qué?

Georgia negó con la cabeza. —No es importante.

CAPÍTULO VEINTIUNO

TOMMY CASHIAN era listo, inteligente y parecía tener el tipo de sensibilidad que esperarías de un músico con potencial. Pero ¿por qué eso lo hacía demasiado bueno para Sara? Una persona dice eso cuando siente vergüenza. O culpa. O inseguridad. Y mientras que los adolescentes son, por naturaleza, inseguros, Georgia no tenía esa impresión de Sara. De hecho, había llegado a la idea de que, con excepción tal vez de demasiada curiosidad, la chica era bastante razonable.

¿Qué le estaba faltando? Reflexionó Georgia, mientras volvía a su coche. ¿Tenía algo que ver con haber renunciado a su trabajo en la librería? Ella no lo creía... los chicos no se preocupaban mucho por un trabajo de salario mínimo. Puede ser que se preocuparan por cómo sustituir ese trabajo; sin embargo, Sara había estado haciendo *algo* cuando les dijo a sus padres que seguía trabajando.

Al pasar por un callejón, bajó la velocidad. Dos figuras oscuras merodeaban en las sombras al lado de un contenedor de basura. Una pequeña ráfaga de llamas de color naranja destelló brevemente, seguido por el olor familiar de marihuana. Siguió su camino. Durante la novatada hace dos años, los padres habían llevado cerveza a la reserva natural. Ellos lo justificaron, alegando que los chicos la hubieran llevado de todos modos, y por lo menos no era cocaína. Y se preguntaban por qué sus hijos no tenían respeto por la autoridad.

Entró en el Toyota y se dirigió de vuelta a su apartamento. Nada de esto... la cerveza, Sara que había renunciado a su trabajo, su breve relación con Cash... había estado en los informes de la policía. Ella podría perdonar una, o incluso dos omisiones atribuyéndolas a un trabajo descuidado... y Robby era descuidado. ¿Pero todo esto? Georgia no podía dejar de preguntarse si los escasos informes de la policía podrían... tal vez podrían... tener algo que ver con el hecho de que la hija del fiscal del estado a cargo del caso, se encontraba en la reserva natural en el momento del asesinato.

Protección era una respuesta natural cuando tu hijo o hija enfrentaba un escrutinio no deseado. También era importante cuando eras una estrella política en ascenso. El hecho de que su hija estuviera presente cuando una novatada... y un asesinato... ocurrieron, podría ser una gran vergüenza para uno de los principales agentes de la policía en el condado de Cook. Cam Jordan le había dado a Jeff Ramsey una oportunidad de oro para proteger a su hija... y a él mismo. ¿Pero era conveniencia o encubrimiento? Uno de ellos era la política como de costumbre, y el otro podría abrir la caja de Pandora para el gobierno del condado de Cook.

Mientras buscaba un lugar para estacionarse, Georgia decidió que a pesar de la defensa sin problemas de Tommy Cashian, ella no podía ignorar la presencia de Mónica Ramsey en la reserva natural. Tal vez la chica no tuvo nada que ver con el asesinato de Sara Long, pero el policía dentro de ella le decía que no hiciera ninguna suposición. Los chicos sabían cómo manipular al sistema y a los demás. ¿Y si había un lado vengativo en Mónica? ¿Y si ella había albergado su ira por la relación de Cash con Sara? Sólo estaba la palabra de Cash de que se habían ido de la reserva natural juntos. ¿Qué pasa si Mónica había recogido un bate y había regresado al claro sola, determinada a darle una lección a Sara? ¿O había animado a que otra persona lo hiciera? ¿Qué pasa si el mismo Cash estaba involucrado más de lo que había demostrado?

Por otra parte, el asesinato podría haber sido el resultado de una novatada que se salió de control. Chicos medio borrachos. Chicos de último año deseando ejercitar sus músculos. Cerveza y bates de béisbol en la escena. ¿Qué pasaría si todos ellos: Mónica, Cash, incluso Lauren, Claire y Heather estaban implicados en la muerte de Sara? ¿No se suponía que tenía que haber leído algún libro en la escuela secundaria sobre muchachos en una isla que se convirtieron en bárbaros y mataron a un chico? *El señor de las moscas*, pensó.

O tal vez ella estaba extralimitándose. Tal vez Cam Jordan mató en realidad a Sara Long en algún tipo de loco frenesí, y ella no estaba dispuesta o era muy terca para admitirlo. Mientras que se adueñaba de un lugar de estacionamiento, sintiéndose afortunada por haber encontrado uno el viernes por la noche, se dio cuenta que tenía más investigación que hacer.

Cerró el coche y se dirigió hacia la acera. Un frío crudo y penetrante flotaba en el aire, y las hojas caían en torno a los coches, casi como si estuviera lloviendo. El cambio de las estaciones siempre le afectaba y la ponía melancólica. Tenía algo que ver con el paso del tiempo, supuso. Se apresuró por el camino hasta su edificio. Abrió la puerta del vestíbulo, anticipándose a una oleada de calidez. En cambio, se echó hacia atrás con náuseas, por un hedor tan espeso que era casi palpable.

CAPÍTULO
VEINTIDÓS

EL HEDOR se estrelló contra Georgia como una ola furiosa de mar. Las náuseas se subieron hasta su garganta y su piel se tornó fría y húmeda. Automáticamente trató de desenfundar antes de darse cuenta de que no llevaba su arma. Ella se tambaleó hacia atrás y respiró hondo. Hace unos segundos se había inquietado por la llegada del invierno. Ahora, necesitaba aspirar el aire limpio y frío hacia sus pulmones.

Unas cuantas bocanadas más la calmaron. Envolviendo su bufanda alrededor de su nariz y boca, se fue hacia la puerta del frente y miró adentro. Nada parecía perturbado. El habitual surtido de volantes estaba sobre la mesa; el piso estaba limpio. Ella abrió la puerta. Una vez más, el olor la atacó, pero esta vez estaba preparada. Apretó la bufanda y se abrió paso.

Al principio pensó que era un cadáver, pero aparte del problema de cómo un cadáver lograría entrar en su edificio, el olor no era el mismo. Ya había estado antes cerca de cadáveres. Debajo de su rancio olor había un olor dulce. Esto era más fresco. Más podrido. Más bien de pescado.

Las puertas de los apartamentos del primer piso estaban cerradas, y todo estaba tranquilo. Demasiado tranquilo. ¿Dónde estaban sus vecinos? El olor se tenía que haber filtrado en sus salas de estar. ¿Por qué no se escuchaban los extractores de la cocina, el ruido de la calle por las ventanas abiertas o las quejas en voz alta? Además, ¿por qué no había ningún letrero en el vestíbulo? A menos que nadie estuviera en casa. Ella lo consideró. Era viernes por la noche, y la mayoría de sus vecinos eran jóvenes. Podrían haber salido. Era posible que ella fuera el primer inquilino en descubrirlo.

Se agarró del pasamano y se obligó a subir las escaleras. El olor se hacía más fuerte con cada paso, y la sensación de sudor se extendió sobre su piel. Sin embargo, el impacto inicial había desaparecido, reemplazado por una terrible ira. ¿Quién tenía las pelotas para hacer esto? ¿Cómo habían entrado?

Ella lo vio antes de llegar a la plataforma del segundo piso. En el piso de la puerta de su apartamento, había un montón de lo que sólo podría ser descrito como lodo gris. Cabezas sin cuerpo de pescado con ojos vidriosos, miraban hacia el vacío, mientras que las colas de pescado, vísceras y esqueletos estaban esparcidos en pilas por toda la alfombra. Pescados sangrientos y escamas cubrían la alfombra, destellos de plata y rojo se veían a través del desorden. Trató de no permitir que el asco la dominara, pero no había manera de evitar pisar a través de ello, se estremeció mientras buscaba su llave.

Trozos de barro se pegaron a sus zapatos y por la parte inferior de sus jeans, como si hubieran saltado por su propia voluntad. El olor serpenteaba en su nariz, su garganta, su ropa. Ella se estremeció, imaginando la suciedad atravesándole sus zapatos y calcetines hacia su piel. ¿Es así como Sara Long se había sentido en la reserva natural con la cubeta de tripas de pescado en la cabeza? Puso su llave en la cerradura. Ella y Sara Long tenían ahora algo en común.

* * *

Una hora más tarde, después de recoger todo con una espátula, meterlos en bolsas dobles de basura y tirarlas en el contenedor del callejón, había limpiado la mayor parte de la suciedad. Ella dejó la puerta y las ventanas de su apartamento abiertas. Puso dos ventiladores en la plataforma de su piso, con la esperanza de ventilar lo peor del olor a través de su apartamento, y no del de sus vecinos. Ella encontró el detergente para alfombras bajo su fregadero y lo aplicó en la alfombra del pasillo. Era sólo el primer paso, tendría que alquilar un limpiador de vapor mañana. Pero no había manera de que pudiera pasar la noche en su casa. Llamó a su amiga Samantha y le dejó un mensaje en su celular.

Ella estaba de rodillas lavando la alfombra por tercera vez, maldiciendo las partículas de escamas plateadas que se habían incrustado en las fibras, cuando la puerta del vestíbulo en la planta baja se abrió.

—¡Santo Dios!—, dijo una voz. —¿Qué diablos pasó?

Georgia miró por encima de la plataforma. Era el hombre del tercer piso. Con la mujer llamada Sheila. Él puso la mano sobre su boca y nariz. Ella le habló. —Hay un... un problema.

—Eso es una descripción que se queda corta—. Le gritó a través de su mano.   —¿Por el nombre de Cristo, que pasó?

Georgia le explicó.

—Esto es indignante. ¿Quién hizo esto?

Ella luchó por mantener la compostura. —No lo sé. Yo no estaba aquí.

—Grandioso. Un edificio bajo ataque por tripas de pescado podrido—. Sus ojos centellearon.

Si no hubiera pasado las últimas horas tratando de limpiarlo, podría haber sonreído. —Yo no lo pedí—. Una mala respuesta.

Miró hacia arriba, pero no dijo nada. Entonces dijo, —¿Qué hiciste con toda la... la mierda?

—Lo limpie y lo boté.

Se pasó el dorso de la mano por la barbilla y empezó a subir las escaleras. —¿En el basurero?

—Sí, de hecho. La envolví en un par de bolsas de plástico.

—No, no—. Hizo un gesto con las manos en el aire. —Eso fue un grave error.

Ella frunció el rostro. —¿Cómo dices?

—No sólo el olor se esparcirá por todos lados, sino también tendrás gusanos por millones. Por no hablar de las ratas y los gatos que vendrán. Probablemente ya están allí.

—¿Qué sugieres?

—Lo mejor sería mezclarla con abono orgánico.

Ella puso las manos en las caderas. —¿Y dónde voy a encontrar abono orgánico a estas horas de la noche?

—En el Jardín Botánico, tal vez.

—¿A medianoche? ¿Estás loco?

Se encogió de hombros.

—Sí, bueno, dime algo. Hasta que consiga este mágico material, ¿qué se supone que debo de hacer con eso?

—Puedes tirarlo en tu congelador.

—Hay dos grandes bolsas de basura de esa mierda.

Se encogió de hombros otra vez.

—Sabes qué. ¿Por qué no ponemos una bolsa en *tu* congelador?— Él se limitó a mirarla. —Estás limitando mis opciones—. Era su turno de encogerse de hombros. —Tal vez sólo debería de arrastrarlas hacia el lago y votarlas.

Él negó con la cabeza. —No es una buena idea. Si te ven, te multarán. Tal vez incluso te arresten. Por arruinar el medio ambiente y todo eso.

—Estás lleno de información útil—. Le espetó ella. —Lo que pasa es que tengo una situación que necesita ser resuelta esta noche. No mañana, o el lunes, o cuando me las arregle para comprar algún tipo de abono o un congelador de tamaño industrial.

Empezó a subir las escaleras. —¿Tienes idea de dónde vino?

—Supongo que de Burhops. O algún otro mercado de pescado. Oye, ¿cómo sabes tanto de esto, de todos modos?

—Sentido común—. Pasó junto a ella en la plataforma del segundo piso, cubriéndose la nariz con la mano, y subió las escaleras hasta el tercer piso. —Por lo menos riégalo con la manguera—. Su voz apenas se escuchaba. —Al contenedor de basura, me refiero. Y trátalo con cloro. O Lysol—. Él olfateó de nuevo, pero al instante pareció arrepentirse. —Y no te olvides de llamar a la policía.

—Por supuesto—. Georgia lo vio desaparecer por las escaleras.

* * *

El oficial de la patrulla se fue, admitiendo que debido a que no hubo heridos y nada había sido robado, no sería una prioridad. Georgia tomó una ducha y luego se instaló en el internet para buscar mercados de pescado y restaurantes. Había un montón de mayoristas de pescado y mariscos en el centro, pero sospechaba que el material provenía de algún lugar en la Costa Norte. Ella terminó con media docena de posibilidades, todas a una distancia prudente de Evanston.

Entonces, sólo por puro entretenimiento, escribió en Google "tripas de pescado". Efectivamente, una de las formas recomendadas para disponer de ellos era abono. Mientras leía, ella se dio cuenta que su vecino no le estaba tomando el pelo sobre el resto tampoco. Al parecer, era posible congelar los huesos de pescado... suponiendo que no estuvieran rancios o podridos... para hacer sopa. Como si alguna vez hubiera hecho una sopa en su vida.

La clave, se enteró, era mantener las cosas limpias. Si lavaba con manguera los contenedores de basura, tiraba una taza de cloro o Lysol, el olor no sería tan malo. Cerró la sesión y se preguntó cómo su vecino lo sabía. ¿Era un obseso del medio ambiente? ¿Un hombre del tipo "salva las ballenas y al mundo también"?

Apagó los ventiladores, cerró con llave, y lavó con manguera los contenedores de basura con Lysol. Luego condujo hacia lo de Sam.

Ella había conocido a Samantha Mosele en Oakton antes de entrar a la academia de policía. Sam quería estudiar diseño gráfico y estaba tomando clases de diseño por computadora. Georgia estaba tomando sociología en el salón de clases de al lado. Se habían visto durante seis semanas antes de saludarse la una a la otra. A Georgia le resultaba difícil hacer amistad con las mujeres, y, al parecer, Sam era de la misma forma. No fue sino hasta que habían terminado sus exámenes finales la misma noche, y se encontraron en el bar calle abajo, que empezaron a hablar. Habían sido amigas desde entonces.

Sam arrugó la nariz cuando abrió la puerta. —¡Qué asco!

—Me di una ducha, pero creo que todavía se siente el olor en mí.

—Espera—. Ella entró a su apartamento, volviendo un momento después con una botella de perfume. —Toma—. Ella empezó a rociar la camisa y los jeans de Georgia.

Georgia levantó las manos. —No, está bien. Voy a...

—Deja de quejarte. Es Obsession—. Sam siguió rociando.

Con un suspiro, Georgia se rindió ante las atenciones de Sam. Probablemente era mejor oler como un objeto obsesionado que a pescado podrido.

—¿Quién lo hizo?—, preguntó Sam, una vez que estaban instaladas en su sala de estar con una taza de té. Una morena atractiva con el pelo largo hasta los hombros, se apartó un mechón detrás de la oreja.

—No tengo ni idea.

—Pero estás trabajando en algo, ¿verdad?— Cuando Georgia asintió con la cabeza, añadió: —¿Crees que está relacionado?

—Parecería que sí—. Georgia le explicó el caso.

—¿Cómo entraron?

Georgia se encogió de hombros. —Es probable que esperaron hasta que la última persona saliera temprano en la noche y trabaron con algo la puerta.

—Crees que te están enviando un mensaje, ¿eh? ¿Una advertencia para que te alejes?

—Si es así, fue un torpe intento.

Bebió un sorbo de té. —Pero la chica de la reserva natural, que tenía tripas de pescado sobre ella, fue asesinada. Ahora tú tienes todas las tripas de pescado, así que...

Georgia la interrumpió. —Si alguien quería enviarme una advertencia, ¿no te parece que una nota o una llamada telefónica, habría sido más eficiente? ¿Por qué se tomaría molestias y gastos de comprar esa mierda, transportarla a mi casa, y luego regarla sobre mi portón ... sólo para hacerme desistir? Es una estupidez.

Pero Sam estaba disfrutando de jugar al detective desde el sillón. —Espera. ¿Acaso no hicieron algo así en *El Padrino*? ¿Una persona que le envió a otra un pescado muerto como advertencia?

—Esto no es una película, Sam.

Sam jugó con su mechón de cabello. —Bueno, tal vez el que lo hizo, no se dio cuenta de eso.

Georgia pensó en ello. Tenía razón.

CAPÍTULO VEINTITRÉS

MATT ESTABA vigilando desde las sombras de la casa de enfrente del apartamento de Georgia. Había estado siguiéndola por un par de días. A la librería en Andersonville ayer por la noche. Esta noche al bar de blues, Bill´s, en el que había localizado a un chico con una camisa hawaiana. En su camino de regreso a su coche, había disminuido la velocidad para fijarse en un callejón. Una vez que eres policía...

Había estado al otro lado de la calle de su edificio cuando descubrió la basura en el pasillo. Al principio no sabía lo que era; tuvo que hacer un reconocimiento del contenedor para averiguarlo. ¿Tripas de pescado? ¿De qué se trataba eso? Él llamó a Lenny, que parecía sorprendido. Después de darle los detalles, Lenny le ordenó que se quedara donde estaba.

Si se movía lo suficientemente lejos y utilizaba los binoculares, podía ver en su ventana. Había estado yendo desde la cocina hasta el pasillo con una cubeta, cepillo y trapos. Cuarenta y cinco minutos más tarde, había terminado de ir y venir.

Lenny quería un informe cada dos horas. Más a menudo si

había alguna acción. Sacó su celular, a punto de decirle a Lenny que ella se quedaría en su apartamento. Entonces las luces se apagaron, y un minuto después salió del edificio, cargando una mochila sobre su hombro. Su cabello rubio estaba suelto, capturando destellos dorados del alumbrado de la calle.

Poniendo el celular en su bolsillo, corrió por la calle hacia su coche. Arrancó justo a tiempo para poder seguir al Toyota, asegurándose de mantener unos metros de distancia. ¿Dónde iba? ¿A quedarse con alguien? Se volvió hacia el oeste por Dempster. Miró a través del parabrisas y giró. Él lo sabría pronto.

CAPÍTULO
VEINTICUATRO

DEREK JANOWITZ sólo trabajaba medio día los sábados, pero era el día más rentable de la semana. No porque él fuera un mecánico.

Había estado en la estación de servicio de Horner casi un año. Se pasaba unas cuantas horas al día reparando coches, sobre todo los más costosos, debido a que ésta era la Costa Norte. Él ajustaba frenos, cambiaba baterías, cambiaba el aceite. A veces, Horner le preguntaba su opinión sobre un inyector de combustible complicado o un problema de transmisión. El anciano se quedaba perplejo muy a menudo estos días. Todo era digital, él se quejaba. Demasiado complicado. ¿Qué había pasado con el tiempo cuando todo lo que necesitaba saber era sobre carburadores, distribuidores y bujías?

La parte lucrativa del trabajo de Derek venía de sus otros clientes. Él no estaba bromeando cuando le dijo a Lauren que sabía lo que la gente quería y lo lejos que llegarían para conseguirlo. Derek era un proveedor. Él le daba a la gente lo que quería cuando lo quería. De hecho, pensaba de sí mismo como un tipo que tenía éxito debido a sus propios esfuerzos. Al igual que Donald Trump. O el tipo que comenzó esa línea aérea. Su reputación iba creciendo. Muy pronto sería capaz de deshacerse de ese trabajo y decirle a Horner dónde irse. Tal vez a Lauren, también. La perra nunca le daba ningún crédito.

Empujó sobre ruedas un Acura blanco hacia el elevador. Una nota de Horner decía que necesitaba pastillas de frenos nuevas y una alineación de las ruedas. El coche le resultaba vagamente familiar. Probablemente pertenecía a algún niño mimado en Northbrook o Glencoe que no sabía una mierda sobre el mantenimiento del vehículo, que sólo le ponía gasolina y esperaba que anduviera. Él negó con la cabeza. Si no fuera por él, un montón de gente estaría en apuros.

Estaba levantando el ascensor cuando un Lexus plateado giró hacia la estación. El conductor no se detuvo en la bomba de gasolina, pero se detuvo en la pequeña tienda. Derek no le prestó mucha atención al principio. Era probablemente algún idiota que necesitaba direcciones, o una mujer que quería su porción de azúcar. Era curioso cómo muchas de ellas, mayores y descuidadas en las cinturas, venían a la pequeña tienda para comprar una barra de chocolate o algún dulce, luego lo escondían en su bolso como si fuera una droga ilegal.

Sin embargo, cuando el conductor se bajó y se dirigió hacia él, Derek vio que era Charlie, uno de sus clientes habituales. Por lo general, el hombre conducía un Porsche 911 Turbo. Bajó el ascensor y se limpió las manos en los pantalones.

—Buenos días—. Él caminó hasta el borde del garaje donde Charlie estaba esperando.

Charlie asintió con la cabeza.

Algo en su gesto no estaba bien. Charlie normalmente reservaba por internet. Y era sábado. Los clientes habituales de Derek no hacían negocios los fines de semana. Los fines de semana eran para los turistas. Para primerizos. Afortunadamente, había usualmente gran cantidad de ellos. Y a menudo se convertían en habituales. —¿Qué pasa, hombre?—, dijo Derek.

Charlie pasó por al lado de Derek hacia dentro del garaje. Derek notó que el hombre llevaba pantalones planchados color caqui y un suéter de seda. Los ricos no podían vestir ropa informal, aun cuando lo intentaran. Incluso sus jeans planchaban. Vio a Charlie deslizar sus manos en los bolsillos, y luego las sacó y las juntó.

—Yo quería... comprobar un asunto—, dijo Charlie.

Charlie era por lo general bastante relajado. Hoy no. —¿Qué es?

—¿Te acuerdas de la chica que estaba viendo?

Derek se puso tenso. Sabía a quién se refería Charlie. El tipo había probado todos los ejemplares, pero se había quedado con ella. Hasta hace unas semanas.

—Yo sé que hablas con tus chicas—, dijo Charlie. —Para asegurarte de que las están tratando bien. Que sus clientes no las están golpeando, lastimando o que se están aprovechando de ellas.

Por supuesto que lo hacía. En su línea de negocios, no podía arriesgarse a tener líos. Él hacía un trabajo bastante bueno, si lo admitía. ¿A dónde iba Charlie con todo esto?

—Eso es lo que necesito saber—, continuó Charlie. —¿Acaso... bien... alguien...— Charlie hizo una pausa, evitando cuidadosamente decir ningún nombre, Derek notó. —¿Alguien hizo algún comentario sobre actividades inusuales en sus... reuniones con los clientes?

—Hombre, ¿de qué diablos estás hablando?

Charlie se encorvó de hombros. Su rostro adquirió una expresión descortés. —Estoy seguro que te dicen dónde van. Y qué pasa después de llegar allí. Tipos como tú... asumo que te dan... bueno... todos los pormenores cuando se reúnen.

Derek ignoró el comentario. ¿Era Charlie una especie de pervertido? Él no lo hubiera creído. Con sus ropas caras y su Porsche, Derek lo había tomado como un tipo que simplemente no estaba recibiendo nada en casa. Tal vez él lo había calculado mal. A veces no podían lograr que se les parara. Tal vez se sentía avergonzado de ello. Hasta que él lo supiera a ciencia cierta, fingiría como si todo estuviera bien. —Eh, hombre, lo que haces no es asunto de nadie, sólo tuyo y de tu chica, ¿sabes a lo que me refiero?

Un aspecto aún más sombrío apareció en el rostro de Charlie. Arqueando la espalda, metió sus manos en los bolsillos. Parecía que estaba luchando para controlar su ira. —Eso no es lo que quise decir.

Derek cambió de posición. —Entonces, ¿qué quieres decir?

—¿Alguna vez te informaron acerca de lo que sucede antes y después? Llamadas u otras cosas relacionadas a los negocios. No las tuyas. Las mías.

—¿Te refieres a quién recibe el dinero y cómo? Tú sabes que eso sucede por adelantado.

Charlie sacó las manos de los bolsillos y las agitaba frente a Derek. —Olvídalo. Esto no está funcionando—. Él negó con la cabeza, irritado. —Sólo olvídalo.

Un escalofrío recorrió la espalda de Derek.

—Eh...— De repente, Charlie forzó una sonrisa, como si fueran viejos amigos.   —...¿Qué tal el próximo martes por la tarde?— Él cruzó sus brazos. —¿Digamos a eso de las cuatro? ¿Puedes arreglarlo por mí?

Derek no se lo creía. Respondió con cautela. —¿Qué estás buscando?

—No lo sé. Algo nuevo y diferente. Decide tú.

—Está bien.

—Que vengan al lugar de costumbre, ¿de acuerdo?

—Claro, hombre.

Charlie mostró una sonrisa, dejando al descubierto unos dientes tan blancos que Derek sabía que estaban blanqueados. Dejó caer los brazos, dio media vuelta y se dirigió de nuevo a su Lexus. Derek lo vio arrancar el coche, soltar el freno, y saludar mientras se alejaba.

Derek regresó al ascensor. Este era probablemente la conversación más larga que había tenido con el tipo, pero eso no significaba que tuviera sentido. ¿A qué quería llegar? Derek odiaba cuando la gente hablaba de esa manera indirecta, escondiendo sus verdaderas intenciones, haciéndole a él tratar de averiguar lo que querían decir. Lauren hacía eso a veces. Debía ser algo que todos aprendieron en la escuela de ricos, pensó. Levantó el Acura a dos metros del suelo y dirigió la luz a lo largo del bastidor. Horner tenía algunas pastillas de freno Nissan que pensó que iban a funcionar. Derek volvió a la tienda para conseguirlas.

Treinta minutos más tarde estaba trabajando en el coche, todavía desconcertado por la conducta de Charlie cuando se acordó. Ella *había* dicho algo. Era una de las últimas veces que ella había estado con Charlie... tal vez la última. Un miércoles por la tarde, recordó. Cerca del final del verano. Cuando se reportó para darle a Derek su parte, ella no estaba alegre como usualmente lo estaba. Se acordó que le había preguntado si alguien la había maltratado. No, dijo ella. Nada de eso. Ahora Derek se fijó en la parte de abajo del Acura. ¿Qué fue lo que dijo? Algo acerca de que las cosas malas le suceden a la gente buena. Y que ella se haría cargo de eso. Sí. Eso fue lo que pasó.

Mierda. Ahora que lo pensaba, ella había empezado a hacer lo mismo que Lauren. Y Charlie. ¿Qué diablos significaba eso? Ella dice algo. Luego Charlie viene a hacer preguntas. Todo era extraño. Definitivamente no estaba bien. No en su línea de trabajo. Derek dejó de trabajar, sacó su celular y envió un mensaje de texto a su socio.

CAPÍTULO
VEINTICINCO

DESPUÉS DE pasar una noche incómoda en el sofá de Sam, Georgia alquiló un limpiador de alfombras a vapor, fue a su casa, y pasó el día lavando. Ella recorrió las escaleras y la plataforma con detergente para alfombra y un limpiador de enzimas, hasta que la mayor parte del olor desapareció. La única manera en que se podía sentir algún olor era enterrando la nariz en las fibras de la alfombra. Casi esperaba encontrarse con su vecino, pero él no apareció.

Era un día fresco de otoño con un cielo azul, y entrada la tarde se fue a correr. Corrió al este rumbo al lago y luego hacia el noroeste, lo que completaba una vuelta alrededor de Evanston. Al llegar al campus, pasó al lado de una pareja que caminaba por el lago, sus cuerpos se fundían juntos en un baile de total ensimismamiento. Recordó ese ensimismamiento: la intensa necesidad que sólo una persona podría satisfacer, la alegría que venía de satisfacerla. Esa alegría, la alegría que enmarcaba la mayor parte de las vidas de las personas, sólo hizo una incursión temporal en la vida de Georgia. Un dolor sordo apareció en el centro de su pecho.

De vuelta en casa se duchó, se vistió, luego regresó el limpiador de alfombras al supermercado. Debió haber tenido sopa en su cerebro, porque tomó un envase de bisque de tomate, junto con sus otras compras. Ella no estaba segura de qué era bisque. Se veía como crema de tomate, pero era más cara. ¿Cuál era la diferencia, además del elaborado nombre en francés? Ella lo vertió en una olla y lo puso sobre la estufa.

Nunca había sido alguien a quien le gustara la sopa, hasta que conoció a Matt. A él le encantaban. Decía que debía ser el lado campesino dentro de él. Mierda. Estaba haciéndolo otra vez... usando a Matt como punto de referencia para eventos en su vida. ¿Cuándo dejaría de hacerlo? Se quedó mirando la sopa, luego la sacó de la cocina y lo tiró en el fregadero.

Estaba llevando una carga de ropa limpia desde el sótano, cuando sonó el teléfono dentro de su apartamento. Corrió el último tramo de escaleras para contestar.

—¿Hola?

—Davis—, una pequeña voz respondió. —Es Paul Kelly.

Sábado por la noche. No habría pensado que el abogado era un trabajador de fin de semana. —Hola, Paul. ¿Qué pasa?

Se aclaró la voz, y hubo un momento de silencio. Entonces...

—Sólo estaba repasando mis notas sobre el caso Jordan y quería ver cómo estaban las cosas.

—Han sido un par de días interesantes—. Ella le contó sobre las tripas de pescado. —Podrías haberme ayudado.

Kelly murmuró algo que ella no pudo entender.

—¿Qué?— Ella le sonrió. —¿No crees que limpiar porquería de peces se encuentra en el cumplimiento de tu deber?

—Fue la primera cosa que aprendí en la facultad de derecho.

—¿Junto con el debido proceso?— Ella abrió la puerta para mirar la alfombra ya limpia. —Bueno, teniendo en cuenta que esto era lo mismo que fue arrojado en la cabeza de Sara Long, yo diría que alguien estaba tratando de enviarme un mensaje.

—Brillante deducción—, dijo Kelly. —Pero ¿tripas de pescado? Eso es burdo.

—Eso fue lo único que se les pudo ocurrir.

—¿Qué quieres decir?

—Me pregunto si el autor fue un chico. De la novatada.

—¿Tienes alguna pista?

—No te va a gustar esto, pero un nombre sigue apareciendo.

—¿Y quién podría ser?

—Mónica Ramsey.

Lo oyó sostener la respiración.

—Sólo escucha, Paul. Al parecer, Tommy Cashian... él es el novio de la chica Ramsey... estaba loco por Sara Long. Ellos estuvieron juntos durante el verano. No duró, pero de acuerdo a sus amigas, Mónica se enteró. Cuando hablé con el chico, él admitió que estaba loco por Sara. Él hubiera roto con Mónica, excepto que Sara le dijo que no lo hiciera. De hecho, ella lo dejó.

Más silencio.

—Hay más. Ramsey estaba en la reserva natural durante el partido. Varias personas lo han confirmado, incluyendo su novio. Pero no hay mención de Mónica Ramsey en los informes de la policía. Ni una sola palabra. El novio dice que la llevó a su casa cuando comenzó la novatada, pero tal vez él está encubriéndola. Voy a investigar más profundo, y si encontramos evidencia de que ella es inestable, o tiene algún...

—Davis—, Kelly la interrumpió. —¿Sabes que cuando quieres que algo sea verdad, puedes revolver la baraja, y distorsionar las cosas, así parece que no puede ser otra cosa que lo que quieres que sea?

—No estoy haciendo eso.

—¿Está segura?

—Es una pista, Paul.

—¿Es la única?

Georgia vaciló. —No—, dijo en voz baja.

—¿Qué más tienes?

—Sara mintió acerca de trabajar en la librería.

—¿En serio?

—El supervisor dice que renunció a su trabajo en la primavera pasada. No ha trabajado allí en cinco meses.

—¿Qué estaba haciendo?

—No lo sé todavía.

—Bueno, eso es a lo que yo llamo una pista—. Lo escuchó ojear papeles. —Lo que es más, no veo nada con respecto a *eso* en los informes de la policía.

—No lo verás. No hubo seguimiento.

—Ahora eso hace que las cosas sean interesantes.

—¿Puedes culparlos? Están convencidos de Cam Jordan la mató.

—¿Al igual que tú estás convencida de que fue la chica Ramsey?

—No lo estoy...— Ella se interrumpió.

—Mira. En lugar de perseguir a la hija del fiscal del estado, ¿por qué no te concentras en esta pista del trabajo?

—Lo haré. Pero ¿qué pasa con las tripas de pescado en mi pasillo? Quien sea que las haya enviado, no le gusta que yo husmee.

—¿A quién más has hecho enojar?

—La fila da vuelta a la cuadra.

—Te escucho.

—Está Tom Walcher. Él es el abogado que te pedí que investigaras.

—Lo hice. Gran abogado de bienes raíces. Exitoso. Le va muy bien en la vida y está progresando. Por lo que puedo decir—. Kelly carraspeó. —¿Quién más?

—El padre de Sara Long no estaba muy contento conmigo. Y las chicas que entrevisté, no querían hablar conmigo. Me pregunto si alguno de ellos podría estar detrás de las tripas de pescado.

—¿Estás pensando en alguien en particular?

—No estoy segura todavía—. Georgia golpeó su dedo en el teléfono. —¿Sabes? Todavía está el problema de los informes muy superficiales de la policía.

—Me encargaré de ello.

—¿Qué quieres decir?

—Estoy trabajando en ello.

—Pensé que no ibas tras de Ramsey.

—Eso es correcto.

—Bueno, entonces, a quién estás...— Ella se contuvo. —¿Irás tras de la policía?

—No sería la primera vez.

Ella se movió incómodamente. —Me gustaría que no lo hicieras.

—¿Por qué no?

—Solía ser un policía, ¿recuerdas?

—Pero ya no lo eres. No puedes tener las dos cosas, Davis.

Ella pensó en O'Malley. Él era su mentor y su amigo. No quería causarle problemas. Y aunque no podía defender la descuidada conducta de Parker, había sido su compañera durante casi diez años. Cuando arriesgas tu vida todos los días, y tu compañero es el único que cuida de tus espaldas, se crea un vínculo que muchas veces trasciende las reglas.

—Paul, creo que es más personal. He estado hurgando en el tema, y a alguien no le gusta. No vayas tras los policías todavía. Déjame hacer un seguimiento.

—Ir tras los policías... o, al menos, señalar lo que *no* está en sus informes... nos daría más tiempo. Y desviaría la atención del chico Jordan.

Tenía razón. —¿Lo suficiente como para sacarlo de la cárcel?— Cam Jordan se estaba consumiendo en la cárcel del condado de Cook, en lo que para él eran, condiciones brutales. Si había una oportunidad de que pudieran reducir el monto de su libertad bajo fianza, para que pueda ser puesto en libertad, sería cruel no intentarlo.

—Es posible—, dijo Kelly. —Especialmente ahora que las novatadas se han descubierto. Es posible que la opinión pública empiece a ablandarse—. Hizo una pausa... —Me preguntaba, ¿tienes idea de quién filtró lo de la novatada?

—No—, dijo rápidamente.

—Ya veo—. Kelly se aclaró la voz. —Probablemente, ¿sería algún periodista emprendedor?

—Probablemente—. Era posible que alguien hubiera decidido jugar al héroe. O'Malley, por ejemplo. Por supuesto, si *era* él, nunca lo admitiría. Y ella nunca le preguntaría. —Paul, yo todavía creo que debemos esperar con el asunto de los policías. Mantenerlo oculto hasta que, o si, nuestras espaldas estén contra la pared. Simplemente no se siente... bien.

—¿Desde cuándo los escrúpulos significan algo para una investigadora privada que miente para conseguir lo que necesita?

Ella no respondió. Ni ella lo sabía a ciencia cierta. Por otro lado, al menos, Kelly estaba involucrado en el proceso: intercambiando ideas sobre estrategias, investigando pistas. Un minuto no quería ir detrás de nadie, y al siguiente estaba listo para moverse hacia adelante con teorías a medias. Hablando de no ser afectado por la moral.

—A tu esposa debe gustarle el verte escabullirte de los problemas—, dijo ella.

—No estoy casado—, dijo con su voz aflautada.

De algún modo ella tenía la sensación de que él diría eso.

CAPÍTULO
VEINTISÉIS

FITNESS COSTA Norte era una versión residencial del Club East Bank, un exitoso edificio en el centro para hacer ejercicio, tener reuniones de negocios y para gozar de los servicios que impulsaban a ambos. Situado cerca de la corte de Skokie, el complejo de ladrillos amarillos, cumplía con esas expectativas, incluso hasta una fila de salas de conferencias de grandes ventanales, con vista hacia las canchas de racketbol y piscina. Georgia se detuvo en el estacionamiento, habiendo seguido a Lauren Walcher desde Newfield. No podía imaginar qué razones atraerían a la adolescente hacia el club.

Más temprano esa mañana, Georgia había visitado cinco mercados diferentes de pescados en la zona: dos Burhops, un Don's, Mercado de Pescado de la calle Davis, y Mitchell's en Glen. Ninguno de ellos recordaba que alguien se llevara los productos de desechos, aunque uno de los gerentes de Burhops le sugirió que volviera durante el turno de la tarde. En un mundo ideal, ella habría regresado a cuestionar a los amigos de Sara, pero ambas, Heather Blakely y Claire Tennenbaum, estaban bajo estrictas órdenes de no hablar con ella. Las había molestado tanto como había podido.

Lo que dejaba a Lauren Walcher. Lauren podría tener una idea acerca de las tripas de pescado, pero el llegar a ella era problemático. Georgia no era bienvenida en la casa de los Walcher, y otro enfrentamiento en el estacionamiento no era una buena idea. Había decidido que la seguiría y "accidentalmente" se encontraría con ella en un lugar neutral donde la chica pudiera estar dispuesta a responder algunas preguntas. No era el plan perfecto, pero valía la pena intentarlo.

Georgia se estacionó a dos filas del Land Rover de Lauren y se mantuvo a una distancia discreta detrás, mientras la chica se acercaba a la entrada. Lauren no llevaba una bolsa para el gimnasio, pero podía tener ropa de ejercicios en un casillero. Georgia tenía que planear cómo entrar hasta los casilleros o tendría que esperar hasta que Lauren terminara de hacer sus ejercicios.

El interior del club parecía un vestíbulo de hotel con candelabros ornamentados, espejos del piso al techo, y ostentosas obras de arte en las paredes. A la izquierda, un suelo de mármol conducía a un salón de cócteles con sillones y sillas. A la derecha había un bar de jugos y un restaurante rodeado de pantallas y masetas de palmeras. Signos colgantes que se veían como las marquesinas de las salas de cine, dirigían a los visitantes hacia los vestuarios, la piscina y las canchas. Era muy diferente del apestoso gimnasio y casilleros de la escuela secundaria. De hecho, Georgia detectaba un leve aroma frutal en el aire... ¿desinfectante con aroma a durazno, tal vez?

Georgia esperaba que Lauren se hubiese ido a los vestuarios, así que se sorprendió cuando la adolescente se dirigió hacia el bar de jugos. Ella siguió a la chica y se asomó. La mitad de las mesas estaban ocupadas. Dos camareros charlaban tranquilamente entre sí. Lauren se dirigió a una mesa en la esquina de atrás, donde dos hombres y una mujer estaban sentados. Georgia no quería dejarse ver, así que antes de que pudiera darles una buena mirada, se escabulló hacia la parte trasera y se colocó detrás de una hilera de palmeras. La mesa a la que Lauren se había acercado, estaba a unos metros de distancia. Las hojas de la palmera bloqueaban su vista, pero podía escuchar con claridad.

—Hola, cariño—, dijo un hombre. Su voz le era familiar.

—Hola, papi.

Tom Walcher.

Georgia escuchó una silla moverse. Él se levantó para abrazarla.

—¿Tienes la llave del casillero de mamá?

—Aquí está.

Georgia lo imaginó buscando en su bolsillo. Sonriendo mientras se la entregaba.

—Gracias, papá. Eres el mejor—. Lauren sonaba casi agradable. Típica niña de papá.

—¿La traerás a casa cuando hayas terminado?

—Obvio—. Un rastro de hostilidad impregnaba la voz de la chica.

—Cariño, te presento a algunas personas. Harry, ella es Lauren, mi hija. Este es Harry Perl, cariño. Él es un empresario de bienes raíces.

—Encantado de conocerlo, señor Perl—. Sonó la voz mecánica de Lauren.

—A usted también—, respondió una voz nasal.

—Y este es otra empresaria de éxito. Podrías hacer algo peor que seguir sus pasos.

—Vamos, Tom—, protestó la mujer. —No le hagas eso a la pobre chica.

—Tonterías. Tú eres lo que eres. Lauren, ella es Ricki Feldman.

A la mierda. Por un segundo Georgia pensó que lo había dicho en voz alta.

* * *

Ellos la habían hecho ver a un consejero después de la suspensión. Era parte del proceso, le dijeron. Ella diligentemente se presentó.

Dejaron atrás el incidente en cuestión rápidamente. Seis meses antes, Georgia no había entregado la pistola de un delincuente, y había llevado a un civil a una vigilancia. Ambas eran claras violaciones del procedimiento, y había sido suspendida de la policía. Georgia entendió, asumió toda la responsabilidad por sus acciones, y le dijo al consejero que bajo dichas circunstancias, probablemente lo volvería a hacer. No había mucho más que decir.

El consejero asintió con la cabeza y empezó a preguntarle sobre su vida personal. En retrospectiva, Georgia se dio cuenta que debe haber tenido ganas de conversar, ya que ella incluso le había contado a la mujer sobre Matt. Era la historia más vieja del mundo, comenzó. Ellos eran novios. Ella pensaba que hacían una pareja perfecta. Los dos eran policías, se entendían el uno al otro. Luego él encontró otra mujer, y la dejó.

Cuando la presionó, Georgia admitió que había subestimado la fuerza de su herencia racial. Había escuchado que a los hombres judíos les gustaba salir con mujeres no judías. *Shiksas*, las llamaban. Sobre todo si eran rubias. Pero cuando llegaba el momento de sentar cabeza, por lo general se casaban con una mujer judía. Era su familia, le dijo al consejero. Sus abuelos habían escapado del Holocausto, y sus padres no dejaban que lo olvidara. Ella los había visto una vez. En una noche de cena del viernes *Shabat*. Eran educados, incluso amables. Sin embargo, se sentía como una extraña. En ese momento ella no se le ocurrió que sería de importancia.

Pero lo fue. No importa que la mujer por la que la había dejado fuera tan astuta y ambiciosa como una zorra hambrienta. No importaba que su padre tuviera una reputación de tiburón. Ella era judía, y Matt se había enamorado de ella.

—¿Qué quiere decir, "tiburón"?— El consejero le había preguntado.

Georgia le explicó. Hace treinta y cinco años, Stuart Feldman, el padre de Ricki, había construido una urbanización cerca de Joliet. Hermosas casas, a precio accesible, también. El problema era que convenientemente se había olvidado de comentar que estaban construidas sobre los restos de un basurero de residuos tóxicos. Cuando los índices anormalmente altos de cáncer, la mayoría de neuroblastomas, afloraron entre los niños que vivían allí, Feldman se enfrentó a una demanda colectiva enorme. Su negocio se vino abajo, y sufrió un derrame cerebral del que nunca se recuperó. Después de su muerte, Ricki se hizo cargo del negocio y rápidamente se resolvió el caso.

—Pero nada de eso le importaba a Matt—, agregó. —Nada de eso.

El consejero escuchó con compasión, y luego trató de explicar las cinco etapas del duelo de acuerdo a una mujer llamada Elizabeth Kubler Ross. Georgia le dijo que eso era mierda. Que ella pasó a través de cada etapa, al mismo tiempo. La pena se aferró a ella, constantemente recordándole lo que había perdido.

Tal vez ella estaba atascada, había dicho el consejero, en esa manera agradable y estéril de decirle a alguien que estaba loco. Debería considerar ayuda profesional continua. Georgia le dijo a la consejera que habían terminado y se marchó.

* * *

Ahora la mujer por la cual había sido botada, estaba sentada junto al padre de Lauren.

La garganta de Georgia se sentía seca, su estómago saltaba, y se sentía fría y caliente, al mismo tiempo. Tan lentamente como pudo, levantó una hoja de la palma detrás de la cual se estaba escondiendo y miró a través de ella. Ricki Feldman estaba sentada directamente frente a ella.

Lo primero que notó de la mujer fue su cabello. Lacio. Sedoso. Color marrón oscuro. Sin puntas abiertas a la vista. Luego sus ojos... luminosos, con pestañas gruesas y cejas arqueadas, perfectas. Ella tenía una figura delgada, casi pequeña y vestía con lo que debería ser ropa cara pero de buen gusto. Georgia vio cómo los hombres en la habitación: camareros, empresarios, o deportistas, miraban con disimulo en su dirección. Incluso la mirada de Lauren era de admiración.

Mierda. Ricki sabía el efecto que tenía en la gente. Incluso al beber un licuado de color rosa, mostraba una estudiada arrogancia, consciente de que era el centro de atención. Georgia vio una sonrisa enigmática extenderse en los labios de Ricki, después de un comentario de Walcher. La vio mover la mano cuidadosamente arreglada en el aire. Cada movimiento estaba calculado. Orquestado con el conocimiento de que el más pequeño gesto suyo, era fascinante.

Georgia pasó una mano por su caballo rubio atado en una colita. Se sentía como una descuidada y desabrida gigante en comparación. En cierta manera no podía culpar a Matt por haberse enamorado perdidamente. Pero ella podía culpar a Ricki por robárselo.

Se obligó a volver al presente. Lauren todavía estaba de pie junto a la mesa, mirando especulativamente a su padre, que estaba hablando con otro hombre.

—Estamos en buen camino, Harry. El desacuerdo navegó a través del comité de zonificación.

Georgia se centró en Harry Perl. No parecía tan alto, pero estaba sentado. Parecía estar en forma, y tenía la cabeza llena de cabello rizado color gris, y largo según dictaba la moda. Vestía un elegante conjunto deportivo... probablemente acababa de salir de la cancha de racketbol. No es que fuera poco atractivo, pero algo le impedía ser realmente buenmozo. A lo mejor eran sus ojos, que se posaban de persona a persona, pero nunca se iluminaban más de un segundo. Su rostro era inmutable.

Perl se aclaró la voz y abrió la boca. Oro brilló en el lado derecho de su boca.   —Excelente—. Miró hacia Ricki.

Lauren vio como Ricki asentía. —Sí. Lo es.

Walcher, que también llevaba un conjunto deportivo, cruzó las manos de la forma en que lo había hecho en su casa. —Todavía hay retos que se avecinan. La junta directiva en su totalidad todavía tiene que aprobarlo. Y están en medio de toda la reglamentación de viviendas de bajos ingresos. Cualquier cosa podría pasar.

Perl se inclinó hacia delante. —Es por eso que te contratamos. Para hacer las paces con la junta.

—Se requerirá cierta... delicadeza—. Tom dio a Perl una mirada significativa.

Lauren inclinó la cabeza.

—Pero usted tiene... influencias—. Ricki intervino.

—Lo que usted necesite—. Añadió Perl.

Las fosas nasales de Walcher se abrieron. Georgia no podía decir si Walcher admiraba a Perl, lo odiaba, o le tenía miedo.

Hubo una breve pausa. A continuación, Ricki ofreció una sonrisa deslumbrante. —Lauren, cariño—, dijo, revelando sus dientes blancos perfectamente alineados. —Eres la viva imagen de tu madre. Ella es una mujer hermosa, ¿no?— Ella se volvió hacia los otros hombres que asintieron al unísono.

Lauren le disparó una mirada casi furiosa, pensó Georgia, y luego trató de encubrirla. —Bueno, tengo que irme ahora. Encantada de conocerlos a todos. Adiós.

Georgia la vio marcharse. Se sentía pesada y letárgica. Podía esperar para hacerle preguntas a Lauren Walcher. Se dio la vuelta y salió. Mientras empujaba la puerta giratoria, vio a un hombre subirse a un automóvil en el otro lado del estacionamiento. No podía ver su cara, pero tenía una complexión delgada y pelo oscuro rizado. Como Matt. No, era sólo su imaginación.

CAPÍTULO
VEINTISIETE

UANDO GEORGIA volvió a Burhops en Glenview, el supervisor de la tarde le dijo que alguien *sí* había llegado el viernes pasado en busca de una bolsa de vísceras de pescado.

Desde la parte trasera de la tienda, se oyó el sonido de una radio con volumen muy alto. Rock en español. —¿Puede usted describir a la persona?— Ella trató de no mostrar su entusiasmo.

—Un hombre. En realidad era un joven—, dijo el supervisor.

—¿Qué tan joven?

—Tal vez de secundaria. Pequeño. Flaco. Nariz respingada.

—¿Su ropa?

—Jeans. Camiseta. Zapatos de trabajo. Oh—, él hizo una mueca, —y un montón de joyas.

—Si yo le mostrara el anuario, ¿podría identificarlo?

El gerente se echó a reír. —¡De ninguna manera! Tienen que haber... cuántos... ¿unas tres mil fotos en esas cosas? No tengo tiempo.

Georgia se mordió el labio. —Bueno, dígame, ¿le dio los deshechos de pescado?

Se encogió de hombros. —Por supuesto. Menos basura para deshacerse.

Georgia agradeció al encargado y se fue. ¿Habría sido ese chico el responsable del desastre en su apartamento? Pensó en darle la descripción a Rachel, la hija de Ellie Foreman. Y si resultaba ser un amigo de Mónica Ramsey... entonces recapacitó. Era mejor no involucrar a Rachel. Lauren Walcher seguía siendo su mejor apuesta.

Esa noche llovió. Una fría y punzante lluvia que hizo caer las hojas de los árboles, obstruyó las alcantarillas y el satisfactorio crujir de las hojas secas bajo los zapatos se tornaron resbaladizas. Georgia comenzó a pasear por el apartamento. Se sentía vacío, melancólico y demasiado grande. Tomó la chaqueta y el paraguas, y se dirigió a Mickey.

El lugar olía a una combinación de lana mojada y grasa, pero a causa de la lluvia, no estaba lleno. Se dirigió a un reservado en la parte de atrás. Owen le llevó la comida rápidamente. Estaba en el segundo bocado de su hamburguesa, cuando sintió que alguien la estaba mirando. Ella levantó la vista. Uno de los hombres en el bar la estaba mirando. La luz era tenue y no podía verlo bien, pero parecía agradable. De hecho, estaba sonriendo. Ella entrecerró los ojos. Tenía el pelo rubio, largo en la parte superior, pero corto en los costados. Gafas sin montura hasta la mitad de la nariz. ¡Dios! Su vecino del piso de arriba. Ella bajó su mirada al plato.

Pero él no entendió el mensaje, porque tomó su copa y empezó a caminar hacia ella. Quería decirle que no estaba interesada, pero algo la detuvo. Después, admitió para sí misma que no sabía qué era. No era su ropa; pantalones caqui comunes y una camisa de botones con mangas dobladas. A lo mejor era que a él no parecía importarle que su atuendo estuviera cincuenta años pasado de moda. Se veía a gusto consigo mismo. O tal vez era su sonrisa. No era la típica mueca de plástico que veía en tantos hombres, especialmente en los hombres que buscaban sexo. La suya era cálida, y ese calor se reflejaba en sus ojos. O tal vez sólo se trataba de una mala noche y ella estaba cansada de sentirse sola. Fuese lo que fuese, cuando llegó a su mesa, cerveza en mano, le asintió con la cabeza.

Se sentó, el olor a Aramis, llegaba hacia ella. —¿Has atrapado uno grande últimamente?

Ella parpadeó.

Puso el vaso en la mesa. —El pescado. Las tripas de pescado.

—Oh—. Ella pasó una mano por su pelo. —Tenías razón, sabes.

—¿Sobre qué?

—Abono. Como un método de eliminación de olores.

—¿Cómo te diste cuenta?

—Lo busqué por internet.

—Primera vez.

—¿De qué?

Él la miró. —Primera vez que alguien dice que estoy en lo cierto desde hace tiempo.

Ella inclinó la cabeza y le dio un mordisco a su hamburguesa. Algo le faltaba. ¿Salsa de tomate? ¿Pepinillos agridulces?

—Mi nombre es Pete Dellinger.

Se tragó su comida. —Georgia Davis.

—¿Igual que el estado?

—¿Tienes algún problema con el Sur?— Pero sonrió cuando lo dijo. Él le devolvió la sonrisa. Sí, era una buena sonrisa.

Hizo una seña a su vaso. —¿Puedo invitarte una?

Ella miró con ansia su cerveza. Había sido un día difícil, enfrentándose contra su némesis. Una cerveza la tranquilizaría. Mucho más que una Coca-Cola Light. Probablemente, también le daría un mejor gusto a su hamburguesa. Ella quería una. Se la merecía. Sólo esta vez. De todos modos, sería gratis. La palabra salió de sus labios, casi por su propia voluntad. —Claro.

Él se levantó, fue a la barra y le dio a Owen la orden. Owen inclinó la cabeza hacia Georgia, pero ella no quiso mirarlo a los ojos. Owen se encogió de hombros y vertió la cerveza en un vaso. Pete se la trajo.

—El camarero parece que te conoce. ¿Vienes aquí a menudo?

La línea más antigua del mundo y el hombre la dijo con una cara seria. Ella se mordió una respuesta. —Sí—, dijo simplemente.

—Me gusta—. Él miró alrededor con una expresión satisfecha.

—Me alegro de que contemos con tu aprobación—. Levantó el vaso de cerveza, vaciló, y luego tomó un trago largo. Tal como la recordaba. Fría y amarga con un regusto granuloso que bailaba en su lengua. ¿Cuánto tiempo había pasado? ¿Un año? ¿Dieciocho meses? Maldita sea. No había nada como una cerveza fría. Dejó el vaso en la mesa y echó una mirada hacia el bar. Owen estaba mirándola con las manos en las caderas. Ella desvió la vista.

—Entonces, ¿qué te parece nuestro edificio?— Ella se centró en Pete.

—Está bien.

—Excepto cuando alguien tira tripas de pescado en el pasillo.

—Supongo que hay una buena historia detrás de eso.

Georgia tomó otro trago largo. Ya se había bebido mitad. —Soy una investigadora privada—, comenzó. Diez minutos y otra cerveza más tarde, ella le había contado sobre el caso. Una vez más, ella se sorprendió de sí misma. Cuando estuvo en la policía, rara vez hablaba con los civiles sobre sus casos.

Pete escuchó con atención... tenía que darle ese punto. A pesar que había dejado de lado cierta información, no la interrumpió, algo que Matt solía hacer todo el tiempo. Le afirmaba que sólo quería entenderla, pero ella a menudo sentía que la estaba interrogando. Pete asintió con la cabeza en los momentos adecuados, y mantuvo la boca cerrada. Cuando terminó, él apoyó los codos sobre la mesa.

—Entonces, ¿cuál es tu próximo paso?

—No estoy segura. Como he dicho, tengo una teoría, pero no pruebas suficientes—. Terminó su cerveza.

—¿Quieres otra?—, señaló hacia su vaso vacío.

Ella dudó. Ya se había tomado dos. Una tercera sería pedir problemas. Pero él tenía que estar en su cuarta o incluso quinta ahora. Si él podía manejarlo, ella también. —Está bien.

Volvió con sus bebidas y se sentó, una sonrisa tirando de las

comisuras de su boca. Se preguntaba qué era tan divertido, pero se sintió demasiado tímida para preguntar. En cambio, le preguntó:
—Entonces, ¿cuéntame sobre ti? ¿Por qué te mudaste?

—Mi esposa y yo nos separamos.

—Sheila—, murmuró ella.

Su cuello se enrojeció.

—Escuché que ambos discutían la otra noche—, añadió, recordando la rapidez con que Sheila había explotado.

—Oh—. El enrojecimiento se extendió hasta su rostro. —Sí. Ella vino a verme.

—Parece que te quiere de vuelta.

—Ella es... bueno...— Aturdido negó con la cabeza. —No lo haremos...— Miró. —No vayamos ahí.

Georgia se encogió de hombros y le dio otro mordisco a su hamburguesa. Pete la miró con una curiosa expresión.

Ella captó su mirada y empujó la comida hacia él. No tenía más hambre. El alcohol causaba eso.

Él frunció el rostro hacia el plato.

—¿Pasa algo?—, preguntó.

Sacudió la cabeza otra vez.

Ella lo miró, luego a su plato. —Eres vegetariano.

Él le lanzó una sonrisa avergonzada. —¿Me seguirás hablando?

—Oye, es tu vida.

Un vegetariano. Probablemente un tipo que piensa "mi cuerpo es mi templo". Ella suspiró. ¿Cómo es que siempre terminaba con los raros? La verdad era que hasta Matt, sus relaciones con los hombres habían sido limitadas. Sólo había tenido relaciones sexuales con tres hombres. Todos habían sido dulces, pero un poco extraños: un geek de software en la escuela secundaria, un contador de una cadena de tiendas de mascotas unos años más tarde, y luego, Matt, que para ser policía, era un ratón de biblioteca. Ella debía haber estado enviando señales sutiles: todos los nerds son bienvenidos.

Ella se tomó el resto de su cerveza. Apostaba a que Ricki Feldman no haría nada de eso. Había puesto sus ojos en el más rico y más guapo hombre de la habitación. Y lo había conseguido. Georgia apoyó el vaso con cuidado. Mucho cuidado. La habitación estaba empezando a tambalearse.

Las cejas de Pete se arquearon. —Te tomaste esa muy rápido.

—Ha sido un mal día.

—¿No lo son todos?—, él preguntó con cierta tristeza.

Estaba en lo cierto. Todo el mundo sufría. Ella no era tan especial. ¿Por qué se creía que lo era? De repente, no pudo pensar. Tres cervezas y prácticamente nada de comida. ¿Qué pasó con su tolerancia alcohólica? Ella solía ser capaz de tomarse cuatro o cinco cervezas sin ningún problema. Ahora, su cabeza se sentía demasiado grande y demasiado lejos de su cuerpo. Necesitaba acostarse. Ella hizo una bola con la servilleta, trató de lanzarla sobre la mesa. Falló y la servilleta rebotó en el suelo. Se puso de pie tambaleándose. —Es hora de que me vaya.

CAPÍTULO VEINTIOCHO

LA COSA era actuar como si no estuvieras allí para algo importante. Como si no te podría importar menos. Eso era lo que ella les había dicho. Después de un tiempo podrías poner una sonrisa si lo querías. Hacerlos sentir especial. Lauren miró su reloj. Ser puntual era imporrtante también. Los clientes no tenían todo el día. Ni ella tampoco. Y Derek estaba retrasado.

Encorvada en el banco, se preguntó si debería llamarlo. No es que haría mucho bien. Tendría que dejar todo lo que estuviera haciendo y devolverle la llamada. Y el tiempo se estaba acabando. Miró a su alrededor en el centro comercial. El lunes estaba siempre calmado. Las cosas no se ponían en movimiento hasta mediados de la semana, jueves y viernes eran siempre ocupados. Y los sábados eran una locura. Por lo general se tomaba libres los primeros dos días de la semana. Hacía ejercicio, hacía su tarea, se relajaba. Su teléfono celular sonó. Miró el identificador de llamadas. Heather. Ignoró la llamada.

Esta noche iba a ser una reunión de negocios. Ella y Derek tenían que hablar. Derek estaba reclutando chicas que... bien...

simplemente no eran lo suficientemente buenas. Él había comenzado a rondar entre Golf Mill y Woodfield, pero francamente, Mount Prospect y Schaumburg no eran la Costa Norte. Las chicas no tenían tanta clase... a pesar de que ella sería la última en admitir que la Costa Norte había monopolizado el mercado en clase. Había visto un montón de clientes que hurgaban sus narices, masticaban con la boca abierta, o llevaban barrigas colgando de sus cinturones. Sin embargo, había una reputación sobre las chicas de la Costa Norte. Después de que las entrenaba, eran buenas. Ella estaba orgullosa de su trabajo.

El punto de Derek era que tenían que expandirse, tal vez incluso iniciar una nueva rama del negocio. El quedarse donde estaban, significaba quedarse atrás. Pero esta no era comida rápida, y ellos no eran McDonald's. A ella le gustaba controlar una pequeña operación. Estaban sacando mucho dinero. Eso era importante. La gente respetaba a las mujeres con dinero. Su propio dinero. Como Ricki Feldman. Sólo la había conocido durante un minuto, pero eran las dos iguales, ella y Ricki. Podía verlo en los ojos de la mujer. Ellas se entendían entre sí. Lauren recordó su comentario acerca de lo hermosa que era su madre. Ese era un código. A Ricki no le gustaba su madre. Lauren lo entendió.

Ella y Derek tenían que hablar de Sara también. La investigadora privada había hablado con Claire y Heather. Ninguna de ellas sabía ni mierda, pero no pasaría mucho tiempo para que volviera a ella otra vez. Georgia Davis. Lauren se burló. ¿Quién tenía un nombre como Georgia? Esperaba que Georgia se estuviera concentrando en Mónica Ramsey. Ella misma había plantado las semillas esa noche en que la había seguido al supermercado. Para darse un respiro de ella y de sus asuntos. Sin embargo, hubo problemas. La investigadora privada acababa de descubrir que Sara no estaba trabajando en la librería. Y ahora de repente, Heather estaba llamando todo el tiempo, haciendo miles de preguntas, como si ella fuese a hacer alguna investigación importante para las noticias de la escuela. Lauren sabía que Heather estaba siendo curiosa, en un estilo de escuela secundaria. Simplemente debería madurar.

Lauren cruzó una pierna sobre la otra, dejando que sus pies se agitaran en el aire. Sara había arruinado lo de la librería. El supervisor había sido un cliente. Había mentido por Sara, tomaba los mensajes cuando alguien la llamaba a la tienda, incluso llenaba la planilla de horario de trabajo por ella, a cambio de una mamada o dos. Sin embargo, había sido despedido durante el verano... habían atrapado al idiota con las manos en la caja registradora... y el nuevo supervisor no sabía nada sobre el "trabajo" de Sara. Lauren le había dicho a Sara que encontrara otro "trabajo"... rápido... pero ya habían pasado dos meses, y Sara no había conseguido ninguno. Entonces ella fue asesinada.

Los pies de Lauren oscilaban de aquí para allá. Tenían al loco. Los policías estaban todavía seguros de que él lo había hecho, a pesar de la novatada. ¿Por qué había un investigador privado en el caso? Esa era la otra razón por la que tenía que hablar con Derek. Él dijo que se haría cargo de Georgia Davis. Ella no había visto nada todavía. Y luego estaba el mensaje de texto que le había enviado hace un tiempo acerca de Charlie, uno de sus clientes habituales. Y tenía que avisarle a Derek si ella había sido contactada por él.

Ella descruzó las piernas y miró su reloj. Ahora Derek estaba muy retrasado. Ella buscó su celular y marcó su número. La llamada se fue directamente al buzón de voz.   —Hola, deja tu nombre y número—. Nada lindo o elegante. Puro negocio. Ella colgó la llamada.

Se levantó, se acercó a Bath and Body Works, y entró. Compró una loción corporal de crema de vainilla, pero mantuvo un ojo alrededor del centro comercial. No había señales de Derek. Ella volvió a salir, con su irritación en aumento. Maldito sea. ¿Cómo se atrevía a dejarla plantada?

* * *

El departamento de Derek en Deerfield, estaba a sólo veinte minutos del centro comercial, pero conducir en la lluvia con calles tan lisas, le hizo tomar más tiempo. Tenía dos compañeros de cuarto. Ella los había visto una vez, no le gustaba ninguno de ellos. Hablaban con fuertes acentos europeos, y eran mucho mayores que Derek. Uno de ellos llevaba gruesas cadenas de oro alrededor de su cuello, y el otro tenía una oreja que estaba perforada en cinco lugares. Pero cuando le preguntó a Derek sobre ellos, él dijo que eran buenos.

Cómo iba a saberlo, ella se preguntaba mientras cortaba camino por Deerfield Road. Derek no hablaba mucho sobre su vida. Su familia vivía... o solía vivir... en una pequeña casa destartalada en Wilmette. Él tenía un hermano que había muerto hace dos años; después de ello la familia se vino abajo. Su madre bebió hasta la muerte y a su padre no le importaba nada. Derek había abandonado la escuela.

Al principio lo había conocido en una sala de chat y comenzaron a enviarse correos electrónicos. Cuando él le dijo que había ido a Newfield, se encontraron para tomarse un café. Una cosa llevó a la otra, y decidieron trabajar juntos. A partir de entonces, el negocio despegó. Ambos estaban ganando mucho dinero. Y también las chicas.

Los postes de luz en la calle proyectaban sombras pálidas y borrosas mientras se estacionaba en la parte trasera del complejo de apartamentos. Eran apenas las siete, pero la noche llegaba más rápido ahora. El horario de verano acabaría en poco más de una semana. Esa era la humillación final. Una vez que el sol se ponía antes de las cinco, el invierno no se podía evitar. Ella estacionó su Land Rover en la parte de atrás de uno de los cuatro edificios idénticos de ladrillo rojo. Al doblar la esquina hacia el frente, ella jugueteó con su paraguas y no notó inmediatamente las luces intermitentes. Cuando lo hizo, estaba casi encima de ellas. Una patrulla de la policía y una multitud de cerca de veinte personas al lado de la misma. Se quedó paralizada.

El coche de policía estaba vacío, pero una de las puertas estaba abierta, y las luces en el techo giraban destellando luces gemelas de rojo y azul. La multitud rondaba cerca del coche, estirando el cuello hacia la entrada del edificio. El edificio de Derek. La puerta principal estaba abierta. Lauren no podía irrumpir en el interior sin que la multitud... y la policía... la vieran. Si es que la dejaban entrar. De todos modos ella no recordaba en qué apartamento vivía Derek. Sacó su celular y lo llamó de nuevo. Una vez más, la llamada se fue al buzón de voz.

Estaba guardando su celular cuando un ruido de sirenas atravesó el aire. Se dio la vuelta. Una ambulancia corría hacia el complejo y se detuvo de un frenazo fuera del edificio. La multitud se apartó para dejarla pasar. Ella contuvo la respiración. Trató de decirse que no era nada. Alguien se había caído. Se cortó. O tuvo un ataque al corazón. Eso era todo.

Sin embargo, cuando otros dos coches de policía y una camioneta color negra con una luz intermitente azul entraron en el estacionamiento, se le hizo un nudo en su estómago. Los autos aceleraron hacia el edificio de Derek y se detuvieron. Tres policías y otros dos hombres en uniforme se bajaron y se apresuraron a entrar, dejando el motor en marcha. Lauren empezó a temblar en el frío de la noche. Cerró su chaqueta. Uno de los policías volvió a salir y tomó un megáfono.

—Todo el mundo váyase a casa ahora. Todo está bajo control—. Gritó. Su voz sonaba mecánica y metálica.

¿Dónde estaba Derek? Se sentía como que estaba siendo arrastrada hacia un vórtice. Se quedó mirando las luces giratorias en la parte superior de las patrullas de la policía. Las luces daban vueltas al mismo ritmo que su pulso acelerado. Pensó en los dibujos animados japoneses que supuestamente provocaban convulsiones en los niños. ¿Estaba perdiendo la cabeza? Entonces su cerebro entró en acción. Ella estaba bien, maldita sea. Sólo tenía que saber lo que estaba pasando.

Se esforzó por dar un paso adelante. El nudo de mirones se había movido hacia un lado, pero nadie parecía tener prisa por irse. Los paraguas se abrieron. El ver la multitud y sus paraguas la consolaron. Tal vez por eso las personas acudían al lugar de los incendios y accidentes. Para celebrar que estaban bien, que el horror de lo que estaban presenciando no les estaba pasando a ellos. Ella se acercó más.

—El chico no tenía oportunidad. Fue un disparo a quemarropa—, escuchó Lauren decir a un hombre que sabía.

¿Qué chico? El pánico corrió hacia su garganta.

—¿Alguna persona lo conoce?—, preguntó una mujer.

—Yo no—, respondió el mismo hombre.

—Tal vez yo lo conozca. *¿No vive con los Serbios?*—, preguntó otra mujer.

Lauren apretó el puño alrededor de su paraguas. La presión en el pecho se trasladó hasta su manzana de Adán. Quería escapar. Huir. En cambio, se obligó a tocar el hombro de la mujer que dijo que tal vez lo conocía. —Disculpe, ¿qué pasó?— Su voz era poco más que un susurro.

Una mujer regordeta se dio la vuelta, su rostro se alternaba entre el azul y rojo de las luces.

—Uno de los inquilinos fue asesinado. Abrió la puerta de su casa y hubo un disparo—. Ella hizo la forma de una pistola con el pulgar y el dedo índice.

—¿Quién?

—Un chico joven. Vivía un piso debajo de mí. Con dos chicos mayores. Nombre poco común. Uno que no se oye todos los días.

—¿Era Derek? ¿Derek Janowitz?

El rostro de la mujer se suavizó. —Sí. Eso es. Janowitz. ¿Lo conoces?

La extraña sensación de mareo volvió y con él, un sonido muy agudo en sus oídos. La mujer la miró con curiosidad. Lauren dejó caer el paraguas, se dio la vuelta, y se dirigió tambaleándose de vuelta a su coche.

CAPÍTULO VEINTINUEVE

SONÓ EL timbre. El recreo había terminado. Todo el mundo tenía que volver a entrar. Pero Georgia se quedó atrás. Había estado sentada en la plataforma de piedra que corría a lo largo del patio de la escuela, viendo dos petirrojos saltar a través de la hierba. Uno de ellos sostenía un pedazo de paja en la boca, pero mientras Georgia miraba más detenidamente, la paja se convirtió en una serpiente, retorciéndose y girando en el pico del ave. El petirrojo soltó la serpiente, y comenzó a deslizarse por la hierba, dejando con su estela, sus sangrientas entrañas. El timbre volvió a sonar, más agudo, más penetrante ésta vez. Un desagradable olor a pescado impregnaba todo. Las aves desaparecieron, y Georgia lentamente nadó a la superficie.

El teléfono. Se cubrió la cabeza con una almohada. Un sueño por la mañana. Siempre eran muy vívidos, más aún cuando ella había estado bebiendo. El teléfono sonó por tercera vez. *Mierda. ¿Quién diablos tenía el descaro de llamar tan temprano?* Dejó que la máquina contestara.

Después del pitido, una voz familiar gruñó diciendo, —Davis. Si estás ahí, contesta el maldito teléfono.

Ella abrió un ojo y miró su reloj. Estaba borroso, fuera de foco. Entrecerró los ojos. Diez de la *mañana. Cristo. ¿Cómo se hizo tan tarde?* Se dio la vuelta y sacó el teléfono de la base, esforzándose en resistir la ola de mareos que la envolvió con el movimiento.

—Davis—. Dijo con una voz ronca. Su boca se sentía como papel lija.

—Es O'Malley—. Su voz estaba acompañada por un ruido agudo en el fondo.

—Dan, ¿dónde diablos estás? ¿En medio del *Tornado Alley?*

—¿Acaso sabes lo difícil que es encontrar un teléfono público en estos días? Estoy en la estación del tren.

—¿Por qué?

—Despierta, Davis. Huele el café.

Ella balanceó las piernas para bajarse de la cama y trató de concentrarse. O'Malley estaba en un teléfono público porque... recordó al instante.

—Mierda. Lo siento. Me estoy moviendo más lento esta mañana—, dijo.

Él gruñó en respuesta.

—¿Qué ocurre?

—Me enteré de algo. Pensé que podría ser de interés para ti.

Se sentó con la espalda recta. —¿Sí?

—No lo escuchaste de mí, ¿correcto?

—Por supuesto que no.

—Ajá—. Él no parecía muy convencido.

—Dan, tú me conoces.

—Ya no conozco a nadie estos días—. Hizo una pausa. —Pero ese no es tu problema—. Suspiró. —Aquí va. Ayer por la noche ocurrió un homicidio en Deerfield.

—Lunes por la noche.

—Si hoy es martes...

—Lo siento. Adelante.

—Activaron NORTAF y algunos de nuestros hombres están

en ello. Un chico joven. Con nombre Derek Janowitz. Vivía en un apartamento con un par de serbios.

—¿Y?

—Solía ir a Newfield, pero abandonó hace más o menos un año. Pero aquí viene lo bueno. Los idiotas revisaron sus cosas y encontraron una agenda electrónica con todos sus números de teléfono en ella.

Georgia contuvo el aliento.

—El celular de Sara Long era uno de ellos.

* * *

Georgia se levantó de la cama con cuidado. Sentía la cabeza como si fuera a explotar, y su estómago se sentía como un batallón de soldados diminutos haciendo maniobras en él. Juró que nunca tomaría otra copa. Nunca. Pensó en una rosca de pan tostado, pero no podía soportar la idea de comer. Ella se las arregló para tomar dos vasos de agua y tres Advils.

Antes de colgar, O'Malley le dijo que la policía de Deerfield había interrogado a los dos compañeros de cuarto de la víctima. Dijeron no saber nada sobre el asesinato de su amigo, y hasta ahora sus coartadas eran aceptables. Cuando ella le preguntó si Robby Parker, su excompañero y el detective que llevaba el caso de Sara Long, sabía lo que había sucedido, O'Malley dijo: —Si yo lo sé, Parker lo sabe. Por supuesto, el hecho de que el nombre de Sara estuviera en la agenda electrónica de la víctima, podría ser una coincidencia—. Agregó O'Malley.

—Seguro.

—Eh. Pensé que te gustaría saberlo.

Ella le dio las gracias. Se había esforzado para llamarla desde una línea imposible de rastrear. Él todavía seguía cuidándola. Ella estaba en deuda. Después de vestirse, ella encendió su computador y buscó en Google el nombre de "Derek Janowitz". Nada apareció. Trató en otras bases de datos, pero no dio resultado. O'Malley dijo que el muchacho trabajaba en la estación de gasolina sobre la Shermer en Northbrook. Ella debería pasar por allí.

Antes de irse, llamó a Kelly. Contestó de inmediato. —Buenos días, Davis—, gritó alegremente. —¿A qué debo el honor de esta llamada?

Ella soltó un gruñido. El mareo se había ido, pero su cabeza se sentía como si estuviera a punto de estallar, y su voz chillante no ayudaba. Si estuvieran cara a cara, podría haberlo golpeado. En lugar de eso le dijo lo que O'Malley le había contado.

—¿En serio? Ahora, eso es interesante. Vas a hacer un seguimiento, ¿verdad?

Ahora sí quería pegarle. —Ese es el plan.

—A ver si puedes conseguirme algo para el jueves, ¿de acuerdo?

—¿Por qué para el jueves?

—Bueno, si pasas alrededor de las dos de la tarde por la corte, te darás cuenta.

—¿Qué ocurre?

—Yo presenté una propuesta de reducción de la fianza para el caso de Cam Jordan.

—¿En serio?

—Tres millones de dólares es obsceno.

—¡Eso es genial!—, respondió. —Me alegro. Ese pobre chico tiene que salir. ¿Cuando vas a...

—Espera Davis—, dijo Kelly. —No te hagas ilusiones.

—¿Por qué no? Pensábamos que el hecho de que la novatada ya se conociera, haría una diferencia.

Resopló amablemente. —Temo que o es suficiente.

—¿Entonces por qué...

—Quiero evaluar al juez.

Una ola de dolor cruzó por su frente. —No lo entiendo.

—No hay ninguna posibilidad de que la hermana de Cam Jordan pudiera pagar el diez por ciento de los cien mil dólares, mucho menos de un millón, ¿no?

—Sí...

—Así que si el juez pudiese bajarla... aunque sea un poco... entonces yo sé que él escuchará lo que tengo que decir.

—Y...

—Y yo podría apelar a un juicio sin jurado en vez de con un jurado. Pero si él no lo baja, yo sé que tendré que arriesgarme con un jurado. *¿Capiche?*

—*¿Capiche?*— La última vez que había visto, Kelly era irlandés.

—Es una figura literaria, Davis.

Él pronunció figura: "ficura". Ella suspiró. —Buena estrategia.

—Yo también lo creo—, dijo jovialmente. Hicieron arreglos para encontrarse fuera de la sala de justicia en Skokie el jueves. Después de colgar, Georgia se quedó mirando el teléfono. Ella nunca lo había oído tan feliz. Tenía que ser lo irlandés en él. Él se estaba preparando para una pelea.

* * *

Jerry Horner estaba en posición agachada y tenía lentes que se le deslizaban por la nariz. Vestía un uniforme sucio con la palabra "Jerry" bordada en el bolsillo de su camisa y una gorra descolorida baja en su frente. Cuando Georgia llegó, estaba encorvado en un rincón del garaje en un sillón reclinable de cuero tan viejo, que había más grietas que material. Tenía que tener unos sesenta años, pero ahora estaba mirando temerosamente alrededor, como un niño que se había separado de su madre.

Georgia se detuvo en la entrada del garaje. Nadie estaba trabajando, pero los vapores de la gasolina, el aceite y disolventes de limpieza junto con la resaca que todavía tenía, la hicieron marearse. Se voltió un poco para mirar hacia afuera.

—Siento molestar, Sr. Horner, pero tengo que hacerle algunas preguntas.

Horner miró hacia ella con el ceño fruncido en su rostro. —No sé qué más podrían querer saber—, dijo con cansancio.

—¿Cómo dice?

—Ya me preguntaron todo, excepto si me tomo mi café con crema.

—No soy de la policía, Sr. Horner—, dijo Georgia. —Pero estoy interesada en Derek Janowitz.

—Tienen que creerme—. Él siguió hablando como si no la hubiera oído. —No tenía ni idea de lo que estaba haciendo.

—¿De qué está hablando?

—De Janowitz, por supuesto. Y lo que estaba haciendo.

Georgia asintió con la cabeza, siguiéndole el juego.

Se movió hacia adelante y ajustó el sillón reclinable en posición vertical. —Sólo estoy tratando de ganarme la vida honradamente, ¿sabe? Janowitz comenzó aquí hace nueve meses. El chico parecía saber lo que estaba haciendo. Era bueno con las computadoras. Entendía la basura digital. Solía decir que el futuro del mundo estaba en línea. Que podrías obtener todo lo que quisieras con un maldito ratón. Pero nunca supuse que...

—Lo que él hacía realmente.

—¿Cómo podría?— La silla crujió cuando se movió. —En toda mi vida, nunca he tenido problemas con la ley. Pensé que Janowitz era un buen chico. Vivía aquí en los alrededores, solía ir a New-field—. La miró fijamente con certeza. —Eso sólo demuestra que no se puede confiar en nadie.

—Cuénteme otra vez lo que descubrió de él.

—¿Yo? Ustedes son los que vinieron a mí. Yo...

—Sr. Horner, no estoy con la policía.

Miró desconcertado. —¿No lo está? Entonces, ¿quién...

—Soy una investigadora. Estoy trabajando en un caso diferente, pero su empleado tenía el nombre y el número de mi sujeto en su PDA. Necesito saber...

—¿Qué es un PDA?

Se frotó las sienes. —Es un pequeño dispositivo electrónico que contiene una libreta digital de direcciones, entre otras cosas.

—Oh—. Él no estaba sudando, pero se pasó una manga por la frente.

—Así que necesito saber si alguna vez escuchó hablar de ella. Su nombre era Sara Long.

Horner resopló. —Esa basura tenía un montón de nombres de chicas. Y eso es sólo el comienzo.

Georgia se frotó las sienes de nuevo. Su dolor de cabeza estaba empeorando. —¿De qué está hablando?

—Janowitz. Él era un proxeneta, el hijo de puta. Manejaba prostitutas delante de mis narices.

Sus palabras se estrellaron contra ella como un tren fuera de control. Bajó sus manos. —¿Qué?

—Ya me escuchó—, él se inclinó en la silla y cruzó las manos detrás de su cabeza. Pareció darse cuenta de que su respuesta le había dado la ventaja en la conversación. Estuvo a punto de sonreír. —Él era un proxeneta. Mediador. Incitador de prostitutas, dijeron los policías.

Georgia se apoyó en la pared del garaje.

—Los policías estuvieron aquí antes de que abriera esta mañana—, ofreció Horner. —Cinco coches patrulla; los conté. Lo juro por Dios, pensé que estaban tras de mí. Pero querían hablar de Janowitz. Habían recogido un par de sus prostitutas durante la noche. Admitieron que el chico las estaba manejando—. Horner extendió las manos otra vez.   —Una red de prostitución de mierda. En mi estación de gasolina. No era de extrañarse que trajeran cinco patrullas. Probablemente pensaban que las estaba manteniendo encerradas en el garaje.

En el exterior, un BMW color plateado, se acercó al surtidor. Georgia lo miró, luego se volvió hacia Horner. Recordó un caso en el que había trabajado, que sí mantenían a mujeres encerradas. Los proxenetas en ese caso eran criminales habituales. Pero Derek Janowitz todavía era un adolescente. Una mujer salió del BMW y comenzó a cargar gasolina.

Le habían puesto al tanto sobre la prostitución adolescente cuando ella estaba en la policía. Estaba en aumento, le habían informado, y si bien muchas de las prostitutas eran inmigrantes ilegales, drogadictas o fugitivas, un número creciente de las adolescentes más jóvenes provenían de familias de clase media aparentemente estables. Como de costumbre, el dinero era el causante, pero no para el siguiente problema. Estas chicas lo hacían por café moca triple, iPods y jeans de cuatrocientos dólares.

Georgia recordó la ropa cara en el armario de Sara. La cámara digital y el iPod. Recordó a Melinda Long diciendo que la familia apenas estaba sobreviviendo; que no podían permitirse lujos. Pero Sara sí podía dárselos. Con su trabajo de salario mínimo. Sobre el cual, resultó, ella les había mentido.

La mujer volvió a subir a su BMW y salió de la estación.

—Como he dicho, los policías estaban sobre mí—, decía Horner. —Creían que yo era su socio. Yo no necesito eso, ¿sabe? Tengo cuatro nietos, por el amor de Dios—. Georgia se obligó a escuchar. Esto tenía que ser lo más significativo que le había pasado a Horner, necesitaba a alguien para presenciar sus quince minutos.

—¿Los policías están seguros de que tenía un socio?

—Póngale la firma que actuaron de esa manera.

—Y pensaron que era usted.

Él inclinó la cabeza. —¿Dónde ha estado durante los últimos cinco minutos, señorita? Eso es lo que he estado diciéndole.

—Lo siento—. Georgia se frotó las sienes de nuevo. —¿Puede usted describir a Janowitz?

—Flaquito. No tan alto. Tal vez un metro setenta o setenta y cinco. El pelo largo. Usaba tantas joyas como una chica. Le decía que se las quitara en el trabajo—. Horner se encogió de hombros. —Oh, sí. Tenía una nariz grande también. Puntiaguda. Y sus ojos siempre estaban observando. Captando todo.

Georgia dejó de masajearse las sienes. ¿Dónde había oído eso antes? Alguien más había descrito un chico joven de la misma manera. Recientemente. Ella torturó su cerebro, deseando que el recuerdo apareciera. El supervisor de la tarde en Burhops. Él había descripto al chico que había venido por las tripas de pescado. —Pequeño. Flaco. Nariz puntiaguda. Joyas.

Horner comenzó a sacudir su cabeza. —Le seguí diciendo a los policías que nunca había hecho un sólo día de trabajo deshonesto en mi vida. No hay manera en que yo fuera su compañero.

Pero otra persona lo fue, Georgia pensó. Y ese alguien podría saber quién mató a Sara Long.

—Señor Horner, siento mucho que haya tenido que pasar por todo esto, pero me preguntaba si podría hacerme un pequeño favor.

—¿Cuál?

—Usted tiene la dirección y número de teléfono de Derek Janowitz. Me gustaría tenerlos.

—¿Para qué? No es que vaya a contestar el teléfono.

—Esa información podría ayudarme a averiguar quién es su socio—. Ella sonrió. —Y quitarle el peso de encima.

Horner la miró entrecerrando los ojos, luego se inclinó hacia adelante y plantó los pies en el suelo. Se tomó su tiempo para salir de la silla. —Supongo que no me importa. Con tal de que me deje fuera de ello.

CAPÍTULO
TREINTA

GEORGIA NO se sorprendió al ver a Robby Parker el jueves en la sala del tribunal, pero sí lo estuvo al ver a O'Malley y a Jeff Ramsey. Ninguno de los dos necesitaba estar allí... el resultado era una conclusión inevitable. Conociendo a Robby, había previsto que aparecería. Haría cualquier cosa para salir del trabajo real. ¿Pero O'Malley? A Dan no le gustaba venir al tribunal. Él había dicho... más de una vez... que era sólo para mostrarse y que por lo general, una pérdida de tiempo. Y seguramente el abogado del fiscal del estado de Cook, tenía cosas mejores que hacer que comparecer a una audiencia de reducción de fianza. A menos que él estuviera allí para hacer una declaración. Lo cual, si tenía aspiraciones políticas, su presencia sería comprensible.

Georgia asintió con la cabeza para saludar a O'Malley y a Parker. O'Malley le respondió el saludo, pero Parker se negó a hacer contacto visual. Ella se encogió de hombros asegurándose de que O'Malley la viera, y se dirigió a Paul Kelly.

En su favor, Kelly no pareció molesto por la presencia de Ramsey. Sentado en un banco fuera de la sala del tribunal, el viejo abogado, con un elegante traje y corbata, parecía inusualmente estricto. Con su cabeza calva reluciente bajo las luces fluorescentes, parecía fuerte y feliz. De hecho, no podía dejar de reírse mientras esperaban. Ruth Jordan, quien vestía una falda gris y blusa blanca, se sentó junto a él en el banco.

Georgia le contó lo que había averiguado sobre Derek Janowitz. Kelly se frotó las manos con regocijo cuando terminó. —¡Buen trabajo, Davis! Ahora estamos llegando a alguna parte. ¿Buscarás a su socio?

—Estoy en ello. Pero también lo están los policías. He oído que están dirigiendo su atención a sus compañeros de cuarto. Los de Europa del Este.

—Lo que podría significar que es una gran organización.

—Exactamente—, dijo Georgia. —Pero no estoy en realidad muy contenta de enredarme con la mafia rusa, o la mafia serbia, o con cualquier banda que esté manejando a las prostitutas en la Costa Norte.

—¿Crees que es una guerra por el territorio y la chica Long fue atrapada en el medio?

—No lo sé. Depende de la conexión entre Janowitz y Sara.

—Pero lo sospechas.

Georgia frunció el rostro. —La chica fue asesinada en la reserva natural.

—¿Y?

—Uno pensaría que si ella era una prostituta y su asesinato estaba relacionado con la prostitución, habría sido asesinada en su trabajo, yendo o viniendo. Pero ella estaba con sus amigos de la secundaria. Un universo de distancia de su otra vida. Si es que tenía una.

—Tal vez los asesinos contaban con eso—. La puerta de la sala se abrió y varias personas salieron. Kelly se puso de pie, abrió la puerta, y le indicó a Ruth que entrara.

Georgia los siguió. —Bueno, al menos las cosas se están perfilando en dirección opuesta a Cam Jordan.

—No hará ninguna diferencia hoy—, dijo. —Y usted sabe en su corazón que Sara tenía otra.

Georgia inclinó la cabeza.

—Tenía otra vida.

* * *

Cuando el juez entró en la habitación, el secretario ordenó a todos que se pusieran de pie. El juez se acomodó detrás del estrado. Georgia se sentó junto a Ruth detrás de la mesa de la defensa. Ella nunca había tenido la ocasión de sentarse con "el pueblo" antes. Siempre había estado en la sección de los policías, en el estrado. Por primera vez se daba cuenta de lo mucho que la sala del tribunal de Skokie parecía una iglesia, con bancos para los feligreses, el sello del condado de Cook sobre el altar, el estrado del juez como el atril del sacerdote.

Parker y O'Malley se ubicaron en el estrado de los policías. Parker llevaba un traje llamativo… probablemente le costó cientos… y su escudo estaba prominentemente prendido en el bolsillo. Cuando los detectives eran promovidos, por lo menos en la Costa Norte, recibían un escudo y un subsidio para ropa y nada más. El ascenso a detective se consideraba una transferencia lateral. Pero Robby parecía estar explotándolo. Todavía fingía no haberla visto.

O'Malley en cambio, llevaba el traje azul marino bien ajustado, el mismo que había llevado a los tribunales por años. Parecía más viejo: las arrugas de su frente parecían más profundas. Su expresión estoica no ocultaba el hecho de que él preferiría estar pescando con moscas en los bosques del norte de Wisconsin.

Recordó el día en que fue suspendida hace seis meses. Ella había estado trabajando en su primer caso principal, y era uno difícil. Un video de una mujer recibiendo un disparo. No era una película de *snuff*, el video no había sido preparado. Venía de una cámara de vigilancia. Era pleno invierno, y Georgia había estado tratando de trabajar según las reglas. Pero cuando ella se enfrentó a la mafia rusa, el procedimiento tuvo menos importancia que la supervivencia. Ella había terminado en un club de striptease en Des Plaines con Ellie Foreman, la madre de Rachel, y un civil desarmado. Georgia había derribado a uno del personal de seguridad, y tomado su arma de fuego. El problema fue que ella nunca llegó a entregarla. No importaba que ella hubiera descifrado el caso, que hubiera salvado vidas, y atrapado al malo de la película. Olson la suspendió porque no había seguido el procedimiento debido.

O'Malley trató de interceder por ella con Olson, pero Olson fue inflexible. Había sido nombrado jefe después de un escándalo de corrupción que obligó a renunciar a tres oficiales, y tenía que proyectar una imagen relucientemente limpia. Georgia había sido el chivo expiatorio. Fue entonces cuando se dio cuenta de que a pesar de ser un policía, su mundo nunca volvería a ser en blanco y negro. Ella lo seguiría viendo en gris.

En ese momento, Parker jugaba nerviosamente con su escudo, como si necesitara una prueba física que él era un detective. O'Malley le lanzó una severa mirada. Parker dejó caer la mano y miró con disculpa. ¿O'Malley estaba de niñera? ¿Es por eso que él estaba allí? Era posible. Esto tenía que ser el primer homicidio de Parker... no había trabajado en el asesinato del video con ella...Y él no tenía mucha experiencia en la corte, aparte de multas de tráfico y de manejo bajo influencia del alcohol. Ella no extrañaba esa parte de ser un policía. O el papeleo. Pero sí extrañaba la solidaridad, la capacidad de hablar al otro lado de la mesa con alguien que sabía. Quien entendía lo que la gente podía hacer la una a la otra.

Volvió la mirada a Jeff Ramsey. Estaba en la mesa del fiscal con las manos cruzadas. Su traje oscuro no era llamativo, y con la corbata fina, camisa azul y una mata de cabello castaño, que seguía cayendo sobre su frente, parecía una de esas fotos de Bobby Kennedy que había visto en los libros. E igual de serio. De vez en cuando le susurraba a una mujer asistente de pelo oscuro sentada a su lado.

El juez debería tener unos sesenta años. Probablemente, un abogado que había abandonado la práctica de la ley a cambio de un sueldo fijo. La mayoría de los jueces de circuito judicial imponían respeto, y algunos habían acaparado gran poder. En cuanto a su rostro sobrio y su toga negra, Georgia se preguntaba si este juez se consideraba a sí mismo, un juez exitoso o un abogado fracasado. Y cómo eso podría afectar su decisión.

Kelly se presentó y le dijo al juez que había traído prueba de carácter para Cam Jordan.

—¿Y quién podría ser?—, preguntó el juez.

—Su hermana, Ruth.

—¿Qué va a decir su hermana?

—Su señoría, ella hará constar que el señor Jordan no es un individuo violento y que no representa una amenaza para la comunidad.

—¿Es ella una psicóloga o una psiquiatra?

—No, su señoría, no lo es.

—Entonces, ¿por qué tengo que escucharla?— El juez se frotó un dedo bajo la nariz. —Lo siento, abogado. Continúe con su alegato—. Miró ostensiblemente su reloj.

Kelly asintió con la cabeza y sin hesitar, continuó con la discusión muy elocuentemente, pensó Georgia. La fianza de tres millones de dólares era totalmente irrazonable, dado el estado de Cam Jordan, afirmó. El chico estaba loco... cuando Ramsey se opuso, Kelly rápidamente se retractó y lo sustituyó por "muy perturbado", él no podría diferenciar lo que era real y lo que no lo era. A pesar de que era biológicamente un adulto, continuó Kelly, el muchacho tenía la mente de un niño. No entendía lo que estaba pasándole, y el duro trato al cual había estado sujeto en la cárcel del condado de Cook... Kelly no llegó a llamarlo abuso... estaba poniendo en peligro la salud tanto física como mental del muchacho.

El muchacho tenía un registro como delincuente sexual, Kelly admitió. Sin embargo, si el registro era examinado de cerca, revelaría que Cam nunca había tocado ni había tenido contacto físico alguno con otro individuo. Sus actividades se basaban en la autogratificación. Solamente. Si fuera a quedar en libertad bajo fianza al cuidado de su hermana, quien por cierto es un miembro ejemplar de la comunidad, no habría ninguna posibilidad de que huyera. Para ser honesto, dijo Kelly, el muchacho no sabría a dónde ir. La casa que él tenía con su hermana era lo único que conocía.

La compasión por sí sola dictaría que la fianza se redujera, continuó. La familia tiene recursos limitados y simplemente no podrían pagar una fianza exorbitante. Compasión, Kelly repitió, y un factor adicional.

—Hemos estado recolectando información que arrojan serias dudas sobre la evidencia en contra de la culpabilidad de Cam Jordan—, dijo Kelly con solemnidad. —De hecho, nuestra información apunta lejos de Cam Jordan como el asesino. Pondremos dicha información a disposición del tribunal, en el momento adecuado, pero puede decirse que la persona que asesinó a Sara Long, es una pregunta sin respuesta.

—Abogado—, dijo el juez. —¿No sería este "el momento oportuno" para darle a la Corte esta información?

—Juez...— A Kelly le costó dar su respuesta. —Se trata de la situación de las novatadas. Todavía estamos buscando con mucho cuidado los acontecimientos de ese día, y pondré de manifiesto lo que hemos encontrado en el momento oportuno. En esta coyuntura, sin embargo, no nos sentimos a gusto compartiendo esta información...

—¿Pero yo debo sentirme "cómodo" con sólo su palabra? Me está pidiendo que reduzca la fianza basado en la información que usted no compartirá, abogado.

La sala estaba en silencio. Kelly trató de forjar una respuesta acerca de la sensibilidad de la información y la protección de los derechos de su cliente. Incluso Jeff Ramsey prestó mucha atención, y O'Malley estaba sin moverse. Cuando Kelly terminó, se dirigió de nuevo a la mesa de la defensa. El único sonido en la habitación era el suave chasquido de las teclas del transcriptor de la corte.

Luego era el turno de Ramsey. Se levantó de la mesa, empujando el pelo hacia atrás de la frente. *Buen gesto*, Georgia pensó.

Luego se ajustó el nudo de la corbata. Una mujer en la sala del tribunal se aclaró la voz.

—¿Con permiso de la Corte?—, dijo Ramsey.

El juez le tendió la mano.

—Aprecio el sentimiento obvio y la compasión que el abogado Kelly tiene hacia su cliente. De hecho, yo no esperaría nada menos de mi estimado colega. Y estoy de acuerdo que Cam Jordan se ha enfrentado a desafíos en su vida debido a su... dificultad. A algunas las ha dominado, y hay otras con las que todavía lucha. Pero, con permiso del tribunal, vamos a volver a lo básico. La pregunta de la vista de este juicio es realmente muy simple—. Hizo una pausa y se volvió hacia la corte. —¿Dejaremos que un presunto asesino de niños regrese a la calle para posiblemente hacerlo otra vez? ¿O lo mantendremos donde está y así asegurarnos de que nuestros hijos y nuestra comunidad estén a salvo?

Georgia parpadeó.

—El acusado tiene treinta y cinco años—, continuó Ramsey. —Y tiene casi un metro ochenta de altura. Su hermana...— Ramsey señaló a Ruth, cuyo rostro se puso rojo, —...es muy pequeña. Seamos sinceros. Si el acusado quisiera librarse de su supervisión, ¿qué tan difícil sería? Lo único que tendría que hacer es levantarla, o darle un empujón, o... Dios no lo quiera... golpearla, y ella probablemente estaría en peligro.

—Pero el asunto no es siquiera si podría o no causarle daño a su hermana. El problema real es lo que haría si se le permitiera salir a la calle. Aquí tenemos un patrón muy preocupante. Se trata de un hombre cuyos paseos diarios lo llevan más allá de nuestras escuelas públicas, los lugares de reunión para nuestros jóvenes. Este hombre es un delincuente sexual registrado, con un historial de delitos sexuales. ¿Cómo vamos a creer que él no cometerá otro, o dos, o tres delitos? ¿Acaso la defensa promete que no lo hará? ¿Cómo se puede controlar a este hombre, dada su... personalidad? Independientemente de lo que la defensa diga, la respuesta es que no lo sabemos. Y cuando no sabemos, debemos estar precavidos.

Ramsey dio un paso al costado y se apartó el pelo de la frente de nuevo. *Maldita sea, parecía sincero.* —A esto se le añade el hecho de que tenemos pruebas irrefutables de que estaba en la escena del crimen, cuando el asesinato de Sara Long ocurrió. Tenemos la sangre en su camisa. Sus huellas dactilares en el bate. Su señoría, no importa cómo usted lo analice, Cam Jordan es un hombre peligroso. La ley no le permite bajar el precio de su libertad bajo fianza. La ley no le permite regresarlo a las calles. De hecho, su señoría, si a usted le importa nuestros hijos, si a usted le importa su seguridad, no puede de buena conciencia estar de acuerdo con esta petición. Se lo ruego. Haga lo correcto.

—¿Se está presentando como candidato para algo abogado?—, preguntó el juez con sequedad.

—Su señoría, me presentaría como rey de una carroza si eso mantuviera a Cam Jordan donde pertenece.

Buena salvada, pensó Georgia. Y ni siquiera mencionó una sola palabra sobre la novatada.

Ramsey miró al juez, y luego al suelo, permitiendo que su apertura se filtrara través de la habitación. Volvió a la mesa y se sentó. El silencio en la sala se profundizó. Hasta el juez estaba en silencio. Georgia miró a Kelly. Cuando hizo contacto con sus ojos, sabía por su expresión que habían perdido a lo grande.

* * *

Georgia estaba saliendo de la sala, cuando alguien la llamó por su nombre. Se dio la vuelta. Robby Parker. O'Malley estaba a unos metros detrás de él. Ella suspiró profundamente. Sabía que tendrían que hablar en algún momento. Parker la alcanzó, jugando con su nuevo escudo de detective. *¿Estaría consciente de ello?*, se preguntó.

—¿Cómo estás, Davis?

Habían sido compañeros durante años, y todavía la llamaba Davis. —Estoy bien, Robby. Felicitaciones por tu asenso.

Él se irguió. —Es un trabajo—. A él no le quedaba bien la modestia. Nunca la había tenido. —Acabo de enterarme de que estás trabajando para el acusado.

Ella no dijo nada.

—¿Por qué estás perdiendo el tiempo con este juego de niños?

Trató de ocultar su irritación. —Obviamente, yo no lo veo de la misma manera.

—Cómo lo ves o no, no es realmente el problema.

¿Estaba tratando de imitar a Ramsey? —¿De qué estás hablando?

—Yo... hemos estado recibiendo informes de que has estado hablando con la gente. Haciendo preguntas.

—Eso es lo que un investigador hace.

—La mayoría de los investigadores no se hacen pasar por un trabajador social.

Sus músculos se tensaron, y sintió el calor en sus mejillas. Tom Walcher, el padre de Lauren. Había amenazado con ir a la policía. Ella balbuceó, tratando de decir algo.

O'Malley los alcanzó. —Oye, Davis—. La miró, luego a Parker. Él debe haber sentido la hostilidad entre ellos. Debería, pensó Georgia. Estaba emitiéndolas en olas.

—¿Qué ocurre?—, le preguntó.

Parker se irguió. —Le estaba diciendo a Davis que hacerse pasar por un trabajador social es el tipo de acción que puede meterte en problemas.

—Parker, déjala en paz.

Pero Parker continuó. —No es que yo la culpe. Cuando un caso es así de claro, la gente se desespera. Se agarran de cualquier cosa.

—Eso es suficiente—, espetó O'Malley.

La garganta de Georgia se tensó con la ira. Se cruzó de brazos y se plantó delante de él. Consideró mencionar el homicidio de Derek Janowitz y lo que Sara podría haber estado haciendo. ¿Pero por qué le daría una pista, si él aún no la tenía?

—Me alegro de que tengas tanta confianza, Parker. Debe ser todo el gran trabajo de investigación que *tú* estás haciendo.

—Oh sí—, continuó. —Hay algo más, también. Cuando alguien empieza a hacer preguntas acerca de la hija del fiscal del estado, se crea problemas para ella misma. Especialmente si alguna vez quiere volver a la policía.

¿Cómo se atrevía él a denigrarla? Ella no tenía la intención de entrar en una pelea, pero ahora las palabras salieron. —¿Sabes una cosa Robby? Si la policía está dirigida por gente como tú, no quiero volver.

O'Malley interrumpió: —Miren chicos, pórtense. Ustedes no se dan cuenta, pero ambos están todavía en la misma caja de arena—. O'Malley se aflojó la corbata.   —Parker, tienes que saber cuándo mantener la boca cerrada. Y tú Davis—, la miró, —tú... tú...

Ella terminó por él. —Tengo que dejar que las cosas resbalen por mi espalda. ¿No es eso lo que ibas a decir?

O'Malley suspiró. —De tu boca...

Pero ya había tenido suficiente. —Mira, Dan. Te debo una. Ya lo sabes. Pero él...—Ella movió la mano hacia Parker. —Ya no tengo ningún uso para él. Mantenlo alejado de mí.

Antes de que cualquiera de ellos pudiera contestar, se dio la vuelta y volvió a entrar en el palacio de justicia, negando con la cabeza. Se había convertido en un policía hace diez años por la lealtad y la estructura que se imponía: las normas, procedimientos claros y, a pesar de las disputas ocasionales, el conocimiento implícito que si cuidabas la espalda de tu compañero, él cuidaría la tuya. Era como ser parte de una familia, una familia que nunca había tenido. Ahora, sin embargo, esa lealtad y estructura se habían desgastado, y los lazos familiares estaban destruidos.

Ya adentro, comenzó a caminar por el pasillo hasta la sala del tribunal. Tal vez ella encontraría a Kelly, lo llevaría a comer, felicitarlo por su alegato a pesar de que había perdido. Pero cuando abrió la puerta, vio a Kelly y a Ramsey a un lado de la habitación, ahora vacía, enfrascados en una conversación. Ellos estaban lejos para poder ser escuchados, pero Ramsey no se veía feliz. Georgia se dio la vuelta y se dirigió hacia afuera.

CAPÍTULO
TREINTA Y UNO

GEORGIA REFLEXIONÓ sobre las cosas mientras conducía a casa. Tom Walcher debió haber ido a la policía después de todo. O tal vez fue Ramsey con el que se había quejado. Se había jactado de tener conexiones; pero no tenía manera de saber lo fuertes que eran. ¿Había alguna relación entre los dos hombres? ¿Los hombres tenían conexiones de negocios? ¿Sus esposas trabajaban juntas en las actividades escolares de Newfield?

¿O era simplemente que Walcher era el tipo de persona al que le gustaba hacerse amigo de los policías? Ella había conocido a los que querían ser como policías cuando estuvo en la policía, los tipos que escaneaban las frecuencias de radio de la policía y se presentaban en la escena del crimen, a veces incluso antes de que los policías. Otros se reunían en los bares y restaurantes de policías. Había que tener cuidado con ellos. De vez en cuando en realidad podrían tener información valiosa, pero podría ver un quid pro quo cuando la daban.

Ella no lo hubiera tomado a Walcher como un intento de policía, pero, en última instancia, no importaba qué clase era. O con quién había hablado. Parker era un idiota presuntuoso, pero tenía razón en una cosa. Había sido un error hacerse pasar por una trabajadora social. No volvería a suceder.

Se dirigió al oeste por la calle Old Orchard. Un club de campo se encontraba a un lado de la carretera y un cementerio al otro. Era un día gris, y el aire estaba húmedo y frío. Pocas hojas descoloridas todavía se aferraban a las ramas de los árboles, pero no eran capaces de exhibir mucha fuerza.

Revisó lo que sabía acerca de Derek Janowitz. ¿Fue él el que desparramó las tripas de pescado en el pasillo de su apartamento? Las descripciones coincidían. ¿Pero fue su idea? ¿O podría haber sido la de su compañero? ¿Y cómo podía saber quién era ese socio? Necesitaba saberlo. Quienquiera que fuese, podría ser el único vínculo que quedase con Sara Long.

Pensó en ir a casa de Derek y tratar de intimidar con preguntas a sus compañeros de cuarto. Pero ellos acababan de enfrentar un duro interrogatorio policial, le cerrarían la puerta en la cara. La policía tenía su PDA de todos modos. Una mejor solución sería la de obtener sus registros de teléfono celular. Ella ya sabía su número.

Algunas personas podrían discutir sobre la ética y la legalidad de obtener los registros de llamadas, sin órdenes judiciales. Francamente, antes de que fuera suspendida, podría también haberlo hecho. Pero si iba a ser una investigadora privada trabajando en casos grandes, no podía ser delicada acerca de sus fuentes. La policía tenía recursos... de hecho, el acceso a ellos era una de las cosas que echaba de menos cuando era un policía. Como detective, era un llanero solitario, dependía de sus contactos y conexiones para conseguir lo que necesitaba.

Claro, había un intercambio: buscar a los tipos malos versus infringir... por lo menos un poco... la privacidad de la gente. Sin embargo, por un par de cientos de dólares, podría obtener los registros del teléfono celular de Derek Janowitz, y tendría un montón de nuevas pistas, con la posibilidad de que alguna de ellas pudiera conducir a su socio.

De vuelta a casa, llamó a un investigador privado que le había referido un caso hace unos meses. Él le dio el nombre y el número de alguien en Florida. Cinco minutos más tarde, después de entregar su número de tarjeta de crédito, el número del celular que quería rastrear, y las fechas que necesitaba, le dijeron que tenían un exceso de trabajo enorme. Los resultados se enviarían por correo electrónico en un plazo de siete días hábiles.

Colgó el teléfono y miró a su alrededor. Era en noches como ésta que se sentía el peso del tiempo y la falta de vínculos que tenía. Ella ya no tenía ningún vínculo ni emocional ni de ningún otro tipo. Su madre la había abandonado cuando ella era una niña, dejándola con un padre que acabó amando la botella más que a ella. Había muerto hace siete años. Ella estaba sola ahora. Pero era libre, blanca, y de veintiún años, una expresión que a su padre le gustaba repetir entre tragos. Había decidido que la libertad era un concepto sobrevalorado.

Caminó por su apartamento y encendió velas. Aunque ella ya no coleccionaba cosas, no se atrevía a tirar las velas. Algunas eran perfumadas, y olían a menta, coco y fresa. Cuando estuvieron todas encendidas, se acostó en el sofá y observó sus luces parpadear. Las velas ayudaban a ahuyentar el vacío, proporcionando claridad y definición. Le recordaban que, al igual que ellas, alguna vez había tenido fuego y calor.

* * *

Era viernes por la mañana y Georgia fue al gimnasio a hacer ejercicio. Posteriormente se detuvo a comprar un café en una gasolinera. Una radio en el interior del mini-mercado estaba sintonizada en la estación de noticias. Le acababa de dar un dólar al hombre detrás del mostrador, felicitándose a sí misma que no estaba gastando más de tres dólares por un café con leche, cuando la presentadora femenina comenzó con una voz tensa, entrecortada, que decía que tenía noticias importantes.

—Esto acaba de entrar, el fiscal del estado Jeff Ramsey, ha

anunciado que se retiraría del juicio por asesinato de Cameron Jordan. Si recuerdan, Jordan fue acusado de matar a la adolescente Sara Long en la reserva natural del condado de Cook, el mes pasado.

Georgia levantó la vista, sorprendida. El hombre detrás del mostrador no se dio cuenta.

—En un comunicado, Ramsey dijo que la situación ha resultado ser más complicada de lo que se pensó inicialmente. Ramsey admitió que su hija adolescente estaba presente en la reserva natural durante el incidente de novatadas que precedió al homicidio. Mónica Ramsey es una alumna de cuarto año en la Escuela Secundaria de Newfield.

—Ramsey entregó el juicio del caso a su segundo al mando y dijo que su hija iba a cooperar plenamente. Se apresuró a decir que a ella no se la considera sospechosa en el homicidio, ni está directamente conectada con el crimen. Él tomó la decisión de abandonar el caso para evitar incluso, la apariencia de conflicto de intereses. Estén atentos para más novedades en esta noticia de última hora.

La emisión se interrumpió por un comercial de un concesionario de coches en Arlington Heights. El hombre detrás del mostrador, ajeno a la noticia, entregó su cambio. No había oído ni una palabra. Georgia puso las monedas en su bolsillo, tomó su café y salió. Recordó la vista de juicio para la reducción de la fianza. Ramsey había ganado. Sin dudarlo. Luego lo vio conversando con Kelly en la sala del tribunal después. Ramsey no parecía un ganador entonces. Parecía preocupado.

Poniendo el café en el portavasos de su coche, sacó su celular y marcó el número de Paul Kelly. La llamada se fue al buzón de voz. Ella le dejó un mensaje.

Kelly había reprendido a Georgia por ir detrás de Mónica Ramsey. ¿Y qué si la chica estaba en la reserva natural?, había dicho, no hagas caso de las insinuaciones y rumores. No podían ir tras la hija del fiscal del estado. Evidentemente, algo había cambiado.

Llegada la noche, todavía no había podido comunicarse con Kelly pero al menos ahora sabía por qué. Había estado dando entrevistas a la prensa durante todo el día. La historia estaba en todas las noticias, con ambos, Ramsey y Kelly, batiéndose a duelo en citas jugosas. En primer lugar, Ramsey: "La cosa más importante a recordar es que nada de lo que ha pasado ha alterado los hechos del asesinato de Sara Long. Tenemos al delincuente. Creemos que él lo hizo, y que actuó solo. Sin embargo, la oficina hará todo lo posible para obtener *todos* los hechos.

A continuación, Kelly citó: "Estaba claro desde el principio, que la oficina del fiscal del estado estaba tratando de precipitar el caso de Cam Jordan a través del sistema, sin la debida investigación y atención. Ahora sabemos por qué. Creo que los cargos contra mi cliente deberían ser retirados". Kelly levantó la cabeza para poder mirar a la cámara cuando hablaba, lo que daba la impresión de que estaba hablando directamente a la gente. *Hábil*, pensó Georgia.

Entre los pequeños fragmentos de jugosas declaraciones, estaban los reporteros, la mayoría de ellos transmitiendo en vivo desde el Palacio de Justicia de Skokie. Sin embargo, una emprendedora mujer estaba transmitiendo desde fuera de la casa de Sara Long en Wilmette. Los Longs no quisieron comentar frente a las cámaras, pero emitieron un comunicado que decía, en parte: "Esperamos que los acontecimientos de hoy, no detengan el curso de la justicia. No hay un minuto de cada día que no lamentamos la pérdida de nuestra hija y lo que ella sufrió. Queremos que se haga justicia, sin importar a dónde nos lleve.

¿De verdad? Se preguntó Georgia. ¿Y si la búsqueda de la justicia revelaba que su hija era una prostituta?

Cambió a la estación de televisión pública y encontró a comentaristas gritándose uno al otro en un grosero discurso que se hacía pasar por debate en estos días. Los republicanos que clamaban por la cabeza de Ramsey, sugerían que hiciera las maletas y que regresara a Nueva York.

—No seas absurdo—, respondió una mujer con el pelo largo

y una expresión seca. —Él va a enfrentar esto y saldrá victorioso. Fue valiente al hacerlo.

—Mostró responsabilidad al hacerlo—, dijo otra persona.

—Era lo único que podía hacer—, dijo alguien más.

Una discusión sobre ética lo siguió, y un hombre de rostro sonrojado con el pelo blanco, declaró que los verdaderos ganadores serían las personas del condado de Cook. El sistema funcionaba, y todos estábamos en una mejor situación por ello, proclamó.

Georgia, apagó el televisor y se fue a la cocina. Hurgando en el refrigerador para comer algo, se decidió por un sándwich de queso tostado. Ella tiró el pan y el queso en la sartén. No sabía quién tenía razón acerca de Ramsey, pero sí sabía una cosa. Era fácil ser valiente cuando estabas contra la pared.

CAPÍTULO
TREINTA Y DOS

SU CASO se estaba poniendo candente. Matt continuó siguiéndola por toda la Costa Norte. Hacia Burhops, el palacio de justicia, incluso a Mickey, donde había tenido una cena con su vecino. Luego había investigado al tipo, un burócrata estatal. Probablemente nada que ver con el caso de ella. Leyó los informes acerca de Ramsey, y se preguntó si el retiro del fiscal del estado tenía algo que ver con el trabajo de ella.

Las cosas se estaban poniendo interesantes para él también. Especialmente después de que reportó cómo ella había seguido a la chica Walcher al gimnasio. Matt no era parte del círculo interno, pero se dio cuenta de varias reuniones a puerta cerrada entre Lenny y su empleador, y cuando el hombre no estaba en alguna conferencia, estaba en el teléfono. Luego, hace unos días, Lenny desapareció. Sólo se levantó y se fue. Descanso y recreación, su empleador había dicho; el hombre necesitaba irse. Justo una coincidencia que Lenny se fuera después de que el chico que trabajaba en la estación de servicio fuera asesinado. El que ella había visitado.

Con Lenny fuera, su empleador estaba presionando a Matt. Llamando a su celular diez veces al día, exigiendo saber dónde estaba ella y con quién hablaba. Él sabía que no debía preguntar por qué, pero sentía que algo había cambiado. Se había intensificado. Empezó a observar con más cuidado, midiendo cada palabra, alerta en busca de pistas, sutiles cambios de humor e incluso malos entendidos.

Él no podía dormir bien. La tensión estaba llegándole. Pero esta era su oportunidad... la que había querido. Sólo que esta vez estaba trabajando solo. No había reglas, ni instrucciones sobre qué y cuándo hacerse. Se preguntaba cómo respondería cuando le dieran un trabajo que requiriera más que sólo vigilancia. Tenía que superarlo. Tenía la sensación que sabía cuál sería ese trabajo. No podía permitir que sus sentimientos personales se interpusieran en el camino.

CAPÍTULO
TREINTA Y TRES

AL PRINCIPIO Georgia no escuchó el golpe en su puerta. Estaba trabajando en el computador y el televisor estaba encendido. Cuando el golpeteo persistió, pensó en ignorarlo. Estaba en medio de la búsqueda de artículos sobre la prostitución adolescente. Entonces se dio cuenta de que quien estuviese allí, probablemente podía oír el murmullo de la televisión desde el pasillo y sabría que ella estaba en casa. Sería más fácil simplemente deshacerse de ellos.

Abrió la puerta sólo para ver a su vecino de arriba, Pete Dellinger, apoyado en un par de muletas.

Sus ojos se agrandaron. —¿Qué te pasó?

Él sonrió tímidamente. —Me fracturé el tobillo jugando al baloncesto hace dos días.

Ella abrió más la puerta. —Bueno, supongo que será mejor que entres y te sientes—. Y tanto que quería deshacerse de ellos.

Entró cojeando. Él había cortado el lado derecho de sus jeans, y la pierna estaba enyesada desde los dedos de sus pies hasta la rodilla. Ella examinó el yeso. —¿Todo eso por un tobillo?

Trató de encogerse de hombros como pudo, mientras manipulaba las muletas. Cuando llegó al sofá, se dio la vuelta e inclinó las muletas hacia él cayendo en los cojines y dejando escapar un suspiro.

Georgia lo siguió. —¿Te duele?

—No mucho—. Él dio unas palmaditas en el bolsillo de su camisa. —Vicodin.

Ella asintió con la cabeza. —¿Qué te sirvo?

—¿Tienes una cerveza?

—Estás tomando Vicodin.

—Una cerveza no me va a matar.

Ella lo miró, y luego negó con la cabeza. —Lo siento. Yo no bebo.

Él frunció el rostro. —Entonces, ¿qué estabas haciendo en Mickey la otra noche?

—Cometiendo un error—. Ella le lanzó una mirada, desafiándolo a contradecirla.

Le devolvió la mirada. Luego sus cejas se suavizaron. —No hay problema. Tomaré lo que tengas.

Ella fue a la cocina, sacó un par de Snapples y los sirvió en vasos. Volviendo a la sala, le entregó un vaso. —¿Por lo menos encestaste?— Dijo, y señaló a su pie.

—No. Perdimos por dos puntos.

—La humillación final—. Se sentó en el otro extremo del sofá. —¿Y tu trabajo? ¿Puedes trabajar?

—Soy un burócrata. Siempre muevo papeles de aquí para allá.

Se acordó de sus comentarios sobre los desechos de pescado y cómo deshacerse de ellos. —¿Haces cosas sobre el medio ambiente?

Él sonrió. —No. Pero solía ir a pescar con mi padre y llevábamos moscas en los bosques del norte—. Hizo una pausa. —Trabajo para el Estado de Illinois. En la oficina del Departamento de Agricultura de Pesos y Medidas.

—Nunca he oído hablar de dicha oficina.

—Soy el director.

—Oh—. Ella cruzó las piernas con incertidumbre.

—No te preocupes. Ningún otro sabe que existe tampoco—. Dijo. —Y con un poco de suerte, lo mantendremos de esa manera.

—¿Qué haces?

—Viajo por todo el estado midiendo y pesando los productos.

—¿Por qué?

—Para asegurarme de que recibes lo que pagas. Por ejemplo, me aseguro de que realmente estén obteniendo un litro de gasolina, una bolsa de 50 kilogramos de papas o un kilogramo de carne.

—¿Cómo?

—Peso las cosas. Con mis balanzas.

—¿Tienes un equipo especial?

—Sí. Mira, la mayoría de la gente da por sentado que obtienen lo que pagan. Pero el costo de los errores más pequeños, se van acumulando. Por ejemplo, un error de una cucharada por cada quince litros de gasolina puede significar $125 millones al año.

—Estás bromeando—. Ella trató de parecer interesada.

—Sí—. Pareció entusiasmarse con su tema. —Y cuando se calculan los costos adicionales de...— Se interrumpió. —Oh. A ti realmente no te importa, ¿verdad?

—En realidad no—, sonrió.

—Está bien. A nadie más le importa—. Él tomó un sorbo de su bebida y miró alrededor de la sala de estar. —Vives... con moderación.

Su sonrisa desapareció. —¿Qué significa eso?

—Es que no tienes muchas cosas, ¿sabes? Retratos, chucherías, floreros.

Ella se imaginó la casa que él solía compartir con su esposa. Estaba probablemente llena de "cosas". Miró a su alrededor, tratando de ver su casa a través de sus ojos. Se veía vacía. Desatendida. Sin embargo, sintió una pizca de irritación. —No me gusta el desorden.

Él se retractó. —No fue mi intención... en realidad me gusta de esta manera. Más espacio.

Ella pensó que estaba mintiendo, pero abandonó el tema. No necesitaba su aprobación.

—Entonces, ¿qué ha estado sucediendo con tu caso?

Dejó el vaso sobre la mesa del café. —¿Viste las noticias esta noche?

Él asintió con la cabeza. —Tuve la sensación de que tú estabas involucrada.

Ella lo puso al corriente, incluyendo sus sospechas acerca de Sara Long y Derek Janowitz. La escuchaba con tanta atención, que su irritación se disolvió, pero cuando terminó, él le lanzó una mirada incrédula. —¿Estás diciendo que un grupo de adolescentes de barrios residenciales están ejecutando su propia red de prostitución?

—Podría estar vinculado a una operación más grande—. Le explicó acerca de los compañeros de habitación de Derek de Europa del Este. —Por casualidad no sabes nada de eso, ¿verdad?—, bromeó.

—¿Yo?— Una escalofrío se deslizó hasta su cuello. —No. Pero yo no me muevo en esos... oh, no importa—, echó el brazo sobre el respaldo del sofá. —Dime una cosa. ¿Por qué las chicas harían algo como eso?

Él había hecho la misma pregunta que a ella le había estado dando vueltas. —Dinero, más que nada.

Pete negó con la cabeza. —Una manera muy extrema de obtenerlo.

—Depende de tu punto de vista—, dijo Georgia. —Haces un montón de dinero en un corto período de tiempo. Y todo lo que tienes que hacer es quitarte la ropa y coger a alguien.

Él la miró. Se preguntó lo que pasaba por su mente. Luego dijo: —¿Eso significa que la pista de Mónica Ramsey es un callejón sin salida?

—Voy a seguir investigándolo. Pero esto... bueno, esto podría llevarnos en una dirección muy diferente. Podría resultar que la única cosa por la cual la chica Ramsey es culpable, es por aparecerse en la reserva natural el día en que Sara Long fue asesinada.

Él se quedó en silencio otra vez y tomó un sorbo de su Snapple, luego extendió el brazo y lo examinó. —Esto es bueno. Nunca lo había probado antes.

—Es caro, pero también me gusta.

Dejó el vaso y señaló hacia la computadora. —Te interrumpí.

—Está bien.

—¿Qué estás haciendo?

—¿De verdad quieres saber?

—Tiene que ser más interesante que pesar productos alimenticios.

Georgia trajo una de las sillas de la cocina hacia su escritorio. Pete cruzó la habitación con sus muletas.

Una hora más tarde, había impreso y estudiado una media docena de artículos sobre prostitutas adolescentes de barrios residenciales. Cómo se acercaban a las chicas en los centros comerciales y las reclutaban con la promesa de ropa, maquillaje y accesorios. Cómo una chica comenzó con desvestirse en una habitación de un hotel y se "graduó" poniendo anuncios en los clasificados. Cómo el slogan "Los Trix son para niños" tenía un nuevo significado cuando las niñas de tan sólo nueve años eran reclutadas. Habían leído cómo niñas educadas... en particular las niñas rubias... se consideraban preferibles, porque trabajaban más duro y recaudaban más dinero. Cómo los clientes de prostitutas en las zonas residenciales, eran en su mayoría hombres de familia en SUVs y minivans con asientos para bebés en la parte trasera. También encontraron un artículo sobre un nuevo tipo de proxeneta: "proxenetas aspirantes", los propios estudiantes de secundaria.

—Tal vez soy irremediablemente ingenuo, pero todavía no lo entiendo—, dijo Pete.

—¿El qué?

Pete frunció su rostro y se veía casi adolorido. —¿Por qué?

Georgia señaló el montón de artículos. —Lo que dice aquí. Dinero. Independencia. La sensación de poder.

—Aun así, para que una chica se vaya a la cama con alguien a esa edad, sólo por lo que puede ganar...

—En realidad, creo que hay algo más ahí.

—¿El qué?

—Presión social.

—¿Eh?

—Estatus... adquisición de cosas... es mucho más importante para los chicos de hoy. Lo vi cuando estuve en la policía. No se trata de tener unos jeans Gap. Se trata de tener jeans de cuatrocientos dólares. No se trata de tener un walkman o un equipo de sonido, se trata de tener un iPod. O un iPhone. O un Blackberry—. Hizo una pausa. —No puedes obtener esas cosas trabajando en Starbucks o McDonalds.

—¿Así que están teniendo sexo para conseguirlos?

—Dime una cosa. Si tus padres no pueden permitirse el lujo de comprártelo, y no puedes ganar suficiente dinero para comprártelo tú mismo, ¿cuáles son tus opciones? ¿Además de robarlo en las tiendas?

El monitor emitía una luz azulada en la cara. Parecía molesto.

—Piensa en ello—, respondió ella. —Durante años las chicas han estado recibiendo el mensaje de que hacer alarde y usar sus cuerpos, está bien. Algunas de ellas simplemente lo han llevado al siguiente nivel. Entonces, ¿qué importa si dan una pequeña mamada? ¿Cogen con unos pocos hombres? Si eso es lo que se necesita para comprar una camisa Michael Stars o un par de zapatos Jimmy Choos...

—Supongo que podría entenderlo si fueran mayores. De más de veintiún años y viviendo por su propia cuenta. Pero éstas son adolescentes. Viviendo en casa. De buenas familias.

Georgia no respondió.

Se movió en el sillón. —¿Qué pasa con los chicos que buscan una relación estable? ¿Con citas? ¿Baile de graduación?

—Todavía hay algo de eso—. Se echó hacia atrás. —Pero muchos de los adolescentes no tienen citas como solíamos hacerlo. O no hacen cosas románticas.

—Vamos.

—Yo no he dicho que no estén teniendo relaciones sexuales.

Lo están. De hecho, todo se trata de ligar. "Amigos con beneficios". Así es como ellos lo llaman.

—¿Llamar el qué?

—Sexo sin complicaciones. O consecuencias. O incluso, conexiones reales. Como he dicho, tal vez las prostitutas adolescentes son...—, hizo una pausa, —...la evolución natural de eso.

Él frunció el rostro. —¿Cómo sabes todo esto?

—Te lo dije. Yo solía ser la encargada de los jóvenes en la policía.

Él no dijo nada. Luego volteó la mano hacia los lados, golpeando la muleta de la silla. Se cayó al suelo. —¿Qué pasa con sus padres? ¿Saben lo que sus hijos están haciendo?

Ella se inclinó y recogió su muleta. Una imagen de los padres de Sara Long apareció en su mente. —Ellos se están rompiendo el culo trabajando, tratando de ganarse la vida y darle a sus hijos una vida mejor.

Se quedó en silencio. Entonces dijo, —Tanto mi padre como mi madre trabajaron. Apuesto a que los tuyos también lo hicieron. Pero no te convertiste en una prostituta, y yo no terminé siendo un proxeneta. ¿No te molesta eso?

—Me molesta más cuando una de esas chicas es asesinada.

Pete puso las manos detrás de la cabeza. —Lo tienes todo resuelto, ¿no?

Georgia se puso de pie. —¿Tienes una hermana?

Pete asintió con la cabeza. —Tiene veintinueve años. Vive en California.

—¿Qué harías si te enteraras de que se está prostituyendo?

Su rostro se frunció. —Ella no lo haría.

—¿Está seguro?

—¿Por qué? ¿Qué estás insinuando?

—Sólo estoy preguntando.

—Creo que la verdadera respuesta es que no sé. No somos muy cercanos.

Georgia echó un vistazo al monitor, y luego de nuevo a Pete. —Tal vez deberías estarlo.

* * *

Después de que Pete se fue, Georgia siguió revisando los artículos. Uno mencionaba que la prostitución estaba en línea. Si entrabas en los sitios web adecuados, podrías registrarte por correo electrónico, ingresar tu código postal, e incluso, solicitar a una chica en específico. Veinticuatro horas más tarde, obtendrías una respuesta... garantizado. El artículo continuaba diciendo cómo los proxenetas ya no tenían que circular más por las calles. Con un computador y un módem de alta velocidad podían manejar a las chicas desde la comodidad de su hogar.

Ella llevó los vasos vacíos a la cocina y los enjuagó. Cuando entrevistó a Jerry Horner en la gasolinera, dijo que Derek le había dicho cómo se podía conseguir todo lo que quisiera en línea en estos días. "El futuro del mundo estaba en ese maldito ratón", había dicho.

Ella se apresuró a regresar a su computadora. Volviendo a Google, escribió "Servicios de Acompañantes". Una mar de sitios web apareció, eran tantos, que se sintió abrumada. Ella volvió a digitar las palabras, esta vez añadiendo la palabra "Chicago". Aún se vio inundada. Comenzó a ver una por una. La mayoría tenían fotos de mujeres desnudas... todas ellas jóvenes y glamorosas... en poses provocativas. El texto invitaba a solicitar ya sea una rubia, una morena o una asiática. Otros promocionaban bellezas europeas o princesas polacas.

Irritada, pasó una mano por su cabello. ¿Cómo permitían que esos sitios web pudieran operar tan descaradamente? Por supuesto, el término "servicio de acompañantes" era un eufemismo, pero a juzgar por estos sitios web, no había diferencia entre "acompañantes" y "prostitutas". Tenía que haber alguna manera de atraparlos, clausurarlos. Por otra parte, el vicio siempre fue el hijastro pobre de todas las operaciones de la policía. La profesión más antigua todavía no merecía la misma atención que los estupefacientes, o la violación o incluso el robo de identidad. Por otra parte, muchos de estos sitios web se originaban en el exterior, más allá del alcance de la ley de EE.UU. En el improbable caso de que se cerraran, simplemente volverían a surgir el día siguiente en otro callejón del Internet.

Ella siguió leyendo, investigando con mayor profundidad el sexo en línea. Le molestaba ver fotos de mujeres tocándose a sí mismas o unas a otras con entusiasmo y seductoras expresiones. ¿Quiénes eran estas chicas? ¿Venían de familias como la de Sara Long? La mayoría se veía mayores de veintiún años, pero ¿cómo podría decirlo realmente? ¿Eran algunas de las sonrisas de las chicas falsas? ¿Ocultaban algunas de esas sonrisas dentudas un aire de desesperación?

Se acordó de una mujer que había conocido el año pasado. Mika. Había dejado su casa en el este de Europa después de que la Unión Soviética se derrumbó. Había caído en una operación de trata de blancas a cargo de la mafia rusa. Georgia recordó su propia rabia e impotencia cuando había oído hablar de ello. Ira por la explotación, la impotencia porque no podía hacer nada al respecto.

Se quedó mirando la pantalla queriendo transferir parte de esa rabia a Derek Janowitz. Él era el proxeneta. El reclutador. Pero estaba muerto. Fuera o no que su muerte tenía algo que ver con ser proxeneta, había pagado un alto precio. Y para ser justos, no podían declararlo como único responsable. Recordó la ropa cara que había visto en el armario de Sara. Si Sara *estaba* prostituyéndose, era de suponerse que estaba obteniendo ganancias del arreglo.

Después de ver algunos otros sitios web e insinuaciones, Georgia vio un enlace a un sitio que ofrecía "chicas jóvenes hermosas". Cuando hizo clic, otro montaje de mujeres desnudas apareció. El texto decía que eran menores de veintiún años, pero algunas de las mujeres, claramente mayores, tenían el pelo trenzado atado con cintas de algodón barato, y llevaban calcetines cortos en sus pies. Otras no tenían vello púbico y se colocaban en posiciones desgarbadas de adolescentes.

Hizo clic en la foto de la chica más joven y fue trasladada inmediatamente a un sitio web que no tenía nombre, sólo una dirección IP. No había fotos o texto en el sitio tampoco, con la excepción de una solicitud de un código postal. Ingresó el código postal de la Escuela Secundaria Newfield. Un momento después, un formulario de inscripción apareció pidiendo tu correo electrónico, un nombre de usuario y contraseña. Debajo de eso, ella tenía que rellenar lo que estaba buscando y las fechas de cuándo quería su "acompañante".

Comenzó a llenar el formulario. Escribió su dirección de correo electrónico, ingresó "Siemprelisto" como un nombre de usuario, y optó por una contraseña numérica. Ella dijo que estaba buscando a una rubia de dieciséis años, y que estuviera disponible cualquier día de la semana después de las cuatro. Estaba a punto de ingresar la información, cuando se detuvo con el dedo en la tecla *enter*.

No tenía idea en lo que se estaba inscribiendo, ni idea de si la llevaría más cerca de la operación de Derek Janowitz. Ni siquiera estaba segura si él usaba el internet para conseguir a los "clientes". El hecho de que pidiera un código postal, le hizo pensar que el sitio era parte de un consorcio nacional o una sociedad, pero por todo lo que sabía, ella podría haberse tropezado con una operación ejecutada por la mafia. Podría ser peligroso para ella darles su dirección de correo electrónico. Borró sus entradas, escribió la dirección IP, y la apagó.

Ella comenzó a caminar por el apartamento. Cuando se está resolviendo un caso, O'Malley solía decir, cambia tu medio ambiente. Levántate, toma un paseo, ve a hacer ejercicio. Afirmaba que restauraba el balance de ambos lados del cerebro, facilitando el acceso de nueva información.

Se acercó a la ventana y la abrió. Gotas de agua se aferraban al vidrio, y las calles tenían ese agradable olor a asfalto húmedo, a tierra. Debe haber llovido antes. El viento azotaba las hojas. Su parte favorita del otoño, la parte dulce, estaba llegando a su fin; los fuertes vientos de noviembre pronto despojarían las hojas de los árboles, dejando nada más que ramas desnudas y retorcidas.

Justo enfrente del departamento de ella había un bungalow de dos pisos. Tres niños pequeños vivían allí. Un triciclo y un carrito estaban en el jardín de adelante. Un modesto muro de contención bordeaba la parte de atrás. La madre de los niños debe haber estado demasiado cansada o demasiado agotada para llevar los juguetes dentro esa noche. Georgia esperaba que nadie los robara. A ella le gustaban los niños, pensaba que eran lindos. Pero la idea de tener su propia familia la llenó de temor. ¿Qué iba a hacer cuando llegaran a la adolescencia? ¿Cómo evitaría que ellos se convirtieran en Sara Long?

Cerró la ventana. Simplemente no podía verse como una madre. Cuando lo intentaba, la imagen estaba toda nevada y gris, como una estación de televisión que había terminado su transmisión por la noche.

CAPÍTULO TREINTA Y CUATRO

GEORGIA SE puso en contacto con Kelly el sábado por la mañana. Sonaba como si todavía estuviera entusiasmado por sus aventuras del día anterior.

—Entonces, ¿qué te pareció?

—Dijiste que no ibas a jugar con Ramsey. Eso podría ser peligroso.

—Lo reconsideré. Y bueno, funcionó.

—Temporalmente. Ellos siguen adelante con el caso.

—Están tratando de guardar las apariencias. La opinión pública se está moviendo a nuestro favor. Ellos saben que ya no será pan comido.

—¿Y Cam Jordan?— Preguntó Georgia.

—¿Qué pasa con él?

—Teniendo en cuenta el retiro de Ramsey y el hecho de que la gente está tomando nota de ello, ¿no sería éste un buen momento para intentar de nuevo conseguir dejarlo en libertad y reducir su fianza?

—Ya está hecho.

—¿En serio?

—Presenté otra moción para una vista de reducción de fianza. Será el martes.

* * *

Esta vez, la audiencia fue superficial y breve. Las noticias del fin de semana estaban llenas de historias acerca de Jeff Ramsey y su futuro político, la opinión pública era muy alta. Ambos periódicos publicaron editoriales desacreditando del comportamiento de Ramsey, la radio y la televisión hacían los mismos comentarios, y los blogs políticos mantuvieron el tema como centro de sus prioridades. Reporteros se habían instalado frente a su casa. Hubo un video de Mónica saliendo de la puerta principal con su cara hacia otro lado... su padre debió haberle advertido acerca de las cámaras.

A pesar de los serios argumentos por un abogado superior del estado, el juez tomó la decisión de liberar a Cam Jordan bajo fianza. Georgia llevó a su hermana a la cárcel del condado. Cam Jordan salió unas horas más tarde, pálido y delgado. Georgia los llevó de regreso a la casa de Ruth Jordan, sintiéndose optimista. A pesar de que no había terminado... el proceso legal seguiría adelante... por primera vez desde que asumió el caso de Cam, algo había salido bien. Ella estaba sirviendo a la causa de la justicia.

De vuelta en su apartamento, ella preparó una taza de café y se sentó en la cocina. El sol de la tarde brillaba entre las hojas, salpicando patrones cambiantes de luz y sombra sobre la mesa. Ella los miraba, tomando su café, cuando una idea se le ocurrió.

Se dirigió a su computador y se conectó a Craig's List. Ya en la página de Chicago, pulsó con el ratón "servicios eróticos". Una advertencia sobre el contenido para adultos apareció, junto con una petición en favor del sexo seguro y una advertencia de que los usuarios debían ser mayores de 18 años.

Cuando ella volvió a hacer clic, la llevó a una sucesión de mensajes, todos los servicios sexuales que se ofrecían de uno u otro tipo. Página tras página, en grupos de 100, los cuales contenían insinuaciones, anuncios y fotos de mujeres, muchas en posiciones lujuriosas. Georgia se fijó prestando especial atención a las fotos de las rubias. Ella no esperaba ver una foto de Sara, no en realidad. Sin embargo, tenía que comprobarlo.

Una hora más tarde, no había encontrado nada. Ningún rostro ni remotamente familiar. Lo tomó como una buena señal. Entonces sacó una lista de los sitios web de prostitución que había visitado con Pete. Había escrito más de treinta direcciones URL. Volvió a la computadora y tecleó para encontrar la base de datos WHOIS, una base de datos de sitios web creados por el servicio de registro de dominios más grande en la red. WHOIS cataloga a quién pertenece cada sitio y proporciona ambos, un contacto administrativo y técnico.

Uno por uno, Georgia escribió el URL de su lista. La mayoría estaban registrados a corporaciones, que, cuando ella los comparó en Google, terminaron siendo los proveedores de sitios web. Los contactos llevaron de vuelta al departamento de servicio al cliente de los proveedores de sitios web. Ella no se sorprendió... dichos proveedores eran tan conscientes en cuestiones de privacidad como todos los demás, que por lo general cumplían con la petición de sus clientes de mantener el anonimato. Si ella todavía estuviera en la policía, podría haber sido capaz de obtener una citación para llegar hasta ellos. Desafortunadamente, no lo estaba.

Después de comprobar veinte sitios web, se sintió frustrada. Algunos de los sitios, a pesar de que contaban con chicas americanas, estaban registrados en países como Rusia o Polonia. Otros estaban en Barbados, hasta en Sudán. Ella sólo había encontrado nombres de dos personas: una estaba en Toronto, y la otra en Santa Mónica. Derek pudo haber estado conectado con ellos... la geografía no significa nada en el Internet... pero ella no tenía forma de comprobarlo.

Sólo diez sitios web quedaban en su lista. Escribió el URL de nueve más. Nada. Ella suspiró. Le había parecido una buena idea una hora atrás. Ingresó la última dirección URL y observó barras verdes marchando a través de la parte inferior de la pantalla, seguido por el salto hacia una nueva página. Nada.

Se puso de pie. Su espalda le dolía, y tenía dolor de cabeza por haber estado mucho tiempo inclinada sobre el monitor. Si Janowitz tenía un sitio web de prostitución, debió haber sabido lo suficiente como para encubrirse en el ciberespacio. Ella había perdido casi toda una tarde.

Estaba de vuelta en la cocina mirando por la ventana, cuando oyó el sonido de un correo electrónico entrante. Volvió y lo revisó. El mensaje era de su contacto en Florida y contenía un archivo adjunto. El registro del teléfono celular. Casi lo había olvidado.

Abrió el archivo adjunto. En la parte superior de la página, estaba el número 847-555-4586, el celular de Derek, seguido de las fechas que ella había solicitado y una lista de por lo menos trescientas llamadas. Se desplazó hacia abajo. Derek recibía casi cuarenta llamadas al día. La mayoría de las llamadas estaban precedidas por 847, el código de área de la Costa Norte. Eso tenía sentido. Pero había algunos 773, 312, y dos que no conocía.

Volvió a la parte superior de la lista. Si Derek tenía un socio, razonó, el número del compañero se presentaría más de una o dos veces. Revisó el registro cuidadosamente. Seis o siete números aparecieron con frecuencia. De ellos, dos números aparecían más veces que los otros. Ambos tenían un código de área 847. Tomó el teléfono y marcó el primer número. El teléfono sonó una vez. Un escalofrío le recorrió la espalda. Volvió a sonar. Luego hizo clic.

—El número al cual está intentando llamar, no está en servicio en este momento.

¿Sería ese el celular de Sara? ¿Habría sido desconectado, ahora que estaba muerta? Ella cortó la llamada. Luego marcó el otro número. Cerró los ojos, esperando que la llamada se conectara. Sonó una vez. Una vez más. Por tercera vez. A continuación se dirigió al buzón de voz. Contuvo el aliento.

—Soy Lauren. Deja tu número y te llamaré de regreso.

* * *

Lauren se inclinó, recogió su bolso de Cole Haan del piso, y lo puso en su regazo. Estaba en clase de Historia, y no se suponía que tuviera su celular prendido en la escuela. Ella mantenía al suyo en vibrador para que los maestros no se dieran cuenta.

De hecho, tenía dos teléfonos: uno para los negocios y otra para su uso personal. Sus padres no sabían sobre el teléfono para negocios, y tenía la intención de seguir manteniéndolo así. Miró dentro de su bolso. La llamada había venido de su celular personal, pero el número estaba bloqueado. Eso le molestaba. Nadie que conocía tenía alguna razón para bloquear su número cuando la llamaban. ¿Alguien había confundido los números? Dudoso. Derek y Sara eran los únicos que llamaban a los dos números, y ambos estaban muertos.

Tal vez era Heather, jugando a otro de sus juegos de reportera de investigación.

Tanto Claire como ella, ambas... aunque ¿cómo podría enojarme con Claire?... todavía la llamaban o le enviaban un mensaje de texto seis veces al día con preguntas estúpidas como, "¿qué piensas del anillo en la nariz de Alicia?" "¿Me recogerás el sábado?" "¿Viste lo que Cash traía puesto?"

Lauren también había sido así, pero dejó de hacerlo cuando empezó el negocio. También lo había hecho Sara. Habían dejado esos juegos inmaduros atrás.

Lo cual la hacía incomodarse cuando las chicas todavía la acribillaban con preguntas. Había mantenido el negocio en secreto, pero no había sido fácil. Es por eso que Sara siempre estaba haciendo preguntas acerca de quién sabía qué sobre quién. Lauren le había advertido que tuviera cuidado, que no presionara, pero Sara había sido terca. Parte de ello es que ella quería ser aceptada... ¿acaso no lo quiere todo el mundo?... Pero eso no era lo que la llevó a hacerlo. Algunas chicas, como Heather por ejemplo, equiparaban el poder con belleza o información. No era así para

Sara. Para ella era simple. Ansiaba cosas que el dinero podía comprar. Había sido clara acerca de ello desde el principio. Pero no quería que nadie se diera cuenta del negocio.

Lo curioso era que cuando uno se detenía a pensar en ello, Sara era probablemente más adecuada para la profesión que Lauren. El dinero no era importante para Lauren; ella había crecido siendo rica. Sara no había crecido en la riqueza. De hecho, Lauren había tenido la intención de hablar con Sara sobre la cantidad de tiempo que pasaba haciendo trabajos. Ella nunca decía que no, y hubo momentos en que ella debería haberse negado. Pero se habían distanciado hace poco, y su amistad había sufrido. Lauren no sabía por qué.

Ahora, miraba fijamente la pizarra, apenas consciente de la discusión acerca de la Doctrina Monroe. La investigadora privada sabía que Sara había venido a la reserva natural para hablar con Lauren. La madre de Sara se lo dijo. Lauren asumió que Sara estaba preocupada de que alguien pudiera haber descubierto el negocio. Pero ¿y si estaba equivocada? ¿Qué pasaba si había otra cosa en la mente de Sara? Tal vez Sara llegó a la reserva natural para decirle a Lauren que sentía el hecho que se habían distanciado. Que quería que estuvieran juntas otra vez. Una punzada de arrepentimiento pasó por Lauren. Tal vez si lo hubiera hecho, las cosas hubieran resultado de manera diferente.

No. Eso era tonto. No haría ninguna diferencia ahora. Lauren metió el teléfono de vuelta en el bolso y trató de prestar atención a la clase. Si la persona que llamó quería contactarla de veras, volvería a intentarlo.

* * *

Pero nadie lo hizo y para cuando llegó la noche, ella se olvidó de ello. Estaba muy ocupada trabajando en el sitio web; era casi la mitad de la semana; las solicitudes se estaban juntando. Por lo general, no le importaba. A ella le gustaba la parte en línea del negocio. El trabajo en línea, hacía que pareciese más remoto. Más limpio. Derek había creado todo. Incluso había creado un sistema de intercambio simple de archivos, para notas y registros. Ella podía contactar a un cliente y a una chica, en menos de cinco minutos.

Abrió los mensajes entrantes. Dos solicitudes para la tarde siguiente. Ella empezó a fijarse en los horarios de las chicas para ver quién estaba disponible, pero se detuvo. En primer lugar Sara fue asesinada. Después de ella, Derek. ¿Habría una conexión? ¿Podría la investigadora privada estar en algo? Tal vez el loco en la reserva natural no lo hizo. Lauren no podía ver cómo... los policías estaban tan seguros de que él lo hizo. Pero tal vez... de alguna manera... fue otra persona. Alguien en el negocio. ¿Acaso Sara había engañado a alguien? ¿O Derek? Ella no lo sabía, y el no saberlo la ponía ansiosa.

¿Qué pasaría si alguien los quisiera fuera del camino? Ella se recordó que le había advertido a Derek de no expandirse más. Que se evitarían problemas. Los peces más grandes podrían tragárselos. Como de costumbre, no la escuchó, y ahora estaba muerto. Ni siquiera un mes después de Sara. ¿Podría ser una advertencia la muerte de Sara? ¿Una advertencia a la cual Derek no prestó atención? ¿Era posible que vinieran tras de ella ahora?

Se le hizo un nudo en el estómago de miedo. Ella no había contado con que nada de esto ocurriera cuando empezó el negocio. Hubiera querido mantenerlo local. Pequeño. Pero entonces, Derek se involucró, y de repente estaban trabajando con una docena de chicas de arriba a abajo en la Costa Norte. Sin embargo ahora sin Derek, era demasiado. No podía hacerlo sola. Especialmente si alguien tenía problemas con ella. Tal vez debería achicar el negocio. Mantener un perfil bajo. Mantenerse alejada de los problemas. Al menos hasta que las cosas se calmaran. Claro. Eso es lo que haría. Escribiría un correo electrónico para sus clientes, diciéndoles que el horario se reduciría... unas cuantas chicas estaban de vacaciones. Sí. Eso sonaba bien. Estarían de vuelta en unas pocas semanas, bronceadas, descansadas y más calientes que nunca.

Ella envió el email a su lista de clientes, a continuación, conectó su iPod en su ordenador y descargó algunas canciones de Ashlee Simpson. Podía oír a su madre entreteniéndose en la cocina. Ella estaba hablando por teléfono, como de costumbre. Lauren se recordó de un libro... por Dean Koontz, tal vez... donde la gente realmente se fundía con sus computadoras. Máquinas inteligentes que se tragaban a los seres humanos... parte por parte, todo su cuerpo... en un morboso y perverso ataque. El resultado era un monstruo mitad humano y mitad computadora. Se imaginó un teléfono creciendo en la oreja de su madre. Conociendo a su madre, lo veía como una especie de logro, algo con qué impresionar al resto del mundo.

Lauren transfirió la música a su iPod. Por lo general, podía adivinar con quién su madre estaba hablando, sólo por su tono de voz. Si era fría y hostil, su madre estaba hablando con su padre. Si era fría y condescendiente, era con algún reparador o un empleado de la tienda. Pero de vez en cuando, había un tono de voz suave y meloso. Lauren no quería saber quién era.

Ella estaba acostada en su cama, empezando a relajarse, cuando su celular de negocios sonó. Consideró ignorarlo. No quería hacer nada de negocios esa noche. Sin embargo, el tono de timbre, irónicamente alegre y optimista, insistió. A regañadientes, ella se dio la vuelta y lo agarró.

—¿Sí?— Derek siempre le dijo que no se identificara. Como si ella no lo supiera.

Era la voz de una chica. Entrecortada. Llorosa. —Yo... necesito ayuda.

Miró el identificador de llamadas. Ella no reconoció el número. —¿Quién es?

—JJ...Ja... Jathmine.

Una de las chicas que Derek había reclutado. Coreana, se recordó. —¿Qué te pasa?

—Estoy... estoy en problemas.

Una sensación de pánico se apoderó de su garganta. —¿Cuál es el problema?

—Estoy herida—, balbuceó ella.

—¿Dónde estás?

Un torrente de lágrimas no permitió que Lauren escuchara su respuesta.

—No puedo entenderte.

Entre sollozos, la joven repitió. Ella estaba en un motel en Chicago. En el lado norte.

—¿Qué estás haciendo allí?—, dijo Lauren bruscamente. —Se supone que debes estar en...

Los sollozos de la joven llenaron su oído.

—No importa—, dijo Lauren. —Ya voy.

—Estoy en la habitación 254. Da... date pdisa. Pod favod.

Lauren apagó el teléfono. Su corazón latía con fuerza. Miró alrededor de su habitación, tratando de pensar en lo que debería llevar. ¿Un botiquín de primeros auxilios? ¿Tranquilizantes? ¿Vicodin? Derek normalmente manejaba las cosas en los diferentes lugares. Ese era su sistema. Ella sólo era su respaldo. Ni siquiera conocía a la chica. Derek la había encontrado en el Golf Mill. Ella era inteligente, dijo. Y ambiciosa. Quería pagar por la universidad.

Rápidamente tomó un poco de antiséptico, curitas, tijeras y una gasa en el baño. No estaba muy segura de que eso era lo que necesitaría, pero tenía que llevar algo. Metió las cosas en el bolso. Entonces bajó las escaleras, pasó de puntillas más allá de la cocina, y salió por la puerta principal.

CAPÍTULO
TREINTA Y CINCO

EL MOTEL Fairview se encontraba justo saliendo por la calle Clark en una olvidada cuadra de mala muerte, cerca del borde de la ciudad. La vista desde sus ventanas era mayormente lugares de comida rápida y depósitos en mal estado. Quienquiera que haya dado nombre al lugar debe haber tenido un sentido del humor. La "E" en la señal del motel echaba chispas y la "W" había desaparecido por completo.

Lauren nunca había estado allí antes; se aseguraba de que las chicas fueran a hoteles de lujo en la Costa Norte. De hecho, sólo había estado en un trabajo de rescate en otra parte, y la muchacha había estado esperando en el bar del Hyatt. Afortunadamente, no había pasado nada y la chica había sido capaz de pasar desapercibida.

Lauren se bajó del coche. El asfalto en el estacionamiento estaba agrietado y lleno de latas, botellas y envolturas de comida. El olor a grasa del lugar de hamburguesas al lado se atascó en su garganta. Ella estaba sola. Y estaba a punto de rescatar a alguien que no conocía. Una corriente de temor se deslizó por su espalda.

Ella respiró hondo y abrochó los botones de su chaqueta Urban Outfitter. La habitación 254 estaba atrás. Se acercó y golpeó la puerta. Dos veces, luego tres veces. Esa era la señal.

La chica que abrió la puerta era pequeña, con cabello negro y brillante que llegaba hasta la cintura. Por lo general, le habría parecido linda, frágil, pero ahora su pelo estaba enredado y enmarañado, y sus ropas, una camiseta negra ajustada sin mangas que mostraba mucho estómago y una minifalda negra, estaban desgarradas. Ella tenía acunado el brazo izquierdo con su lado derecho.

Pero fue su cara la que hizo que Lauren exclamara de manera entrecortada. Moretones en un ojo hacían una hinchada y deformada burla de sus rasgos. Una herida roja cruzaba su mejilla. Pequeños cortes se extendían por los brazos y las piernas. Parecía como si alguien hubiera pasado una hoja de afeitar por su piel.

—¿Jasmine?— Lauren se agarró de la puerta.

La chica asintió con la cabeza, balanceándose inestablemente.

—¿Quién te hizo esto?— La voz ronca de Lauren dijo con temor.

La chica negó con la cabeza. Mierda. Lauren debería haber revisado el archivo antes de venir. Pero no había tiempo para la auto-recriminación, porque la chica se echó a llorar y cayó hacia adelante. Lauren detuvo su caída. La chica lanzó un grito.

—Cdeo que mi bdazo está doto.

Lauren la soltó y la sentó en la cama. Ella tocó suavemente el brazo de Jasmine. La muchacha gritó. Lauren fue al baño y arrebató una toalla del toallero. Deslizándola bajo el brazo de Jasmine, formó un torpe cabestrillo y lo ató alrededor de su cuello.

Jasmine miró hacia arriba, las lágrimas corrían por sus mejillas. Luego se desplomó contra Lauren, como si hubiera estado guardando el último aliento de su fuerza hasta que ella llegara. Lauren puso su brazo alrededor del hombro de la chica. Se sentía extraña y torpe. No estaba segura de cuánto tiempo había estado allí sentada, escuchando llorar a Jasmine. Finalmente, los gritos disminuyeron.

Lauren soltó su brazo. —¿Puedes levantarte? Tenemos que ir al baño, así podré revisarte.

Jasmine se puso de pie y comenzó a caminar, pero se detuvo abruptamente. Una nueva ronda de lágrimas se materializó. —Duele—, exclamó. —Allá abajo—. Ella trató de apuntar hacia la entrepierna.

Lauren medio la empujó y medio la ayudó a llegar hasta el baño, y la hizo sentarse en el asiento del inodoro.

—¿Qué pasó?

Jasmine señaló la cama. Cuando Lauren se fijó, vio gotas de sangre en las sábanas. De color rojo brillante. Su garganta se anudó. Se obligó a respirar.

—Él... me hizo daño.

—¿Dónde?

Jasmine meneó la cabeza. —Mi piedna.

Lauren se relajó un poco, a continuación, se dio cuenta de que la chica estaba ceceando. —¿Qué pasa con tu boca?

La chica abrió la boca y le mostró la lengua. Lauren retrocedió. Su lengua había sido perforada, pero alguien... o algo... había arrancado el arete de su agujero, y la punta de la lengua era una masa sangrienta.

Lauren cerró los ojos. —¿Cómo sucedió esto?

—Se enojó cuando saqué el adete de mi lengua. Tenía una navaja de afeitad.

—¿Te cortó la lengua?

Ella asintió con la cabeza.

—Oh, Dios mío.

—Me duede—, se lamentó Jasmine. —Musho.

Las ideas se agolpaban en la cabeza de Lauren. La chica necesitaba un médico. Pero ella no podía llevarla a la sala de emergencias sin responder a muchas preguntas. ¿Y a qué hospital podría ir de todos modos? ¿Cómo pagaría por ello? Ella y Derek no habían planeado este tipo de eventualidades. Por supuesto que sabían que habían pervertidos por ahí, pero se suponía que Derek los había investigado. A menos que Jasmine hubiera trabajado por sí sola.

Un hotel muy extraño, que no estaba en la zona geográfica establecida. Los ojos de Lauren se entrecerraron. —¿Quién fue el cliente Jasmine? ¿Cómo te conectaste con él?

—Dedek nos conectó.

Ahí se termina la idea de trabajar independientemente. —¿Era la primera vez?

Jasmine meneó la cabeza y levantó tres dedos.

—¿Qué pasó las dos primeras veces?

—Él etuvo bien. Entonces, no sé. Había estado bebiendo. Yo no quedía venid aquí. La údtima vez fuimos a un dugad mejod. Pedo cuando le dije que me gustadía deunidme con él allí, dijo que no. Que teníamos que venid aquí.

—No debiste hacerlo.

—Él dijo que había hablado con Dedek y que estaba bien.

—No lo está.

—Quiedo id a casa. Quiedo a mi madde. Estoy...— Nuevas lágrimas brotaron de sus ojos.

Maldito Derek. Y también Sara. Malditos sean, por haberla dejado sola. Las cosas estaban fuera de control. Tal vez sólo debía dejar a la chica en la sala de emergencia e irse en el coche. No. La policía estaría allí en un santiamén y Jasmine les diría todo. Ella apretó los labios. —Yo me ocuparé de ti. Sólo dame un minuto.

—¿Qué vas a haced? ¿Dónde idemos?

Lauren miró a su alrededor, negándose a mirarla a los ojos. Por primera vez en su vida, ella no lo sabía.

* * *

Georgia vio cómo Lauren salía del motel veinte minutos más tarde. Su brazo estaba alrededor de una pequeña chica asiática. Juntas, arrastraban los pies hacia su camioneta. La tenue luz creaba sombras irregulares y alargadas en el estacionamiento, pero Georgia podía ver que la muchacha estaba encorvada y sosteniendo su brazo izquierdo. Las dos chicas mantenían la cabeza gacha, pero cuando Lauren levantó la vista para presionar el botón del encendido automático de su coche, se veía perturbada.

Georgia, que se había estacionado a unos doscientos metros de distancia, abrió la puerta de su Toyota. —¡Lauren!— Ella llamó bruscamente.

Lauren se quedó inmóvil. —¿Quién anda ahí?

La chica no podía ver en la oscuridad. —Soy Georgia Davis—. La chica se puso tensa. Georgia bajó de su coche y corrió hacia ellas. Por un momento, Lauren parecía que quería salir corriendo, pero luego como si se diera cuenta de que era una causa perdida, ella se apoyó en su coche. La otra chica miró con temor a Georgia y a Lauren.

—¿Qué estás haciendo aquí?—, preguntó Lauren.

—He estado siguiéndote—. Ella dio un paso más y estudió a la otra chica. —Esta chica necesita ayuda.

—Lo sé.

—¿A dónde la llevas?

Lauren miró al suelo. —Yo... yo iba a llamar a uno de mis... un amigo.

Georgia, frunció el rostro. —¿Por qué?

Lauren miró a Jasmine, y luego a Georgia. Ella se encogió de hombros. —Yo... yo no... yo no sé. No sé qué hacer.

Georgia asintió con la cabeza. Dio un paso hacia Jasmine. —Ayúdame a entrarla en mi coche.

—¿A dónde vamos?

—A la sala de emergencia.

Lauren gritó. —¡No! ¡No puedo!

—Esto no se trata de ti.

—Pero.... ¡Estaríamos... la policía... lo arruinaría todo!

Georgia negó con la cabeza. —Demasiado tarde. Ella tiene que ser vista por un médico.

—¿No puedo solamente... dejarla o algo así?

—¡Nooo!— Jasmine comenzó a llorar de nuevo. —No quiedo estad sola.

—Por favor—. Lauren se volvió y le propinó a Georgia una

mirada suplicante. —Tiene que haber otra manera. Por favor. Yo... estoy muy asustada—. No estaba frío afuera, pero estaba temblando.

Georgia lo consideró. Lauren estaba claramente en medio de grandes problemas. Y tenía razón en una cosa. Si iban a la sala de emergencia, sólo se requeriría un examen superficial de Jasmine, antes de llamar a la policía. Se acordó cuando se reportó en la sala de emergencia por un par de peleas domésticas, cuando ella estuvo en la policía. Había llenado papeleo por días.

Georgia consideró sus opciones. Lauren Walcher estaba en el corazón de este caso. Si Georgia pudiera ayudar a Jasmine sin que las autoridades se involucraran, Lauren le debería. Mucho. Pensó en dónde estaban. No muy lejos de la calle Clark. *A Woman's Place* estaba a la vuelta de la esquina.

—Vamos. Yo sé a dónde iremos.

—¿Dónde?

—La llevaremos en mi coche—. Ella hizo un ademán con la mano. —Vamos.

—¿Por qué habría de hacerlo?

Georgia se detuvo y miró a Lauren. —Porque no tienes otra opción.

—¿Qué vas a hacer?

—Deja de hablar y ayúdame a llevarla a mi coche.

Lauren parecía que quería discutir, pero Jasmine comenzó a llorar de nuevo. Lauren cerró los ojos. —Está bien—. Ella estaba guiando a Jasmine hacia el Toyota cuando Georgia las interceptó. —Espera. Déjame ayudarte.

Ella se preparó, dobló las rodillas, y tomó a la chica en sus brazos. La chica era pequeña, pero cincuenta kilos eran cincuenta kilos. Georgia sentía la tensión en sus músculos. Aun así, cargó la chica hacia el coche.

—Abre la puerta—, le ordenó.

Lauren hizo lo que le pidió y Georgia colocó a la chica en el asiento trasero. Parecía aturdida y débil, pero sus ojos estaban abiertos, y gritó cuando su brazo fue tocado.

—¿Cuál es tu nombre?— Georgia le preguntó.

—Jadmine.

—¿Qué día es hoy?

—Madtes.

—¿Dónde estás?

—En tu coche.

—Está bien—. Entonces dijo a Lauren, —Entra tú también.

Esperó hasta que las puertas estuvieran cerradas y los cinturones de seguridad abrochados. Luego encendió el motor, salió del estacionamiento y se dirigió hacia Clark.

El tráfico era ligero, y diez minutos más tarde Georgia giró hacia Diversey. En el corazón de Lincoln Park, Diversey Parkway era una calle que se reinventaba cada pocos años, pasando de una franja de bares de mala muerte y tiendas a un área comercial de alto nivel. Pero mientras las tiendas atendían los ricos sin tener en cuenta su orientación, los bares en su mayoría eran para homosexuales. Uno de esos bares se encontraba entre una librería y una floristería.

Georgia se estacionó frente a un letrero de neón de una zapatilla de plata que le hacía guiños a los transeúntes. —Ustedes dos quédense aquí. Yo regresaré.

Pero Lauren, que parecía haber recuperado parte de su confianza durante el viaje, se quejó con engreimiento. —¿Qué estamos haciendo aquí? Tenemos que...

Georgia la fulminó con la mirada a través de la ventana. —Ni una palabra más, Lauren.

Lauren le devolvió la mirada. Entonces ella parpadeó.

Una ola de calor, perfume y cerveza, envolvió a Georgia mientras empujaba a través de la puerta de la Zapatilla de Plata. Parejas, la mayoría de ellas eran mujeres, pasaban el rato en las mesas y los reservados. Los solteros bebían en el bar. Georgia fue hasta el final de la barra y miró a su alrededor. Era casi después de las diez, pero no vio a la persona que estaba buscando.

Una habitación en la parte trasera tenía más mesas. Se dirigió hacia atrás. Una pequeña pista de baile estaba en el centro de la habitación. Las luces estaban bajas, y una máquina de discos emitía una suave canción de Patsy Cline. Una pareja estaba bailando. Otra pareja se estaba besando, ajena a todo el mundo. Georgia se sintió curiosa, sin quererlo. ¿Cómo se sentirían los labios de una mujer? ¿Tan suaves como los de Matt? ¿Y un cuerpo de mujer... se sentiría de la misma forma que con Pete, con sus brazos explorándola, haciéndola sentir traviesa pero protegida? Pete. ¿De dónde había salido *eso*? *Matt*. La forma en que Matt lo hacía. Ella sintió que sus mejillas entraban en calor.

Debería regresar a la barra. Mientras se daba la vuelta, Red Sladdick apareció frente a ella. Se veía igual que en la lectura de la poesía: cabello oscuro, labios escarlata, botas altas. Esta noche, sin embargo, ella estaba sonriendo de oreja a oreja. —¿Qué te trae por estos lugares, dulce Georgia?

Georgia detuvo la sonrisa. —¿No me dijiste que eras una enfermera en el Illinois Masonic?

—Lo soy en verdad—. La sonrisa de ella vaciló.

—Necesito tu ayuda. Ahora. Por favor—. Agregó.

—Yo no... qué estás...

—Es importante.

La sonrisa de Red se desvaneció, y arqueó las cejas. Luego asintió con la cabeza. —Iré a recoger mis cosas.

CAPÍTULO
TREINTA Y SEIS

UNA HORA más tarde, Jasmine estaba descansando cómodamente en una pequeña habitación de madera en el Advocate Illinois Masonic. Red había entrado a escondidas a través de la entrada de los empleados y se encontró un interno que accedió a tratar a la chica sin hacer preguntas. Le puso un yeso en su brazo y vendó las peores heridas. Su boca había sido tratada con un antibiótico, y el interno prometió que de todas las heridas, la lengua sería la que se curaría más rápido... probablemente dentro de un día o dos. Hasta entonces, le aconsejó a Jasmine que comiera mucha gelatina y helado. Eso causó una risa de la muchacha, que hizo que Georgia se diera cuenta cuán joven era en realidad.

—Ya vuelvo—, dijo Georgia. —Iré a decirle a Lauren que estás bien—. Lauren estaba en la sala de espera.

—Gracias por todo—, dijo Jasmine.

Georgia asintió con la cabeza y salió al pasillo. Red la estaba esperando. —¿Y qué pasó?—, preguntó en voz baja.

Mientras que ella estaba agradecida por la discreción de Red... y la del médico... no quería decirle lo que estaba pasando. Sin embargo, Red había arriesgado su puesto de trabajo por ellas. Se lo merecía. Lo hizo breve. —Ella estaba prostituyéndose y le hicieron una mala pasada.

Red hizo una mueca. —¿Qué edad tiene?

—Tal vez unos dieciséis años.

Red dejó escapar un suspiro. —¿Y cómo te involucraste?

—Es una de esas largas historias.

Red miró por encima. —Me gustaría invitarte a casa sólo para escucharte, pero tengo la sensación de que tienes cosas que hacer.

—Tienes razón. Pero gracias por todo. No tenías ninguna razón para ayudarme, pero lo hiciste. Podrías haber sido despedida.

—Un día típico de trabajo.

—Te lo debo.

—Es mi suerte—, sonrió con ironía Red. —Que me deba un favor una mujer heterosexual. Y una expolicía.

Era el turno de Georgia para sonreír. —¿Qué tal una cena cuando esto termine?

—Es una cita—. Red puso una mano en el bolso y sacó una tarjeta. —Déjame decirte algo—, su sonrisa se extendió, —toma *mi* tarjeta ésta vez.

Georgia la deslizó en el bolsillo de su chaqueta. Empezó a alejarse, a continuación, se regresó y le dio un rápido abrazo a Red. Mientras salía al pasillo, vio a Red negando con la cabeza.

* * *

Georgia llevó a Jasmine a su casa en Niles, dejando a la chica para que explicara a sus padres lo que había sucedido. Ya no era responsable de ella y no quería involucrarse aun más. Sin embargo, obtuvo una descripción del cliente. Ella le llamaría mañana a O'Malley. Quería atrapar al hijo de puta.

Lauren Walcher, sin embargo, era una historia diferente. Ella estaba sentada en el asiento del acompañante cuando se dirigieron hacia el norte. Georgia miró su reloj. Casi la medianoche, pero los padres de Lauren estaban probablemente acostumbrados de que ella estuviera hasta tarde fuera. Cortó por el este, tomando calles laterales para evitar los semáforos.

Muchas de las casas estaban decoradas para Halloween. Cuando era niña, esa fiesta solía ser la favorita de Georgia: ningún regalo, ni iglesia, sólo trajes y bolsas de dulces. Ella fue una princesa de hadas en un año, el siguiente fue un bombero. Una vez su padre, el jefe del batallón en el Distrito Tres, le trajo un sombrero de bomberos verdadero. Su madre lo rellenó de pañuelos de papel para que no se le cayera.

Ahora, sin embargo, mientras veía a su paso casas adornadas con fantasmas, demonios y monstruos que goteaban sangre, a ella se le ponían los pelos de punta. Algunas de las decoraciones eran más elaboradas que en Navidad, pero todo parecía extraño y siniestro, como si los vecinos estuvieran compitiendo por la decoración más horrible de la cuadra. ¿Cómo había personas que se volvían tan atraídas por lo macabro y morboso? ¿Qué pasó con las calabazas sonrientes de Halloween, el maíz dulce y los fantasmas amigables? Si la gente supiera lo que la verdadera oscuridad era en realidad, regresarían de nuevo a Casper en un santiamén.

Echó una mirada a Lauren. La chica estaba apoyada contra la ventana del pasajero. ¿Quién sabe? Tal vez todo esto contribuía a una anarquía, una rebelión contra la moral que permitía a chicos como Lauren operar en lo clandestino. Ella giró de nuevo hacia Oakton y cruzó por Edens. Cuando la miró otra vez, lágrimas rodaban por las mejillas de Lauren.

Georgia se estacionó al lado de la carretera. —¿Qué te pasa?

Lauren negó con la cabeza y empezó a sollozar.

Georgia esperó, observando el juego de luces y sombras en el rostro de Lauren. La chica seguía llorando, largos sollozos desgarradores que rompían su corazón. Georgia se inclinó sobre ella, abrió la guantera y sacó algunos pañuelos desechables.

—¿Qué está pasando, Lauren?— Preguntó Georgia en voz baja.

—¿Te acuerdas lo que dijiste acerca de los secretos?

Georgia inclinó la cabeza. —¿Quieres decir que a veces también puedes ser un mejor amigo si le dices a alguien acerca de ellos?

Lauren asintió con la cabeza. —Yo... yo no puedo seguir con esto—, sollozó. —Todo se está viniendo abajo.

—Lo sé.

—No. No lo sabes—. Ella giró mostrando su cara llena de lágrimas a Georgia. —Tú no sabes nada.

—Entonces cuéntamelo.

La chica se tragó un sollozo. Su rostro se llenó de temor. —Creo que el que mató a Sara quiere ahora matarme a mí. Y no sé por qué.

CAPÍTULO
TREINTA Y SIETE

JUSTO A la salida de Willow Road entre Northbrook y Glenview, hay un centro comercial con un Steak-n-Shake que permanece abierto hasta la una de la mañana. Implacablemente alegre y limpia, la decoración se esforzaba en parecerse a un estilo art déco, pero su toldo a rayas blanco y negro era demasiado moderno, sus detalles en rojo eran muy fuertes y el oscuro cartel indio iluminado con luces de neón de color rojo, muy desconcertante. Sin embargo, era uno de los pocos lugares en la Costa Norte, donde jóvenes y viejos, adinerados o no, se reunían para aperitivos nocturnos. Georgia se detuvo en el estacionamiento y salió del coche. El derrame de luces artificiales en la calle zumbaba con una tensión eléctrica, creando de la oscuridad un brillo aparente. Lauren se quedó en el coche, no se movió.

Georgia se inclinó hacia atrás a través de la puerta abierta.
—¿Hay algún problema?

Lauren se cruzó de brazos. —Este lugar es un paraíso para los drogadictos. La mitad de Newfield se encuentra aquí. Estoy segura de que me encontraré con gente que conozco.

—Y eso es un problema porque...

Ella miró hacia abajo. —La gente sabe quién eres—, murmuró.

—¿Lo que significa que serás considerada como soplona?

Lauren no dijo nada.

—¿Por qué no simplemente les dices que soy tu tonta prima de Oklahoma?

Lauren casi esbozó una sonrisa. —Georgia estará mejor—. Abrió la puerta del Toyota y salió.

En el interior, una mesera de mediana edad con una camiseta de cuello blanco, pantalones negros y un sombrero que parecía como el que usaría un cocinero de comida rápida las llevó a una pequeña mesa. Tiró dos menús sobre la mesa. —¿Algo de beber?

Lauren asintió con la cabeza mientras se sentaba. —Café.

—Dos cafés, por favor—. Georgia también se sentó.

—En seguida.

Cuando la mesera trajo el café, Lauren tomó el suyo con ambas manos. Georgia le echó un vistazo al menú. —Ordena algo si quieres. Yo lo haré.

Lauren se dio vuelta y miró hacia la pared del fondo, donde tres enormes fotografías en color colgaban. Una foto era de una banana split, otra de un batido de leche y la tercera era una copa helada con chocolate caliente.

—¿Puedo pedir una banana split?—, preguntó Lauren.

—¿Por qué no?

—¿Con chocolate caliente arriba?

Georgia hizo señas a la mesera. —Una banana split con salsa de chocolate caliente arriba y una hamburguesa... vuelta y vuelta, con papas fritas.

La mesera garabateó en su libreta y se fue. Lauren miró a su alrededor y rápidamente se agachó en su asiento.

—¿Alguien viene?— Preguntó Georgia.

Lauren asintió con la cabeza. —Conozco a esos chicos.

Georgia se dio la vuelta. Cuatro chicos, tres de ellos en sudaderas y jeans y una chica con goma de mascar, disparaban miradas curiosas hacia su dirección. Miraron hacia otro lado cuando Georgia los fulminó con la mirada. Se giró de nuevo a Lauren. —Problema resuelto.

Lauren arqueó las cejas, pero se sentó más derecha.

Georgia puso su taza de café más cerca. —Está bien. A mi modo de ver, tienes una opción. Si cooperas conmigo, te protegeré lo mejor que pueda. Pero me tienes que contar todo. Y tienes que cerrar tu... negocio.

—¿Tú sabes de eso?— Cuando Georgia asintió con la cabeza, le preguntó: —¿Cómo?

—*Soy* una investigadora privada.

Georgia podía verla meditando las posibilidades, pensando opciones. —¿Qué pasa con la policía?—, finalmente preguntó Lauren en voz baja.

—¿Qué pasa con ellos?

—¿Me entregarás?

—Si cooperas, no.

—¿Qué pasa si no lo hago?

—Entonces nos iremos de aquí. Y te entregaré esta misma noche.

—No puedes hacer eso. No voy a dejar...— Su expresión se endureció. —Voy a llamar a mi padre.

Georgia lanzó un suspiro. —Ni con tu papá podrás salir de ésta, Lauren. Violaste la ley. Repetidamente. Y las dos personas que la rompieron contigo, están muertas. Habla y ganaremos algo de tiempo para resolver esto juntas, o iré a la policía.

La expresión de Lauren de exceso de confianza se desvaneció. —¿Cuánto tiempo?— Su voz fue sumisa.

Georgia pensó en ello. No era su trabajo averiguar quién mató a Sara Long. Todo lo que necesitaba hacer era plantear una duda lo bastante razonable de que Cam Jordan no la mató. Exponer a Sara como una prostituta funcionaría. Y, sin embargo, Georgia se dio cuenta de que no era suficiente. Tenía que averiguar quién se aprovechaba de estas jóvenes. Tenía que hacer que se detuviera. —El tiempo que lleve encontrar al asesino de Sara Long.

Lauren miró a Georgia. —No crees que el loco lo hizo.

—No. Y, al parecer, tú tampoco.

Lauren se inclinó para decir algo, pero fue interrumpida por la llegada de su comida. Georgia partió su hamburguesa a la mitad y devoró la primera mitad. Lauren tomó un pequeño trozo de banana, cuidadosamente tomó un poco de helado en la cuchara con salsa encima, se lo tragó y luego hizo lo mismo de nuevo. Georgia recordó cómo cuando era una niña trataba de hacer que todo saliera parejo. ¿Es eso lo que Lauren estaba haciendo?

Como si le leyera el pensamiento, Lauren le dirigió una sonrisa avergonzada. Georgia se recordó durante la entrevista en su casa, cómo colgó su pierna sobre el borde de la silla, prepotente y arrogante igual que su madre. Tratando de mostrarle a todos lo fuerte que era. Ésta no era la misma chica. ¿Georgia había finalmente penetrado?

Mordió la otra mitad de su hamburguesa, luego se limpió las manos en la servilleta. —Vamos a empezar por el principio. ¿Cuándo empezó a prostituirse Sara Long?

Lauren miró a Georgia en la pálida luz. El último rastro de resentimiento desapareció de su rostro. Debía de haber llegado a una decisión. —Hace seis meses, yo la recluté.

—¿No fue Derek?

—Todo fue idea mía.

Georgia ocultó su sorpresa. —¿Tú?

—Tuve... unos pocos encuentros—, dijo Lauren.

—¿Tú estabas prostituyéndote?— Georgia esperaba que su rostro estuviera inexpresivo.

Lauren asintió con la cabeza. —Estrictamente de manera independiente. Era... bueno... me gustaba. Me hacía sentir... bueno... como que si yo significaba algo.

Georgia se quedó mirando un rostro que apenas pasaba de la infancia. Un rostro que había visto todas las ventajas, recibido todos los beneficios, y sin embargo, le faltaba todo. ¿Quién... o qué... la había hecho sentir de esa manera? Era una criatura triste, patética. Y sin embargo, sentía un extraño parentesco con la chica.

Lauren debió haber visto algo en la cara de Georgia. —Tú no lo entiendes, ¿verdad?

—¿El qué?

—Lo que es esa increíble sensación de ver a un hombre desearte... de... de esa manera.

Georgia no respondió. Ella tomó el tenedor. —¿Cuándo fue la primera vez?

—La primera vez que tuve sexo por dinero tenía quince años. Empezó como una broma—, dijo con la boca llena de helado. —Conocí a un hombre en el centro comercial. Él era de fuera de la ciudad. Me compró un collar. Sabía que no debería haberlo aceptado, pero lo hice. Me llamó esa noche y me pidió que almorzara con él el día siguiente en el Hyatt.

—¿Sabía lo joven que eras?

—¿Cómo no habría de hacerlo? Probablemente se lo dije en algún momento.

—Adelante—. Georgia puso un poco de ketchup a sus papas fritas y se metió unas cuantas en la boca.

—Me fui de la escuela, y tuvimos un buen almuerzo. Después me dijo que tenía que sacar algo de su habitación y que si no me importaba ir con él. Yo sabía lo que él quería. Yo no era virgen. No desde los trece años. Cuando llegamos arriba, cerró la puerta y comenzó a tocarme.

Se detuvo y miró a Georgia.

—Lo rechacé, pero podía verlo en sus ojos. Acababa de almorzar, pero él estaba... hambriento. Simplemente... hambriento. Sabía desde ese momento que yo tenía el control.

De repente, Georgia perdió el apetito.

—Entonces me desnudé para él. Una prenda de ropa a la vez. Primero mis zapatos, a continuación, mis jeans. Mi chaqueta. Mi camiseta sin mangas—. Ella sonrió. —Sus ojos se abrieron enormes. Su pene también. Empezó a gemir y a tocarse a sí mismo. Después me pidió que lo acariciara—. Hizo una pausa. Entonces ella se rio. —Luego cogimos. Fue culminante. Ni que hablar de controlar a un hombre con su... bueno, ya sabes. Después puso dos billetes de cien dólares en mi cartera—. Ella tocó su banana split con la cuchara. —Mierda. Yo lo habría hecho gratis.

—¿Así que todo se trata de poder?

—Los hombres son tan... predecibles, ¿sabes? Ellos piensan que tienen el control. Pero nosotras somos las que los escogemos. Nadie nos está obligando. Nos están pagando—. Lauren bajó la cuchara. —Simplemente no puedo entender por qué las mujeres tienen problemas con los hombres. Como mi madre. No puedo creer que ella no pueda manejar a Gumby.

—¿Gumby?— Preguntó Georgia, teniendo un vago recuerdo del personaje de dibujos animados de goma.

—Así llamo a mi padre porque se dobla y se extiende en cualquier dirección, sólo para mantener la paz. Aún con todo eso, mi madre todavía lucha con él. Todo el tiempo. Ella debería estar cogiéndolo hasta el cansancio.

Un psiquiatra tendría un festín con esta chica, pensó Georgia. En voz alta, dijo: —Volvamos a ti. ¿Qué pasó después de esa primera vez?

—Decidí que quería hacerlo de nuevo. Pero tuve precauciones. Sólo elegía a hombres que se veían bien. Tipos de familia que parecían no recibir nada en su casa.

—¿Dónde los encontrabas?

Ella sonrió. —En todas partes. Es muy fácil. En los hoteles. Restaurantes. En el centro comercial. Están por todos lados—. Tomó otro poco de helado. —Unos meses más tarde, estaba tan ocupada que no podía mantener el ritmo. Entonces, un día del invierno pasado, me encontré con una mujer en una sala de chat que...

—¿Una sala de chat?

—Sí. A veces conocía a chicos en las salas de chat, ¿sabes?

Lauren estaba hablando libremente ahora. Georgia la había visto antes. Había consuelo en la confesión. Alivio de que todo estaba ahora al descubierto. Y había algunas personas que necesitaban ser elogiadas por sus logros, sin importar cuán criminal o espeluznantes fueran. Personas tan hambrientas por elogios, que incluso un policía serviría. A decir verdad, Lauren *era* astuta. No era fácil tener éxito en un negocio... cualquier negocio... así fueras un niño o un adulto. Georgia se preguntó cuánto estaba ganando.

—De todos modos, esta mujer... por lo menos creo que era una mujer... me dijo que podía ganar mucho más si reclutaba chicas yo misma. Lo pensé y decidí que tenía razón.

—¿No te preocupaba el hecho de que estaba mal?

Lauren se encogió de hombros. —Es una gran manera para que las chicas hagan dinero. Los hombres obtienen placer. Todo el mundo gana.

—¿Qué pasa con el hecho de que es contra la ley?

Un desafío iluminó el rostro de la adolescente. —¿Por qué los adultos siempre toman represalias contra nosotros por querer tener algo de sexo? ¿No es mejor a que una mujer sea violada? ¿O a que los sacerdotes se los hagan a los niños pequeños? Eso es contra la ley, también. Esto es sólo sexo por dinero. Una transacción comercial. Todo el mundo sabe para qué están allí.

Georgia cruzó las manos. Esto no era el momento de juzgar. —¿Cómo contrataste a Sara?

—El invierno pasado, Sara se quejó de su trabajo en la librería. Ella estaba ganando el salario mínimo. Casi nada. Y sus padres no podían permitirse el lujo de comprarle cosas. Había visto mis cosas durante años... sé que le molestaba. Quiero decir, yo le prestaba mi música, mi maquillaje, incluso ropa a veces, pero no era lo mismo—. Tomó otro bocado de banano y helado. —Así que le dije que había una manera para que pudiera ganar algo de dinero de verdad.

—¿Ella no se molestó por la idea?

— No—, la cara de Lauren se llenó de insolencia. —Ella sabía cómo hacerlo. Al menos eso es lo que dijo.

—Significa que ella no era virgen.

—No hay muchas chicas de mi edad que lo sean, sabes.

Georgia no respondió. —Por lo tanto, ¿al principio eran sólo tú y Sara?

—Sara era la única de Newfield.

—¿Qué pasa con Claire? ¿O Heather?

Lauren soltó un bufido. —¿Estás bromeando?

—¿Por qué no? ¿Estás preocupada de lo que ellas pensarían?

—Por supuesto que no. No eran... simplemente no eran de ese tipo.

—Pero hubieron otras—, insistió Georgia. Cuando Lauren asintió con la cabeza, le preguntó: —¿Dónde las encontraste?

—En las tiendas de comestibles, restaurantes 7-11. El mejor lugar es en el centro comercial.

—¿Por qué?

—Te da la oportunidad de analizarlas. Ver dónde encajan—. Lauren apartó un mechón de pelo tras la oreja. —Buscas las chicas que están solas. Si son delgadas, altas y rubias, aún mejor.

—¿Por qué?

—Todo el mundo quiere una rubia. Y trabajan más duro.

Su tono natural era escalofriante. —Como Sara.

Lauren asintió con la cabeza. —Así que vas hacia ellas y te haces amiga. Hablas de ropa, maquillaje o CDs. Haces que te confiesen que necesitan dinero. Luego les dices que sabes dónde pueden conseguirlo.

—¿Qué pasa si te dicen que te largues? ¿O amenazan con ir a la policía?

—Algunas dicen que no están interesadas. Pero muchas otras lo están.

—¿Y después que dicen que sí?

—Nosotros nos enviamos correos electrónicos. A veces iba de compras con ellas para la ropa adecuada. Les decía cómo actuar. Cómo conseguir el dinero por adelantado. Asegurarse de que supieran lo que ellos querían. Qué hacer, qué no hacer. El mejor método anticonceptivo. Tú sabes, las moldeaba.

Georgia tomó un sorbo de café. ¿Lauren estaba jugando el papel de madre/madame para compensar por la madre que nunca tuvo? —¿Cuántas chicas estaban... trabajando para ti?

—La primavera y el verano pasado, alrededor de una docena. Pero después de lo sucedido con Sara y todo, me quedan cuatro.

Sin incluir a Jasmine—. Ella agitó la cuchara en el aire. —Ellas me admiran. Soy su amiga, su hermana mayor, su madre, lo que sea necesario para mantenerlas felices. Y dijo con orgullo: —Y, siempre me aseguro de que estén en casa a la hora impuesta.

Georgia casi escupió el café. —¿Cómo... cómo se involucró Derek?

Lauren explicó cómo se conocieron en una sala de chat de sexo y comenzaron a enviarse mensajes por correo electrónico. —Al principio pensé que era sólo un cliente. Pero entonces empezó a negociar. Él quería un descuento en las chicas, pero dijo que a cambio, me ayudaría a expandir el negocio—. Ella limpió con la cuchara hasta el último bocado de la banana, el último poco de helado y los puso en su boca.

Ella lo logró. Hizo que todo terminara parejo.

—Resultó que había ido a Newfield. Yo no lo conocía, por supuesto. De todos modos—, dijo Lauren, —al final nos convertimos en socios.

—¿Cuándo fue eso?— Georgia tomó la mitad restante de su hamburguesa.

—Derek se involucró alrededor de mayo. Todo sucedió muy rápido. Pensé que necesitaba un hombre de todos modos. Para hacer el trabajo pesado. Él me ayudó a crear el sitio web, lo cual trajo más clientes. Luego él trajo aun más.

—¿A través de su trabajo en la gasolinera?—, preguntó Georgia, entre bocado y bocado.

—Supongo. Nunca le pregunté. Después de un tiempo, nos metimos en ese patrón. Él conseguía los "clientes", y yo conseguía a las chicas. Pero entonces, un par de meses atrás, también empezó a reclutar chicas. Siguió diciendo que teníamos que crecer más deprisa—. Ella jugó con su cuchara. —Le dije que frenara su motor. Porque estaba yendo demasiado lejos y demasiado rápido.

—Dime. ¿Las tripas de pescado? ¿Fue Derek?

Lauren vaciló. Entonces dijo, —Sí.

—¿Por qué?

—Después de que viniste a nuestra casa, le dije que estabas

causando problemas. Estuvimos de acuerdo en que teníamos que hacer algo.

—¿Por qué tripas de pescado?

—Pensé que podrías pensar que estaba relacionado con la reserva natural y las novatadas. Quería mantener tu atención lejos de nosotros.

—Así que fue tu idea.

Lauren mantuvo la boca cerrada.

—Trataste de ser más astuta que yo, ¿eh?

Ella se encogió de hombros.

—De la misma manera en que lo hiciste con Mónica Ramsey.

La boca de Lauren se abrió. —¿Cómo lo...

—No fue una mala jugada. Me engañaste a mí durante un tiempo—. *Y me obligaste a perder un valioso tiempo*, pensó Georgia.

Lauren inclinó la cabeza, como si ella no estuviera segura si debería estar orgullosa o avergonzada. Bien. Mantenla desequilibrada.

—Volvamos a Sara—. Georgia comió el resto de su hamburguesa. —¿Estaba sucediendo algo extraño en sus citas hasta donde tú sabes?

Una mirada triste se apoderó de Lauren.

—¿Qué te pasa?

—Sara y yo... bueno... no estábamos muy cercanas últimamente. Todavía no sé muy bien por qué. Solíamos ser mejores amigas. Nos pasábamos todo nuestro tiempo juntas. Pero entonces, no sé. Nos distanciamos—. Ella miró hacia abajo. —Yo tenía un tío llamado Fred, ¿sabes? Hermano de mi madre. Cuando éramos más jóvenes, él nos llevaba a cenar. A Sara y a mí.

Georgia sonrió. —Suena divertido.

Lauren asintió con la cabeza. —A Sara le gustaba mucho. Solía decir que lo había adoptado como su propio tío. Lo cual nos hacía un tipo de familia especial, dijo. Pero luego tuvo un derrame cerebral. Y luego, murió—. Lágrimas se juntaron en sus ojos. —Y después Sara también.

Georgia tragó saliva. Sabía lo que era sentirse abandonada.

Sentir que has sido arrojada a la deriva, despojada de la estabilidad de las personas que amabas y que pensabas que también te amaban. Quería acercarse y tomar su mano, pero no lo hizo. No era el momento adecuado. Esperó a que Lauren se calmara. —¿Decías... de Sara?

Lauren se aclaró la voz y asintió. —Sí. Algo cambió. Durante el verano.

—¿Tu relación con ella cambió?

Ella asintió con la cabeza. —Yo no sé qué o por qué. Ella empezó a distanciarse.

—¿Esto fue cuánto tiempo después de que ella había comenzado a tener citas?

—Meses. Ella se inició en febrero.

—Así que por lo menos cuatro o cinco meses—. Lauren asintió con la cabeza. —¿Sabías si Sara había reportado algún comportamiento abusivo, como el tipo con el que Jasmine estuvo esta noche?

Lauren negó con la cabeza.

—¿Lo hubiera sabido Derek si así fuera el caso?

—No lo sé. Creo que debería revisar los archivos.

—¿Los archivos?

—Derek me pidió que yo apuntara notas de cada chica y que lo pusiera en un sistema de compartición de archivos. Junto con los clientes y las chicas con las que estaban.

—¿Por qué?

—Él dijo que nunca se sabía cuándo podría ser útil.

¿Estaba Derek planeando algún plan de chantaje... por si acaso? A Georgia no le sorprendería. ¿Quiénes eran estos clientes, de todos modos? ¿Qué tipo de hombre tomaba el riesgo de meterse con una prostituta a sabiendas de que era una menor de edad?

—Creo que deberías revisar los archivos. Por ahora, sin embargo, piensa. ¿Estás segura de que no había nada extraño que estuviera pasando con Sara?

La frente de la chica se surcó. Entonces ella levantó la cabeza.

—¿Sabes? Había algo. Pero yo no sé si... es probable que no signifique nada.

—¿Qué?

—Recibí un mensaje de texto de Derek.

—¿Un mensaje de texto?

—En mi celular. El día de su muerte. Él me envió un mensaje acerca de un cliente.

—¿Qué cliente?

—Uno de nuestros clientes habituales. Charlie.

—¿Y?

—Me preguntó si había oído hablar de él hace poco.

—¿Quién era Charlie?

—Se reunía con Sara todo el tiempo.

Georgia se incorporó. —¿Alguna idea del por qué Derek estaría preguntando acerca de él?

—No. Pero Derek fue asesinado unas horas más tarde.

CAPÍTULO
TREINTA Y OCHO

A PESAR de la mundanidad y la sofisticación atribuida a la Costa Norte, sus habitantes vivían en pequeñas comunidades y villas. Todos ellos caminaban por las mismas calles y compraban en las mismas tiendas, lo que en efecto los hacía una pequeña comunidad cerrada. Georgia esperó a Lauren el sábado siguiente en una de esas tiendas, la cafetería Starbucks en Glencoe.

Lauren le había llamado esa mañana para informarle de lo que había encontrado en los archivos del sitio web.

—No es mucho—, comenzó. —Pero sí...

—Prefiero que lo hagamos en persona—. Georgia la cortó.

—¿Por qué? ¿Crees que alguien...— La voz de Lauren estaba tensa.

Georgia no respondió directamente. —De todos modos, necesitaré una copia impresa de lo que tienes. ¿Por qué no doy una vuelta por ahí y lo recojo?

—En la casa no.

—De acuerdo. ¿Qué tal en el Starbucks de la ciudad?

—Está bien.

Ahora, Georgia bebía un café con leche, observando el ritmo del sábado por la mañana de la vida de la comunidad. El fútbol Americano estaba en temporada alta y los agitados padres acompañados de sus hijos entraban y salían. Los niños vestían uniformes y calcetines de colores llamativos. Otros adultos, los cuales ya habían superado la etapa de hijos en casa, se relajaban leyendo el *Tribune* o el *New York Times*. No había muchos leyendo el *Sun Times*.

Unos minutos más tarde Lauren entró por la puerta. Llevaba unos jeans negros y una sudadera gris ajustada. Sin embargo, sus jeans tenían costuras de diamantes de imitación y la sudadera parecía de seda. Georgia se sentía mal vestida en sus jeans de Costco y una blusa cuello alto.

—Entonces, ¿qué has encontrado?— Preguntó Georgia cuando Lauren se unió a ella.

—Como he dicho, no había mucho—. Ella tiró su bolso sobre la mesa y sacó un gran sobre de papel manila. —Sólo un montón de entradas de Sara con Charlie. Incluyendo su último encuentro.

—¿Su último encuentro fue con Charlie?

—Creo que sí. Es la última entrada en su archivo.

—¿Qué pasa con Charlie? ¿Qué hay en su expediente?

—No mucho—. Señaló Lauren hacia el sobre. —Sólo la fecha en que se registró.

—¿Cuándo fue eso?

—A finales de mayo. Después de que Derek se involucró.

—Prosigue.

—Y cuántas veces utilizó el servicio.

—¿Cuántas fueron?

—Más de dos docenas.

Georgia lanzó un silbido. —Ese es uno de los "frecuentes".

—Él era uno de nuestros mejores clientes.

—¿Sabes quién es o dónde encontrarlo?

Lauren negó con la cabeza. —Era el cliente de Derek.

—¿Tienes su correo electrónico?

—Tengo el correo electrónico que utiliza para comunicarse

con nosotros. Probablemente no sea su correo verdadero. La mayoría de los clientes tienen correos electrónicos anónimos o secretos cuando se relacionan con nosotros.

—Pero los revisan regularmente.

—Claro.

—¿No hay nada en los archivos que indicaría que fuera un loco?

—Sara no hubiera estado viéndolo si lo fuese—, dijo con confianza.

—Y tú sabes eso porque...

—Por lo que dije antes. La mayoría de nuestros clientes son sólo tipos de familia que no reciben nada en casa.

—¿Qué hay del idiota de anoche?

Lauren no respondió durante un minuto. —Hay una sola cosa.

—¿Qué?

—En el archivo dice que sólo quería ver a chicas que fuesen de diecisiete años.

—¿En serio? ¿Por qué haría eso?

—Porque a los diecisiete es la edad del consentimiento sexual.

—Por supuesto—. Georgia se movió. En Illinois, un cliente sorprendido con una menor de diecisiete años, podría enfrentar cargos por violación a una menor. Sin embargo, si la menor tenía más de diecisiete, los cargos eran menos severos. Lo que significaba que Charlie conocía la ley. A pesar de que eso podría no ser significativo. ¿Acaso la mayoría de los hombres profesionales no se fijarían antes de participar en este tipo de deporte?

Lauren le entregó el sobre a Georgia. —Mira. Yo respondí a tus preguntas. Ahora, necesito que respondas la mía. ¿Crees que estoy en peligro?

Georgia puso el sobre en su regazo. —La verdad es que no sé—. Una expresión de ansiedad se apoderó de Lauren. —Pero haré mi mejor esfuerzo para protegerte.

Lauren le lanzó una mirada que decía que no estaba segura de que su "mejor esfuerzo" fuera lo suficientemente bueno.

Georgia se acomodó. —¿Así que eso es todo? ¿Del sitio web?

Lauren asintió con la cabeza.

Georgia estaba a punto de hacer otra pregunta acerca de Charlie cuando el bolso de Lauren comenzó a vibrar.

—Ese es mi celular—, Lauren tomó su bolso, buscó dentro de él, y lo sacó. —Oh—. Su rostro se inundó de calma. —Es Claire. En la línea personal. La llamaré después—. Ella puso el celular sobre la mesa y sonrió, luego se recostó en su silla. Parecía hoy mucho más relajada.

Georgia señaló hacia el mismo. —¿Tienes más de un celular?

Lauren rebuscó en su bolsa y sacó un segundo teléfono. —Este es para los negocios. El otro es personal.

—Tus padres no saben sobre el teléfono para negocios.

Deslizó el celular de negocios en el bolso, y le disparó a Georgia una mirada desdeñosa, que le dijo a Georgia que a pesar de su sofisticación, Lauren era todavía una adolescente.

Georgia tomó un sorbo de café. Estaba frío. —Lauren, ¿te recuerdas que te dije que cerraras todo lo del sitio?

—Yo... no he tenido la oportunidad—, balbuceó ella. —Pero lo haré. Hoy.

—Lo he estado repensando. Creo que debemos mantenerlo en funcionamiento durante un tiempo.

—Pero...

—No tú. Yo.

—¿Tú vas a manejar el negocio?

—Quiero que me des las contraseñas y que me guíes a través de todo lo que necesito saber.

Una mirada pícara apareció en Lauren. —Vas a engañar a Charlie, ¿verdad?

Georgia no respondió, pero la expresión de Lauren decía, que su opinión sobre Georgia acababa de mejorar. —Déjame ayudarte. Yo puedo...

Georgia la interrumpió. —No. Tú estás fuera de esto. Pero te necesitaré para ayudarme a eliminar todo cuando esto acabe.

El rostro de Lauren cambió hasta que su rostro se frunció.

—Por lo menos déjame... De repente se detuvo y se encorvó baja su asiento. —Oh, mierda.

—¿Qué?

La barbilla de Lauren señaló hacia la puerta.

Georgia se dio la vuelta. Andrea Walcher acababa de entrar y se dirigía al mostrador. Se veía elegante con un par de pantalones de corderoy y un suéter color ciruela, pero su expresión era sombría. ¿La mujer jamás sonreía?

Lauren le dio a Georgia una mirada de pánico y comenzó a retorcerse. —Mierda. Se supone que no tengo que estar en el mismo estado que tú. ¿Qué hago?

Georgia contuvo el aliento. No había manera de prevenir lo que se avecinaba. —Haré lo que pueda—, dijo en voz baja.

Pasaron unos segundos antes de que Andrea se diera la vuelta y viera a Lauren. Sus ojos se movieron hacia Georgia, y luego se entrecerraron. Ella llegó hasta su mesa en tres furiosas zancadas, su cuerpo estaba tan tenso que casi temblaba.

—¿Qué diablos estás haciendo aquí?— Ella gritó con una voz que atravesó toda la cafetería.

Lauren pareció encogerse.

Andrea miró a su hija. —¿Cómo te atreves a reunirte con esta... esta...

—Investigadora privada—, terminó Georgia la oración. —Me alegro de verla también, Sra. Walcher—. Ella sonrió con frialdad. —¿Cómo está?

—No se atreva a adularme.

Georgia se maravilló de lo furiosa que estaba la mujer. Se necesitaba una enorme energía para ser tan hostil. —Señora Walcher, su hija era una amiga de Sara Long. Estoy investigando el asesinato de Sara Long. Lauren podría tener información valiosa.

—La advertencia de mi esposo fue clara. Debe permanecer lejos de nosotros y de nuestra hija. Debería de llamar a la policía en este instante. Estoy bastante segura de poder hacer que la detengan por acosar, o invadir, o...

La gente de otras mesas daba miradas curiosas en su dirección.

Georgia puso su mejor cara. —Señora Walcher, entiendo su enojo. Y sé que quiere proteger a su hija. Pero tengo un trabajo que hacer.

Andrea frunció el rostro, su comportamiento pareció vacilar por un instante. Ella se enfrentó a su hija. —¿Te obligó a que hablaras con ella? ¿Te amenazó de *alguna* manera, hijita? Porque si lo hizo...— Ella miró con enojo a Georgia.

La chica miró a Georgia, y luego a su madre. Después de una pausa, dijo: —No. No me obligó.

Georgia sintió el nudo en su estómago aflojarse un poco.

—¿Estás segura?— La voz de Andrea estaba llena de duda.

—Estoy segura.

Andrea Walcher alzó las manos. —No sé si creerte o no. Yo vengo aquí a tomar un café y me encuentro con que estás cómodamente instalada con una investigadora de mala calidad que está tratando de liberar a un asesino—. Ella giró hacia Georgia. —¿Cuánto le pagan?

Georgia se puso de pie y cruzó los brazos. Protección era una cosa. El abuso, otra. —No lo suficiente para lidiar con gente como usted.

El rostro de la mujer irradiaba ira. —Si alguna vez me entero que usted y mi hija han estado en contacto de nuevo, ya sea por teléfono o por correo electrónico o incluso señales de humo, haré que la metan en la cárcel. Puede contar con ello—. Se volvió hacia su hija. —Lauren, ven conmigo. Ahora.

Una mirada terca se apoderó de Lauren. Ella sacudió la cabeza.

Georgia tomó una decisión rápida. Ella quería que la chica confiara en ella, pero no podía entrometerse en la relación madre-hija. Andrea Walcher podría causar serios problemas. Agitó la mano con desdén. —Adelante. Ella no tenía nada que decir de todos modos.

Lauren le dio a Georgia una mirada incierta y se levantó. Georgia frunció el ceño y bajó los ojos. Mientras tanto, Andrea Walcher agarró el brazo de su hija y la llevó hacia la puerta. Lauren miró hacia atrás mientras se abrían paso. Georgia negó con la cabeza.

Una vez que salieron, Georgia pasó una mano temblorosa sobre su cara. La gente como Andrea Walcher disfrutaba haciendo escenas. Y no había nada que pudiera hacer al respecto. Las reacciones de Andrea, y las posibles repercusiones de ellas, estaban más allá de su control. Ella sólo esperaba que la mujer tuviera algo más importante que hacer con su tiempo. Empezó a limpiar la mesa, obligándose a mantenerse concentrada en el caso. Pero mientras que lanzaba servilletas y vasos a la basura, todavía se sentía perturbada y se dio cuenta de que no era todo debido a Andrea Walcher.

Georgia se había encontrado con prostitución siendo policía. Prostitutas menores de edad, también. Pero las chicas de Lauren eran diferentes a las prostitutas de las que estaba acostumbrada. Las prostitutas que recogió siendo policía, cualquiera que sea su motivación... por lo general era por dinero para drogas o para sus proxenetas... evitaban mirarla a los ojos. Puede ser que ellas se les quedaran mirando a los policías masculinos, incluso se les insinuaban, pero de una mujer a otra, lo sabían. A pesar de su apariencia recia, Georgia podía ver esa pizca de culpa.

Lauren sin embargo, no mostró ningún remordimiento. Para ella, y para Sara también, al parecer, la prostitución era una forma legítima como cualquier otra de ganar dinero. Mejor, dado a que recaudaban mucho más. Eran indiferentes, casi arrogantes al respecto, negándose a pensar que la prostitución era auto-destructiva, degradante, o incluso peligrosa. ¿Y para qué? Para impresionar a sus compañeros... en su mayoría otras chicas... con ropa de marca, bolsos, juguetes. Tampoco se trataba de Lauren y Sara solamente. Lauren estaba manejando a otras chicas. Georgia limpió la mesa con movimientos rápidos y vigorosos. Lauren decía que era una situación donde ambas partes ganaban: los hombres se acostaban y las chicas recibían el dinero. Tal vez Lauren estaba en lo cierto. Tal vez *ella* era la única con un mal sabor en la boca.

Agarró su bolso de la parte posterior de la silla, casi disfrutando de su enojo... que era un enojo bueno y limpio, dirigido hacia el exterior para variar... cuando se dio cuenta que el teléfono celular de Lauren se había quedado en la mesa. En la conmoción, la chica lo había olvidado. Georgia lo recogió y lo metió en su bolso.

CAPÍTULO
TREINTA Y
NUEVE

GEORGIA CONDUJO unas pocas cuadras hacia la casa de los Walcher, pensando en dejar el teléfono celular de Lauren en el buzón. Ella no estaba dispuesta a tener otro encuentro con ninguno de los Walcher. Se estacionó en el camino a la orilla de los matorrales que protegían a la casa de la vista. Tomando el teléfono, salió del coche y miró a su alrededor. Las casas aquí eran enormes, y muchas de ellas tenían calles privadas, lo que significaba que el buzón podría estar a cientos de metros de la casa. Revisó ambos extremos de la entrada semi-circular, pero no lo vio.

Ella comenzó a caminar entre los árboles, disfrutando del fresco aroma a pino y enebro. Debe haber llovido durante la noche, porque el terreno estaba blando, y pedazos de tierra se aferraban a sus zapatos. Estaba a punto de salir de la cubierta de los árboles, cuando se detuvo. Un jaguar negro estaba estacionado en la entrada, el motor estaba encendido. Un hombre estaba en el asiento del conductor, y Andrea Walcher estaba inclinada sobre la ventanilla del conductor.

Georgia miró al hombre detrás del volante. Ella sólo podía ver su perfil, pero tenía el pelo canoso rizado y llevaba una chaqueta de ejercicios. Él le resultaba familiar. Ella se agachó detrás de un árbol.

—Necesito hablar contigo—, dijo Andrea al hombre en el coche. —¿Está todo bien con el negocio de la tierra?

Georgia vio al hombre asentir con la cabeza.

—¿Entonces por qué Fred dijo que no lo estaba?— Dijo Andrea con una voz tensa.

El hombre ladeó la cabeza. Georgia podía imaginar su respuesta. —No tengo la menor idea.

Andrea se enderezó y se cruzó de brazos. —Mira. Sé que él estaba molesto por algo. Pero no tuvo tiempo de arreglarlo antes de morir. Tom no quiere hablar conmigo sobre esto, por lo que te estoy preguntando a ti qué está pasando.

Su respuesta fue tan baja que Georgia tuvo que esforzarse para oírlo. —Todo está bien, Andrea.

—No me trates con condescendencia. Él era mi hermano, Harry.

Harry Perl. El promotor inmobiliario que había visto en el Gimnasio North Shore con Tom Walcher y Ricki Feldman.

—Yo nunca haría eso—. De repente su tono destilaba empatía. —Es sólo que... bueno, Tom se hizo cargo de los detalles. Estamos casi listos para iniciar la construcción. Las cosas están avanzando muy bien.

Andrea lo interrumpió. —¿Entonces por qué Fred dijo que quería ir a las autoridades?— Su lenguaje corporal hablaba enojo, pero había algo más también. Preocupación. Tal vez un poco de miedo.

Los hombros del hombre se encorvaron. —Yo no estaba consciente de ello. Pregúntale a tu marido.

Andrea se quedó mirando hacia el coche por un momento, y luego giró sobre sus talones y se fue adentro.

Perl subió la ventanilla y se alejó de la casa. Georgia esperó a que el Jaguar se perdiera de vista. El buzón estaba en frente de la casa, justo a la derecha del estanque con peces dorados. Ella se acercó en silencio y colocó dentro el teléfono de Lauren.

* * *

Fred era el hermano de Andrea. "El Tío Fred", recordó Georgia en el camino hacia casa. Tenía sospechas acerca de un negocio de tierras en el que él y Perl Harry estaban involucrados, pero él murió antes de poder hacer algo al respecto. Ahora su hermana, la madre de Lauren, lo estaba siguiendo.

Georgia recordó la conversación que había escuchado entre Perl, Walcher y Ricki Feldman en el gimnasio. Ella había estado distraída al verla a Ricki, pero creyó recordar algo acerca de un negocio que requería la ayuda de Tom Walcher. Esperaban que Walcher debilitara la resistencia del consejo de la ciudad. Perl... ¿o era Ricki?... le había dicho que usara su "influencia", cualquiera que esa "influencia" fuera. ¿Sería éste el mismo trato?

Estacionó en Asbury y se dirigió a su apartamento. Andrea Walcher se había visto furiosa en Starbucks, lanzándole acusaciones descabelladas y amenazas. ¿Era esto parte de lo que le preocupaba? Tal vez Georgia debería investigar un poco. No estaba directamente relacionado con Cam Jordan o Sara Long, pero no podía seguir adelante con el negocio de la prostitución sin la ayuda de Lauren, y la última cosa que necesitaba, era que la chica se distanciara. Si descubría algo significativo acerca del trato de la propiedad, tal vez ella podría utilizarlo para convencer a Andrea que la dejara seguir hablando con Lauren. Aplicar un poco de "influencia" propia.

De regreso en su apartamento, ella se sentó en el computador y buscó en Google a Harry Perl. Urbanización Perl apareció de inmediato. El sitio web tenía clase... debió haber pagado una fortuna a alguna agencia para que se lo diseñaran. Era una lástima. Su amiga Sam hubiese matado para ese trabajo y probablemente hubiera cobrado mucho menos. Un collar de perlas fue usado para promocionar las "perlas" de las propiedades de la compañía. Si se selecciona alguna de ellas con el ratón, te llevaba a un proyecto diferente, incluyendo un rascacielos en la avenida Michigan, varios centros comerciales y complejos de viviendas en los condados de Will y Lake.

Luego estaba Glen, una comunidad residencial y comercial, construida en lo que solían ser acres de praderas de la región centro-oeste. Había sido una urbanización polémica. Los ambientalistas lucharon para mantener la tierra virgen, haciendo reuniones, organizando protestas e incluso, llevando una o dos maniobras legales complicadas. En última instancia, sin embargo, el proyecto había recibido luz verde, y Perl había construido docenas de casas residenciales, un hogar de ancianos y un motel.

Ahora Perl estaba anunciando un nuevo proyecto al este de Glen. Chestnut 2500 serían dos edificios gemelos de apartamentos con un pequeño centro comercial cercado, de alto nivel. Durante su conversación con Andrea Walcher, Perl le dijo que estaban casi listos para iniciar la construcción. Georgia buscó en su sitio web, otros proyectos en fase de desarrollo. Chestnut 2500 era el único. Glen estaba a pocos minutos de distancia. Tomó su chaqueta.

* * *

Un cielo gris nublado, y un olor húmedo a tierra flotaban en el aire. Georgia giró por Waukegan Road hacia Chestnut. La calle parecía una zona de guerra entre las zonas residenciales y las comerciales, y el lado comercial estaba ganando. Un edificio de apartamentos se alineaba a un lado de la calle, pero se veía abrumado por un centro comercial, un cementerio, y un pequeño complejo de oficinas en el otro.

La propiedad que estaba buscando ocupaba la esquina sureste de Lehigh y Chestnut. Estaba rodeada por una valla de tela metálica, era aproximadamente del tamaño de un campo de fútbol. Georgia caminó a través de un portón abierto. Rodeando el perímetro había un par de grúas y máquinas de movilización de tierra. Un RV blanco estaba estacionado en el borde del campo. Perl no perdía el tiempo.

En el centro había un agujero en el suelo. Georgia llegó hasta él. Por segunda vez ese día, el barro cubría las suelas de sus zapatos. Tomó un palo y lo raspó. Se asomó al agujero, preguntándose qué habría estado ahí antes. Ella no era una ecologista, pero se lamentaba que otra pieza del pasado hubiera desaparecido sin poder servir como una guía en el futuro.

Hizo un giro de 360°. A un lado del campo había un par de casas recién construidas. Por otro lado, un banco y un parque. Pero al otro lado de la calle en el lado norte, había cinco casas de techo plano, que parecían casi desafiantes con su desaliño. La mayoría de ellas tenía descascarada la pintura, porches desarreglados y césped abandonado. Entre las casas dos y tres había un espacio gigante que se parecía a los dientes bien separados de la boca de un niño. Una señal clavada en el jardín decía "Bajo Contrato" en la casa que estaba al final.

Georgia se abrió paso por la calle hasta la casa más destartalada y tocó el timbre.

Una muchacha asiática abrió la puerta. —¿Sí?

La niña parecía ser de la misma edad que Lauren. —Hola. ¿Están tus padres en casa?

La muchacha miró sin expresión por un momento, luego se volvió y llamó rápidamente en otro idioma. ¿Chino? Un sonido de una olla se escuchó atrás, y una mujer salió de la sala. Cuando vio a Georgia, las cejas se le arquearon.

Georgia sonrió. —Hola. Mi nombre es Georgia Davis.

La mujer frunció el rostro y miró a la muchacha.

La chica le tradujo, entonces dijo a Georgia, —Ella no habla inglés.

—Quería preguntarle acerca de la propiedad del otro lado de la calle—. Georgia esperó a que la muchacha tradujera.

La mujer se puso tensa. Su respuesta fue cortante.

—Ella dice que no quiere vender y que por favor se vaya.

Georgia levantó una mano. —Por favor, dile que no estoy aquí para eso.

La chica lo tradujo, pero la mujer le lanzó otro ataque. El rostro de la niña mostró vergüenza. —Lo siento. Tiene que irse—. Ella cerró la puerta en su cara.

Georgia regresó a la acera, preguntándose si debería intentar con otra casa. Lo que estaba haciendo probablemente no le ayudaría a encontrar al asesino de Sara Long, y no le gustaba que le dieran un portazo en su cara. Por otra parte, ella estaba ahí. Le convenía hacer un trabajo exhaustivo. Ella miró hacia las otras tres casas. Una cómoda se apoyaba contra la pared lateral en la tercera casa. Al lado de la cómoda había un grupo de cubos de plástico.

Se acercó a la casa y tocó el timbre. No pasó nada. Después de un momento, volvió a tocar el timbre. Todavía nada. Estaba a punto de irse cuando la puerta del frente chirrió abriéndose. La mujer del otro lado estaba arrugada y vieja. Parches de cuero cabelludo color rosa, brillaban en medio de mechones de pelo blanco y su rostro arrugado tenía una expresión malhumorada. Iba vestida con una bata gastada y descolorida, que era imposible decir de qué color había sido. En sus pies llevaba un par de incongruentes pantuflas azules, aparentemente nuevas.

—¿Sí?— Ella tosió en su mano, una áspera tos con flemas hizo que Georgia quisiera cubrir su rostro.

Georgia asintió con la cabeza. —Hola. Me pregunto si usted podría decirme algo acerca de la propiedad del otro lado de la calle.

La mujer cambió a una manera sospechosa. —¿Qué pasa?

—Tengo unas cuantas preguntas—. Georgia se aseguró de sonreír.

—¿Quién quiere saberlo?

—Mi nombre es Georgia Davis.

—¿Es de esa compañía de bienes raíces?

—No, señora. Soy una investigadora privada.

La mujer negó con la cabeza. Un olor agrio en el aire flotó fuera de la casa. Georgia retrocedió. —Yo les dije que no vendería. Pero siguen husmeando. ¿Hará algo al respecto?

—¿Quién está husmeando por ahí?

—Esa gente de bienes raíces—. Ella miró hacia abajo, a sus pantuflas, como si tuviera miedo de que pudieran bailar lejos de sus pies.

—¿Sabe usted su nombre?

—Algo así como una joya.

—¿Urbanización Perl?

—Ese es. Un tipo con un traje costoso entró airoso y me dijo que quería comprar mi casa. Dicen que están construyendo condominios y tiendas. Yo les dije "ni de broma". Tendrían que sacarme muerta de aquí primero. Ha venido de nuevo un par de veces, pero no hablo con ellos. He estado aquí más de cuarenta años.

—Eso es mucho tiempo.

—Tú lo has dicho. Quiero decir, ¿dónde se supone que deba ir? Mi sobrino dice que me va a encontrar un lugar, Dios sabe que él tiene su propia vida para vivir. Tres niños y una perra como esposa. Pero ahora mis impuestos van a subir tan alto, que es posible que tenga que hacerlo—. Ella suspiró. —Ya no sé lo que pasa. Ellos no tienen corazón. Tampoco alma, ¿sabe?

—¿Qué había antes ahí?

La mujer deslizó sus dedos a lo largo de la cinta de su bata. —Había una estación de gasolina. Y un taller de carrocería. Habían estado allí desde que me mudé.

—¿Conocía usted al dueño?

—Por supuesto que sí, yo conocí a Fred. Fred Stewart.

El hermano de Andrea Stewart. El tío Fred. —¿Le agradaba?

—A todo el mundo. Era gente real. Siempre dispuesto a ayudar, cobraba menos si lo necesitabas. Mi sobrino solía trabajar allí durante el verano. Nunca tuvo algo malo que decir sobre el hombre. Claro, después de que él se enfermó, tuvo que cerrar.

—¿Cuándo fue eso?

La mujer entrecerró los ojos. —Hace como un año. El verano pasado. Tuvo un derrame cerebral, dijeron.

—¿Quién lo dijo?

—No lo sé. Los constructores a quienes les vendió, supongo.

—¿Y cuándo empezaron a venir... los constructores?

—Creo que fue hace unos seis meses cuando el señor "Pantalones Elegantes" dijo que ellos construirían condominios. Y yo iba a tener que vender la casa y mudarme—. Ella fulminó con la mirada la señal que decía "Bajo Contrato" en el jardín de su vecino.   —Probablemente seré la última en aguantar.

—Ya veo—. Georgia asintió con la cabeza. —Bueno, gracias. Le agradezco la información.

La mujer escupió en el suelo. —¿Así que será capaz de detenerlos?

Georgia hesitó. —Si yo fuera usted, llamaría a mi sobrino—, dijo con cautela. —Y le aceptaría su oferta.

CAPÍTULO CUARENTA

GEORGIA ESTABA limpiando su apartamento. Ella había estado fantaseando con cocinar una cena... asado de cordero, papas, verduras, probablemente brócoli y ensalada... se había detenido en la tienda de comestibles en la mañana. No estaba segura para quién estaba cocinando, pero la idea fue sorprendentemente atractiva. El teléfono sonó mientras barría el piso. Había estado pensando en aderezos para la ensalada, una vinagreta balsámica. Ella tomó el teléfono.

—Ya vinieron los resultados del ECC de Cam Jordan—, dijo Paul Kelly. —No es bueno.

—ECC...— El examen clínico de comportamiento. La cena de fantasía se desvaneció. —Llegó rápido. ¿Acaso tú no lo habías pedido hace poco?

—Menos de un mes atrás. Durante la lectura de cargos, la primera semana de octubre.

—Entonces, ¿qué es lo que dicen?

Oyó crujir de papeles. —Te lo leeré: "De conformidad con la orden de su señoría, el abajo firmante... bla, bla"... Espera. Aquí está. "Basándose en el examen anterior y revisión de los registros pertinentes, es mi opinión con un grado razonable de certeza médica, que Cameron Jordan está actualmente en condiciones de enfrentar un juicio. Él no manifiesta ningún síntoma activo o signo de algún trastorno mental que podría"...

—¿No hay signos de trastorno mental? ¿Es una broma?

Kelly soltó un bufido. —Escucha: "Él es consciente del cargo, entiende la naturaleza y el propósito de las acciones judiciales y muestra la capacidad de cooperar con el abogado si lo decide".

—Esas son patrañas. El hombre no sabe ni en qué día de la semana está.

—Te lo dije antes. Este caso está muy *hot*.

—Pero, Ramsey está fuera.

—No significa nada. Sigue siendo un caso candente. Tal vez aún más ahora que todo el mundo sabe que su hija estaba allí. ¿Quién sabe quién tendrá realmente la última palabra, de todos modos?

—¿Quién hizo la prueba? ¿Quién escribió el informe?

—Aquí dice que un psiquiatra de Servicios Clínicos Forenses.

—No lo entiendo. ¿Cómo pueden volver con algo tan... inexacto?

—No puedes decir que estás sorprendida.

—Supongo que no—. Ella suspiró pesadamente. —¿Qué pasará ahora?

—Voy a pedir una segunda opinión, por supuesto. De un psiquiatra privado. Pero no sé si el juez lo concederá o cuánto tiempo tendrán para prepararlo.

—¿Cuánto piensas tú?

—Unas pocas semanas. Tal vez un mes—. Se aclaró la voz. —Pero yo no creo que podamos ignorar las señales. Tenemos que empezar a jugar nuestra mano.

—¿Qué estás diciendo?

—Te estoy hablando de la declaración de culpabilidad.

—Pero él no lo hizo.

—Todavía no podemos probarlo.

—No tenemos que hacerlo. La familia de Cam y la opinión pública se están inclinando a nuestro favor. Pon a Ruth Jordan delante de las cámaras.

Kelly carraspeó.

—En realidad, estamos más cerca de lo que estábamos—. Ella le dijo lo que había investigado acerca de Sara Long y la red de prostitución de adolescentes.

Antes de que ella terminara, Kelly interrumpió. —Así que la chica realmente *era* una prostituta.

—Sí.

—¿Estás segura? ...No puedes hacer ese tipo de acusación sin pruebas.

—Las tengo.

—¿Cuáles?

—Más bien quién. La chica que la estaba manejando.

—¿Su proxeneta era otra chica?

—Su mejor amiga.

—¡Dios Todopoderoso! ¿Consumían drogas?

—No.

—Se escapaban de sus casas.

—No.

—¿Sabes si sus padres abusaban sexualmente de ellas?

—No.

—Entonces, ¿por qué diablos iban las chicas adolescentes...

—Por dinero.

—¿Eh?

—Sara Long quería comprarse cosas que sus padres no podían pagar. Ropa. Maquillaje. Teléfonos celulares de lujo.

—¿Y la otra? La... proxeneta.

—Eso es lo que yo todavía estoy tratando de averiguar. Es... no es nada que haya visto antes.

Él se quedó en silencio. Georgia se preguntó lo que pasaba por su cabeza. Entonces, como si recordara que él era un experimentado abogado que se suponía que no se sorprendiera por nada, cambió de actitud. —¡Esto es maravilloso! ¡Abrirá el caso de par en par! ¿Cómo lo descubriste?

—Es una larga historia.

—Que me contarás, ¿verdad? De hecho, estás camino hacia aquí incluso mientras hablamos, ¿verdad?

—En realidad no Paul. Tengo algunas cosas por resolver.

—Davis...

—Tengo una pista sobre uno de los clientes. Alguien con quien Sara Long se estaba viendo a menudo. Con quien incluso podría haber tenido su último encuentro.

—No. Que la policía se encargue de eso. Tenemos que decirles... ¡Cristo! Esta podría ser nuestra gran oportunidad. ¡Lo que hemos estado esperando!

—Espera un minuto Paul. Esto no se trata de un proxeneta manejando a prostitutas por deporte. No podemos hacerlo público y...

—Davis, nuestro trabajo no es encontrar al asesino. Es crear suficiente duda razonable sobre Cam Jordan para que el jurado no lo condene. Esto nos lleva mucho más cerca de ese camino.

—Lo entiendo, pero...

Kelly hizo un sonido gutural, en algún lugar entre un gruñido y bufido. —No, no lo entiendes. Sigues pensando como un policía. Quieres encontrar al delincuente y deleitarte en la gloria.

—¿Es tan obvio? Cuando Kelly no respondió. Ella continuó. —Paul, dame sólo un par de días más. Cam ya no está en la cárcel. Y tú puedes solicitar otro ECC. Esta cosa se está moviendo. Vamos a atrapar al hijo de puta. Lo sé.

—Debería estar hablando con el fiscal del estado en estos momentos. Y llevando la evidencia conmigo.

—Te la daré. Te lo prometo. Tan pronto como esté en mis manos.

—Pensé que ya la tenías.

—La tengo. Pero quiero más.

—¿Cómo qué?

—Documentación. Una confesión—. Hizo una pausa. —Tal vez incluso, al tipo que lo hizo.

—¿Y cuándo crees que todo esto caerá en tu regazo?

—Un día o dos. Una semana a lo sumo.

—Me estás matando, Davis. Estoy demasiado viejo para esto—. Él parecía exasperado.

—Gracias, Paul—, dijo alegremente. —No te arrepentirás.

Él se quejó de nuevo. —Así que, ¿qué más has encontrado que yo necesite saber?

Se encontraba en un estado de ánimo conversador. —Bueno, de hecho hay algo. No creo que esté conectado con el caso, pero tuve algo de tiempo, así que me fijé un poco, y...

—Ve al grano, Davis.

Ella le contó sobre la conversación de Andrea Walcher con Harry Perl y la propiedad cerca de Glen.

—¿Walcher? ¿Por qué me suena ese nombre?

—Él es el abogado que está trabajando con Perl. Y el padre de la chica que está manejando la red de prostitución. Tú lo investigaste.

—¿Apareció de nuevo?

—Tal vez.

Sopló aire. —Círculos dentro de círculos...

Georgia continuó. —De todos modos, el terreno en cuestión pertenecía al cuñado de Walcher. Fred Stewart. Él se lo vendió a Harry Perl hace seis meses. Solía ser una estación de gasolina pero ahora están construyendo un condominio y un centro comercial cercado.

—¿Una estación de gasolina?

—Sí.

—¿Y la tierra fue vendida hace seis meses?

—De acuerdo con la mujer que vive al otro lado de la calle.

—¿Dices que ya están construyendo?

—Están a punto de hacerlo.

—Interesante.

—¿Hay algo malo en eso?

—¿Por casualidad sabes si alguien tiene una declaración de impacto ambiental sobre la propiedad?

—¿Por qué?

—Cada vez que se tiene una estación de gasolina o tintorería, hay todo tipo de contaminación y suciedad que necesita ser limpiada. Tuve un cliente una vez con una tintorería. Fue una pesadilla con la Agencia de Protección Ambiental EPA.

—¿Qué quieres decir?

—Esas empresas derraman toda clase de basura en el suelo. Con la tintorería, son disolventes químicos y ese tipo de mierdas. Con una estación de gasolina, es peor. Podrías tener tanques de almacenamiento subterráneos con fugas y derrames accidentales que se vierten en el suelo. La tierra se mezcla con todo tipo de cosas tóxicas. Tienes que limpiar. Si se filtra en el suministro de agua, por ejemplo, estarás en graves aprietos...— Era claro que Kelly se estaba animando por el tema. —Incluso si no llega a ocurrir lo mencionado, pagas una maldita fortuna para limpiarlo.

—¿Y?

—El punto es que la limpieza puede tomar por lo menos un año. Por lo general, mucho más. En primer lugar tienes que hacer una prueba y obtener una clasificación de el terreno. Entonces tienes que hacer la limpieza en sí, hacer otro test y presentar un informe final. Cualquiera que esté construyendo con tan sólo seis meses después de haber comprado una estación de gasolina está en serios problemas.

—¿En serio?

—Te lo dije. Mi cliente que compró la tintorería, no pudo hacer nada con la tierra durante casi tres años. Simplemente se quedó allí, chupando el dinero y la sangre de todos.

—Tal vez debería averiguar más al respecto.

—Tal vez deberías hacerlo.

—Gracias.

—¿Oye, Davis?

—¿Sí?

—Este caso finalmente está llegando a un lugar. Ten cuidado.

—Claro.

Entonces le escuchó decir, —...prostitutas adolescentes en la Costa Norte. Dios Todopoderoso.

* * *

En la página web de la EPA de Illinois, Georgia leyó sobre terrenos contaminados, abandonados y muchas monstruosidades que nunca fueron reconstruidos debido a costos de limpieza extremadamente altos, los largos procesos de limpieza, o los riesgos de responsabilidad civil. La tintorería de la cual Kelly estaba hablando debió haber sido una de esas. Sin embargo, la estación de gas de Fred Stewart no era así. Estaba siendo reurbanizada de inmediato.

Ella revisó a través de la página web tratando de encontrar una oficina de la EPA en la Costa Norte, para que ella pudiera hablar con alguien en persona, pero lo más cercano que encontró fue un apartado de correos en Elgin. También encontró un directorio del personal de los funcionarios de Relaciones Comunitarias de Springfield. Ella tomó el teléfono.

Después de ser transferida tres veces, pudo hablar con una persona. Le explicó lo que le interesaba y fue transferida rápidamente. Una nueva máquina de voz dijo que apretara "o" para asistencia inmediata. Ella lo hizo.

Una voz femenina con un definitivo acento sureño de Kentucky respondió. —Habla Zane.

—Hola. Mi nombre es Georgia Davis, y estoy interesada en el estado de un sitio en específico. Me transfirieron con usted por...— ella vio en el sitio web el nombre de la persona que la había atendido. —...Ginger Mitchell.

—Ajá—, dijo Zane después de una larga pausa en la cual Georgia se preguntó si ella todavía seguía allí. —¿Y qué sitio es?

Georgia le dio la dirección del terreno.

—Espere.

Georgia llevó el teléfono en la cocina, agradeció no tener que escuchar música o la molesta charla de la estación de radio mientras la dejaba en espera. Abrió el refrigerador para ver la pierna de cordero que compró por la mañana. Tenía suficiente para alimentar a una docena de personas. El único problema era que no conocía a una docena de personas. Estaba empezando a preguntarse por qué lo había comprado en primer lugar, cuando Zane regresó.

—Veo el informe aquí, pero usted tendrá que presentar una solicitud bajo la Ley de Libertad de Información para obtener una copia.

—¿Cómo puedo hacer eso?

Zane le dijo que había un sitio web por el cual podría solicitar el archivo. O podría escribir una carta.

—Me gustaría el sitio web, por favor.

Zane se lo dictó.

Georgia entró en el sitio y comenzó a introducir la información, mientras hablaba. —Esto es genial. Mientras que estoy esperando el informe, ¿podría responderme una pregunta?

—¿Cuál?

—¿Puede decirme el nombre de la empresa que presentó el informe sobre esa propiedad?

—Bueno señora, técnicamente debería esperar hasta que llegue la solicitud de Libertad de Información.

—Lo estoy enviando ahora mismo.

—Ajá—. Hizo una pausa.

Georgia esperó.

—Bueno, supongo que está bien. Aquí dice que la empresa es Ingenieros Ambientales, Inc.

—Gracias. ¿Tiene alguna dirección de ellos?

Zane le dio una dirección en Skokie.

Georgia decidió probar su suerte. —¿Supongo que todo estaba en orden? ¿Me refiero a que si el informe cumplió con sus especificaciones y todo?

—Bueno, señora—, dijo Zane, extendiendo las dos palabras en

cinco sílabas. —La carta que certifica el estado del terreno salió hace dos meses.

—¿La qué?

—Cuando un terreno se limpia completamente, enviamos una carta que dice que no se necesita más limpieza. La carta se llama No Requiere de Más Remediación, NRMR por sus siglas.

—¿Y eso salió hace dos meses?

—Señora, ya le he dicho más de lo que debería. Tendrá que ver el informe usted misma.

—Por supuesto. Muchas gracias—. Georgia colgó y terminó de enviar su solicitud de Libertad de Información. Le dijeron que le enviarían el informe dentro de dos semanas. Demasiado tiempo para esperar. Ella miró la hora. A pesar de las amenazas de Andrea Walcher, ella y Lauren habían intercambiado apresurados mensajes de correo electrónico ayer. Lauren prometió llamarla después de la escuela con las contraseñas de la página web.

Eso sería dentro de algunas horas.

CAPÍTULO CUARENTA Y UNO

LA COMPAÑÍA Ingenieros Ambientales, Inc. estaba en la remota zona industrial de Skokie, un lugar que estaba lleno de almacenes y plantas pequeñas. Había una aparente similitud entre los edificios: la mayoría eran sólo de un piso, de techo plano con estructuras hechas de ladrillos amarillos indistinguibles. Georgia bordeó por el césped, el cual tenía casi el mismo amarillo pálido de los edificios, y se acercó a dos puertas de cristal. Las letras blancas que estaban en la puerta de la izquierda indicaban que había llegado al mejor diseñador de cocinas en la Costa Norte. Letras negras hacia la derecha deletreaban el nombre de la empresa que estaba buscando.

Dentro había una pequeña habitación con un pasillo en la parte posterior. Una mujer joven con una camiseta negra, pantalones negros y esmalte de uñas negro, estaba sentada detrás de un escritorio gris. Ella levantó la vista de una revista, mientras Georgia caminaba hacia ella.

—¿Puedo ayudarle?—, preguntó con una voz que rayaba en lo maleducado.

—Posiblemente. Estoy buscando al señor... eh...— Georgia pretendió buscar en su bolso un pedazo de papel.

La chica no la ayudó con el nombre. —Él no está aquí.

Georgia sonrió. —Lo siento. ¿Cuál es su nombre?

—Jimmy Broadbent.

—Por supuesto. ¿Cómo podría haberlo olvidado?

—¿Quién es usted?

—Mi nombre es Georgia Davis, y quería preguntarle acerca de un proyecto en el que ha trabajado.

—En éste momento, él se encuentra en el sitio de un proyecto.

—¿En dónde?

La joven suspiró como si Georgia hubiera pedido algo imposible, y revolvió el escritorio. Finalmente tomó un trozo de papel. —En Des Plaines.

Georgia esperó. Cuando no siguió ninguna información extra, ella inclinó la cabeza. —Des Plaines es un lugar muy grande.

Los ojos de la chica se entrecerraron. —¿Para qué lo quiere?

—Teníamos una cita. Ya sabe, si me dice dónde está, dejaría de molestarla y usted podría regresar al trabajo—. Ella hizo un gesto hacia la revista.

La chica miró su revista, y luego a Georgia. Se encogió de hombros. —Está en Wolf y Dempster. La antigua planta de Malden.

Georgia se aseguró de sonreír. —Gracias.

* * *

Jimmy Broadbent se parecía a su nombre: muy robusto, montón de pelo castaño y un cuello grueso. Georgia se preguntó si alguna vez habría sido un boxeador. Vestido con jeans, botas de trabajo, y una chaqueta delgada con el logotipo de Sox, estaba inclinado sobre el suelo a unos tres metros de un edificio abandonado. Mientras se acercaba, ella lo vio meter un taladro de mano en la tierra. Había una maleta abierta con tubos de ensayo ordenados en dos filas y un frasco de vidrio estaba cerca. Después de un momento, sacó el taladro de mano, escarvó más profundo con una pala de mano y puso lo que había recogido en el frasco de vidrio. Ella esperó hasta que cerrara el frasco y escribiera algunas notas en su libreta.

—¿Señor Broadbent?

Él levantó la vista, sorprendido.

—Lo siento. No fue mi intención... en su oficina me dijeron que podría encontrarlo aquí.

Le dio una mirada hostil. —En estos momentos estoy muy ocupado.

—Esto sólo le tomará un minuto. Estoy interesada en un proyecto que hizo para Urbanización Perl.

Él no se movió, pero Georgia sintió que sus músculos se tensaron.

—Lo recuerda, ¿verdad?

Broadbent frunció el rostro. —Yo trabajo en muchos sitios.

—Esa era una gasolinería vieja antes. Pertenecía a un hombre llamado Fred Stewart.

Sus ojos no se inmutaron. —Lo siento. No me suena.

—¿Está seguro? La agencia EPA de Illinois dijo que le habían enviado la carta NRMR hace unos dos meses.

Se encogió de hombros. —Como le dije, trabajo en muchos sitios. Tal vez le dieron la información equivocada. Esos tipos del gobierno arruinan todo.

—Por supuesto. Lo entiendo.

Él la examinó más de cerca. —¿Quién dijo que era usted?

—Mi nombre es Georgia Davis. Estoy trabajando en un asunto que... involucra al hombre que era dueño de la gasolinera.

—¿Tiene una tarjeta?

Había algo en la manera en que él la estaba observando, que le dijo que desistiera. —Lo siento. No traigo ninguna.

Él no dijo nada. Entonces asintió con la cabeza.

—¿Así que usted no recuerda el trabajo en Glenview en absoluto?

Movió la cabeza lentamente. —No.

—Bueno, en ese caso, siento por haberlo molestado.

Ella sintió su mirada sobre ella mientras regresaba a su coche. Broadbent estaba mintiendo, eso estaba claro. Pero ¿por qué? Trató de juntar las piezas mientras conducía de regreso a Evanston. Fred Stewart tiene una propiedad. Había buenas razones para pensar que estaba contaminada. Probablemente se la vendió a Harry Perl, y Broadbent la limpió. Paul Kelly dijo que la limpieza podría tomar años. Pero Perl recibió el visto bueno en un tiempo récord.

No había ninguna razón para que Broadbent mintiera, a menos que tuviera algo que ocultar. Por otra parte, no había ninguna razón para que él le dijera la verdad, tampoco. No tenía idea de quién era o qué quería. ¿Para qué extenderse? De hecho, ¿por qué lo estaba haciendo ella? El negocio de la tierra no tenía nada que ver con Cam Jordan o Sara Long, y ella todavía no tenía muchos argumentos para presionar a Andrea Walcher. Sin embargo, un pensamiento persistente continuó molestándola en su mente: todo era posible cuando tenías al abogado apropiado para arreglar las cosas. Y Tom Walcher, el abogado de Harry Perl, era alguien que arreglaba las cosas.

* * *

Georgia estaba de regreso en su departamento cuando sonó el teléfono unos minutos después de las cuatro. Era Lauren.

—¿Dónde ingresan las solicitudes?— Preguntó Georgia, después de haber entrado en el sitio web.

—Los clientes llenan un formulario, y lo envían como un correo electrónico a mi cuenta de Yahoo. Les contesto con la fecha y el nombre de la chica, y también dónde se van a encontrar.

—¿Cómo puedo acceder a esos correos electrónicos?

—En primer lugar necesitas saber cómo manejarte en la página web—. Lauren le dio a Georgia la dirección de URL, un nombre de usuario y una contraseña. Georgia ingresó la información.

—¿Cómo puedo hacer cambios?

—Es un poco complicado. Nosotros usamos Dreamweaver. Luego lo subimos al servidor. Por el momento, es conveniente que dejes que lo haga yo—. Hizo una pausa. —¿Qué cambios quieres hacer?

—Ninguno por ahora—, dijo Georgia. —Tal vez luego. ¿Y la cuenta de correo electrónico?

Lauren le dio otra contraseña y nombre de usuario. Georgia entró en la cuenta de Yahoo, luego ingresó el nombre de usuario de Lauren y la contraseña. Ya en el sitio web, entró de un salto a una página que decía "mensajes entrantes". No había ninguno.

—¿Cómo es que no hay ningún mensaje? Pensé que tenías clientes que escribían todos los días.

La voz de Lauren se hizo más suave. —Bueno, mira, es que le envié un mensaje a todo el mundo.

—¿Qué tipo de mensaje?

—Yo... yo les dije que nos iríamos de vacaciones. Que no habría ningún servicio durante un tiempo. Pero que pronto estaríamos de vuelta.

—¿Por qué?

—Después de lo de Derek, bueno, yo... me asusté, así que decidí dejar de trabajar hasta que las cosas se enfriaran.

—Probablemente no es una mala idea—, admitió Georgia. —¿Sabes si Charlie recibió ese mensaje?

—Claro.

—Bien. Ahora, ¿cómo puedo enviar un correo electrónico?

—Una vez que hayas iniciado sesión en la cuenta, envía un correo electrónico como lo harías desde tu propio equipo.

—Cuando envíe un correo electrónico, ¿de parte de quién dirá que es?

—He estado usando el nombre de "Yvonne".

—¿Derek puso esto en funcionamiento?

—Sí. Pero no es algo del otro mundo—, dijo. —La gente lo hace todo el tiempo.

Georgia escuchó un rastro de petulancia en su voz. —¿Cómo están las cosas con tu madre?

Lauren hesitó. —A ella no le agradas mucho.

Georgia se echó a reír. —Eso no es ninguna sorpresa.

—En realidad, ella no piensa en ello, ¿sabes? Aparte de decir que eres un pedazo de mierda, ella estaba asustada por otra cosa.

—¿El qué?— Georgia se hizo la inocente.

—Algo sobre el tío Fred, creo.

—¿Qué pasa con el tío Fred?

—Te dije que murió hace unas semanas, ¿recuerdas? Bueno, tengo la sensación de que hay cosas que no están funcionando de la forma en que ella pensaba que funcionarían.

Georgia rebotaba un lápiz en el escritorio. —¿Qué cosas?

—Su testamento o algo así. No lo sé—. Dijo Lauren con impaciencia. —Georgia...

Georgia dejó de rebotarlo. Esta era la primera vez que Lauren la había llamado por su nombre.

—Si los asesinatos de Sara y Derek están conectados al negocio, entonces... ¿qué pasa si yo soy la siguiente? Por favor...— Su voz se apagó.

—¿Qué?— Preguntó Georgia con suavidad.

Hubo una pausa. Entonces dijo, —...por favor no me dejes sola.

—No lo haré—. Georgia se detuvo en seco. Estaba sorprendida, casi le dijo "corazón".

Pensó en llamar a O'Malley. Si alguien estaba tras Lauren, los policías tenían más recursos de investigación que ella. Si era así, sin embargo, todo saldría a la luz y la vida de Lauren... así como la de sus padres... nunca sería la misma. Además, la policía no hacía mucho para proteger a las personas hasta después del hecho. Se aclaró la voz. —Mira. Estás haciendo lo correcto. Detuviste el negocio. Te estás divorciando de la operación. Y estás hablando conmigo. Yo estoy de tu lado—. Esperaba sonar convincente.

—Gracias—. Dijo Lauren casi susurrando.

Ella siguió jugando con su lápiz. —Escucha. Tengo otra pregunta. Dónde llevaba Charlie a Sara para sus...— Ella no se atrevía a decirle sus encuentros sexuales. —¿Dónde se encontraban?

—A Charlie le gusta el McCormick—. Cuando Georgia no respondió, ella añadió: —Ya sabes, ¿al que le llaman el lugar del coronel? Es en Highland Park. Es más elegante que el Hyatt, pero...

—Lo sé—. Georgia rompió el lápiz en dos.

* * *

El hotel McCormick recibió dicho nombre por un ciudadano poderoso de Chicago, Robert Rutherford McCormick. Conocido como "El Coronel" por su periodo como oficial de artillería en la Primera Guerra Mundial, McCormick heredó el *Chicago Tribune* de su abuelo y lo administró por varias décadas. Sus políticas fueron semejantes a las de Atila el Huno, y a menudo se sobrepasaban identificando a los partidarios del FDR como "*soviéticos*", por ejemplo, y se metían con los liberales del este dándoles apodos sarcásticos. Pero el coronel McCormick era bien educado, un hombre sofisticado y elegante, el hotel que llevaba su nombre lo reflejaba. Escondido en la parte boscosa de Highland Park, atendía a personas con negocios en Lake o al norte del condado de Cook. Georgia lo sabía porque había pasado un fin de semana allí con Matt. Fue el fin de semana en que rompieron.

Se levantó y se sirvió un vaso de agua. Se lo bebió todo. Cuando volvió a la computadora, ingresó en la lista de correo y se encontró con el correo electrónico de Charlie. Abrió el programa de correo electrónico, inició un nuevo mensaje como "Yvonne", y procedió a escribir.

—¡Sólo para nuestros clientes especiales! Un nuevo envío ha llegado: jóvenes, rubias, sexis y garantizamos que les darán placer en cada centímetro de su cuerpo. Para presentarlos a estas nuevas bellezas, ¡estamos reduciendo los precios en un 50 por ciento! Esta oferta sólo durará por tres días, así que si está interesado, actúe ahora.

Lo estaba revisando cuando sonó el teléfono. El sonido la hizo saltar. Extendió el brazo para alcanzarlo. El identificador de llamadas decía "privado". Contestó.

—¿Hola?

No hubo respuesta.

—¿Hola? ¿Quién está ahí?

Ni una palabra, pero le pareció oír a alguien respirar. Rápidamente colgó. Ella no jugaba a llamadas telefónicas con idiotas.

Regresó a la dirección de correo electrónico. Sonaba bien. Hizo clic en "Enviar". Luego cambió la contraseña tanto para el sitio web como para la cuenta de correo electrónico de Lauren. Sólo para estar segura.

Esa noche, Georgia encendió las velas. Llevó una de ellas al sofá y la colocó en la mesita al lado de ella. La había comprado en Galena hace dos años durante un fin de semana con Matt. Tenía olor a vainilla. Se recostó respirando la fragancia, y luego se entregó al sueño.

CAPÍTULO
CUARENTA Y DOS

LENNY TENÍA el físico de un camión con una carga extra ancha. Matt no quería meterse con él. Tampoco era hablador. No dijo mucho acerca de cuando se había ido, y no parecía que quisiese ser cuestionado. Así que fue una sorpresa cuando Lenny le dijo que harían un trabajo juntos.

—¿Qué tipo de trabajo?

—Tú eres el tirador, ¿no?

—¿Sí? ¿Por qué?

Lenny llegó hasta su camioneta y abrió la puerta de atrás. Tendido en el asiento estaba un rifle Remington 700. Lenny lo miró.

—¿Sabes manejar uno de estos?

Él asintió con la cabeza.

—Bien—. Lenny se inclinó, recogió algo del suelo, y se lo entregó a él. Era una mira telescópica de francotirador DNWS26 Día/Noche. —Me ahorra la molestia de enseñarte.

Matt deslizó sus manos en el bolsillo. —Esto es de muy buena calidad.

—Sólo lo mejor.

—Entonces, ¿cuál es el objetivo?—, le preguntó casualmente.

—La investigadora privada. Ella es un problema. El jefe quiere a la tipa fuera del camino.

—¿A la que yo estaba vigilando?

—Sí. Y tú lo harás.

—¿Cuándo?

—Esta noche—. Movió Lenny la cabeza y lo miró con una expresión curiosa. —¿Tienes algún problema con eso?

Matt no reaccionó. Luego meneó lentamente la cabeza. —No hay problema. Ninguno en absoluto.

* * *

Se reunieron en el patio trasero de la casa al otro lado de la calle de su apartamento, a las dos de la mañana. Lenny le entregó la Remington. Le había fijado un silenciador al cañón.

—Todavía va a ser fuerte—, Matt señaló hacia el silenciador.

—*No hay problema*—. Lenny miró al otro lado de la calle. —Ridge está a sólo una cuadra hacia el este. Si alguien lo escucha, pensarán simplemente que es un camión—. Lenny se dio la vuelta y apuntó a un muro de contención en la parte trasera que se elevaba unos tres metros por encima del resto del jardín. —Ponte allá arriba.

Matt tomó el rifle y se retiró a las sombras de los árboles perennifolios en la parte superior del terraplén. El triciclo de un niño estaba delante de él, una carretilla roja al lado. Pensó en usar la carretilla para apoyar el rifle, pero luego la pateó del camino.

Debajo de él, Lenny paseaba yendo y viniendo, murmurando acerca de la ventana y a dónde debía apuntar. Podía verlo por sí mismo. Ella estaba en el sofá. No se había movido. Una vela ardía a su lado.

Lenny se detuvo y miró su reloj. —Vamos, hazlo.

Miró a través de la mira telescópica. Él sólo podía ver la parte posterior de su cabeza. Corrió el cerrojo hacia atrás, metió una ronda en la recámara, y apuntó. Entonces apretó el gatillo.

El tiro salió desviado. —¡Mierda!

—¿Cómo mierda fallaste?—, exclamó Lenny. —¡Se supone que eres un tirador de primera!

Él negó con la cabeza. —No lo sé. La tenía en la mira. Tal vez ella se movió—. Pero ella nunca se movía en su sueño. —O tal vez fue la ventana. Al disparar a través del vidrio puede desviarse la bala.

—Maldita sea, a la mierda con todo—, dijo Lenny. —¿Qué voy a decirle al jefe? Contaba contigo.

—Lo siento, hombre. Solo tienes que decir la verdad.

Lenny lo miró. —Sí. Bueno, espero que no te estés encariñando de este trabajo.

Matt se quedó mirando la ventana y vio parpadear una luz desde el interior. —Oh, Dios mío.

Lenny giró. —¿Qué es lo que...?

—¡La vela!—, susurró. —Había una vela. La bala debe haberla pegado. ¡Creo que empezó un incendio!

Lenny entrecerró los ojos y miró a través de la calle. La luz pareció ponerse más brillante. —¡Mierda! Creo que tienes razón—. Miró a su alrededor. —Eres un suertudo saco de mierda, ¿lo sabías? Será mejor que esto complete el trabajo.

Matt se humedeció sus labios. Todavía no se había movido. —Supongo que sí.

Lenny miró a su alrededor. —Oye, salgamos de aquí. Antes de que el departamento de bomberos venga.

—Sí. Mierda—. Quitó su mirada de la ventana y se obligó a mirar a Lenny. —Lo siento mucho, Lenny.

Lenny agarró la Remington y se dirigió a su camioneta a la vuelta de la esquina. —Nos vemos de regreso en la casa.

Él asintió con la cabeza y se fue a su coche. Por lo menos habían conducido por separado. Arrancó el motor, y tomó el volante. Antes de poner el coche en marcha, sacó su celular y marcó un número familiar.

CAPÍTULO CUARENTA Y TRES

UN SONIDO estridente despertó a Georgia. Vagamente consciente de que todavía estaba en el sofá, se dio la vuelta y buscó a tientas el teléfono inalámbrico.

—¿Sí?— Dijo con voz ronca, sus ojos estaban todavía cerrados.

No hay nadie, pensó aturdida. Maldita sea. ¿Cuándo estas llamadas se detendrían? Ella tiró el teléfono de vuelta en el suelo. Un pequeño dolor le llegó a la cabeza, se sentía con fiebre y sudorosa. ¿Había subido la calefacción anoche? Ella debería irse a su habitación. Siempre estaba más fresco ahí. Poco a poco abrió los ojos.

La luz parpadeó detrás de su cabeza. Por un momento, se sintió desorientada. A continuación, un olor a quemado asaltó sus fosas nasales. Se levantó de golpe y saltó del sofá. Las llamas lamían sus cortinas, produciendo olas de humo negro y espeso. Aspiró una bocanada de aire caliente y sofocante. El fuego estaba contenido en las cortinas, pero se movía con rapidez. Y no tenía un extinguidor de incendios. Corrió al baño, tomó una toalla y la empapó de agua. La puso sobre su cabeza, volvió a la sala y abrió la puerta principal.

Mierda. No debió haber hecho eso. La repentina corriente de aire creó una nueva línea de llamas que se extendían por el suelo hasta el sofá, el mismo sofá en el que había estado durmiendo hace un momento atrás. Corrió hacia el pasillo. La caja de alarma de incendios estaba en la pared opuesta. Ella rompió el vidrio y tiró de la palanca. Una penetrante sirena se escuchó a través del edificio. Ella golpeó la puerta de su vecino.

—¡Fuego! ¡Todo el mundo fuera! ¡Fuego!—, gritó. —¡Alguien llame a los bomberos!

Su vecino del otro lado del pasillo, un estudiante de postgrado de la Universidad de Northwestern, abrió la puerta. Un teléfono portátil estaba pegado a la oreja. Su compañero de cuarto se asomaba detrás de él. Ambos se encontraban en camisetas y boxers. —Los acabo de llamar.

—Bueno. Voy a subir—, gritó Georgia. —Despejen el primer piso mientras van hacia la salida.

Los hombres corrieron escaleras abajo. Georgia cerró su puerta con fuerza y corrió hasta el tercer piso. Ella golpeó la puerta de Pete.

—Pete. Abre. ¡Hay un incendio!

Una mujer con una expresión de pánico abrió la puerta al otro lado del departamento de Pete. Dentro, un bebé estaba llorando.

—Tome el bebé y salga—, gritó Georgia. —¡Ahora!

La mujer asintió y se dio la vuelta. —Está bien, cariño. Aquí está mamá.

Georgia miró las escaleras del segundo piso. A pesar del hecho de que ella había cerrado la puerta de su apartamento, espirales de humo se filtraban por debajo del borde. Con el tiempo, se levantarían y se acumularían en el techo. Si se mantenía abajo en el suelo, ella estaría bien. Puso la toalla más abajo de la frente y golpeó la puerta de Pete de nuevo.

—Pete. ¡Despierta! ¡Ahora!

Georgia contó hasta cinco, y luego golpeó de nuevo. La vecina de Pete corrió al lado suyo cargando al bebé en sus brazos. —Yo no lo he visto durante todo el día—, gritó mientras corría por las escaleras. —Tal vez él no está en casa.

Georgia se detuvo. Si Pete no estaba en casa, estaba perdiendo unos segundos preciosos. Ella debería salir del edificio mientras podía. Pero Pete tenía un tobillo roto. Él estaba en muletas. Ella pensó en derribar la puerta y hacer una búsqueda rápida. Pero eso llevaría tiempo.

El humo se espesó en el pasillo y empezó a ondular hacia el techo. Ella podía saborear el hollín. Se estaba poniendo difícil para respirar. Se arrojó contra la puerta por última vez, y golpeó contra ella hasta que sus nudillos le dolieron. —Pete Dellinger. Si estás ahí, sal ya, demonios. ¡Hay un incendio!

Otros diez segundos pasaron. El humo cubrió el aire y el calor la oprimió. Gotas de sudor se asomaron por su frente. Ella miró hacia atrás por las escaleras. Una luz irregular debajo de la puerta, le dijo que las llamas habían llegado hasta la pared. No podía esperar más. Corrió bajando los escalones de dos en dos. Había bajado apenas el segundo piso y estaba en camino al primero, cuando oyó una puerta abrirse. Una suave voz llamaba.

—¡Ayuda!

Ella se detuvo. —¿Pete?

—¿Georgia?

Se dio la vuelta y corrió de regreso a la plataforma del segundo piso. Vio llamas naranjas debajo de su puerta. El humo se volcaba sobre ella en oleadas, congestionando su garganta y nariz. Ella siguió su camino. —¡Ya voy!

Con dificultad subió de vuelta hasta el tercer piso donde se encontró con Pete apoyado en sus muletas. Su cara estaba cubierta de sudor y respiraba con dificultad. Se quitó la toalla de su cabeza y se la puso encima. —Cúbrete la cabeza con esto—. Entonces ella se puso de centadilla en el tercer escalón de la parte superior. —Tira las muletas y sube a mi espalda.

Tomó la toalla, pero negó con la cabeza. —No. No podrás cargarme—. Su voz estaba ronca y estaba tensa.

—Tenemos que intentarlo. Date prisa. No tenemos mucho tiempo.

Se agachó otra vez, dándole la espalda.

—Esto no va a funcionar—, dijo con voz temblorosa.

—Maldita sea, Pete. Pon tu trasero en el suelo y deslízate hacia mi espalda. Luego agárrate y no te sueltes.

Hizo lo que ella le dijo, pero cuando ella sintió que su peso se asentaba en la espalda, el aire que había logrado mantener en sus pulmones, salió volando. Ella hizo una mueca. No podría cargarlo por dos tramos de escaleras. Pero tenía que intentarlo.

—¿Listo?

—Sí.

Ella bajó con su trasero por las escaleras, un escalón a la vez. Bajó tres escalones más hacia abajo, pero la tensión en la espalda era insoportable. Miró hacia la planta baja. Las llamas estaban ahora en el pasillo, escalando la pared exterior de su apartamento. El calor era insoportable. Ella escuchó el sonido de las sirenas cortar a través del aire. Gracias a Dios. Pero todavía estaban a unos minutos.

—Georgia, detente—. Dijo Pete. —No podemos hacer esto.

—¡Cierra la puta boca!

Ella avanzó un paso más abajo. Dos más y estarían en la plataforma. Trató de tomar aire, pero respiró aire caliente y humeante. Siguió su camino. Logró llegar a la plataforma.

—Tengo que descansar—, jadeó.

Él la soltó y rodó de vuelta al suelo. Ella respiró más humo y empezó a toser. Giró. Pete luchó para sentarse. Se arrastró hasta él y lo ayudó para levantarse. Cuando estuvo estable, él negó con la cabeza. —Sigue adelante. Yo... bajaré yo solo.

Las sirenas eran más fuertes ahora. Alguien gritó desde abajo. —Georgia, ¿dónde estás?

Ella trató de responder, pero su voz salió como un susurro.

La voz de Pete prevaleció sobre la de ella. —Segundo piso—. Respondió con voz ronca. —¡Necesitamos ayuda!

—Vamos para allá. ¡Sólo aguanta!

—Georgia...— la voz de Pete sonaba apagada, como si estuviera a distancia.   —Tienes que salir de aquí. Yo... me las arreglaré.

Trató de levantarse, pero el calor, las llamas y el humo eran demasiado. Sus pies se deslizaron delante de ella. Todo comenzó a girar. Una oscuridad se deslizó por el rabillo de sus ojos. Luego se apagó todo.

* * *

Cuando volvió en sí, estaba tendida en una zona de césped marchito. Oyó el fuerte sonido de radios transmisores y receptores, voces que gritaban, el zumbido de los motores encendidos. Poco a poco sus ojos se abrieron. A su izquierda, un remolino de luces rojas y azules. A su derecha sintió, más que ver nada, una multitud de personas.

—Oye, está volviendo en sí—, dijo una voz masculina. Rostros borrosos aparecieron en su campo de visión. —Denle un poco de aire. Todo el mundo atrás—. Los rostros se retiraron, quedando sólo dos. A medida que enfocaba, vio que se trataba de un policía de uniforme. La otra era una mujer con una bata quirúrgica azul y una sudadera. Un paramédico. Ella tomó la muñeca de Georgia y se quedó mirando su reloj.

—¿Cómo está... Pete?— Georgia murmuró. Su voz sonaba hueca y apagada. Su boca y su nariz estaban cubiertas con una máscara de oxígeno.

—No hables—, ordenó la mujer, manteniendo la mirada en su reloj. Unos segundos más tarde, soltó la muñeca de Georgia y envolvió un brazalete para tomar la presión arterial alrededor de su brazo. Georgia esperó a que terminara y luego se quitó la máscara.

—El tipo con la fractura en el tobillo—, dijo otra vez. —¿Cómo está?

El paramédico tomó su estetoscopio de los oídos y desenvolvió el brazalete. —Tragó un poco de humo, pero él estará bien. Nos lo llevaremos por una noche—. Tomó la máscara.

—¿Y todos los demás?

—Todos lograron salir bien, pero hay que ponerte esto de nuevo.

Georgia negó con la cabeza y se levantó y se apoyó en los codos. Aspiró el aire frío. Se sentía muy fresco.

—¿Me has oído?— Regañó el paramédico. —La máscara—. Le ajustó la máscara y la puso nuevamente en el rostro de Georgia. —No quiero que te hagas daño antes de que un médico te vea.

Ella sacudió la cabeza otra vez. —No iré al hospital—. Murmuró a través de la máscara.

—Puede que no tengas otra opción.

Georgia se le quedó mirando.

El paramédico parpadeó, se levantó y volvió a la ambulancia. Georgia se volvió hacia el policía, comprobó que el paramédico se perdiera de vista y se quitó la máscara de oxígeno. —¿Y? ¿Qué pasó?

—Una de las velas cayó y se inició un incendio. Al menos eso es lo que pensamos.

—Eso nunca me había sucedido antes.

—No a ti, tal vez. Pero a veces ocurre. Fue un maldito accidente, pero accidente al fin—. Él inclinó la cabeza. —Tengo un par de preguntas. ¿Te sientes bien para contestarlas?

—¿Tengo alguna opción?

—En realidad no.

—Ayúdame a levantarme.

El policía la ayudó a sentarse. Una ola de mareo pasó sobre ella y mantuvo la cabeza baja hasta que pasó. Alguien le trajo una manta y la echó sobre los hombros. Ella levantó la vista con gratitud, y ahora que el fuego estaba bajo control, el aire de la noche estaba frío. El humo seguía saliendo por la ventana, y una brasa ocasional flotaba seductoramente hacia el suelo.

Las mangueras se extendían hacia la puerta principal y se enroscaban en la escalera hacia el segundo piso. Bomberos y policías se arremolinaban por todos lados, algunos haciendo bromas con la forzada serenidad que la gente asume una vez que el peligro ha pasado. Atrás cerca de la ambulancia, Pete estaba tendido en una camilla, y el paramédico que le había tomado los signos vitales estaba con él.

De repente, un movimiento que vio de reojo le llamó la atención. Al margen de la multitud una figura se deslizaba por la parte trasera de un camión de bomberos, hacia las sombras. Ella alcanzó a ver sólo eso, pero estaba segura de que había sido un hombre con el pelo oscuro y rizado y de cuerpo delgado, el cual le era demasiado familiar. Familiar como Matt.

—Oficial.

El policía a su lado, levantó la vista de un formulario que acababa de unir a un portapapeles. —¿Sí?

—¿Quién era ese?

—¿Quién?

Señaló hacia el camión de bomberos. —El hombre que acaba de desaparecer detrás del camión.

El policía miró hacia esa dirección. —Yo no vi a nadie.

—Alguien nos estaba observando. Por allí. Luego se alejó.

Un motor se escuchó como a cien metros por la calle. Un coche arrancó y se alejó.

Georgia estiró el cuello. —Ahí va—. Ella extendió sus manos y trató de levantarse.

El policía la bloqueó. —No puede hacer eso ahora. Los paramédicos nos matarán.

Ella le permitió sentarla nuevamente. Una nube de inquietud se apoderó de ella.

CAPÍTULO CUARENTA Y CUATRO

APESAR de la insistencia de los paramédicos en que fuera al hospital, Georgia pidió prestado un celular y llamó a su amiga Sam, quien condujo desde Glenview y la llevó a Georgia a su casa. A la mañana siguiente Sam la trajo de vuelta para evaluar los daños. El piso de madera se había quemado y tenía marcas negras en su superficie, y los muebles de la sala estaban más allá de la reparación. Entre el humo y las llamas, la mayor parte de su ropa en el armario del pasillo estaba también arruinada. Si hubiera sido del tipo de mujer que le gustaba ir de compras, habría sido un golpe de suerte, pero para ella, sustituirlas sería un trabajo.

A sus vecinos les había ido mejor. Aparte del olor a humo que impregnaba el edificio y que persistiría durante varios días, nadie había sufrido una pérdida significativa. De hecho, todo el mundo, incluyendo Pete, estaba de vuelta en su apartamento.

Ella estaba dando otra vuelta en el lugar, cuando se dio cuenta de un anillo de círculos concéntricos tipo araña en la parte inferior de la ventana de la sala. Se detuvo para examinar las marcas. En el centro del círculo estaba un pequeño pero distintivo agujero cónico. Sabía lo que hacía un agujero de esa forma. No había sido un incendio.

Un escalofrío le recorrió la espalda. Se asomó por la ventana para ver la casa de enfrente. Vio el triciclo y la carretilla roja, el muro de contención en la parte trasera. Demasiado espacio para el nido de un francotirador. Se dio la vuelta, imaginando la trayectoria de una bala a través de su sala de estar. Ella corrió hacia la pared opuesta. Había un agujero negro en el panel de yeso, el tipo de agujero que podría haber sido hecho por una bala que penetró en la pared. Miró de nuevo hacia la mesa donde había colocado la vela que encendió el fuego. Estaba en la misma trayectoria.

* * *

—¿A quién molestaste?—, preguntó el idiota de Evanston.

—No sé—, dijo. Se había debatido sobre si llamar a la policía, pero luego decidió que era una tontería no hacerlo. Cuando llegaron, señaló el terraplén a través de la calle donde probablemente había estado escondido el francotirador. Ella no se sorprendió cuando no encontraron ningún casquillo de bala, huellas u otras pruebas. Ellos tampoco encontraron la bala. Estaba probablemente alojada en la pared y estaba enterrada en algún lugar de las paredes del edificio, tal vez incluso en el ladrillo del otro lado.

—¿Así que no tienes idea de quién pudo haber intentado dispararte?

Ella le dijo que estaba trabajando en el caso de Sara Long, pero dijo que no tenía idea de quién podría ser el responsable. Él dijo que investigarían. También que hablarían con Robby Parker.

—Y Dan O'Malley—, dijo Georgia.

Él asintió con la cabeza, pero ella no esperaba mucho. La policía de Evanston le daría seguimiento por un tiempo, pero sin pruebas contundentes más allá de un agujero de bala en la pared, o incluso una víctima, ellos lo dejarían atrás. Los tiroteos desde coches no eran desconocidos en Evanston. Sin embargo, era importante decirle a Parker lo que había pasado. Tal vez le haría pensar dos veces acerca de la fuerza de su caso. Y si algo le sucedía a ella, al menos quedaría en el expediente que había sido amenazada.

Después que el detective se fue, Georgia se fue a Carson y compró tres pantalones de jeans, un par de suéteres, camisas de cuello alto y una chaqueta nueva, en menos de una hora. Luego se detuvo en la farmacia para recoger algunos artículos esenciales. Pasó el resto del día presentando un reclamo del seguro, reponiendo su licencia de conducir, comprando un teléfono celular, y llamando a todos lados para las estimaciones de muebles nuevos.

Pensó en llamar a Lauren para sugerirle que abandonara la escuela por un día o dos. Quienquiera que estaba detrás de *ella*, podría dirigir su atención a Lauren en su lugar. No sería una mala idea el que ella mantuviera un perfil bajo. Pero no lo hizo; no quería asustar a la chica más de lo que ya estaba. Lo que *debería* hacer era llamar a la madre de Lauren y decirle que cuidara de su hija. Que dejara de beber su maldito vino y prestara más atención a otra persona. Nadie, ni siquiera Lauren, tendría que hacer frente a la falta de protección de su madre.

Pero tampoco lo hizo. Estaba casi segura que Andrea Walcher le colgaría el teléfono antes de que pudiese entregarle el mensaje.

* * *

Esa noche, Georgia le pidió prestado la computadora a su amiga Sam y se puso en línea. Ingresó la nueva contraseña para la cuenta del correo electrónico de "Yvonne". Se quedó sin aliento. Un mensaje había llegado. Ella se quedó mirando la pantalla durante un momento y luego hizo clic en el mismo.

—Me gustaría probar la nueva mercancía. Mañana, 4:00 de la tarde. El Hotel McCormick. Charlie—. Su pulso latió con fuerza al enviar por correo electrónico una confirmación.

* * *

A la mañana siguiente Georgia estaba de vuelta en Carson, esperando que se abrieran las puertas. Se compró un par de pantalones negros que estaban en liquidación y un saco negro bolero. Esto era probablemente la presentación más formal que alguna vez usaría, pensó mientras conducía de regreso a donde Sam. Luego esa tarde, se vistió y se puso maquillaje.

—¿Una gran cita?— Sam sonrió.

—Se podría decir así—, dijo Georgia mientras aplicaba rímel en sus pestañas.

—¿Es el hombre de tu edificio?

—¿Te refieres a Pete?

—¿Quién más?

Encontrándose con la mirada de Sam reflejada en el espejo, Georgia se dio cuenta que deseaba que así fuera. Ella sacudió la cabeza.

—¿Entonces? ¿Quién es el admirador secreto?

—Es relacionado con trabajo.

Sam inclinó la cabeza. —¿Qué clase de trabajo te lleva a Carson para comprar ropa nueva? ¿Y ponerte maquillaje?

—No es lo que estás pensando—. Sam nunca se esforzaba más de lo necesario para el trabajo. Claro, su carrera era importante, pero su vida personal tenía prioridad. Sam nunca había entendido por qué Georgia quería ser policía. Por suerte, no afectaba su amistad.

Sin embargo, Sam giró los ojos. —Prioridades, mujer. Prioridades.

Georgia tenía sus prioridades. Mantuvo la boca cerrada.

* * *

Georgia llegó al hotel a las tres y media, se estacionó en la parte posterior, y entró a través de una puerta giratoria de gran tamaño. El vestíbulo se veía de la misma forma en que lo recordaba: candelabros de cristal, tapicería adornada, gruesas alfombras orientales y un montón de madera oscura. Un bar ocupaba la mayor parte del espacio de la izquierda. Una tienda de café estaba a la derecha. Una chimenea de mármol de tres metros ocupaba la mayor parte de la pared del fondo. Tres cómodas sillas se agrupaban a su alrededor. Entró en el bar y se sentó en un banco donde tenía la vista directa de la entrada. Su plan era ver quien venía y luego lo seguiría mientras se iba.

Pidió una Perrier. El lugar estaba vacío excepto por un hombre de traje, quien hablaba en voz alta como si hubiera tomado más de la cuenta, y una mujer también vestía un traje, que parecía aburrida.

Ella tomó su bebida y trató de ordenar sus pensamientos. Las tripas de pescado eran una broma inmadura. Pero la bala a través de la ventana de su apartamento, era en serio. Alguien la quería fuera del camino.

La única persona con la que había estado en contacto directo recientemente era Lauren Walcher, y Lauren estaba cooperando. Estaba el incidente en Starbucks con Andrea Walcher, pero había sido casual. Lo cual dejaba el tema del terreno de Fred Stewart. Ella había hablado con Jimmy Broadbent, pidiéndole que contestara algunas preguntas acerca de la limpieza y conectándolo con Harry Perl. Esa noche alguien le había disparado. Bebió un sorbo de Perrier. Ella no había mencionado el negocio de bienes raíces a la policía de Evanston. Tal vez debería haberlo hecho.

Miró su reloj. Diez minutos para las cuatro. La entrada hacia la tienda de café, estaba directamente enfrente de la barra. Recordó la cafetería. Ella y Matt habían bajado a desayunar la mañana en que rompieron. El fin de semana se suponía que era una escapada especial, unos pocos días románticos juntos. Lo habían planeado durante meses, asegurándose de que ambos tuvieran libre el fin de semana.

Pero cuando llegó, todo salió mal. Ellos no hicieron el amor, y Matt no la miraba a los ojos. Cuando terminó la mañana siguiente, fue misericordiosamente breve. Ni siquiera habían pedido el café, cuando él le dijo que había conocido a Ricki Feldman y que estaba enamorado de ella. Él debería haber cancelado el fin de semana, pero no sabía cómo. Sabía lo mucho que había estado esperándolo. Él lo sentía tanto y luego se fue.

Un frío entumecedor le arrasó, congelándole la cara como un bloque de hielo. No se atrevía a mover un músculo. Si lo hacía, ella se quebraría. Así que se quedó en la mesa... nunca supo cuánto tiempo... tratando de decidir si seguir viviendo. Finalmente, la mesera de la cafetería se acercó llevando una jarra de café. —Parece que podría necesitar de esto—, dijo con comprensión. Le sirvió café en una delicada taza de porcelana, sonrió y se alejó.

Georgia todavía podía ver la delicada taza de porcelana. Y el rostro de la mujer gentil. Se preguntaba qué había pasado con ella. ¿Estaría todavía en el hotel repartiendo tazas de café para los amantes despechados? Georgia no se acordaba de cómo había reunido la fuerza para finalmente salir y volver a casa. Cómo había manejado del hotel a su apartamento. Ella se sorprendió al descubrir que no tenía ningún recuerdo del viaje. De hecho, estaba tan sumergida en el pasado, que estuvo a punto de perder el movimiento de la puerta giratoria. Ella giró con fuerza. Eran las cuatro y diez. Se movió de su taburete y se deslizó hacia las sombras del bar.

Un hombre vestido con un traje y portando un maletín se abría paso. Entró en el vestíbulo y miró a su alrededor, como si estuviera esperando encontrarse con alguien. Pero estaba por lo menos a doce metros de distancia, y Georgia no tenía una visión clara de su rostro. Ella dio unos pasos hacia adelante, todavía entre las sombras. Cuando nadie llegó a recibirlo, el hombre metió la mano en el bolsillo. Un momento después, cuando aun nadie se le acercó, miró su reloj y golpeó el pie con irritación. Cuando pasó otro minuto, se dio la vuelta para irse.

Mientras lo hacía, Georgia finalmente tuvo una visión clara de su rostro. El hombre tenía el pelo rubio, mejillas sonrosadas, los ojos pequeños y una barbilla débil. Tom Walcher.

CAPÍTULO CUARENTA Y CINCO

GEORGIA APRETABA con fuerza el volante mientras conducía de regreso alapartamento de Sam. Tom Walcher era Charlie. Charlie estaba teniendo relaciones sexuales con Sara. Sara le daba sus servicios al padre de su mejor amiga. Lo cual fue posible gracias a las acciones de su hija.

En cierto modo, ella no se sorprendió de que Tom Walcher fuera un cazador. Su esposa Andrea era un pescado frío, y una persona hostil, por cierto. Podía entender que Walcher buscara consuelo en otra parte. Sin embargo, ¿acostarse con la mejor amiga de su hija? ¿Una adolescente menor de edad? ¿Qué haría a un hombre ser tan imprudente? ¿Era tan arrogante? ¿O simplemente estúpido? Los archivos del sitio web decían que se había conectado más de dos docenas de veces. Había puesto toda su carrera legal en peligro. ¿Cómo podía correr ese riesgo?

Giró hacia el sur en Sheridan Road. Una cosa era descubrir que un abogado supuestamente respetable estaba haciéndolo con una adolescente prostituta. Otra era acusarlo de asesinato. Ella no tenía pruebas de que Walcher estuviera involucrado en la muerte de Sara Long. Y era posible que su aparición fuera una coincidencia. Sin embargo, sabía que tenía que decirle a Kelly de lo que sí tenía evidencia. Tenían dudas lo suficientemente razonables como para hundir un buque de guerra.

Pero algo dentro de ella se rebeló a hacerlo. Quizá Kelly estaba en lo cierto. Tal vez ella todavía era un policía de corazón. A los policías no les bastaba con crear una duda razonable. Resolvían crímenes. O tal vez era su ego. Tal vez Georgia sólo quería probarle a Robby Parker y al resto de la policía, que ella sabía lo que estaba haciendo. O tal vez era sólo que desde el incendio el caso se había convertido en algo personal. El instinto de conservación era un excelente motivador.

Se detuvo en un semáforo, justo al sur de Winnetka Road. El crepúsculo llegaba rápido en esta época del año escondiendo todo en una nebulosa luz púrpura. Echó un vistazo a través de las ventanas de las casas a su paso. Las mujeres estaban preparando la cena en habitaciones alegremente iluminadas. Los niños descansaban enfrente del televisor o estaban sentados en las mesas. Cuando era niña, se acordó de cómo jugaba al aire libre en las heladas tardes de otoño, deteniendo su juego sólo cuando se volvía oscuro o estaba titiritando por el frío. Le encantaba entrar a su cálida y acogedora casa, donde su madre estaba esperándola con el aroma de una abundante cena flotando en el aire. Todo eso se detuvo cuando su madre la dejó. Georgia tenía doce años. No la había visto desde entonces.

Lo que la llevó a otra de las razones por las cuales ella quería seguir investigando. Le había prometido a Lauren Walcher que la protegería. Nadie más se preocupaba por ella... ni sus padres, nadie en la escuela, ni siquiera sus amigos. ¿Cuántas veces Georgia había deseado que alguien la cuidara? Si iba a contarle a Kelly ahora, la vida de Lauren se haría añicos. Ella quería retrasarlo... suavizar al menos las repercusiones... hasta que pudiera encontrar una manera de guiar a la chica entre ellas. Una semilla de confianza había brotado entre ellas. No quería defraudarla. Un escalofrío recorrió todo su cuerpo. ¿Era así como se sentía amar a un niño?

A pesar de que conocía la ruta de memoria, miró a través del parabrisas, de pronto no estaba muy segura de dónde se encontraba. Las sombras oscuras se cernían sobre ambos lados de la calle, y los puntos de referencia que normalmente daba por sentado, no estaban más. ¿Estaba aún en el camino Sheridan? ¿Habría hecho un giro equivocado y se había metido en territorio perdido? El paisaje parecía misterioso y extraño, como un sueño que era sólo en parte familiar. Estaba a punto de detenerse cuando el timbre de su teléfono celular rompió el trance. Ella volvió a la realidad. Sí. Allí estaba el centro comercial con el 7eleven. Y la imprenta de al lado. Se estacionó en el 7eleven y contestó su celular.

—Davis, es O'Malley.

—Dan, estaba pensando en ti.

—Evanston nos contó sobre el fuego. Y el tirador. ¿Estás bien?

—Estoy bien.

—Eso es bueno—. Ella escuchó alivio en su voz. —Creo que es hora de guardar tu tienda de campaña, Davis. Las cosas están... perdóname... demasiado calientes para manejarlas.

Ella ignoró el malogrado juego de palabras. —Estoy bien, Dan. De hecho, yo estaba...

—No esperaba que dijeras algo diferente.

Puso el teléfono en su otro oído. —Mira, sé que te sientes responsable porque me diste este caso. Pero estoy haciendo progresos. Podré identificar a la persona pronto.

—Asumiendo que nadie te utilice de nuevo para prácticas de tiro.

—Puedo cuidar de mí misma.

—Mira, me sentiría mejor si lo dejas en nuestras manos. Estamos siguiéndolo.

—¿Significa eso que Parker está replanteando el caso de Cam Jordan?

—Está claro que hay algo más en juego, además de un enfermo mental corriendo por la reserva natural.

—Te lo agradezco, Dan, pero no voy a retirarme ahora.

—Me imaginé que dirías eso, también. No me puedes culpar por intentarlo—. Suspiró. —Escucha... ¿todavía tienes tu... lo que necesitas para protegerte?

—Estoy bien, Dan—. Ella le aseguró. —No te preocupes. Ahora tengo una pregunta. Sé que suena descabellado, pero, ¿tú... o alguien dijo que había visto a Matt recientemente?

—¿Matt Singer?

—Ajá.

—No en mucho tiempo. Lo último que supe es que estaba haciendo un recorrido en Tierra Santa en busca de religión. ¿Por qué?

Ella frunció el rostro. —Nada. Oye, cuídate, ¿de acuerdo?

CAPÍTULO CUARENTA Y SEIS

GEORGIA PASÓ otra noche en el apartamento de Sam, repasando los acontecimientos de los últimos días. Tom Walcher ocupaba un lugar destacado en las actividades de Sara Long. Como el abogado de Harry Perl, también podría haber estado involucrado en un negocio de terreno que era en sí bastante sospechoso. Puede que tuviera alguna conexión con la muerte de Derek Janowitz. Tal vez incluso, hasta el atentado contra la vida de ella. En cualquier caso, tenía suficientes preguntas sobre él para merecer una mirada más de cerca. Pero para hacer eso necesitaba ayuda.

A la mañana siguiente se despertó temprano, se vistió y salió del apartamento sin despertar a Sam. Veinte minutos más tarde, estaba estacionada en la calle de la casa de los Walcher. Alrededor de las 7:45, el Land Rover de Lauren, salió por la entrada de vehículos y dobló la calle. Unos minutos más tarde, Tom Walcher salió también. Andrea Walcher estaba sola.

Georgia salió de su Toyota. Estaba a punto de caminar hasta la casa cuando Andrea Walcher surgió del camino de entrada. Llevaba un elegante atuendo de gimnasia, y una banda para el sudor en su frente. Ella miró a ambos lados, pero no pareció darse cuenta del Toyota. Empezó a hacer marcha rápida por la calle hacia la dirección opuesta.

Georgia la siguió, resguardándose entre los árboles para mantenerse oculta. Pero después de unos minutos, Andrea aceleró en un trote. Era una mañana fresca y soleada de noviembre, y Andrea estaba en buena forma. Georgia también lo estaba, pero sus gruesas botas de trabajo y sus jeans la frenaban. A los pocos minutos, Andrea aumentó la distancia entre ellas. Georgia abandonó su persecución y caminó hacia su coche.

Treinta minutos más tarde, Andrea regresó lentamente por la calle, respirando profundamente, sus brazos en movimiento. Georgia esperó hasta que ella estuviera en el camino de entrada. Georgia se paró adelante del Toyota.

—Señora Walcher.

La mujer se volvió y miró a Georgia. Una mezcla de emociones: sorpresa, reconocimiento e ira, irritaron su rostro. —Aléjate de mí o llamaré a la policía.

—Eso no sería una mala idea.

Los ojos de Andrea se entrecerraron.

—Sé acerca de su hermano Fred y en el negocio de terreno en el que estaba involucrado.

Ella se cruzó de brazos. —¿Y?

—Alguien trató de matarme y podría estar relacionado con la venta de ese terreno. Necesito que me diga lo que sabe al respecto y qué papel jugó su marido en el trato.

—No puede simplemente llegar aquí, hacer tan salvajes acusaciones y demandar que hable con usted. ¿Quién demonios se cree? No lo haré.

—Lo entiendo, de verdad. En ese caso, tal vez prefiera hablar con la policía. O el fiscal del estado.

Un destello de pánico cruzó la cara de Andrea. —No puede hacer eso.

Georgia se mantuvo firme. —Alguien me disparó hace unos

días. No les he dado el nombre de su marido, todavía. Pero lo haré, si no habla.

—¿De qué está hablando?

Georgia le explicó.

—No es posible que piense que mi esposo estuviera tratando de matarla...— hizo una pausa. —...A usted ¿Verdad?— Su rostro mostraba una clara molestia, pero Georgia podía ver cierta ansiedad oculta. Andrea fijó sus ojos en Georgia. —¿Qué es lo que *realmente* quiere? ¿Cuánto?

—No quiero un centavo. Pero sí quiero saber quién me disparó la otra noche. Y quién mató a Sara Long. Y si están relacionados entre sí.

—¿Relacionados? ¿Cómo podrían estarlo? Está señalando al azar. Las personas como usted... hacen cualquier cosa para derribarnos.

Georgia se encogió de hombros. —Si esa es la forma en que quiere jugar, está bien. Pero puede ser que lamente esa decisión.

—¿Me está amenazando?

Georgia trató de recordar que la rabia era la otra cara del miedo. Nadie podía sostenerse indefinidamente. —Por supuesto que no—. Ella hizo que su voz sonara conciliatoria. —Es de su propio interés hablar conmigo, Sra. Walcher. Hay cosas que están ocurriendo que no están bien. Y su marido está en medio de ellas. Tal vez me lleve algún tiempo, pero llegaré al fondo de lo que está haciendo, puede estar segura de eso. Esta podría ser su última oportunidad de ayudarse a sí misma, y a su hija.

—¿Oportunidad? ¿Cómo puede llamarlo una oportunidad, presentándose a la fuerza en mi propiedad?

—Lo entenderá después de que hablemos.

Andrea miró a Georgia, al parecer tratando de medir su seriedad. Se humedeció sus labios. Luego echó un vistazo a su alrededor, como si estuviera fijándose para ver si alguien las estaba observando. Por último, se rindió. —Es mejor que entremos.

Se dirigió a la puerta de la cocina y la abrió. Georgia la siguió adentro mientras Andrea le hizo señas hacia uno de los taburetes

316 Libby Fischer Hellmann

de la isla con encimera de granito y se fue hacia la cafetera. Se sirvió una taza, luego levantó la cafetera ofreciéndole a Georgia.

Georgia asintió con la cabeza y se sentó en la isla. Andrea llenó otra taza y se la llevó a la encimera. —¿Qué es lo que quiere saber?

—Vamos a empezar con la gasolinera de su hermano. ¿Sabía que la tierra debajo de ella estaba contaminada?

Ella tomó un sorbo de café. —Sí—, dijo en voz baja.

—¿Y supo que recibió el visto bueno en un tiempo récord?

—Yo fui la que le dijo a Fred. Después de que Tom me lo dijo.

—¿Y?

—¿Y qué?

—¿Cómo reaccionó su hermano?

—Él... Fred... estaba enojado.

—¿Por qué?

—Porque... porque sabía que no podía suceder tan rápido.

—¿Él le dijo eso?

Andrea bajó la vista y asintió con la cabeza.

—Puede comenzar desde el principio.

Ella dudó. Entonces, —Después del derrame cerebral, Fred estaba muy débil. Estaba claro que no podía volver a trabajar. Todos pensamos... incluyendo Fred... que vender la propiedad sería la mejor idea. Tendría algo de dinero para cuidar de sí mismo; y no tendría que preocuparse. Así que Tom ayudó a Fred a venderla.

Georgia se quitó la chaqueta y la colocó sobre la parte posterior del taburete. —A Harry Perl.

Andrea levantó la vista. —Perl quería esa propiedad y estaba dispuesto a pagar mucho dinero. Parecía la solución perfecta. Tom negoció el acuerdo.

—¿Qué pasa con el hecho de que estaba contaminada?

—Yo entendí que Tom le prometió a Fred que Harry se haría cargo de ello. Era parte de las negociaciones.

—¿No se pregunta cómo lograron limpiar la propiedad tan rápidamente?

—No pensé nada al respecto—. Ella se encogió de hombros.

—No es asunto mío. Pero cuando Tom mencionó que estaba hecho, se lo mencioné a Fred. Supo de inmediato que algo olía mal. Dijo que no se podían tener suelos tóxicos el lunes y luego encontrar que se habían ido para el martes. Dijo que él mismo se fijaría en ello. Y que tal vez tendría que acudir a las autoridades—. Sus labios se apretaron. —Él siempre quería hacer lo correcto.

—¿Sabía Tom que Fred estaba molesto?

Ella asintió con la cabeza. —Tuvieron una fuerte discusión al respecto.

—¿Cuándo?

—Fue... debe haber sido un par de días antes de morir—. Andrea se detuvo. —Oh, Dios—. Ella colocó una mano sobre su boca.

Georgia no dijo nada.

La cara de Andrea se desplomó. —Yo... yo no quiero saber nada más.

—No tiene ese lujo, Sra. Walcher.

Andrea cerró los ojos. Luego, poco a poco los abrió. Su voz fue firme. —Estoy segura de que está equivocada. Probablemente hay una explicación perfectamente razonable para que la limpieza se haya echo tan rápido. Y el atentado contra su vida. Podría haber sido un tiroteo al azar. Evanston no es tan seguro como la gente piensa.

—Correcto—. Georgia cambió de posición. —Hábleme de su hermano.

—Fred era el único en mi familia al que... le hablaba.

—¿Por qué?

—El resto de ellos... sólo estaban en busca de una limosna—. Andrea miró alrededor de su cocina. Georgia siguió su mirada, observando los mostradores de granito, los azulejos pintados a mano, todos los últimos electrodomésticos y artefactos. Parecía mirarlo como si fuera la última vez que lo hiciera. —No nacimos con dinero. Siempre fue una lucha. Éramos lo que se llama "irlandeses de cortina de encaje".

Georgia hizo una mueca, y luego trató de cubrirla.

Sin embargo, Andrea la capturó. —Sabes de lo que estoy hablando, ¿no? Un padre abusivo, una madre que escondía la botella debajo de la cama, los hermanos siempre en problemas. El único que me cuidaba era Fred. Salí de allí tan pronto como pude. Me convertí en una secretaria legal. Conocí a Tom. Dejé esa parte de mi vida en el pasado. Excepto a Fred. Cuando Tom encontró la gasolinera, organizó el pago inicial y Fred se mudó aquí—. Se mordió el labio. —Era lo menos que podía hacer.

—Hasta ahora—, dijo Georgia.

Andrea miró alrededor de la habitación una vez más. Luego sus ojos se posaron en Georgia. —¿Qué quieres que haga?—, susurró.

¿Estaba dispuesta a sacrificar a su marido por la memoria de su hermano? ¿O estaba tratando de proteger su estilo de vida? De cualquier manera, Georgia sabía que la tenía.

—Necesito saber cómo hicieron la limpieza de esa propiedad tan rápidamente—, dijo. —Tengo mis sospechas. Pero necesito las pruebas. Quiero saber si algo de lo relacionado con la situación ambiental precipitó a que Fred...bueno, necesito averiguar cuán lejos llegaron para obtener ese visto bueno. Quiero que mantenga los ojos y los oídos abiertos, y me llame con cualquier información que encuentre. ¿Su marido tendrá algún registro en su casa?

—Él tiene una oficina en la planta de arriba.

—Eso es un comienzo. Necesito información. Documentos. Actas de reuniones o conversaciones entre Perl y su marido. O de cualquier otra gente. Jimmy Broadbent, por ejemplo. Cualquier otra cosa que encuentre sobre 2500 Chestnut. Necesita informarme sobre todo lo que encuentre. Incluso aunque no sepa si es importante.

Andrea le dirigió una mirada pensativa. —Pensé que estaba investigando la muerte de Sara Long.

—Eso es correcto.

—¿Cómo está la muerte de esa chica relacionada con esto?

A Georgia no le gustaba Andrea Walcher. Ella consideró decirle sobre su marido y Sara Long. Tal vez la repulsión y el shock de la mujer... y el temor a las represalias... la persuadirían para que fuera aún más útil. Pero no podía decirle a Andrea sobre "Charlie" sin revelarle la parte de Lauren en ello, y ella no estaba preparada para hacer eso aún.   —Podría haber una conexión.

—¿Cómo? ¿Por qué?

Georgia negó con la cabeza. Hizo un esfuerzo por silenciarse a sí misma. —Ahora no. Todavía no.

Los orificios de la nariz de Andrea se dilataron. —¿Cómo se supone que sepa lo que es importante? No sé nada sobre bienes raíces.

—Usted es inteligente—, dijo Georgia. —Sabe más de lo que cree.

—¿Y a cambio? ¿Qué gano yo con esto?

—A cambio, trataré de protegerla a usted. Y a su hija.

Andrea colocó ambas manos alrededor de su taza de café, bebió un sorbo, y se quedó mirando a Georgia por encima del borde. —Usted destruirá mi vida, ¿verdad?

—Su marido comenzó por ese camino hace mucho tiempo, Sra. Walcher—. Se levantó y se puso su chaqueta. —Sólo manténgame informada.

CAPÍTULO CUARENTA Y SIETE

PUEDE SER que Andrea Walcher no sabía nada referente a bienes raíces, pero Georgia conocía a alguien que sí lo sabría.

La zona al norte del río Chicago es de mejor clase que la de Loop, y la oficina hacia donde Georgia se dirigió en el centro, no era la excepción. Harry Perl se había hecho cargo de la construcción de una torre de vidrio y acero de 93 pisos, en el lote del antiguo edificio Sun-Times después de que Trump se echara atrás y otro promotor inmobiliario, Max Gordon, no pagara. Georgia había tratado con Gordon cuando estuvo en la policía. Él estaba en la cárcel ahora, condenado a cadena perpetua.

El lote más barato de estacionamiento se encontraba a varias cuadras, bajo el parque Grant, pero a ella no le importó el paseo. El centro de Chicago era tan hermoso como cualquier otra capital europea de hoy, sobre todo por el parque Millenium. A pesar de haber superado el costo inicialmente presupuestado por varios millones de dólares, el parque había creado un corredor de elegante arquitectura, zonas verdes, y esculturas que se extendían desde el museo Field hasta la calle Randolph. Mientras Georgia atravesaba una amplia plaza de concreto, se quedó boquiabierta ante el anfiteatro al aire libre. El arreglo de metal en el techo, parecía una lata de sopa gigante que había sido abierta en el lado equivocado, pero se suponía que proporcionaba la mejor acústica del mundo.

Ella caminó desde la avenida Michigan hasta Wabash, luego hacia el norte sobre el río hasta rascacielos. Los suelos de mármol, techos altos y paredes del vestíbulo, eran tan elegantes como fríos. Georgia tiró de su chaqueta. Ella había salido vestida con unos pantalones elegantes, un suéter de angora, y maquillaje. Se aseguró de que su cabello se viera bien. Luego, en un repentino cambio de actitud, se cambió nuevamente a jeans y una camiseta de cuello alto, limpió su maquillaje y se ató su cabello en una colita. No tenía intenciones de competir.

El ascensor la llevó al piso 54. A la derecha había un bufete de abogados con cinco nombres impronunciables, pero a la izquierda había dos enormes puertas de cristal grabadas con las palabras "Urbanización Feldman". Ella respiró profundo y abrió la puerta.

La sala de espera se veía vacía y moderna, y se parecía a una galería de arte: pinturas abstractas en las paredes, alfombras y un arreglo floral de inspiración asiática. Podría haber jurado que había algún tipo de fragancia en el aire también. Un dulce olor a canela, pensó.

La recepcionista era rubia y podría haber sido atractiva si no hubiera llevado tanto maquillaje. Iba vestida con una blusa de corte bajo y minifalda, ella miró a Georgia de arriba y abajo, observando sus jeans, camiseta de cuello alto y botas.

—¿Puedo ayudarle?—, preguntó ella con esa sonrisa condescendiente, que por lo general significaba lo contrario.

—Sí—, respondió Georgia sin alterar la voz. —Me gustaría ver a Ricki Feldman. No tengo una cita.

—Lo siento mucho—. La recepcionista frunció el rostro, revelando sus líneas en la frente que la ponían más cercana a los cuarenta, que a los treinta que claramente quería aparentar. —La Srta. Feldman tiene citas todo el día.

—Dígale que es Georgia Davis. Y que es importante.

Ya sea que su voz llevaba más autoridad de lo que pensaba, o el nombre significaba algo para la recepcionista, porque la condescendiente actitud de la mujer desapareció, dejando sólo el rostro fruncido. Ella levantó el auricular de un teléfono con unos veinticinco botones y pulsó uno de ellos.

Habló en voz baja y Georgia tan sólo alcanzó a escuchar una frase o dos. —Sí. Ella está aquí ahora—. Una pausa. —Está bien—. Colgó y levantó la vista. —Por favor, póngase cómoda—. La sonrisa estuvo notablemente ausente. —La Srta. Feldman la verá en breve.

—Gracias—. Georgia se dirigió a un grupo de sillas bajas cerca de las ventanas. Una variedad de revistas aparecían desplegadas sobre una mesa. Ella permaneció de pie y miró por la ventana del este, la cual proporcionaba una vista espectacular del Lago Michigan. Por lo general encontraba consuelo en las olas que brillaban con el sol, el horizonte salpicado de unos pocos barcos de vela. Pero hoy era un sombrío día de noviembre, y una cortina gris de niebla se cernía sobre el agua, revelando destellos de furiosas olas de acero por debajo.

—Hola, Georgia—, dijo una voz detrás de ella.

Se dio la vuelta. Ricki Feldman estaba de pie al otro lado de la habitación junto a la mesa de café de cristal. Sus ojos tenían una expresión curiosa, como evaluándola, pero algo más había allí también. Georgia no podía decir qué era. —Hola, Ricki.

Ricki lucía el obligatorio atuendo informal de negocios: un par de pantalones con pliegues de lana gris, un suéter negro y grueso, unas botas de cuero oscuras pero de aspecto suave. Su cabello sedoso y castaño, peinado hacia atrás en un rodete, hacía que sus ojos se vieran enormes. Por un momento, Georgia lamentó no haberse puesto ropa más elegante. Luego se reprendió por el pensamiento.

—Estoy trabajando en un caso—, dijo, —y necesito hacerte algunas preguntas.

Ricki asintió con la cabeza como si la hubiera estado esperando. —Ven a mi oficina—. Se dio la vuelta.

Georgia la siguió por un pasillo. El mismo olor dulce a canela que había sentido en la zona de recepción se hacía más fuerte. El perfume de Ricki. Ricki la llevó a una oficina en la esquina. La luz entraba a raudales por dos grandes ventanales, uno mirando al sur hacia Loop y la otra al este hacia el lago. Ricki se dirigió hacia su escritorio, una enorme losa de granito sobre una base de acero, y la instó a sentarse en una de las dos sillas tapizadas de color rojo. Estantes de vidrio y metal detrás del escritorio estaban llenos de máscaras africanas, platos cloisonné, relojes de cuco y otras cosas, todas sin duda diseñadas para mostrar a los visitantes, lo mucho que había viajado.

Ricki se sentó, apoyó los codos sobre el escritorio, y juntó los dedos.

—Voy a tratar de ser breve—, dijo Georgia.

Ricki volvió a asentir, pero el ángulo de sumisión de su cabeza y sus ojos levemente entrecerrados, dejaron perpleja a Georgia. Era casi como si Ricki estuviera esperando un golpe. Georgia lo dejó pasar. Probablemente era su imaginación.

—Sé que esto es raro—, comenzó.

Ricki la interrumpió. —En cierto modo, me alegro. He estado esperando hablar contigo.

—¿Sobre qué?

—Matt y yo... bueno, fue un error desde el principio. No... no éramos compatibles—. Hizo una pausa. —Nosotros... fue como un fuego que se consumió.

Georgia levantó la cabeza de un golpe.

—Lo siento. Eso no era lo que quería decir. Es sólo que... éramos sólo... bueno, de mundos tan diferentes. Siento que te haya causado problemas.

Georgia se mantuvo en silencio, maravillada. Ricki no podía dejar de engrandecerse a sí misma, incluso cuando estaba tratando de pedir disculpas. Como si ella fuera la única responsable y Matt no tuviese nada que ver con eso.

—Él lo terminó, sabes. Antes de irse a Israel.

Ella no lo sabía. Se acordó de que Matt había hablado de Israel cuando estuvieron juntos. Él quería hacer *Aliyah*, así lo llamaba. Una peregrinación a Tierra Santa. En un momento dado, él le había pedido que fuera con él. Ella lo habría hecho. No creía en Dios pero Matt sí, y si era importante para Matt, lo habría sido para ella. Incluso estuvo dispuesta a considerar la conversión al judaísmo. Pero entonces, unos meses después de que él y Ricki se conocieran, había tomado una licencia para ausentarse de la policía. Georgia asumió que se irían juntos a Israel. Ella se había equivocado.

—No estoy aquí para hablar de Matt—, dijo finalmente.

—¿No?— Ricki parecía realmente sorprendida.

—Te lo dije. Estoy trabajando en un caso, y necesito algo de información.

Ahora Ricki parecía nerviosa. —¿Para la policía?

—Estoy trabajando como investigadora privada.

—En serio—. Sus cejas perfectamente depiladas se arquearon, y su arrogancia volvió.

Esta era la Ricki que ella conocía. —¿Qué puedes decirme acerca de Harry Perl?— Se echó hacia atrás en su asiento.

—¿Harry?— Ricki le lanzó una mirada de reojo. —Él y mi padre, y después yo, fuimos socios en varios proyectos. Es un dinámico hombre de negocios.

—¿Todavía son socios?

—¿Por qué quieres saberlo?

—Te dije que estoy trabajando en un caso, y su nombre ha... aparecido.

Ricki la miró fijamente.

Georgia contuvo el aliento. Ella había contado con la necesidad de Ricki de impresionar para hacer alarde de sus conocimientos, sobre todo frente a un "rival".

—Sí—, respondió Ricki después de una pausa. —Lo hemos sido y continuamos trabajando juntos de vez en cuando.

—Hay una propiedad en particular que me interesa en la calle Chestnut. Cerca de Glen.

Ricki se encogió de hombros. —Tendría que revisarlo. Soy más o menos como un socio silencioso. No sé todos los detalles.

Georgia no le creyó. —Bueno, tal vez podrías responder... en un nivel puramente teórico. Digamos que hay una propiedad en Glen y el dueño está tratando de reconstruir rápidamente. De hecho, digamos que había cierta urgencia para hacerlo rápido. ¿Por qué habría tanta prisa?

Ricki juntó sus manos de nuevo. ¿Pensaba que le daría un aspecto reflexivo? —Podría ser una serie de factores—, dijo. —Podría ser la presión de los inversionistas. Podrían haber garantías de construcción o plazos. O problemas con la zonificación.

Por lo que sabía, Perl no tenía otros inversionistas, y Georgia dudaba que hubiera plazo alguno de la construcción. Recordó la conversación que había oído en el gimnasio. Alguien había mencionado la junta de zonificación. —¿Qué problemas de zonificación?

—Reglas de bajos ingresos, por ejemplo.

—¿Qué son?

—Las nuevas regulaciones estatales exigen que las zonas de urbanización tenga disponibles una cierta cantidad de unidades para personas de bajos ingresos. El diez por ciento, según creo. Sin embargo, una gran cantidad de zonas en la Costa Norte no cumplen con eso.

—¿Por qué no me sorprende?—, bromeó Georgia.

—El problema es que en un año, el gobernador establecerá una comisión a nivel estatal. La Junta de Apelaciones de Zonificación. Tendrá el poder de anular cualquier decisión tomada por una junta local de zonificación. Lo que significa que existe la posibilidad de que las zonas de viviendas locales podrían perder el control de su propio proceso de zonificación. Sobre todo si no están de acuerdo con las reglas de vivienda para personas de bajos ingresos.

—¿Cómo afectaría eso a nuestros teóricos dueños de la propiedad?

—Las zonas de urbanización están asustados. Tienen miedo de que si tienen demasiadas propiedades comerciales ahora, no habrán suficientes propiedades para proveer viviendas asequibles en el futuro, y se podría perder el control local de la zonificación, y en consecuencia, su terreno.

—Pero eso está a más de un año.

—Se necesita al menos un año... por lo general es más... desde el momento en que reciben la zonificación hasta el inicio de la construcción del edificio. El teórico propietario querrá asegurarse de que el terreno esté zonificado ahora, de la forma que él quiere, antes de que la mierda empiece a salpicar.

Georgia se rascó la mejilla. —¿Hay realmente alguna oportunidad de que esto pueda pasar? ¿De que el terreno pueda ser rezonificado?

—Probablemente no, si se trata de un negocio en marcha, pero si la tierra ha estado vacante o inactiva durante un tiempo, ¿quién sabe?

—¿Y podría él encontrar un abogado para que le ayude a acelerar las cosas?

—¿Qué quieres decir?

Su respuesta fue interrumpida por un golpe en la puerta.

—Pase—, dijo Ricki.

La recepcionista asomó la cabeza por la puerta. Sostenía una hoja de mensajes color rosa. —Perdone que le interrumpa Srta. Feldman—. Ella hizo una pausa, por un momento tan largo, que Georgia se preguntó si la interrupción se habría planeado: "Ven a la oficina cinco minutos después de que hayamos empezado a hablar, Sally...", pudo haberle susurrado Ricki por el intercomunicador.

—Un mensaje acaba de llegar del señor Perl.

Ricki hizo una seña con la mano. —Tráelo.

La recepcionista se puso delante de Georgia, bloqueando su visión, y le entregó el papel rosado a Ricki.

—Gracias, Ashley—. Cuando la recepcionista no se movió, añadió, —Puedes irte.

Ashley se dio la vuelta y le dio una mirada a Georgia. —Sí, señora.

Georgia le sonrió. Ashley salió de la habitación. —Supongo que no eres una socia silenciosa, después de todo.

Ricki agitó una mano. —Oh, Harry utiliza el teléfono como algunas personas utilizan el correo electrónico.

—¿Qué quieres decir?

—Su comprensión de la tecnología se detuvo alrededor de 1972. No se acerca a una computadora.

Georgia señaló la hoja de papel. —Pero se las arregla para mantenerse en contacto.

—Él sigue a personas en todo el mundo. Una vez me llamó desde Grecia. En casa. A las tres de la mañana. Me hizo desear nunca haberle dado mi número—. Ella se echó a reír nerviosamente. —Ahora, si eso es todo...

Georgia tomó una decisión. Se inclinó hacia delante. —Una cosa más. Digamos que esta propiedad teórica hubiese sido una estación de gasolina en su vida anterior.

Ricki se movió.

—Una estación de gas que filtra todo tipo de productos químicos tóxicos en bajo suelo. ¿Cuánto tiempo debe tomar la limpieza antes de que pudiera ser reconstruido? En teoría.

Un músculo al lado del ojo de Ricki comenzó a presentar un tic. —No puedo ni empezar a decirlo. Años, me imagino.

—Así que si ésta propiedad... ésta teórica gasolinera... fue limpiada en un tiempo récord, digamos seis meses, y recibió una carta que certifica el buen estado del terreno por parte del estado, sería inusualmente rápido.

—¿Lo fue?— Parecía preocupada y luego trató de ocultarlo. —¿De qué estás hablando?

—Nada. Me imaginé que estarías al día con todas las regulaciones apropiadas de eliminación de residuos. Teniendo en cuenta tu... historia.

Ricki palideció. —Sabes, realmente necesito poner fin a esta reunión. Tengo otra cita.

—Pensé que así sería—. Georgia sonrió. —Bueno, gracias por tu tiempo.

Ella dejó a Ricki mirando ansiosamente el patrón de su mesa de granito.

CAPÍTULO CUARENTA Y OCHO

ESO EXPLICABA la urgencia, pensó Georgia mientras conducía hacia el norte por Sheridan Road. Harry Perl quería sacar provecho de la propiedad en Glen, construyendo condominios y un centro comercial. No podía arriesgarse a que se re-zonificara a la luz de las próximas regulaciones de viviendas de bajos ingresos. Así que después de comprar la tierra de Fred, Perl hizo que Walcher usara su "influencia" con funcionarios del pueblo, para asegurarse que la zonificación fuera a su manera. Es probable que usara la misma "influencia" con Broadbent para llegar a un informe medioambiental que tuviera el visto bueno del estado.

Un débil sol se abría paso entre lo nublado. Georgia bajó la ventanilla, preparándose contra la corriente de aire frío. Ella estaba cerca. Cuando se examina las prácticas de negocios de Walcher, se toma en cuenta su relación con Sara Long, su posible implicación con el asesinato de Derek Janowitz y tal vez incluso, el atentado contra su vida, incluso el fiscal más agresivo... Jeff Ramsey, por ejemplo... tendría que echar un vistazo más de cerca al hombre.

Pero no era pan comido. Ella todavía no tenía una prueba de que Walcher tuviera participación en el asesinato de Sara Long. Kelly insistía en que no era necesario, que ya tenían dudas lo suficientemente razonables como para absolver a Cam Jordan, pero Georgia quería encontrar al asesino de Sara Long. No sólo por su propia seguridad, sino también por Cam Jordan y su hermana Ruth. Para la familia Long, como así también la de Lauren, y para todas las chicas adolescentes que tomaran decisiones que las pondrían en riesgos. El problema era que no estaba segura de su próximo movimiento, y ella se estaba quedando sin tiempo para hacerlo.

Su teléfono celular sonó. —Georgia Davis.

Era el propietario de los departamentos. Habían terminado los trabajos de reparación, instalaron un nuevo piso y ventana, incluso pusieron una nueva capa de pintura en las paredes. Ella podía mudarse de vuelta.

Esa tarde ella empacó su ropa, dio las gracias a Sam profusamente y se fue a casa. La sala estaba prácticamente vacía, pero las paredes y el piso nuevo brillaban, y habían puesto un recubrimiento químico especial en las paredes y en el piso, para sellar el persistente olor del humo. Los muebles nuevos que había comprado, gracias a una rápida resolución de su reclamo en la compañía de seguros, no habían llegado, pero su nueva computadora, la cual el conserje había traído arriba, estaba en una caja grande en el centro de la sala.

Los muebles de su dormitorio se encontraban todavía intactos, pero el colchón olía a moho y humo. Ella lo arrastró hacia la acera, y anticipando el re-embolso del seguro fue a comprar uno nuevo. Debió haber sido un período lento en la tienda de colchones, porque le dijeron que podrían enviárselo esa misma tarde. Pasó por Target en su camino de regreso y eligió nueva ropa de cama, toallas y una almohada.

El colchón llegó a tiempo y ella tendio la cama. Acababa de

sacar la computadora de la caja, pensando en que podría pedir una pizza antes de instalarla, cuando escuchó un golpe en la puerta.

Pete Dellinger sonrió cuando ella abrió. —Vi que las luces estaban encendidas. ¿Cuándo regresaste?

—Justo ahora—. Georgia le devolvió la sonrisa. —Me alegro de verte en pie. ¿Estás bien?

—Me quedé en el hospital toda la noche, pero volví a casa la mañana siguiente—. Él mantuvo una mano detrás de la espalda. —¿Y tú? Escuché que alguien trató de disparate.

—Eso parece.

—¿Cómo lo estás llevando?

—¿Tengo alguna opción?

—Todo el mundo en el edificio recibió una llamada del detective en Evanston, ya sabes.

—No lo sabía.

—Le pregunté si tenía alguna pista. Dijo que no había habido mucho movimiento, pero que el caso aún estaba abierto.

—Esa es la forma de un policía de decir: "no tenemos ni idea y no podemos pasar más tiempo en ello"—. Cuando Pete frunció el rostro, se encogió de hombros. —Pasa todo el tiempo.

—¿Cómo pueden simplemente darse por vencidos?

—Ellos no tienen una elección. Siempre hay nuevos casos que demandan su atención. Los casos que no se han cerrado.

—¿Crees que el tiroteo está relacionado con tu caso?

—Probablemente.

—¡Jesús! ¿Cómo puedes estar tan... tan tranquila?

—¿Qué te hace pensar que lo estoy? Oye, vamos a hablar de otra cosa, ¿de acuerdo?

Él la miró sin pestañear por un momento, luego se aclaró la voz. —Está bien—, dijo, mientras señalaba su pierna. —Mira.

Ella lo hizo. Su yeso ya no estaba, y llevaba un calcetín y sandalia en la pierna mala. Su tobillo parecía hinchado. —Me quedé con un vendaje y un bastón.

Miró a su alrededor. —¿Dónde está? ¿El bastón?

—Todavía está arriba—. Él movió la otra mano detrás de la

espalda y le tendió un ramo de flores. —Esto es para ti. Para darte las gracias.

Sus mejillas se sonrojaron, el cuello también. Ella no podía recordar la última vez que alguien le había llevado flores. De pronto se sintió tímida. —Buscaré algo en qué ponerlas—, pero incluso mientras lo decía, se dio cuenta que no tenía ni un jarrón. El frasco de mayonesa vacío debajo del fregadero tendría que servir. Se encaminó hacia la cocina, luego se detuvo y se volvió hacia la puerta. —Oh, lo siento. ¿Quieres entrar? Me comprometo a ahuyentar a los francotiradores.

Él sonrió y entró cojeando hacia el interior. Llevaba sus pantalones caquis habituales y una camisa con botones. El color azul claro resaltaba su pelo rubio. Recordó la primera vez que lo había visto, el día en que se mudó. Él había estado usando una camiseta con las mangas recortadas. Recordó cómo su bíceps se tensaron por la carga.

—Lo siento—, se oyó decir una vez más. —He comprado algunos muebles nuevos, pero no han llegado todavía.

—No hay problema—. Con mucho cuidado, se sentó en el suelo cerca de la caja del computador. —¿Nuevo?

Ella asintió con la cabeza.

—¿Necesitas ayuda para instalarla?

Ella no la necesitaba. Las computadoras eran fáciles de armar. Incluso un niño podía hacerlo. —Claro.

Una hora más tarde, estaba hecho. Incluyendo la conexión del cable, que de alguna manera sobrevivió al incendio.

—¿Almacenaste los datos de tu vieja máquina?

—No lo he intentado. Está en el sótano.

—Bueno, avísame si deseas intentarlo. Tal vez yo pueda ayudar.

—Gracias.

—¿Quieres ir en línea y enviarme un correo electrónico de prueba?—, le preguntó.

—¿Qué tal si encargamos una pizza primero? Yo invito.

—Trato hecho.

Después de terminar la pizza, pusieron a prueba la conexión de banda ancha. Todo parecía estar funcionando.

—¿Te has preguntado alguna vez si todo esto del correo electrónico ha hecho una diferencia en la cantidad de correo común?—, preguntó Pete. —Quiero decir, la oficina de correos debe estar agradecida, ¿no crees?

—¿Por qué? Su negocio se está reduciendo. Por otra parte, todavía nos llegan montañas de correo basura, así que supongo que no están sufriendo.

—Y siempre hay algunos Luditas que nunca usarán el correo electrónico—. Se rio. —Es un logro importante para ellos usar un teléfono celular.

Georgia se detuvo en seco. Se quedó mirando a Pete.

—¿Qué?

—Lo siento—, dijo. —Yo... tú acabas de decir algo que me hizo pensar.

—¿Con respecto a tu caso?

Ella asintió con la cabeza.

—¿Qué? ¿Qué he dicho?

—Los teléfonos celulares. Dijiste...— Ella sacudió la cabeza. —Oh, no importa.

Él continuó mirándola por un instante. Entonces dijo, —Tú nunca te detienes, ¿verdad?

—¿Qué quieres decir?

Él negó con la cabeza. —No importa.

Georgia no sabía lo que él estaba pensando, y eso la inquietaba. Pete debe haberse sentido de la misma manera, ya que se despidió poco después y se fue hacia arriba. Georgia cerró la puerta, ella se preguntaba si debía sentirse mal porque la noche había llegado a su fin en malos términos.

Entonces sacó a Pete Dellinger de su mente. Ricki Feldman le había dicho que Harry Perl no se acercaba a las computadoras, que él utilizaba su celular todo el tiempo. No le importaba quién o qué interrumpía. ¿Qué pasa si Walcher estaba con Sara Long cuando Perl lo llamó? Lauren había dicho que Sara tenía una relación especial con "el tío Fred". Que Sara pensaba en él como el tío que nunca tuvo. ¿Y si Sara había escuchado algo acerca de Fred y su terreno, y lo que Perl y Walcher estaban haciendo para conseguirla? ¿Y si Walcher se dio cuenta de que lo había oído? ¿Qué habría escuchado Sara? ¿Y qué es lo que Walcher hubiera hecho?

CAPÍTULO
CUARENTA Y
NUEVE

GEORGIA LLAMÓ al celular de Andrea Walcher con la esperanza de obtener el número celular de Tom, pero Andrea no contestó. Georgia dejó un mensaje para que le devolviera la llamada. Ella consideró llamar a Lauren para que le diera el número de su padre, pero decidió no hacerlo. Ahora que Andrea Walcher estaba cooperando, Georgia necesitaba "manejar" sus relaciones con la madre y la hija. Ambas eran sus aliadas... por el momento... pero era un equilibrio débil. Si Lauren sabía que su madre estaba involucrada, ella podría alejarse. Sin embargo, Georgia necesitaba a Andrea... estaba más informada acerca de la propiedad de su hermano y en una mejor posición para ayudar.

Ella buscó a través de los archivos del sitio web que Lauren había impreso para ella. De acuerdo a los archivos, el último encuentro de Sara con Charlie fue el miércoles 14 de septiembre. Tres días antes de su muerte. Y apenas una semana después de que Fred Stewart muriera en el incendio.

Ella se puso en línea y descargó una imagen de Walcher desde el sitio web de su bufete de abogados. Su biografía decía que había estado con Phelps y Mahoney durante veinte años, y era jefe de la Práctica de Bienes Raíces en Chicago. Había ido a la Universidad de Abogacía de Chicago, y él era un miembro del Comité Ejecutivo de Gerencia de la firma.

Temprano en la mañana del sábado, Georgia llegó nuevamente al hotel McCormick. La mayoría de la clientela de negocios se había marchado el día anterior, y el vestíbulo estaba tranquilo. La cafetería estaba prácticamente vacía, pero el fuego rugía en la chimenea, y un hombre estaba sentado frente a ella escudriñando un periódico. Un empleado del hotel con una chaqueta blanca y pantalones negros limpiaba las superficies de las mesas con un plumero.

Georgia se dirigió hacia los empleados en la recepción. En los hoteles, el turno del fin de semana era el más importante y estaba a cargo del personal de mayor experiencia. Allí no. Un hombre y una mujer jóvenes, ninguno de los cuales parecían mayor de veinte años, estaban de pie detrás del mostrador de mármol. Ambos llevaban camisas blancas almidonadas, corbatas rojas y blazers grises con la insignia del hotel bordada en dorado en sus bolsillos. Georgia se debatió a cuál acercarse. La chica podría cooperar, y ella no quería aguantarse al chico sólo para obtener información. Por otra parte, la chica podría ser del tipo que siempre cumplía con las reglas.

Habiendo decidido probar con la chica, ella acababa de llegar hasta el mostrador cuando otra mujer se unió a ellos. Llevaba uniforme, igual que los demás, pero ella era mayor y más gorda, y cuando Georgia miró más de cerca, vio la palabra "Gerente" en la insignia de su chaqueta. Un par de gafas de lectura estaba apoyado sobre su nariz. Ella comenzó a hablar con los dos empleados, señalando una hoja de papel en sus manos.

Georgia estaba a sólo unos metros de distancia y después de un momento, la mujer levantó la vista. Un sobresalto de reconocimiento se apoderó de ella. Era la misma mujer que le había servido su café la mañana en que ella y Matt rompieron. La mujer le dirigió una sonrisa perpleja que le dijo que pensaba que conocía a Georgia también, pero no podía recordarse de dónde.

Georgia se recuperó primero. —Buenos días. Es probable que no se acuerde de mí, pero tuvo un buen gesto conmigo hace dos años atrás.

—¿De verdad?

Los otros dos empleados dejaron lo que estaban haciendo. La mujer sonrió triunfalmente, como si dijera: "Les dije que el servicio era importante".

—Estaba trabajando en la cafetería. Yo acababa de romper con mi novio. Me sirvió una taza de café. Dijo que pensaba que podría necesitarla.

Los ojos de la mujer se agrandaron. —Lo recuerdo—. Ella estudió a Georgia.   —Usted se veía bastante mal esa mañana.

—Me sentía mal.

La mirada de la mujer recorrió el vestíbulo. —Usted es... usted no está de vuelta con él...

—No—. Georgia se echó a reír.

—Bueno. Entonces, ¿dónde está su nueva pareja?

—No tengo una. Mi nombre es Georgia Davis, por cierto—. Ella le tendió la mano.

—Sherry Diehl—. Le estrechó su mano. —¿Cómo podemos ayudarle?— Su gesto incluyó a los dos empleados.

—En realidad, es un asunto personal.

La mujer miró a Georgia, y luego se dirigió a sus empleados. —Todavía está tranquilo. ¿Por qué no se dirigen a la oficina y se ponen al día con las facturas?

Los empleados se retiraron a la habitación de atrás. Una vez que estaban fuera del alcance para escucharlas, Georgia se inclinó ligeramente hacia adelante y puso sus manos sobre el mostrador. —Soy una investigadora privada y estoy trabajando en un caso. Tengo una foto de un hombre, y me gustaría saber si usted lo reconoce.

Sospecha, se registró en la cara de la gerente. —¿Estás con la policía?

Georgia le dijo la verdad. —Hasta el invierno pasado, lo estuve. Estoy trabajando ahora en privado. Sin embargo, la policía está trabajando en el mismo caso. Puede que haya oído hablar de ello—. Ella lo resumió.

Aunque el vestíbulo era cálido, la gerente se estremeció. —Sí, lo escuché. Tengo una hija de quince años de edad—. Ella frunció el rostro. —Espere. Pensé que habían atrapado al tipo. ¿Un delincuente sexual, o algo así? ¿Uno que se aprovechaba de las niñas?

—Hay evidencia que sugiere que él no mató a la chica.

—¿De verdad?— Cuando Georgia asintió con la cabeza, añadió: —¿Y usted está tratando de encontrar al verdadero asesino?

—Creemos que el hombre... que puede tener conexión con todo esto... se ha alojado aquí varias veces—. Ella sacó la foto de Tom Walcher. —¿Lo conoce?

Sherry lo estudió. Luego alzó la vista. Georgia vio el reconocimiento en sus ojos.

—Gracias.

Sherry asintió con la cabeza. —¿Eso es todo?

—Bueno, hay algo más. Tengo razones para creer que él estuvo aquí el 14 de septiembre. Me ayudaría mucho si usted pudiera confirmarlo.

—Quiere que revise nuestros registros.

Georgia volvió a asentir.

Sherry no dijo nada por un momento. Luego, en voz baja le dijo: —Yo no puedo hacer eso.

Georgia hizo una mueca de dolor por dentro. —Podría pedir una orden de la corte, pero nos puede ahorrar mucho tiempo. Y dinero.

—No creo que usted me haya escuchado—. La voz de Sherry era firme. —Nuestros registros son sumamente confidenciales. Yo podría ser despedida por acceder a ellos sin autorización.

—Usted no tendría que hablar ni decir nada—, insistió Georgia. —Simplemente necesita asentir o negar con la cabeza—. Cuando la mujer no respondió, ella exageró.   —Este es un mal tipo. Si no lo capturamos, él podría seguir matando. ¿De verdad lo quiere por ahí? ¿Qué pasaría si se encontrara con su hija?— Era un comentario malo, pero necesitaba la información.

Sin embargo, Sherry negó con la cabeza. —Me temo que tendrá que dirigirse a través de nuestra oficina corporativa. Le puedo dar un nombre si le interesa.

Los hombros de Georgia se hundieron. De una forma perversa, sin embargo, ella no lo sentía. Sherry Diehl no era fácil de convencer. El mundo necesitaba más mujeres de carácter fuerte. Dejó que Sherry escribiera el nombre de un funcionario de la corporación y se dirigió a su coche.

Ella acababa de salir de la 94 hacia Dempster en dirección a Evanston, cuando su móvil sonó. Se estacionó al lado de la carretera y respondió. Era Andrea Walcher con el número de celular de su marido. Georgia podría haber besado a la mujer. Tan pronto como llegó a su casa, llamó a su fuente en Florida. Dijo que tendría que pagar el doble por la entrega de una respuesta en 24 horas durante el fin de semana. Ella le dio su número de tarjeta de crédito sin quejarse.

CAPÍTULO CINCUENTA

—¡MALDITA SEA!— El empleador de Matt golpeó el periódico doblado sobre la mesa. —¿Qué diablos pasó?

Lenny bajó la cabeza como si fuera un niño a punto de ser castigado. —El hijo de puta falló.

Su jefe se dio la vuelta. Estaban en su estudio en el Lago Bluff, una sala de paneles con una pintura de un rabino barbudo y un estudiante leyendo detenidamente el Tora en la pared. —Pensé que se suponía que eras un excelente tirador, Singer. El Mosad aseguró que podías partir un maldito pelo en dos.

Matt frunció el rostro, pero por dentro sintió alivio. Su identidad falsa no se había descubierto. Él y el FBI lo habían creado, meticulosamente paso a paso, asegurándose de que las personas adecuadas dieran su palabra por él, que lo apoyaran. —No tengo una excusa, Sr. Perl. El cristal de la ventana por donde disparé debe haber sido demasiado grueso—. Él se encogió de hombros. —Esas mierdas pasan. Asumo toda la responsabilidad.

Harry Perl lo fulminó con la mirada. —Tú tomas la responsabilidad. Tú...— Él negó con la cabeza. —Dame una buena razón por la que no debería despedirte.

Él le devolvió la mirada. —No puedo.

—Bueno jefe...— Lenny arrastró los pies. —Usted podría...

—¿Estaba hablando contigo?— Le interrumpió Perl.

Lenny cerró la boca.

Matt esperó. Este podría ser el final de su trabajo. Y su trabajo como infiltrado. Tal vez incluso de su vida.

El teléfono celular de Perl sonó. —Perl...— Hubo una pausa. —No puedo hablar ahora, Ricki—. Matt se puso en alerta. —¿De qué estás hablando? ¡No puedes!— Hubo otra pausa. —Sé lo qué pasó con su padre. Él era mi socio. Pero lo que estás proponiendo es inaceptable—. Silencio. —¿*Tu* reputación? Esto no se trata de ti, Feldman. Te llamaré luego.

Perl cortó la conexión y arrojó el teléfono sobre el escritorio. Miró a Lenny. —Mientras los cheques sigan llegando, todo el mundo está feliz. Luego, la primera vez que algo está mal, todos quieren abandonar el barco—. Tomó el teléfono y lo golpeó contra el escritorio. —Le dije a su padre que cuidaría de ella, pero está resultando ser un problema.

Lenny asintió con la cabeza.

—Deja de menear la cabeza como un chimpancé de mierda. Si quisiera tu opinión, te la pediría.

Lenny parecía humillado.

—Si yo no estuviera tan condenadamente ocupado, yo habría...— Se interrumpió, y luego suspiró. —Un paso a la vez—. Miró la pintura del rabino. —Te voy a dar una oportunidad más, Singer. Esto es lo que quiero que hagas.

Mientras Perl le explicaba, Matt sintió un zumbido a lo largo de cada nervio de su cuerpo.

CAPÍTULO CINCUENTA Y UNO

EL REGISTRO de teléfono de Walcher llegó en menos de 24 horas. Georgia estudió minuciosamente las llamadas que recibió el 14 de septiembre. Seis llamadas de un mismo número, una de ellas alrededor de las 4 de la tarde. Después de asegurarse de haber bloqueado su propio número del identificador de llamadas, lo llamó.

—Perl aquí...

Ella colgó el teléfono. El corazón le latía con fuerza lo suficiente como para sacudir sus dientes.

* * *

Lauren yacía en su cama, tenía los ojos cerrados, sus audífonos sonaban con Metálica. Si sólo pudiera hacer que el *black metal* penetrara en toda su mente, sus problemas desaparecerían. Nada sería real. Se concentró en la oscuridad, esperando que el fuerte y palpitante ritmo convirtiera sus pensamientos en polvo.

Una ráfaga de aire la envolvió y ella abrió los ojos. Su madre estaba en la puerta. Ella se acercó a los pies de su cama. No podía recordar la última vez que su madre había entrado a su habitación. Por lo general, ella la llamaba por el intercomunicador o le gritaba por las escaleras. Llevaba el mismo suéter gris y pantalones de color gris amarronado que se había puesto esa mañana. Su madre nunca usaba la misma ropa todo el día. Y su cabello parecía como si hubiera estado tratando de arrancarlo.

Lauren se apoyó sobre sus codos. Los labios de su madre se movían, pero ella no podía oír sus palabras. Su rostro estaba bañado de ira... la cual nunca se iba... pero otra cosa había allí también. Le tomó un minuto averiguarlo, pero cuando lo hizo, un escalofrío le subió por su espalda. Miedo. Su madre tenía miedo.

Agitó los brazos. Lauren se quitó los auriculares. Un bajo metálico se escuchaba de ellos.

—Ese maldito ruido...

Lauren pulsó un botón en su iPod, y la sala quedó en silencio. Su madre bajó los brazos.

—¿Cuál es el problema?—, preguntó Lauren.

—Alguien llamó hace unos minutos. Tú contestaste el teléfono.

—¿Y?

—¿Quién fue?

—¿Por qué te importa?

—Necesito saberlo.

Lauren inclinó la cabeza. Su madre rara vez le preguntaba ese tipo de cosas. —Era para papá—. Le habían enseñado desde una temprana edad, que preguntara el nombre de la persona que llamaba antes de transferirlas a sus padres. ¿Qué pasa si se trataba de alguien con quien no querían hablar? ¿Un extraño, o, Dios no lo quiera, un vendedor? —Una mujer.

—¿Qué mujer?—, dijo su madre.

—Ricki Feldman.

—¿Te dijo qué quería?

—No. Pero ella parecía enojada.

—¿Lo estaba?

Lauren tomó sus auriculares.

—¿Le transferiste la llamada a tu padre?

—¿Parezco estúpida? Por supuesto que lo hice.

—Lo siento—. Ella miró alrededor de la habitación de Lauren. —Entonces, ¿qué vas a hacer esta noche?

Lauren le frunció el rostro hacia su madre. —No lo sé. ¿Por qué?

—Yo... yo pensaba que tal vez podríamos ver una película o algo así...

—¿Juntas?

—¿Hay algo de malo en eso?

¿Su madre había estado bebiendo? No parecía estar ebria, pero después de toda una vida de vino y martinis antes de cenar, ¿quién sabía? Lauren se encogió de hombros.   —Supongo que no.

—Bueno. Regresaré pronto. Sólo tengo que consultarle algo a tu padre.

* * *

Era domingo por la noche, y Georgia estaba mirando por la ventana al carrito rojo en frente de su apartamento cuando Andrea Walcher llamó. —No puedo hablar, pero algo está pasando.

—Te escucho.

—Ricki Feldman llamó a Tom hace media hora. Lauren contestó el teléfono y me dijo que sonaba enojada. Después Tom llamó a Perl.

Ricki no había perdido el tiempo. —¿Y?

—Fui a su oficina y le pregunté sobre qué eran las llamadas. Él no me lo dijo, pero dijo que podría necesitar encontrarse con Perl por la noche.

—¿Un domingo por la noche?

—Eso es lo que yo dije. Pero dijo que era importante.

—¿Te dijo dónde? O ¿cuándo?

—No. Pero su expresión... era algo que no había visto antes.

—¿Cómo era?

—Era... vacía. Absolutamente vacía.

—No dejes que se vaya—, dijo Georgia. —Estoy en camino.

—No puedes venir aquí. Él te...

—Haz que espere. Estaré allí en veinte minutos.

Georgia colgó el teléfono y tomó su abrigo. Ella había querido que Ricki creara un infierno por la falsa limpieza; al parecer, lo había hecho. Tiró de sus botas, se puso de pie y miró rápidamente los estantes por encima de su escritorio. Ella tomó su grabadora digital y se la guardó en su bolso. Empezó a bajar dos escalones a la vez, y luego se detuvo en la plataforma del segundo piso. Se dio la vuelta y volvió a subir.

Entró a su apartamento, se fue hacia su armario y sacó una caja de zapatos. Situada por debajo de un paño suave estaba su Sig Sauer 229. La Sig tenía el menor retroceso de cualquiera de las nueve milímetros que había usado. Le gustaba la sensación, también. Había tenido dos Sigs cuando ella estaba en la policía. Cuando fue suspendida, devolvió una junto con su placa. La otra se fue a su armario.

Ella la sacó, junto con la funda kydek que se encontraba dentro. Había comprado la funda para cuando fuera necesario ocultarla. A pesar de que no era de cuero... un hecho que Parker siempre le había señalado... el plástico se abrazaba al contorno de su cuerpo.

Sacó la Sig de su funda y revisó el cargador. Ella encontró una caja pequeña de balas Gold Dot de punta hueca y las puso en el cargador. Luego se fue a su habitación y se cambió de la camiseta negra fina de cuello alto que llevaba, a un voluminoso suéter de pescador blanco. Ella colocó la funda sobre el cinturón de sus jeans y deslizó dentro la Sig.

Mientras se acostumbraba a su peso sobre la cadera, se dio cuenta qué tan segura un arma de fuego la hacía sentir. Ella no era Robby Parker... a su compañero le gustaba decir que podrían acabar con cualquiera que quisieran en cualquier momento. Eran "La Ley". Y sin embargo, la Sig sí la hacía sentir segura. Y poderosa. Tal vez ella no era tan diferente de Parker. Buscó nuevamente en el armario, sacó un par de esposas, y las echó en el bolsillo.

Afuera, una ligera neblina dejó pequeñas gotas en el Toyota. Ella se subió y encendió el desempañador. Los limpiaparabrisas golpeaban contra el parabrisas. Arrancó y se salió del lugar del estacionamiento y se dirigió hacia el norte por la Green Bay Road. Un accidente estaba deteniendo el tráfico en Wilmette, por lo que se fue por Sheridan. Mientras tomaba la curva, la lluvia comenzó a caer con fuerza. Ella sintió el olor a tierra del concreto húmedo.

A pesar de la reputación de Illinois de ser una llanura, una serie de riscos y acantilados abrazaban la costa del Lago Michigan, desde el norte de Winnetka al Lago Bluff. Entre los acantilados habían escarpados barrancos, y Sheridan Road pasa a través de ellos. Por unos pocos kilómetros, sobre todo en Glencoe, la carretera se convertía en una vía ondulada que era maravillosamente escénica, pero que podría ser peligrosa, sobre todo con mal clima.

Mientras Georgia iba a velocidad hacia el norte por Sheridan, aceleró hasta una colina, llegó hasta la punta y comenzó a bajar hacia una caída recta. Al pie de la colina había una curva cerrada. Estaba doblando, cuando un repentino destello de luz brilló en la oscuridad detrás de ella. Un fuerte crujido lo acompañó, y explotó su parabrisas trasero. El vidrio se hizo añicos en el asiento trasero. La repentina ráfaga de aire, hizo que la cola del Toyota se deslizara. Ella luchó por mantener el control del volante.

Aire y lluvia se vertían adentro. Lanzó una mirada en el espejo retrovisor. Faros atravesaban el vacío oscuro. El ángulo hacia abajo de los rayos de luz indicaba que era una SUV o un camión pequeño. Ella podía distinguir dos figuras en los asientos delanteros. La figura en el asiento del copiloto estaba apuntando un rifle por la ventana.

Otro fogonazo. Apretó el acelerador, preparándose para virar de un lado para el otro. Sin embargo, este tramo de Sheridan era solamente de dos carriles, y cuando ella se salió en una curva, otro par de faros llegaron hacia ella: un coche aceleraba desde la dirección opuesta al Toyota. Ella sacudió el volante. El Toyota se salió y se desvió por la carretera mojada. Apenas esquivó el coche que se aproximaba. La bocina del otro coche sonó durante diez segundos completos.

Georgia lanzó otra mirada en el espejo retrovisor. Sus perseguidores seguían detrás de ella. De repente, un camino se materializó por la izquierda, casi a su paso. Ella giró el volante con fuerza. El Toyota se inclinó en un ángulo. Neumáticos chillaron en la grava. Por su ventana pasaban árboles y sintió el coche rebotar violentamente en la grava y las rocas. Golpeó sus frenos y escuchó un chillido aterrador. El coche empezó a girar. La fuerza la propulsó hacia delante y se detuvo contra el cinturón de seguridad. Ella pensó que podría salirse a través del parabrisas. El cinturón amenazó con cortar su estómago a la mitad. Otro poderoso empujón la tiró en el asiento. Su cuello se volvió hacia adelante, pero el cinturón de seguridad aguantó.

Entonces todo había terminado.

Ella respiró el aire húmedo y mentalmente revisó su estado. Excepto por un calambre donde el cinturón de seguridad le apretaba el pecho y una sensación pulsante en el cuello, parecía estar bien. El Toyota estaba parcialmente en el camino que se extendía en la oscuridad tan densa, que no podía ver dónde terminaba. Probablemente era uno de los caminos privados que se extendían a través de la Costa Norte. Sus ojos se acostumbraron a la oscuridad. El que había estado disparándole, no había girado en la curva. Ella se estremeció con el frío, estaba empapada por la lluvia. Podrían volver en cualquier momento. Tenía que llegar a su destino rápidamente. Sacó el Toyota en reversa.

CAPÍTULO CINCUENTA Y DOS

CUANDO GEORGIA se detuvo, los reflectores por encima del garaje de los Walcher parpadearon y se prendieron. Las luces marcaban rayas irregulares sobre el césped, el cual estaba cubierto por una alfombra de hojas húmedas. Se estacionó en la entrada semicircular. Hasta el momento nadie la había seguido. Se bajó del coche e inspeccionó los daños en la ventana trasera. No quedaba mucho vidrio, excepto en las esquinas, y en el asiento de atrás había una capa de restos de cristal.

Se dirigió hacia la casa y luego comenzó a caminar más lento. ¿Ella realmente quería hacer frente a Tom Walcher? Tal vez debería dejárselo a la policía. Podían atraparlo por prostitución. Preguntarle acerca de la muerte de Sara, Janowitz y su cuñado Fred. Los atentados contra su vida, también. No. Ella había llegado demasiado lejos. Cruzó por arriba del estanque de peces y tocó el timbre.

Resonaron pasos en el interior. Su mano rozó casualmente la

Sig y se movió a un lado, por si acaso, pero fue Andrea quien abrió la puerta. Cuando ella reconoció a Georgia, frunció el rostro y sin siquiera saludarla, la llevó hasta la cocina. Una taza de té humeante estaba sobre el mostrador de granito. Un aroma frutal flotaba en el aire.

—¿Dónde está tu marido?

—Arriba. En su despacho—. Su rostro parecía preocupado. —¿Qué vas a hacer?

—¿Qué pasó con la reunión con Ricki Feldman?

—No lo sé. ¿Por qué?

—Ricki podría estar en peligro. Tengo que advertirle.

—¿De qué estás hablando?

—Le dije acerca de la "urgente" limpieza en el terreno de tu hermano. Ella no está contenta por ello. Estoy segura que es por eso que llamó a Tom.

—¿Qué crees que van a hacer?—, la expresión de Andrea era un retrato de miedo.

Georgia miró a su alrededor, preguntándose lo mismo. Entonces oyó un chirrido en la sala.

La cara de Andrea se puso pálida. —Es Tom—, susurró. —Si él te encuentra aquí...

Georgia la interrumpió. —¿Por qué no dejas que yo me preocupe por eso?

Su mano se deslizó a su funda, pero antes de que pudiera tomar la Sig, Walcher entró de golpe. Él se aferraba a una 38. —No se muevan. Ninguna de ustedes. Y mantengan las manos donde yo pueda verlas.

—¡Tom!— Andrea giró en estado de shock. —¿Qué estás haciendo? ¡Deja eso!

—Haz lo que digo, Andrea—. La voz de Walcher era fría.

Andrea levantó las manos. Hizo un gesto con el arma a Georgia. —Ahora tú.

Georgia lentamente levantó las manos en el aire.

Su barbilla giró hacia su esposa. —¿Cómo llegó hasta aquí?

Andrea no respondió.

—La dejaste entrar— Sus ojos se desviaron a la taza de té de su esposa. —¿Planeando una fiesta de té?— Él hizo un paso furioso hacia el mostrador.

Andrea lanzó una mirada a Georgia haciéndole una súplica de ayuda silenciosa.

Georgia lo interrumpió. —Walcher, entra en razón y baja el arma. Vamos a hablar.

—He oído suficiente desde el pasillo. No tengo nada que decirte—. Walcher miró hacia su esposa. —O a ti. Debería haber sabido que te convertirías en una traidora. ¿Qué te ha prometido? ¿Libertad si le dabas pruebas del estado? Ella no puede hacer eso, ya sabes. Sólo es una investigadora privada.

Andrea no lo miró a los ojos.

—Quiero a ambas en la sala de estar, donde yo pueda verlas—. Apuntó el arma a Georgia. —Tú primero.

Georgia se movió con cautela. Hasta ahora él no se había enterado del bulto oculto. Se alegró de llevar suéter de pescador. Andrea la siguió y Walcher iba por detrás. Los zapatos de Georgia se escuchaban en el piso de mármol, y luego se quedó en silencio cuando ella golpeó los escalones alfombrados en la sala de estar. Se detuvo a pocos metros del ventanal. El vidrio estaba perlado de lluvia, pero sus reflejos eran claros contra la oscuridad. ¿Cómo podría llegar hasta su Sig?

Andrea tomó la palabra. —Tom, deja esa cosa antes de que Lauren te vea. Esto es...

—Mantén la boca cerrada.

Georgia extendió las manos. —Ella tiene razón. Esto no va a ayudar a tu situación.

—Te *dije* que mantuvieras las manos sobre tu cabeza. ¿Y qué sabes tú de mi *situación*?

Ella levantó los brazos de nuevo. —Ayudaste a Perl a falsificar el informe ambiental en la propiedad de tu cuñado. Luego tú y Perl lo mataron, para que no pudiera echar por la borda el trato. Pero ahora, demasiada gente lo sabe. Ricki Feldman. Tu esposa. Yo. No puedes seguir asesinando sólo para encubrir el hecho.

Un músculo de su mandíbula se estremeció.

—Hiciste que mataran a Sara Long, también.

Andrea lo miró asombrado. —¿Sara Long? ¿Qué tiene que ver *ella* con todo esto?

Los ojos de Walcher se veían oscuros, grandes y peligrosos. Ella tuvo una repentina visión de cómo se veía el mal.

—Tú mataste a Sara porque ella te escuchó a ti y a Harry en el teléfono, hablando de la propiedad de Fred. Tú y Harry tenían miedo de que ella le dijera a alguien. Al igual que su proxeneta, Derek.

—Yo no la maté—. Escupió Walcher.

—Tú conoces la ley. No importa si tú fuiste quien apretó el gatillo. Eres un cómplice.

—¡No fui yo!

Georgia fingió darle el beneficio de la duda. —Entonces baja el arma y dime quiénes lo hicieron. Y por qué acabas de estar en el teléfono con Perl.

—Perl puede ser... él es impulsivo. Yo estaba tratando de hacerlo entrar en sí.

—Él quiere ir tras Ricki, ¿no?

—Te lo dije. Él está bajo control.

—¿Por cuánto tiempo?

Walcher apuntó la .38 a Georgia. —No más. No contestaré veinte preguntas.

—¿Por qué está Sara Long en la conversación?— Lo interrumpió Andrea, —¿Y por qué están hablando de proxenetas? ¿Qué demonios está pasando?

—Mantente fuera de esto, Andrea.

—Si no fuiste tú—, Georgia hizo caso omiso de Andrea. —Tuvo que ser Perl. Baja el arma y sálvate a ti mismo, Tom.

—¡Basta!— Andrea cruzó los brazos. —¡Ambos! ¡Quiero saber lo que está pasando!

Apuntando con el dedo pulgar hacia Andrea, Georgia se enfrentó a Walcher.   —¿Quieres decirle tú o debería hacerlo yo?

Cuando Walcher no respondió, Georgia se volvió a Andrea.

—Tu marido posiblemente mató a Sara Long. Y también a su proxeneta.

Andrea Walcher inclinó la cabeza hacia un lado. Su voz era gruesa y lenta. —¿Sara Long... tenía... un... proxeneta?

Los ojos de Walcher se desconectaron de Georgia y se instalaron en Andrea. —No le creas nada de lo que dice, Andrea. Ella está tratando de abrir una brecha entre nosotros. Ella dirá lo que sea.

—Sara Long era una prostituta, Andrea, y Tom era uno de sus mejores clientes—. Georgia lo dijo en voz baja, pero sus palabras cortaron el aire como si gritara. Ella no le había prometido a Lauren no revelar la red de prostitución, pero lo había pospuesto. Ahora estaba saliendo, y el rol de Lauren en esa situación, lo seguiría. Esta familia, esta chica, sería destruida. A pesar de que se encontraba a punta de pistola, una profunda tristeza se apoderó de Georgia.

El cuerpo de Andrea se quedó muy quieto. —¿Es eso cierto, Tom? ¿Te metiste con la mejor amiga de Lauren? ¿Una adolescente?

—No tienes ninguna prueba—. Con veneno salió la voz de Walcher.

—Estás equivocado—, dijo en voz baja Georgia. —Hay pruebas. De hecho, está justo en esta casa.

—No le creas Andrea.

—En el dormitorio de tu hija.

Walcher frunció el rostro. Andrea miró a Georgia.

—Tu hija ha estado manejando una red de prostitución de adolescentes desde su computadora.

Andrea se quedó boquiabierta.

—De hecho, ella es la responsable de que Sara y Tom se enredaran.

—¡NO!— Un grito ahogado salió de Walcher. —¡Estás mintiendo!

—Sólo para nuestros clientes especiales—, recitó Georgia.

—Un nuevo envío ha llegado: joven, rubia, sexy y garantiza el placer en cada centímetro de su cuerpo. ¿Te suena familiar, *Charlie*?

Por un momento Walcher no se movió. Entonces, muy lentamente, continuó acercándose hacia su esposa. —Yo no sabía que era ella. Te lo juro. Ella parecía mayor. No como una de las amigas de Lauren. No lo supe hasta que...

—Hasta que escuchó la llamada de Harry acerca de Fred—, interrumpió Georgia.

—Te juro que no lo sabía—, dijo, sin dejar de avanzar hacia su esposa.

Andrea apartó sus brazos. —No te acerques más.

Walcher se detuvo.

—Pero una vez que descubriste quién era Sara, te dio otra razón para matarla—, Georgia continuó. —Aparte de que no querías que nadie supiera que estabas involucrado con la mejor amiga de tu hija.

La boca de Andrea quería decir algo y sus labios se movían, pero no salió nada.

Georgia intentó reunir un poco de lástima para la mujer, aunque sólo fuese porque era la madre de Lauren. Ella no sintió nada.

Walcher era otra cosa. Se volvió hacia él. Odiaba que él fuera alguien que se encargara de hacer arreglos sin conciencia alguna. Lo odiaba por matar... o permitir que otros fueran asesinados... con tanta indiferencia. Y odiaba que él abusara de chicas jóvenes, utilizando el sexo como su moneda privada. No era de extrañarse que Lauren no tuviera escrúpulos a la hora de prostituirse y encontrara una manera de sacar provecho de ello. Comenzó a acercarse hacia él, pensando que podría arrojarse encima y obligarlo a soltar el arma, cuando un grito rasgó el aire.

—¡Te odio! ¡Los odio a todos!

Tom se dio media vuelta, con la .38 todavía en la mano. Lauren estaba en la entrada de la sala de estar, tambaleándose desde la parte superior de los escalones alfombrados. Sus ojos eran enormes, y sus mejillas tenían manchas de color carmesí en ellas.

Georgia rápidamente sacó la Sig. —¡Lauren, sal de aquí! ¡Vete! ¡Walcher, dejala!

Pero Lauren se quedó donde estaba. Ella se enfrentó a su padre, su pecho subía y bajaba. Ella no parecía darse cuenta de la pistola en su mano. —¿Es verdad? ¿Eres Charlie? ¿Tuviste relaciones sexuales con Sara? ¿Mi mejor amiga? ¿Y luego la mataste?

—Lauren, sube las escaleras. ¡Ahora!—, gritó nuevamente Georgia. —¡Walcher, suelta el arma! ¡No lo repetiré otra vez!

Walcher dudó por lo que pareció una eternidad, entonces se acercó a su hija. Agarrándola del brazo, la atrajo hacia él y la puso frente a su cuerpo como un escudo. Deslizó la .38 en contra de su sien.

—Papá, ¿qué estás haciendo?— Gritó Lauren. —¡Déjame ir!

—Cállate Lauren—, dijo Walcher mientras se daba la vuelta de manera que ambos miraran a Georgia. Los ojos de Walcher se clavaron en los ojos de Georgia. —Es tu turno. Lanza tu arma en el suelo. Ahora.

Georgia no se movió. Su pulso rugía en sus oídos. —No quiero hacer esto Walcher—, dijo lentamente...

—¡Suéltala! ¡Ahora!— Su voz estaba entrecortada.

Los ojos de Lauren se llenaron de pánico. Mil pensamientos se agolpaban en la mente de Georgia, pero una se destacó sobre las demás. Le había prometido a Lauren que la protegería. Y a Andrea. Poco a poco, ella extendió el brazo y bajó la Sig en el suelo.

—Ahora bien, pon las manos en el aire—, gritó Walcher.

Georgia se enderezó y levantó las manos.

Walcher hizo un gesto con la barbilla. —Andrea. Toma el arma y dámela.

Pero Andrea no se movió. Su rostro tenía una expresión de perplejidad, como si estuviera viendo una película en un idioma extranjero, sin subtítulos.

—¿Me escuchaste, Andrea?— La voz de Walcher estaba tan tensa, que casi era un susurro. —Agarra la pistola.

—Papi, por favor...— Lauren lo interrumpió. Su rostro comenzó a desmoronarse.

—Te dije que te callaras Lauren.

Andrea se quedó tan inmóvil y silenciosa como una estatua. Georgia miró a Lauren. Los hombros de la muchacha estaban encorvados, y sus músculos estaban tensos. Parecía asustada, pero Georgia creyó ver algo más bajo la superficie. Determinación. Cuando ella lanzó una mirada calculadora hacia Georgia, lo notó. Estaba esperando a que Georgia le diera una señal. Georgia miró la Sig, todavía en el suelo.

—¡Andrea!— Walcher gritó. —¿Estás sorda? ¡Haz lo que te digo!

De repente, Andrea cvolvió a vida y se lanzó hacia su marido. Al mismo tiempo, Lauren empujó contra su padre, cortando su agarre, y se abalanzó hacia Georgia. Georgia la empujó al suelo alcanzando la Sig y se tiró encima de la chica. Walcher forcejeó con su esposa y tropezó. Se escuchó un disparo. Hubo un chasquido fuerte, y una pintura abstracta pero colorida, se cayó de la pared. Un caracol de humo flotó desde el punto de impacto. Andrea cayó al suelo.

Por un momento, nadie se movió. Georgia no estaba segura si habría alcanzado a Andrea junto con la pintura.

—¡La Chagall!—, gritó Andrea.

Georgia se levantó de arriba de Lauren, apoyó los codos en el suelo, y tomó su Sig. Walcher se libró de su esposa, se levantó y apuntó con la .38 a Georgia, pero ella estaba lista. Apuntó y apretó el gatillo.

El fogonazo de la Sig fue acompañado por un rugido ensordecedor. La cara de Walcher se puso suave y elástica, y sus labios se curvaron en una sonrisa desconcertada. Luego, su cuerpo pareció plegarse sobre sí mismo y se desplomó casi con elegancia en el suelo. Georgia vio un pequeño charco de color rojo empapar la alfombra blanca.

Andrea se levantó con esfuerzo y se cubrió el rostro con las manos.

Georgia se puso de pie y ayudó a Lauren a ponerse de pie. La chica miró a su padre, luego a Georgia. Su labio inferior tembló y un sollozo de angustia se escapó de sus labios. Georgia enfundó su arma y abrió sus brazos a la chica.

CAPÍTULO CINCUENTA Y TRES

FUE UNA noche larga. Los policías de Glencoe llevaron a Georgia a la estación. Andrea fue llevada al hospital. Lauren fue también y fue tratada por trauma.

Pusieron a Georgia en una habitación de interrogatorios sin ventanas, con paredes de cemento, donde fue interrogada durante varias horas. El comando de NORTAF se activó, y tres detectives entraban y salían. La trataron con cautela: Walcher había sido asesinado en su propia casa, y no tenían forma de saber cómo ni por qué ella estaba allí. Sin embargo, ella no estaba demasiado preocupada. Las historias de Lauren y Andrea le respaldarían, y el hecho de que había sido policía debía funcionar a su favor.

Después de repasar lo que pasó varias veces, ella les dijo lo que había descubierto sobre el negocio del terreno de Harry Perl, los sobornos, el informe medioambiental falso, los asesinatos y los atentados contra su vida. Pero cuando ella conectó todo con el asesinato de Sara Long, se mostraron preocupados. Dos de los idiotas que la habían estado cuestionando se fueron, presumiblemente para revisar su historia. Uno de ellos regresó una hora más tarde.

—Llamamos a Robby Parker. Él dice que todo está jodido. El caso Long está bajo control. Ellos tienen a su hombre, y están listos para el juicio.

La ira la invadió. —Yo podría haberle dicho que él diría eso. Estoy trabajando para el acusado.

—Él dijo que fueron compañeros, pero que tú quedaste suspendida. Dice que nunca lo dejaste atrás.

Tenía las manos apretadas en puños. Ella las metió en sus bolsillos. —Si usted ha estado cerca de un televisor últimamente, sabe que es mentira. Las mujeres me respaldaron, ¿no?

—Ya estamos indagando—, dijo con voz cansada. —Especialmente con Perl. Pero el resto de eso...— Se encogió de hombros. —No es nuestro caso, para empezar.

Georgia paseó por la habitación, tratando de controlar su frustración. Ella tendría que haber esperado que no recibiría ayuda por parte de Robby Parker. Pero estaba segura de que O'Malley la apoyaría una vez que escuchara el caso. Paul Kelly, también lo haría.

Por el momento, sin embargo, ella tenía que concentrarse en un problema más grave: Harry Perl todavía estaba libre. Tom Walcher había dicho que él era una bala perdida, en especial cuando estaba contrariado. Y el descontento de Ricki Feldman por el registro de los problemas ambientales lo había definitivamente contrariado.

—Usted sabe—, dijo el idiota, —ha pasado por muchas cosas esta noche. Le disparó a alguien. No sucede a menudo. Apuesto a que el psiquiatra que asesora a los policías en su área estaría encantado de verla.

Georgia dejó de caminar. Tendría que lidiar con eso en su propio tiempo. —Yo no necesito un psiquiatra. Tengo que detener a un asesino.

El detective la miró. —No tengo idea de lo que usted necesita, pero si la mitad de lo que ha dicho es cierto, lo que necesita es tener cuidado.

La dejaron irse a su casa alrededor de las siete de la mañana del día siguiente. En primer lugar llamó a Henry, un amigo que tenía un taller de carrocería en Fullerton. Él le dijo que si le llevaba el coche, lo tendría listo en dos días. Ella dijo que lo llevaría.

No podía hacerle frente a Perl... la policía le había confiscado su arma... pero ella podría ser capaz de hacer algo de reconocimiento. Seguirlo a él o a sus secuaces. Asegurarse que no se estuvieran acercando a Ricki Feldman. Se dijo que debía advertirle a Ricki. También quería ver cómo estaba Lauren.

Llamó a la puerta de Pete, con la esperanza de alcanzarlo antes de que se fuera a trabajar. Él estaba allí. Ella lo convenció para que le prestara su Acura.

Después de una ducha rápida, se dirigió velozmente hasta la 41 en Lake Bluff, un influyente pueblo junto a Forest Lake en la punta de la Costa Norte. Pasó por el pueblo hasta una calle que terminaba a pocos metros del lago Michigan. Con vista al agua había una enorme finca que parecía una villa romana, con el trabajo de piedra tallada, arcos de medio punto en la entrada principal, y gárgolas por encima.

La entrada en el frente de la casa estaba vacía. Georgia hizo marcha atrás hacia la carretera y se estacionó en la acera. El sol claro de la mañana arrojaba una luz inocente sobre todas las cosas. Ella se había quedado vigilando fuera de la casa durante unos treinta minutos, cuando un Chevy oscuro giró por la calle detrás de ella. Miró el espejo retrovisor. Al volante iba un hombre delgado con el pelo rizado y oscuro. Su corazón comenzó a latir con fuerza. Mientras pasaba a su lado y doblaba en el camino de la entrada, miró hacia ella y sus ojos se encontraron. Contuvo la respiración, y ella sintió como si le hubieran dado un puñetazo en el estómago.

* * *

Matt estaba todavía en el Chevy con las manos en el volante, cuando ella salió de su coche y se acercó.

—*Fuiste* tú.

Se frotó la parte de atrás de su cuello. —Hola Georgia.

Eran los mismos ojos marrones en los que se había perdido a sí misma. El pelo rizado por donde ella pasaba sus dedos. Y las gafas. A ella le gustaba cuando llevaba puestas las gafas. Lo enternecía, decía. Ella empezó a hablar, pero tenía la garganta cerrada.

—Te ves bien—, dijo Matt.

Georgia lo miró. Luego parpadeó. —¿Te importaría decirme qué carajo estás haciendo aquí?

—Yo trabajo aquí.

—¿Con Perl?

Él asintió con la cabeza lentamente. —Es una historia muy larga.

—El hombre es un monstruo.

—Lo sé.

—Walcher está muerto.

Él pareció sorprendido. —¿Cuándo?

—Ayer por la noche. Le disparé.

Vio un destello de brillo en sus ojos. —Así que es eso...

—¿El qué?

—Perl y Lenny salieron hace una hora. Me dijeron que me quedara aquí.

—¿Lenny?

—Mi... mi supervisor—. Él hizo una mueca.

—Tenemos que encontrarlos. Creo que van tras...— Ella apretó los labios. —... Ricki Feldman.

—¿Qué?

—Es mi culpa. Yo le puse la trampa—. Georgia explicó cómo había ido a su oficina y le contó sobre el informe falso. —Si ella no lo sabía ya, yo esperaba dada la historia de su padre, que ella daría un grito en el cielo con Perl. Y si ella lo sabía, creí que ella le advertiría que yo lo sabía. De cualquier manera, pensé que podía usarla para hacerlos salir.

Matt interrumpió, con una mirada conocedora asomándose en sus ojos. —Funcionó.

—¿Cómo lo sabes?

—Ella llamó a Perl. Yo estaba allí—. Hizo una pausa, atando los cabos. —Ahora tiene sentido.

—Yo debería haberle advertido. Cometí un error.

Él negó con la cabeza. —Hiciste lo que tenías que hacer.

—Todavía hay más. Creo que Harry Perl mando pedir que mataran a Sara Long.

—¿La chica de la reserva?— Matt se veía preocupado. —Eso fue antes de que yo empezara a trabajar.

—Estaba enredada con Walcher—, dijo Georgia —Era una prostituta. Creo que ella escuchó algo que no debería haber escuchado.

La boca de Matt se abrió y luego se cerró.

—¿A dónde se fueron? ¿Tú lo sabes?

Cuando Matt negó con la cabeza, sacó su celular y marcó un número. —¿Ya ha llegado la Srta. Feldman?— Hizo una pausa. —¿Y usted no ha oído de ella? Muy bien—. Desconectó la llamada. —Ella no está en su oficina. No ha estado en toda la mañana—. El pulso de Georgia empezó a latir con fuerza. —¿Dónde vive?

—Espera—. Matt sacó su teléfono celular y marcó un número. —Korman, Singer aquí. Necesito la posición del GPS de la camioneta—. Hizo una pausa. —Sí. Llámame—. Él se desconectó.

—¿Un localizador GPS?— Georgia entrecerró los ojos. —¿De qué se trata?

Matt no respondió.

—¿Quién era ese?— Él aun no respondió. —¡Estás trabajando de incógnito!

Él no respondió por un momento. Entonces dijo por fin, —Sí.

—¿Para Olson?

Él negó con la cabeza. —Cuando volví de Israel, el fiscal del estado me conectó con el FBI. Unidad de Delitos de Cuello Blanco.

—¿Cómo ocurrió eso?

—He sabido que Perl jugaba sucio desde que Ricki y yo estábamos juntos. Me molestaba. Volví a casa para tratar con él.

—El ángel vengador—. Dijo con fuerza.

Una mirada cautelosa apareció en los ojos de Matt. —¿Me creerías si te dijera que yo quería hacer una restitución?

Ella se preguntó si debía pedir disculpas. —¿Por qué?

Su celular sonó. —¿Sí? ¿Dónde? Muy bien. Voy para allá enseguida. Necesito refuerzos—. Dejó su celular en el bolsillo de su camisa. —La camioneta SUV está en Barberry Lane en Lake Forest—. Tragó saliva. —Ahí es donde vive Ricki.

—Vamos en mi coche—. Ella se dirigió hacia el Acura, y luego se dio la vuelta y lo agarró del brazo. —Matt, no tengo arma. Se llevaron mi Sig.

—Yo puedo arreglar eso.

CAPÍTULO CINCUENTA Y CUATRO

MATT SACÓ una Glock 27 de la cajuela de su Chevy. Buscó y sacó una caja de balas de calibre .40, y se las entregó. Ella cargó el arma, puso una bala en la recámara y luego se deslizó en el asiento del conductor del Acura de Pete.

—¿De dónde salió esto?

—Lenny se asegura de que estemos bien abastecidos—. Se metió en el asiento del pasajero.

Ella encendió el motor y se alejó de la casa. —¿Qué es exactamente lo que haces para Perl?

—Yo soy su guardaespaldas. Entre otras cosas.

—¿Fuiste el que disparó a través de mi ventana y empezó el incendio?

Se aclaró la voz. —Fallé a propósito.

—Fuiste el de Sheridan Road, también. El parabrisas trasero.

—Tienes que creerme. Nunca te hubiera hecho daño.

—¿Por qué debería confiar en ti? Podría haber muerto.

—No me hubieras dejado entrar en el coche si no lo hicieras.

Estaba en lo cierto. Cruzó hacia el sur en Green Bay Road.

—¿Por qué Perl?—, le preguntó tras una pausa. —Otros hombres son peores.

Hesitó. —Yo... yo creo que es porque dice ser un devoto judío.

—¿Perl?

—Él tiene todas las características. Cumple con el *kósher*. Va a la sinagoga. Observa el *sabbat*, por lo menos cuando le conviene. Pero es un hipócrita. Recita el *Barucha* en un lado de la boca y soborna a un funcionario del estado por la otra. Y cuando no consigue lo que quiere... bueno...— Su voz se perdió.

—Tal vez él piensa que su piedad le da un permiso especial. Ya sabes, ¿hurtar, sobornar y asesinar en nombre de Dios?

—¿Te refieres a una *yihad* para los judíos?

—Se ha hecho antes.

—Harry Perl no es espiritual. No hay nada en su interior más que codicia—. Matt resopló. —Y Ricki quería que yo estudiara el *Talmud* con él.

—¿Lo conociste antes de irte?

—Ricki quería presentarnos. Ella sabía que yo estaba tratando de ser más observador y creo que él era el judío más observador que conocía—. Gruñó. —Ella pensó que tendríamos algo en común. Pero nunca nos conocimos.

—¿Por qué no?

—Yo estaba al tanto de algunos tratos en los cuales ella y Perl estaban trabajando. Comencé a sospechar, así que empecé a hacer un poco de investigación. No me gustó lo que encontré, pero no tuve el estómago para hacer nada al respecto en ese entonces—. La miró. —Ricki y yo no éramos el uno para el otro desde el principio. Nunca debimos haber estado juntos.

Georgia trató de ignorar el nudo en la garganta. Tenía que mantener el rumbo. —¿Sabías algo acerca de Fred Stewart y de la propiedad en Glen?

—No fue sino hasta mi regreso. Pero había otros acuerdos. Igual de sucios. Los federales saben acerca de ellos.

—¿Cuándo te diste cuenta de que yo estaba trabajando en el caso?

—Sabía que estabas trabajando en el asesinato de Sara Long, pero no sabía cómo estaba conectado a Perl.

Ella tomó el volante con más fuerza. —¿Así que te escondieron micrófonos?

—Así es como atraparon a Greylord, ¿recuerdas?

Ella asintió con la cabeza. Habían estudiado ese escándalo en la academia de policía. Hace veinte años, un abogado del fiscal del estado se molestó con las operaciones en la corte del condado de Cook, que incluyeron sobornos habituales a los jueces, de repente se convirtió en un abogado de defensa. Él mismo se insinuó hacia las personas que estaban llenando los bolsillos de los jueces. Nadie sabía que él estaba usando un micrófono. Más de 92 personas, entre ellas 13 jueces, fueron acusados en ese tiempo.

En voz alta, dijo: —¿Cómo encontraste el trabajo con Perl?

—Le dejamos pensar que estaba aceptando sobornos y que estaba moviendo "productos" en Israel. Armas, en su mayoría. Y funcionó.

Ella se quedó callada por un largo momento. Luego se volvió hacia él. —Lo que estás haciendo... es valiente Matt.

—No lo veo de esa manera. Es algo que tengo que hacer.

—Lo sé.

Sus ojos se enternecieron. Su teléfono celular sonó de nuevo. —¿Sí?— Una pausa. —Está bien—. Bajó el celular. —Están en movimiento.

—¿Hacia dónde?

—Se dirigen hacia el sur sobre Green Bay. Tenemos una opción. Podemos seguirlos, o podemos ir a la casa de Ricki y asegurarnos de que se encuentre bien.

—Los refuerzos vienen en camino, ¿verdad?

Matt asintió con la cabeza.

—Dejemos que ellos revisen la casa. Debemos seguir a la camioneta SUV. Ella podría estar con ellos.

Georgia siguió conduciendo. —¿A dónde crees que se dirigen?

—Depende de lo que están planeando hacer.

—¿Qué es lo que carga Lenny?

—Él tiene un maldito arsenal. Un rifle de doble acción Remington, algunas semiautomáticas, un par de revólveres.

Siguió al este por la Green Bay y luego hacia el sur otra vez.
—¿Qué hay de Perl?

—Nunca lo he visto manejar ningún arma. Pero eso no quiere decir que no pueda hacerlo. Puede que tenga uno de los revólveres. O un revólver nariz chata.

Su teléfono celular sonó de nuevo. Escuchó, y luego lo bajó.
—Se están moviendo hacia el este por Torre Road.

—¿Este?— Georgia frunció el rostro. —No hay nada allí. Todo es residencial.

—Tiene que haber algo.

—¡Mierda! Ya sé dónde van.

—¿Dónde?

—A Las Lagunas.

* * *

Las Lagunas de Skokie, que se encontraban realmente en Winnetka, son una serie de lagunas pantanosas, justo al este de la 94. Originalmente construidas por el Cuerpo de Conservación Civil alrededor del año 1930, las lagunas fueron restauradas. Ahora hay pesca, navegación, observación de aves y si miras al oeste, es posible ver la puesta de sol sobre el agua, un regalo poco habitual para la gente de Chicago. Rodeado de bosques y vegetación baja, así como el agua, las Lagunas ofrecen otra cosa de valor: un tesoro de escondites.

—Ellos tienen un montón de opciones—, dijo Georgia. —Si lo hacen bien, el cuerpo no aparecería hasta la primavera—. Ella hizo un gesto al celular de Matt.   —Averigua si giraron al sur por Forestway.

Matt llamó a sus contactos y le preguntó. Escuchó y asintió.
—Estaremos ahí en cinco minutos—, dijo por el teléfono y luego desconectó la llamada. —Así lo hicieron.

Georgia giró hacia el sur en Forestway, una calle con la reserva natural por un lado y las Lagunas por el otro. Los árboles, ahora desprovistos de hojas, parecían inclinados por el aire crispado. Por el lado de la laguna estaban las áreas de estacionamiento, detrás de las cuales había tramos de hierba y tierra, y finalmente, la costa. Ella bajó la velocidad.

—Estamos buscando una Ford Explorer oscura.

Llegaron a una curva pronunciada. Una zona de estacionamiento apareció en su derecha. Ningún coche. Georgia siguió su camino. Dieron la vuelta por otra curva y llegó a otra zona de estacionamiento. Una camioneta SUV negra se encontraba estacionada en el otro extremo.

—Ahí está—, dijo Georgia.

—Sigue conduciendo—, dijo Matt.

Ella pasó el coche hasta que estuvieron fuera de vista, luego subió el Acura sobre la acera y lo estacionó. Ambos salieron y se fueron corriendo de nuevo donde se encontraba la camioneta.

Georgia tocó el capó. Todavía estaba caliente. Un pálido sol se asomaba en el cielo frío, pero todo estaba tranquilo. No había sonido de agua moviéndose. No había pájaros. Ni viento agitando las ramas de los árboles. Incluso el ruido lejano de los coches y camiones que pasaban en la autopista apenas se escuchaban. Era el silencio del inminente invierno. Y de la muerte.

Matt señaló el suelo. El lodo de las lluvias de los últimos días no se había secado, y ella podía ver algunas pisadas parciales. Se veían como huellas de calzado, grabados estriados que podrían haber sido hechos por un hombre que llevaba zapatos con suela de goma. Matt empezó a seguir las pistas. Entonces se detuvo, dio media vuelta. Llevó un dedo hacia sus labios e hizo un gesto hacia adelante.

Delante de ellos había una maraña de totora, alpiste y otras hierbas de las praderas. A través de ellas, alcanzó a ver el color metal del agua. Georgia cerró los ojos para concentrarse. Poco a poco, se dio cuenta de los tenues sonidos: susurros. Gruñidos. A continuación, un suspiro más agudo.

Abrió los ojos y se fue de puntillas hacia adelante. Matt golpeó su hombro, haciendo un gesto para que se fuera por un lado. Él se iría por el otro.

Ella asintió con la cabeza y dejó escapar un suspiro. Dejó una pequeña nube en el aire. Esperó a que diera la vuelta alrededor de la espesura. Entonces ella tomó su camino por la otra dirección, poco a poco, tratando de no hacer ningún ruido. Un momento después, una rama crujió bajo su pie. Ella se quedó paralizada. Nada. Después de un largo rato, siguió de nuevo hacia delante. La maleza comenzó a hacerse menos espesa, y pudo escuchar las voces, suaves pero serias.

Se detuvo y miró hacia delante. Ricki Feldman estaba tendida boca arriba sobre el suelo en un claro cerca de la orilla del agua. No se movía. Georgia entrecerró los ojos y pensó verla respirar super-ficialmente. ¿Qué habían hecho con ella?

Los dos hombres estaban a unos metros de distancia, de espal-das a Georgia, hablando en voz baja. Uno de ellos estaba vestido con pantalones de gimnasia y un chaleco de lana. Perl. El otro, más grande y más musculoso, llevaba pantalones de lona y un chaque-tón de marinero. Había sacado una pistola... parecía una Glock y no dejaba de mirar atrás hacia Ricki, como si esperara que ella pudiera levantarse, sacudirse y salir corriendo.

Georgia esperó a Matt. Él tenía más terreno que cubrir; le llevaría más tiempo para ponerse en posición. En silencio desabrochó su funda y sacó la Glock. Estuvo parada durante lo que pareció mucho tiempo, deseando que el matón siguiera hablando. Finalmente, vio un movimiento sutil al otro lado del claro. Matt sacó su arma. Ella sabía que él esperaba que ella hiciera lo mismo. Apuntó con la Glock a los dos hombres. De repente, Matt salió de la espesura.

—¡Lenny, suelta el arma!

Lenny dio media vuelta, la sorpresa enmarcaba su rostro. —¿Qué carajo?

Perl se dio la vuelta también.

—No te muevas, Perl—, Georgia dio un paso hacia adelante

desde el otro lado. —¡Le disparé a Walcher, y te daré un tiro a ti también!

Perl se quedó inmóvil con la boca abierta, los ojos bien abiertos, pero Lenny se dio la vuelta hacia Georgia. Una ligera sonrisa se asomó en su rostro. Tiró hacia atrás la corredera de su automática y apuntó. Ella saltó hacia atrás y hacia los lados. Perdió el equilibrio y cayó al suelo.

Se escuchó un disparo. Entonces el silencio se precipitó de nuevo. Georgia rodó sobre su estómago y levantó la cabeza. Una mirada de sorpresa se había aparecido en el rostro de Lenny. Su cuerpo se tensó. De un agujero en el estómago, brotaba sangre. Cayó hacia adelante en el suelo. Sus manos todavía sujetaban la Glock.

Perl todavía no se había movido. Georgia recargó y apuntó su arma hacia Perl, pero Matt ya estaba en él.

—¿Estás bien?—, gritó.

—Estoy bien Matt.

—Bien—. Él parecía aliviado.

Georgia miró a Ricki. Ella todavía estaba respirando entrecortadamente, pero sus ojos estaban abiertos y llenos de pánico. Matt se quedó donde estaba. Él mantuvo su arma apuntando a Perl.

—Espósalo—, le dijo a Georgia.

Sacó las esposas de su bolsillo y se inclinó sobre Perl. Tomó un brazo hacia atrás, luego el otro y las colocó.

—¡Gracias a Dios que estás aquí!— Perl de repente encontró su voz. —Él...— Hizo un gesto con la barbilla hacia el guardia de seguridad caído. —... ¡Se enloqueció! Me tomó como rehén. Él iba a matarnos a ambos. Él...

—Cállate—, dijo Georgia.

—Tienes que creerme. Yo nunca haría nada para dañar a la hija de mi socio. Él...

—Cállate, Perl—, repitió.

Perl cerró la boca. El sonido lejano de una sirena cortó a través del aire. Georgia volvió a mirar a Ricki. Su piel parecía fría y húmeda, Georgia pudo ver sudor sobre su labio superior. Se acercó a ella y se dejó caer de rodillas.

Ricki se encogió. Qué estaba anticipando, Georgia se preguntó. ¿Un golpe? ¿Un disparo en la cabeza? ¿O algo peor?

—¿Voy a morir? Por favor—, dijo ella, con voz débil, pero desesperada. —No quiero morir.

Georgia presionó dos dedos contra la carótida de Ricki. Su pulso estaba acelerado. Dio vuelta sus manos. Sus palmas estaban sudorosas, sus ojos todavía presos del pánico.

—¿Qué está pasando? ¿Estoy muerta? ¡Ayúdame, por favor!

Georgia estudió a su némesis. Pensó en lo que ella querría si estuviera en la posición de Ricki. Luego, lentamente levantó la mano... lo cual podría haber sido la cosa más dura que jamás había hecho en su vida... y pasó sus dedos sobre la frente de Ricki.
—Ahora estás a salvo—, murmuró suavemente. —Se acabó. Vas a estar bien.

CAPÍTULO CINCUENTA Y CINCO

—Es una carrera para ver quién lo atrapa primero: la policía federal o la municipal—, dijo Kelly durante el desayuno la mañana siguiente. Se había desviado de su camino hasta el Lucky Platter en Evanston.

—¿Ya se han presentado cargos?— Georgia se sentía hambrienta. Entre las entrevistas y los informes finales con NORTAF y los federales, no había comido mucho en los últimos dos días. Mordió una tira de tocino. Estaba perfecta: crujiente, seca, no muy salada.

—Todavía no. Pero hay una larga lista en la espera.

—Lenny, el hombre de seguridad, hizo todos los golpes, ¿verdad? ¿Incluyendo a Sara Long?

Kelly asintió con la cabeza. —Perl está tratando de inculparlo, diciendo que todo fue idea suya. Pero nadie se lo está creyendo.

Ella olfateó percibiendo los aromas del café recién hecho,

huevos fritos y panecillo en el plato. —¿Por qué el bate? Ya llevaba un arma.

Kelly se encogió de hombros. —Tal vez era una de esas oportunidades que sólo se presentan una vez. Alguien trajo el bate a la novatada. Lo vio por ahí y pensó que podría ser útil.

—Causó que Cam Jordan fuera inculpado—, dijo en voz baja. Entonces agregó, —¿Sabes en lo que sigo pensando?

—¿En qué?

—Las chicas le hicieron la novatada a Sara Long porque era demasiado entrometida. Insinuándose a sí misma en asuntos de otras personas. Pero esa era su manera de averiguar si alguien sabía que se estaba prostituyendo. Era todo tan... incestuoso.

Kelly tomó su café y sopló el vapor de la superficie. —Dime una cosa. ¿Alguna vez has matado a alguien?

—No.

—¿Cómo lo estás llevando?

—Me sobrepondré—. Y lo haría. En la academia de policía, le habían advertido que podría tener una reacción si alguna vez le disparaba a alguien en la línea del deber. Se aseguraron de que supiera acerca de los recursos que podrían ayudarles a superar el trauma. Pero para Georgia no era necesario el asesoramiento, las pastillas o incluso el alcohol. Su entrenamiento había funcionado y había disparado a Walcher por instinto. Matar o morir. Lo haría otra vez.

—¿Cuánto dirías que el terreno de Fred Stewart valía?—, preguntó.

—Es difícil decirlo—, respondió Kelly. —En el mercado actual, dos hectáreas en el centro de la Costa Norte, probablemente, unos cuantos millones. Tal vez más.

Ella sintió un profundo cansancio. Una investigación de asesinato consumía mucho tiempo. La obligó a renunciar a todo, menos a la búsqueda del asesino. Ella había repasado todas las pistas, cada entrevista, cada detalle casi obsesivamente, asegurándose de que no se había perdido nada. Al final, sin embargo, la vida de una joven se había apagado por el dinero. Le pareció tan inútil. Incluso trivial. Perl era el cabecilla, pero no fue solamente su responsabilidad. O de Tom Walcher. Todos ellos, Andrea, Laura, incluso Sara Long, se habían corrompido, de una manera u otra, se habían quebrado a causa de la codicia. Todos ellos eran los responsables.

Kelly cruzó las manos. —Lo hiciste bien, Davis.

—Era mi trabajo.

Una mesera joven con jeans y una camiseta rellenó su café. Sus zapatos casi no emitían sonido alguno.

—Escucha...— Kelly se inclinó sobre la mesa después de que ella se había ido. —¿Quieres tomar otro trabajo? Tengo unos cuantos en línea. Y... bueno... resulta que no me molesta trabajar contigo.

Georgia sonrió débilmente. —Bueno, ahora eso sí que es un cumplido.

—Eh—. Se vio herido. —Lo digo en serio.

—Recibí una llamada de Eric Olson esta mañana. Él es el jefe de la policía donde solía trabajar.

Una de las cejas de Kelly subió.

—Cuando me suspendieron, me... eh, accidentalmente, olvidé regresar una de mis Sigs. La policía de Glencoe la confiscó el domingo por la noche.

—¿Y?

—Olson dijo que él sabía que no la entregué cuando fui suspendida. Y que tenía que tomar una decisión si iba a presentar cargos...

—El imbécil.

—O que ingresara de nuevo a la policía para que fuese legal.

Otra ceja de Kelly se unió a la primera para formar un arco perfecto. —¿Qué le dijiste?

—Le dije que lo pensaría y se lo haría saber.

Kelly no dijo nada durante un buen rato. Entonces, —Toma la decisión correcta, Davis.

* * *

—¿Qué pasará con Lauren?—, dijo Pete esa noche, mientras lavaba camote en el fregadero de la cocina de Georgia. Georgia se había sorprendido a sí misma invitándolo a él, junto con Sam y su novio, para la cena de Acción de Gracias. Él la había sorprendido al aceptar, a pesar de ser un vegetariano, por lo cual se saltearía el pavo. Pero más tarde bajó mostrando la receta secreta de pastel de camote de su madre, que, según él, había conseguido después de rogar y suplicarle, y de uno que otro soborno.

—Ella ha sido acusada de proxenetismo. Y si resulta que alguna de sus chicas eran menores de dieciséis años, le añadirán el proxenetismo de menores.

—¿Qué significa eso en términos de una sentencia?

—Proxenetismo es un delito mayor de Clase Cuatro—. Su mirada inexpresiva, agregó, —De uno a tres años. Pero ella tiene una oportunidad de libertad condicional. Sobre todo, si yo doy testimonio en su nombre.

—Lo cual estás pensando en hacer.

Georgia encendió la llama bajo una olla grande de agua. —Ella no es una chica mala, una vez que la conoces. Si yo fuera el juez, la metería en terapia de inmediato. Y que ella haga servicio a la comunidad con mujeres maltratadas.

—¿Qué pasa con su madre?

—Ella parece estar arrepentida.

Pete frunció el rostro. —¿Pero ella no estaba al tanto de la estafa?

—En realidad no. No sabía nada acerca del trato hasta que su hermano murió.

—¿Tú le crees?

A Georgia no le gustaba la mujer, pero eso no la hacía una mentirosa. Ella asintió con la cabeza.

Pete bajó el cammote en la olla. —Esta vida tuya. ¿Cómo puedes pasar día tras día? ¿No te afecta? ¿No quisieras alguna vez ser... normal?

Se lavó las manos y las secó con un paño de cocina. —¿Quién dice que no soy "normal", sea lo que sea?

CAPÍTULO CINCUENTA Y SEIS

UN SOMBRÍO frío de noviembre descendió el día antes de Acción de Gracias. Estaba acompañado por un implacable cielo gris por encima y una capa de escarcha sobre el suelo. Georgia deambulaba por la sala de estar, maravillada por su nuevo mobiliario que había sido entregado un día antes. Un sillón mullido de color beige, dos sillones de color marrón, y una mesa para café de bronce... verdadero, real y original bronce. Los colores tierra emanaban un sentimiento tranquilo, y con su escritorio y estantes, la habitación parecía llena.

Estaba pensando en hacer algunas compras de última hora, cuando sonó el intercomunicador del piso de abajo. Pensando en que Pete debió haber olvidado algo, pulsó el botón.

—¿Qué se te olvidó?

No hubo respuesta.

—¿Pete?

—Es Matt.

Se quedó inmóvil por un momento, y luego apretó el timbre para dejarlo entrar. Pensó en correr al baño para pasarse un peine por el cabello, y ponerse un poco de rubor. Ella se quedó donde estaba. Entreabrió la puerta y se fue a la cocina y llenó un vaso con agua. Mientras lo servía, su puerta de entrada chirrió. Volvió a la sala de estar.

Matt estaba allí parado, desenvolviendo una bufanda cuadrada. —Hola.

—Hola Matt.

Él miró a su alrededor. —El lugar se ve muy bien.

—Un incendio es una gran excusa para conseguir cosas nuevas.

—¿Me puedo quitar la chaqueta?

Ella se cruzó de brazos. Podía oler el aire de afuera en él, un frío olor húmedo y ligeramente picante.

Él se quedó con su chaqueta puesta. —Hicimos un gran trabajo el otro día. Fue... una operación perfecta.

Ella estudió su expresión. —Tus superiores estarán felices, estoy segura.

—Lo están. Y gracias por no presentar cargos contra mí.

—Hiciste lo que tenías que hacer—. Él le había dicho lo mismo a ella el otro día. —Estoy bien. Y—, señaló con su mano, —tengo muebles nuevos gratis.

Él asintió con gratitud. —Tengo suficiente para arreglar entre *Hashem* y yo.

—Tu Dios no puede ser tan caprichoso. Y si lo es, ¿por qué crees en Él?

El destello de una sonrisa cruzó su rostro. —Te vas directo al punto, ¿no?

Ella mantuvo la boca cerrada.

—Bueno, entonces, supongo que también lo haré yo. Hacemos un buen equipo, Georgia.

Una ola de inquietud se apoderó de ella.

—¿Me darás una segunda oportunidad?

Ella parpadeó, intentando ocultar su inquietud, pero se quedó en su interior, dura y pesada.

—Cometí un error—, añadió. —Dejé una parte de mí cuando me fui. Se quedó contigo. Quiero mi todo de nuevo. Déjame compensarte por mis acciones. No puedes decir que no has pensado en ello. Especialmente en los últimos días.

—Eso es verdad. Lo he hecho.

—¿Y?

Se mordió el labio. —La cosa es...— hizo una pausa, —...que no te necesito más.

—Nunca lo hiciste.

Fácil para él decirlo.

—La pregunta es ¿me quieres?—, continuó aún.

Pensó en lo que debería responder, se sorprendió a sí misma con su respuesta.   —Matt, espero que encuentres lo que estás buscando.

Dejó escapar un largo suspiro. —Hay otra persona, ¿no es cierto?

—En realidad no. Sólo yo—. Mientras lo decía, se dio cuenta de que era la verdad.

Él bajó la cabeza. Entonces oyó un golpe en la escalera, seguido de un paso. Luego, otro golpe y otro paso. Hasta que dio un golpe en su puerta.

Cuando la abrió, Pete estaba allí, apoyado en su bastón y sonriendo. Su sonrisa se desvaneció cuando vio a Matt. —Oh, lo siento...— Miró a Georgia. —No quería interrumpir.

—Está bien.

—Sólo vine a decirte que he estado trabajando en la receta de relleno de mi hermana y creo que lo hice bastante bien. Quería que lo probaras.

—Me gustaría hacerlo. Estaré contigo en un minuto.

Miró indeciso a Matt, y luego a ella. —Bueno.

Lo vio subir los escalones, uno a la vez. Ella cerró la puerta.

Matt la miró. —No hay ninguna posibilidad, ¿no?

—Matt, ¿qué harías en mi lugar?

Él no respondió durante mucho tiempo. Entonces, —Yo me diría "vete al infierno".

Ella sonrió, y llevó la mano hacia su mejilla. Trazó la línea de la mandíbula con el dedo. —Yo nunca te diría eso. Tú me has enseñado tanto.

—Pero...— Su pecho se hinchó.

—Pero...— Ella sacudió la cabeza. —Ahora no. Tal vez nunca.

Él tragó saliva y se alejó rápidamente. Abrió la puerta y comenzó a bajar las escaleras. Ella cerró la puerta y se apoyó contra ella. Escuchó sus pasos en los escalones, oyó el chirrido de la puerta del vestíbulo cuando él salió.

Se apoyó contra la puerta durante un buen rato, y luego se limpió las manos en los jeans. Pete, Sam, y el nuevo novio de Sam, vendrían mañana. Los nuevos muebles se veían bien, pero faltaba algo.

Plantas. Seres vivos. Era el momento de comprar un ficus. Tal vez incluso un helecho. Miró el reloj de la cocina. Si ella se iba ahora, podría conseguirlos ese mismo día. Tomó su abrigo y su bolso.

AGRADECIMIENTOS

ESTOY continuamente sorprendida por la generosidad y la paciencia de tantas personas, sin cuya ayuda, este libro no habría sido escrito. Gracias (de nuevo) a Mike Green, subcomisario de la Policía en Northbrook, Illinois; detective Mike O'Malley de Northbrook; fiscal del Condado de Cook, Robert Egan; investigador privado Joel Ostrander (que me aguantó un sin fin de preguntas); Sue Trowbridge; el abogado Dan Franks; y el terapeuta Rick Tivers. También gracias al funcionario de la Agencia de Protección Ambiental de Illinois, Bob Carson; Judy Bobalik (¿hay algo que no haya leído?); Kent Krueger, Roberta Isleib, Deborah Donnelly y Ruth Jordan. Y, por supuesto, al grupo de Red Herrings.

También fue útil la transcripción de un programa de Oprah sobre la escuela secundaria y la prostitución adolescente.

Por último, mi más sincero agradecimiento a Jacky Sach, que ayudó a concebir la historia; Nora Cavin, cuya experiencia editorial le dio forma; Ann Rittenberg cuya perspicacia la fortaleció; y a Alison Janssen, cuyo ojo de lince me ayudó a pulirla.

Y para la edición en español quiero agradecer el trabajo de Gely Rivas y Stella Ashland. Gely hizo la traducción inicial, mientras Stella se encargó de la edición y revisión de la misma. Gracias, gracias. Ustedes dos forman un equipo espectacular, y espero utilizar su talento de nuevo.

Del Autor

Libby Fischer Hellmann es la autora nominada para el Anthony, que ha escrito nueve novelas ficcionales de crimen, incluyendo la serie de suspenso de la detective amateur Ellie Foreman. Los libros de Ellie, los cuales Libby describe como una mezcla entre "Esposas Desesperadas" y "24", incluyen *AN EYE FOR MURDER, A PICTURE OF GUILT, AN IMAGE OF DEATH, A SHOT TO DIE FOR,* y *NOBODY'S CHILD.* Libby también escribió la serie premiada de la insensible investigadora privada Georgia Davis (*INOCENCIA FÁCIL, DOUBLEBACK,* y *TOXICITY*) y de la aclamada novelas de suspenso independiente *SET THE NIGHT ON FIRE, A BITTER VEIL,* y *HAVANA LOST.* Todos sus libros, incluso sus dos colecciones de volúmenes de historias cortas están disponibles en Kindle.